The Collected Stories of

Vernor Vinge

[美] 弗诺·文奇 Vernor Vinge 著

无机客 罗妍莉 谢宏超 雅典娜 吴 垠 译

费尔蒙特中学的流星岁月

弗诺·文奇科幻杰作选 II

上海文艺出版社
Shanghai Literature & Art Publishing House

献给我所有的编辑

（包括那些拒绝过我的故事的人）

感谢他们多年来对我的帮助

致 谢

我要感谢本书的编辑吉姆·弗兰克尔。在完成这些故事的过程中，我得到了许多人的帮助，在这里要特别感谢在完成《费尔蒙特中学的流星岁月》这一篇的过程中帮助过我的人：萨拉·巴斯–迈耶斯、大卫·巴克斯特、约翰·卡罗尔、鲍勃·弗莱明、吉姆·弗兰克尔、彼得·弗林、迈克·甘尼斯、帕特·希尔迈耶、切丽·库什纳、基思·迈耶斯、菲尔·波内尔、比尔·鲁普、玛丽·Q. 史密斯和琼安·文奇。

前　言

1965年对我来说很特别，那一年，我卖出了自己的第一篇科幻小说。在接下来的几年时间里，我又卖出了一些故事。我将小说的理想字数限制在12000字左右——如果字数过少，我就没有足够的空间来表达故事的要点；如果字数过多，我会很难协调各个角色和故事细节。后来，我习惯了撰写长篇小说。我的大部分短篇小说都被分散地收录在各类选集中，就像是孤儿从一个家搬到另一个家。出版商通常不愿意出版一位作者的作品集，除了令人高兴的例外，比如二十世纪八十年代由贝恩出版社出版的选集，以及2001年由托尔出版社推出的这本《弗诺·文奇科幻杰作选》。本书几乎囊括了我迄今为止发表的所有短篇小说，遗漏的篇目是：《真名实姓》，收录于《弗诺·文奇的科幻世界与现代计算机网络的发展》中；《格林的故事》，即《塔迦·格林的世界》这本书的核心。本书还收录了我第一次发表的中篇小说《费尔蒙特中学的流星岁月》（刚离开文字处理器，热乎着呢）。

弗诺·文奇

2001年8月

目　录

FAST TIMES AT FAIRMONT HIGH

费尔蒙特中学的流星岁月

Loading...

无机客 译

2002雨果奖最佳长中篇获奖作

2002轨迹奖最佳长中篇提名作

作者的话：

《费尔蒙特中学的流星岁月》此前从未发表过，实际上，我刚刚才把它写完（2001年8月）。这个故事旨在对我们的近未来进行一番相当保守的审视。我希望最终将它扩写成长篇小说。

胡安把蓝色小药丸藏在卧室里一处外人看不见的角落。那些药丸真的很小，是一家实验室的定制品，实验室方面认为无须动用惰性填充剂或漂亮的包装。胡安确信药丸是蓝色的，只是有一个原则——他努力不去看它，甚至在下线之后也一样。只需一周一颗药丸，就能给予他所需的优势……

费尔蒙特中学在期末考试那一周总是混乱嘈杂。学校的校训是“奋斗不息，与时俱进”——学生们则认为，这条校训更适用于学校的教师。八年级考试周的第一天上午，学生们顺利地完成了威尔逊老师的数学考试。但到了下午，教师们便调整了安排：阿尔卡德校长将在原本的温习时间召开集会，并要求学生们现场出席。

差不多所有八年级的学生都来了。他们拥入集会厅，踩得木地板嘎吱嘎吱响。这个地方曾经被用作马术展览场地，胡安觉得现在依然能闻到马匹的气味。从集会厅的小窗户向外眺望，能看见学校周围的山岭。阳光透过通风口和天窗照射下来。从某些方面来说，这个地方就算没有现实增强器，也够怪异的了。

阿尔卡德校长大步流星地走进来，脸色一如既往地可怕和紧迫。他向台下做了个手势，要求大家开启视觉同感功能。在胡安眼中，集会厅的照明变得柔和起来，最深处的阴影消失了。

“我赌阿尔卡德肯定要取消裸体考试。”伯蒂·托德咧嘴笑着说，看到其他人遇到麻烦时，他总这么笑，“我听说，许多父母强烈反对那样的考试。”

“我跟你赌。”胡安说，“你也知道阿尔卡德先生怎么看待裸体考试。”

“嘿，此话不假。”伯蒂的虚拟幻象无精打采地躺在胡安旁边的座椅里。

阿尔卡德校长开始了长篇大论，从这个世界是瞬息万变的，一直讲到费尔蒙特中学需要不断进行自我变革。另外他提到，学校永远不会忘记现代教育的核心任务，那就是教会孩子如何学习，如何提出问题，如何适应新环境——与此同时还不能缺少道德指引。

又是老调重弹。胡安一边漫不经心地听着，一边将注意力大多用来环顾现场观众。这是一场要求现场出席的集会，所以几乎每个学生都真的待在这儿，除了少数几位通勤生。伯蒂便是其中之一，他住在芝加哥，离这儿很远。费尔蒙特中学名声在外，他的父母为了让他以虚拟幻象注册入学，多付了很大一笔学费。至于真正到场的人嘛……这一张张年轻的脸庞都是真实的，因为阿尔卡德先生的同感成像不允许化妆或伪造服饰。然而，这样的规定无法得到彻底执行。胡安增强自己的视觉模式，看见了种种发生偏差和遭到篡改的外表。集会厅里到处都是幻象和涂鸦——这些小动作不可以做得太过分，不然阿尔卡德早就大发雷霆了。胆小的人将幻象忽而打开忽而关上，或者用特别难被发现的倒错幻象。某些幻象则存在了很久，比如那个在校长讲台后面跳舞的双头幻象。阿尔卡德先生大概察觉到了一些恶作剧，但只要学生们没有做出不敬的行为，他也就装作没看见。

陈词滥调讲完了，阿尔卡德先生终于进入正题：“今天上午你们考完了数学考试，大多数同学应该已经收到了成绩。威尔逊老师告诉我，她对你们的学习成果很满意。考试结果只会对本周剩余的日程安排带来微小的变动。明天上午你们将进行职业技术测验。”好极了，又得学习一堆乏味的知识，还必须学得非常快才行。大多数学生都痛恨这种事，但胡安知道，只要有了蓝色小药丸，他就能轻松过关。“考试周的剩余时间将进行两场小组并行考试。我稍后会公布详细安排，现在先大致讲一下：其中一场是无限制考试，你们可以使用任何合法获取的资源——”

“真好！”伯蒂的声音轻轻传入胡安的耳朵。集会厅里到处都有学生发出类似的感叹，大家像是同时松了口气。要想通过这项考试，每个小组都得挣到一笔收入，平均到每位成员头上相当于三倍的学费。就算他们利用自己所能征募的任何帮助，大多数学生也没有钱买到能过关的分数。

阿尔卡德阴沉的脸上挤出少见的微笑：“这也意味着，学校期待你们有更为优异的表现。考试将涵盖平常的视觉交流、语言沟通和无辅助技能测试。一些学生家长要求增加其他并行考试，但全体教师觉得，作为十三岁的孩子，你们最好还是集中精神做好几件事。未来，你们会有充足的时间学习复杂的知识。另一场考试会是——华盛顿同学你有问题吗？”

帕琪·华盛顿站了起来。胡安意识到，她虽然是本地生，却跟伯蒂一样以虚拟幻象参加了这场集会。“是这样，”帕琪说，“在你继续介绍这些并行考试之前，我想问一下裸体技能测试的事。”

伯蒂朝胡安咧嘴一笑：“有好戏看了。”

阿尔卡德的目光依然冷淡：“是无辅助技能测试，华盛顿同学，跟裸体毫无关系。”

“差不多吧，校长先生。”帕琪此时说的是英语而非西班牙语，没有流露出一点儿嘲弄语气——正是略带嘲弄的语气令她成为她那个小圈子里的小小女王。这确实是帕琪的形象和声音，但措辞和体态都与平时的她完全不同。

胡安探测了一下外部网络流量。跟预料中的一样，流量很高，但大多都用于查询和响应。会话已经持续了几十秒钟的时间，其中一个来自伯蒂，另一个则属于帕琪·华盛顿——起码这个会话附带的是她的个人认证。在费尔蒙特中学，劫持虚拟幻象是严令禁止的，但假如背后是父母在操控，那学校也无可奈何。胡安曾见过帕琪的爸爸。对阿尔卡德来说，不必和对方面对面交谈也许是件好事。

帕琪的虚拟幻象笨拙地倾身，穿过了面前的椅子。“事实上，”她继续讲下去，“应该说比赤身裸体更糟糕。这些孩……我们原本被文明围绕着，而且我们也善于利用这种文明。现在，你们这些满脑子理论的知识分子却估摸着把文明统统抽离，认为将我们置于危险处境挺好的。”

“我们不会将任何人置于危险处境……华盛顿同学。”阿尔卡德先生仍然在说西班牙语。事实上，西班牙语是大家听校长说过的唯一一种语言。阿尔卡德是个有点怪诞的人。“费尔蒙特中学认为，无辅助技能是最后的退路和保护。我们并非顽固不化，而是希望每个学生都能在没有网络，甚至没有计算机的环境中生存下来。”

“接下来你会教授凿石取火了吧?”帕琪嘲讽道。

阿尔卡德对她的插嘴不加理会：“我们的毕业生必须懂得如何应付停水、断电、断网，甚至灾难等意外情况。假如他们做不到，那就是我们没教好他们!”他稍作停顿，目光扫过集会厅，“当然，这里不是一所生存主义者的学校，因此我们不会将学生扔进丛林里。无辅助技能测试会在教师选中的某个地点进行——或许是没有现代科技的小镇，或许是遭到废弃的市郊——但无论在哪儿，你们都会在安全的环境下做出不错的表现。说不定，你们还会大吃一惊，发现自己居然从这类彻底而老派的简单生活中获得了洞见。”

帕琪交叠双臂瞪着阿尔卡德：“真是胡说八道，但随便吧。我还有个问题。学校的宣传册上吹嘘教授了现代技能，而这些并行考试本该展现你们所传递的主张。假如学生有部分时间不允许使用科技产品，那又怎么能称之为并行考试，嗯?”

阿尔卡德先生凝视了帕琪半晌，手指不停地叩击讲台。胡安感觉两人在进行一场激烈的讨论，而帕琪爸爸的发言——假如真的是他的话——早已大幅逾越可接受行为的界限。最终，校长摇了摇头。

“你误解了学校对‘并行’一词的用法。我们并不是让所有成员都在同一时间参加考试，而是让他们在进行其他活动时以多任务形式完成测验——就像如今的人们做大部分现实世界的工作时那样。”他耸了耸肩，“不管怎样，你完全可以放弃考试，转去别的学校拿成绩单。”

帕琪的虚拟幻象微微点头，遽然坐下，神色十分窘迫。显然，她的爸爸终于将控制权交还给了她，但已经害她出了丑。哎呀！

伯蒂看上去有些愠怒，不过胡安觉得他的反应和同情帕琪没有丝毫关系。

片刻之后，阿尔卡德先生继续说：“或许，眼下是把人体穿刺和药物的事搬上台面的好时机。”他仔细地环顾了一圈台下观众。胡安感觉校长的目光经过自己时停留了一瞬。不好，他怀疑药丸的事了！“正如你们所知，任何形式的人体穿刺在费尔蒙特中学都是严令禁止的。你们可以等长大后，再决定是否做这件事；但你们现在还在学校，因此不许佩戴耳环或眉环。一旦发现，立刻开除！另外，就算你非常害怕无辅助技能测试，也不准使用植入体或药物来愚弄学校。”

没人对此提出异议，但胡安看见了通信激光束穿过空中尘埃时反射出的闪光。大家在低声交谈，互相交换着私密的影像。阿尔卡德对这些视若无睹：“我现在讲一下第二场考试，然后你们就可以自由活动了。你们需要完成一项本地考试，可以使用自己的计算资源，甚至连接本地网络。但是，所有小组成员必须共同协作，不许以虚拟幻象远程参加。另外，外部支援和全球网络都不允许使用。”

“该死的！”伯蒂怒不可遏地说，“做作、不切实际、愚蠢的——”

“伯蒂，看来我们没法合作了。”

“等着瞧吧！”伯蒂一跃而起，挥手吸引校长的注意。

“请讲，托德同学。”

“校长先生，”伯蒂的语气突然变得恭敬温和，“如你所知，我是个通勤生，住在芝加哥。我在学校里交了许多朋友，虽然从未面对面见过，但我对他们的了解不亚于任何人。所以，你们要如何处理我这种情况呢？我真的不希望被排除在期末考试这个重要环节之外，就因为自己不在圣迭戈。我很乐意通过有限网络链接参加考试。即便有些障碍，我也会尽全力克服的。”

阿尔卡德先生点点头。“无须那么做，托德同学。我们已经考虑过这个问题，并且同圣查尔斯的安德森学院商量好了。他们会……”安德森学院在伊利诺伊州，对伯蒂来说只需一段短暂的车程就能到。那里的学生远比费尔蒙特中学的优秀，对于小组课题拥有长期经验……事实上要追溯到史前，也就是二十世纪。但那所学院其实更像高中，学生大多是十七八岁的年纪。可怜的伯蒂。

阿尔卡德先生的发言还在继续：“他们会很乐意接纳你的。”他露出淡淡的笑容，“事实上，我认为他们对此十分感兴趣，特别想看看我们培养出的优等生有什么本事。”

伯蒂面容扭曲，勉强挤出一个笑容，然后坐回胡安身旁的椅子里。他没有再发表意见，甚至没有再跟胡安说小话……

集会的剩余事项大多是关于考试变动的安排。学校为考试引进了专家、技术设施等外部资源。这些信息本可以线上传达给学生，但阿尔卡德就是喜欢召开面对面的集会。胡安将所有通告归档，然后把注意力放到这一周可能会令自己闷闷不乐的事情上。伯蒂·托德和他相处了近两个学期，是他最要好的朋友。大多数时候，伯蒂有趣极了，是一个很棒的搭档；但有的时候，伯蒂会抿着嘴生闷气，常常是为了一些连胡安也无法控制的事情，譬如现在。如果这次又陷入冷战，伯蒂兴许一连几天都不会跟胡安讲半句话。

快到下午四点的时候，八年级学生才离开集会厅，这比正常放学时间晚了不少。室外阳光和煦，学生们在集会厅外面的草坪上闲逛。离学期结束十分近了，离看电影、玩游戏的暑假没多少天了。但是，哎呀，还得通过期末考试才行，每个人都清楚这一点。因此，大家尽管表面上仍在说说笑笑，讲讲八卦是非，做点蠢事打发时间，背地里却在阅读考试变动的事宜，做着周密的筹划。

伯蒂·托德的幻象穿行在人群中，胡安则一路跟在后面。伯蒂不断向周围的人透露自己的课题内容，跟胡安的通信频道却充斥着冰冷的缄默。伯蒂对于其他学生极尽劝诱之能事，可那些人从未怎么帮过他，甚至连胡安·奥罗斯科的十分之一都比不上。胡安能听见部分对话——其他学生以为他俩是一组的，所以并没有屏蔽信号。看到伯蒂对自己感兴趣，大多数学生都特别高兴，因为在这方面，伯蒂·托德是费尔蒙特中学最出色的高手。他声称自己有高层次的人脉，也许是英特尔公司的点子孵化园，或者中国的软件合作机构。他不仅承诺能为每个人提供所需的资源，而且还暗示他们能获得远远超过好成绩的分数。

一些学生甚至向胡安询问细节，以为对方早已是课题小组的一分子。胡安微微一笑，装出一副全都了解却要保守秘密的模样。

伯蒂走到草坪角落，在车道边停下脚步。这里毗邻小学部，八年级学生不愿招惹五年级的小屁孩，因此靠近他们的地盘时都尽量小心翼翼的。车道上，接学生的汽车停靠在路边；再往前走是停放自行车的地方。一些学生骑着自行车或单轮脚踏车离开了学校，每个人似乎都在说说笑笑，做着计划。

胡安和伯蒂在草坪角落单独相处了半晌。事实上，只有胡安一个人。有那么一瞬间，他考虑关闭部分视觉同感功能，不再看伯蒂栩栩如生的幻象。老天，为什么不把它全部关掉？这就对了。阳光依然明媚和煦，依旧是一派春日气息。伯蒂消失了，仍有部分学生待在自行车停放处那边。费尔蒙特中学美轮美奂的塔楼不见了，取而代之的是旧马圈舍的普通木屋和新学校的塑胶混凝土大楼。在周围黄褐色和翠绿色山岭的衬托下，建筑呈现出褐色和灰色的色调。

不过，胡安没有彻底关掉通信频道。“那么，你决定好要跟谁组队完成本地考试了吗？”虚空中突然响起伯蒂的声音。他终于意识到胡安的存在了。

胡安大吃一惊，立刻开启视觉同感功能。伯蒂的幻象重新面朝他，心情甚好地咧嘴笑，开心的眼神能骗过任何一个并不了解他的人。

"你瞧，伯蒂，我很抱歉你无法来这儿加入课题小组。阿尔卡德先生真是个混球，把你硬塞给安德森学院那帮人。不过……"胡安突然来了灵感，"你可以坐飞机到这儿来参加考试！没错，你可以住在我家。我们一定能获得好成绩！"麻烦的问题一下子成了巨大的机遇。胡安心想，只要我能说服妈妈接受这个安排就行。

可是，伯蒂漫不经心地挥挥手，回绝了他的邀请："别担心，我忍受得了安德森学院的那些家伙。另外，我确信自己能帮你通过这场考试。"他的脸上露出狡黠的神色，"你知道我在威尔逊老师的数学考试中拿到了什么分数吗？"

"知道，你拿了优。很棒的成绩。十道题你全答对了。"数学考试的大部分题目比普特南竞赛[1]的还要难。威尔逊老师不允许学生们互相合作，搜索范围也只限于教室内。胡安只答对了四道题，拿到了及格的成绩。那些蓝色小药丸对于纯数学题帮不了他多少忙，反而是威尔逊老师教的试探法和符号运算软件的所有讲课内容最终起了作用。若是放到二十世纪，这些题目会难倒那时候一部分最聪明的学生；但到了现在，优秀的软件加上适当的练习，就连胡安·奥罗斯科这样的普通学生也能答对题目。费尔蒙特中学共有两名学生答对了全部十道题。

伯蒂的虚拟幻象露出不怀好意的笑容，拉长的脸庞转变成了卡通风格的大笑。胡安知道伯蒂·托德在解答抽象问题方面一窍不通，他更擅长从其他人那儿弄到正确答案。"哦，你偷偷溜出了考场！"考虑到伯蒂本就是借助幻象进入学校的，离开考场确实不难办到。

---

1. 普特南竞赛，全称为"威廉·罗威尔·普特南数学竞赛"，创立于1927年，参赛者是来自全球各地的高中生和大学生。

“胡安小弟，我永远不会承认这件事的。但假如我真的那么做了，而且没有被逮到……那不就证明，所谓的无辅助技能测试毫无意义了吗？”

“我……我想是吧。”胡安回答道。从某种层面上来说，伯蒂拥有不同于常人的是非观，“如果你能到圣迭戈来，那就更有趣了。”

伯蒂脸上的笑容褪去了一小部分——两人的冷战能在瞬息之间复原。

胡安耸耸肩，装作自己从未发出邀请。“好吧。但我还能加入你的课题小组吗？”

“啊，我来看看如何计划。我们至少还有十二个小时的时间挑选小组成员，对吧？我想更重要的是……你在本地考试中给自己一个好起点。”

胡安早该料到这一点的。伯蒂向来奉行“一物换一物”的原则，只是有时候需要费些功夫才能琢磨明白他想要什么。“那你觉得我应该和谁搭档？”胡安心想，*最好是个愚蠢的家伙，这样对方不会发现我的特别优势*，“我觉得拉克姆兄弟不错，我们的技能可以互补。”

伯蒂一脸精明地说：“唐和布拉德确实是不错的人选。但你应该已经读过评分标准了，你得找一个跟自己截然不同的人面对面合作，这占了本地考试分数的一部分。”他说话的时候仿佛在眺望草坪的另一头。

胡安转过身，顺着他的视线望过去。在集会厅旁边，高年级的学生在踢球——他们要在两周后才参加期末考试；还有几个跟胡安同级的学生似乎是在筹划本地考试，但他一个也不熟。

“你看大门那边，”伯蒂说，“我觉得你应该摆脱狭隘的思维模式，去邀请一下米丽娅姆·顾。”

“她吗？”*老天！米丽娅姆是个高傲自大、事事力求完美的人。*

“是啊，加把劲儿。你瞧，她早就留意你了。”

“可是……”没错，米丽娅姆和她的朋友正朝他们的方向望过来。

“你瞧，胡安，我和各种各样的人都合作过，从英特尔公司的老年住宅工程师到普拉切特圈子里的成员。既然我能做到，那你也——”

“可你都是通过虚拟幻象合作的。我没法跟她面对面交流。”

伯蒂开始把他往草坪对面赶。“就当这是一场测试，测试结果将决定你能否加入我的课题小组。虽然米丽娅姆不具备你对于交互界面的敏捷反应，”他意味深长地看着胡安，“但我一直都在关注她。米丽娅姆在威尔逊老师的数学考试中得了最高分，而且没有作弊。她是个语言高手。没错，她跟你想象中的一样自命不凡，就连她的朋友也不是真心喜欢她。不过，米丽娅姆不会对你充满敌意，因为你是一个社交活络、以学业为重的好学生，正是她应该喜欢的那类人。你瞧，她也在朝这边走来。”

此话不假，但米丽娅姆和同伴走得甚至比胡安还要慢。“但她看上去不太开心。到底是发生了什么事？”

“看见米丽娅姆后面的小个子视讯极客了吗？她在用激将法让米丽娅姆·顾邀请你。”

“你安排她那么干的，对不对？”胡安猜测道。

“当然。但安妮特——那名视讯极客——不知道是我唆使的。我们经常合作，但她一直以为我是某位住在纽约州阿蒙克的老妪。安妮特很喜欢分享关于学生的八卦消息，而我饰演的‘老妪’角色一直配合着她。”伯蒂突然升高音调，带着颤音说，“哦，我认为你的朋友米丽娅姆会喜欢那个叫奥罗斯科的少年的。”

老天啊，伯蒂！

双方迈着痛苦的步伐走向彼此，直到几乎能伸手触碰上。胡安暂时关闭了现实增强器。离开幻象的她们就是长相普通的女孩：安妮特是五短身材，脸上长着痘痘，头发似乎一个月都没梳过；米丽娅姆·顾比胡安高了近八厘米——实在太高了——她的肤色和胡安的一样深，但透出了金色的底色；一头黑发剪得短短的，衬托出宽脸庞和十分对称的五官。她穿着一件昂贵的智能服装，高频激光端口完美地隐藏在刺绣图案中——有钱人家的孩子都穿这样的衣服，上面通常还配有宽宽的磁条。不过，这件上面却没有磁条，外观显得轻盈简洁，运算能力大概比胡安所有的智能服装加在一起还要强，只有像她这样时髦聪颖的人才配得上。

此刻，米丽娅姆的表情像是尝到了什么难吃的东西。胡安心想，你也不喜欢眼前这个人，对吧？但她先开了口："胡安·奥罗斯科，大家都说你很聪明，对于交互界面反应敏捷。"她打住话头，耸了耸肩，"那么，你想和我在本地考试中合作吗？"

伯蒂的幻象朝她做了个丑陋的鬼脸，不过只有胡安一个人能看见。"好啦。"伯蒂说，"胡安，态度好一点儿。告诉她，你从一开始就考虑和她组成一支好团队，而且相信你们会获得绩点的。"

这些话卡在胡安的喉咙里，怎么也说不出来。米丽娅姆·顾实在太难合作了。"也许，"胡安最终开口了，"我得先看看你有没有才智，能带来什么好点子？"

她眯起眼睛。"我既有才智，也有好点子。我的课题构思尤其无敌，能让费尔蒙特中学真正成为'圣迭戈北部的玫瑰'。"最后半句话出自学校董事会，他们和阿尔卡德校长希望这些本地课题能展示费尔蒙特中学的良好形象，与市中心和埃尔卡洪的那些学校不一样。

胡安耸耸肩。"呃，那挺好。我们应该能组成阿尔卡德喜欢的那种反差鲜明的小组。"其实我真心不想这么做，他心想，"以后再找个时间详细讨论吧。"

安妮特插话进来说："不行！你们需要马上组队！"她说话的同时，投射出各种流行文化视频片段，最终定格在了斯皮尔伯格与J.K.罗琳联合制作的电影的女主角身上。安妮特同时抓取背景影像，将费尔蒙特中学变幻成一座童话风格的城堡——去年秋天的万圣夜游行中她就用了同一套素材，许多家长都看得入迷。然而在学生们看来，费尔蒙特中学在某个方面并不符合魔法设定：现实生活中，这里是加利福尼亚南部，一切由麻瓜说了算。

米丽娅姆转过身，怒视着将幻象变成英国褐发女巫的朋友。“安妮特，闭嘴吧！”她转身面向胡安，“但她说得对，奥罗斯科，我们今晚就得做决定。晚上六点，你到我家来商量。这样如何？”

伯蒂自鸣得意地露出满意的笑容。

“呃，好吧。”胡安说，“但……我需要亲自过去吗？”

“当然。这可是本地考试。”

“哦，那么好吧。我会去的。”胡安心想，肯定能找出什么借口不去她家。伯蒂到底打算干什么？

米丽娅姆向前迈出一步，伸出手。“我们握个手吧。”

胡安伸出手握了握，似乎感觉到了微弱的电流——这一定是他想象出来的。但突然冒出的信息显然是真实的：两个带感叹号的句子从他的视域中闪过。

米丽娅姆·顾和她的朋友转过身，沿着车道往回走，传出了咯咯的笑声。胡安注视了许久。安妮特飞快地从一百万部老电影和新闻报道中提取画面和声音。她能轻而易举地检索视频档案并重新排列，图像对她来说如同语言一般自然。安妮特堪称这一类的天才。或许，那些蓝色小药丸还有其他口味。

我在想什么？胡安按下心思，转过身，向自行车停放处走去。

“米丽娅姆最后跟你说了什么？”伯蒂漫不经心地问。

胡安斟酌着回答，不想惹得伯蒂再次雷霆大怒。“消息很奇怪。她最后说：‘如果要组队，她不希望任何人远程参与。’”

“当然，这毕竟是一场本地考试。另一条消息说了什么？”

“另一条就更奇怪了。她猜测你徘徊在附近，因此特别指出，如果我把消息告诉你或者让你参与进来，她会查出来的。而且，她不会再跟我搭档，就算成绩不及格也在所不惜。”事实上，这就是那条信息的全部内容，透出了一种不可谈判的语气。胡安竟有些羡慕。

两人静静地走完剩下的路，来到胡安的自行车旁。伯蒂不以为意地拉长了脸。这可不是什么好兆头。胡安骑车经过纽帕拉路，翻过山坡，顺着长长的下坡路朝家里蹬去。伯蒂的幻象变出了一条飞毯。他爬到飞毯上，像游魂一样跟在胡安身旁。这个办法着实不错，影子一直紧紧贴着路肩。不过，伯蒂制造的幻象叠加层挡住了胡安的大部分视域，让他无法观察真实交通最为自然的路线。

他为什么不能飘浮在另一边，或者仅仅以声音的形式出现呢？胡安偷偷调节了幻象的透明度，希望对方没有察觉到变化。

“好了，伯蒂。你要求我做的事已经完成了。现在，咱们来聊聊无限制考试。我确信自己能当个帮手。”假如你让我加入小组的话，胡安心想。

伯蒂沉默地思忖起来。接着，他点点头，发出舒缓的笑声：“当然，胡安。无限制课题小组需要你，你会成为我的重要帮手。”

忽然间，这个下午变得让人快乐起来。

胡安骑车滑下陡峭的山坡。风吹动他的头发，拂过他的手臂。这不是人工模拟出来的风，至少在没有磁条的情况下办不到。山谷的全景展现在胡安眼前，阳光明媚，水汽氤氲。距离下一个上坡还有近两公里的路，再往前走就到了福尔布鲁克。胡安现在加入了伯蒂的课题小组。“伯蒂，我们的无限制课题是什么？”

“嘿，喜欢我的飞毯吗，胡安？”伯蒂懒洋洋地绕着胡安飞了一圈，“是什么让它如此逼真？”

胡安斜视着他：“我的隐形眼镜，或者你穿的智能服装？”当然，如果没有智能服装处理图像的话，隐形眼镜的显示功能将毫无用处。

“你说的这些都是输出装置。但我的幻象又是如何出现在你身边的呢，无论你在哪儿？”他满怀期待地看着胡安。

够了，伯蒂！胡安虽然心里如此抱怨，但还是回答道：“好吧，因为有万维网。”

“是的，你基本上答对了。然而，远程网络老早以前就存在了。是如今环境中遍布的网络节点赋予了我们适应性。看看你的周围！”伯蒂给环境做上标记，突然间，路边的岩石、附近的汽车，甚至胡安的衣服上都出现了几十处虚拟闪烁光点。伯蒂再次比画起来，山谷里顿时亮起数千处虚拟闪烁光点。那些都是两三程转发中继段之外的节点。

“行了，伯蒂！好吧，本地网络也很重要。”

伯蒂兴奋不已：“正是这样。那些拇指大小的装置能够实现低功率无线通信，刚好起到定位的作用；功率更低的短程激光器则引导激光准确抵达目标接收器。如今，一切都如此流畅。除非凑近看或使用网络嗅探器，否则你几乎无法发现它在运行。你认为在这片改造过的区域里共有多少个独立节点，胡安？”

答案显而易见。“呃，目前来说，费尔蒙特中学前面的草坪共有……二百四十七个独立节点。”

“没错。”伯蒂说，“那么，开销最大的环节是什么呢？”

胡安笑着说：“当然是清除垃圾！”这些装置成本低廉，极易损坏老化，需要依靠太阳能来维持电池运转。虽然更换新装置很容易，但几个月后你又会得到遍地的金属垃圾——坚硬，丑陋，一般都有毒性。

胡安突然止住笑声：“噢，伯蒂。这就是你的课题？使用可生物降解网络节点？这想法真不一般！”

“是的！朝着有机节点的目标而取得任何进展，都值得拿到优。我们也许碰上了好运气。我接入了所有合适的科研团队，其中就包括麻省理工学院的基斯特勒。他本人并不知情，但他手下的一名研究生跟我在同一个委员会。”基斯特勒的团队正在开展有机替代物的前沿性研究，但目前的工作停滞不前。伯蒂找到的其他团队还包括印度的点子市集和一些几乎不与任何人交谈的西伯利亚人。

胡安思考了片刻：“伯蒂，我敢说，上个月我为你做的文献调查肯定能给这个课题帮上忙！”见伯蒂面无表情，胡安补充道，“你还记得我对有机衰变过程中电子转移的分析吗？”虽然那只是伯蒂提出的一个愚蠢谜题，但给了胡安在低压力下锻炼自己能力的途径。

“对啊！”伯蒂边说边拍打额头，“当然了！虽然并不是直接相关，但它可能给其他人带来一些新的想法。”

两人一路讨论着细节，穿过了山谷底部，路过新近开发的地段，沿着通往旧赌场的下坡路骑去。伯蒂没能找到新的节点，幻象和飞毯闪烁了一下，然后消失了。

“真不明白你为什么非得生活在未经改造的地方。”伯蒂在他耳边嘟哝道。

胡安耸耸肩。“邻近区域已经建好激光器和无线装置了。”实际上，他觉得没了飞毯的干扰挺好的。他让自行车的助动器推着自己爬上山坡，再下坡进入梅西塔斯。“那么，我们怎么在考试的时候并行协作？”

“很容易。我会花两个小时和西伯利亚人聊聊，然后将打听到的情况发给我混入的其他科研团队。我不知道研究什么时候才有突破。费尔蒙特中学这边也许只有你和我两个人。今晚你和米丽娅姆·顾见完面后，记得找我交流一下进展。咱们到时再看看如何利用你的‘魔法记忆’。”

胡安皱起眉头，沿着人行道和公寓飞快地蹬脚踏板。他居住的这片区域很老旧，就算没有虚拟增强，也相当吸引眼球。

伯蒂注意到他没有回应。“你有什么问题吗？”

有！胡安不喜欢伯蒂直截了当地提起蓝色小药丸，但也明白那就是他的风格。事实上，今天的一切都是按照伯蒂的方式来办的。这样既有好的一面，也有坏的一面。“我只是有点担心本地考试。虽然米丽娅姆成绩很好，也很聪明，但她真的有什么吸引人的优点吗？”其实胡安真正想问的是，为什么伯蒂非要逼他接受这次合作。不过，他知道自己无论怎样措辞，都可能引得伯蒂再次冷若冰霜。

“不用担心，胡安。她在任何一个小组里都会干得很出色。我一直都在关注她。”

这倒是个新消息。胡安大声地说：“我只知道她有个在念高中的哥哥，笨得很。”

“你是说蠢材威廉吗？他确实很笨，但不是她的哥哥。不，米丽娅姆既聪明又坚强。你知道她是在阿西洛马长大的吗？”

“拘押营吗？”

“是啊。呃，她那时还是个婴儿，但她父母知道的东西有点多。”战争时期，许多对军事科技所知甚多的华裔美国人都有这种遭遇。但这已经是老皇历了。伯蒂的说法与其说提供信息，不如说让人震惊。

“呃，好吧。”继续问下去也不会有多少收获，至少，胡安心想，伯蒂让我加入他的无限制课题小组了。

胡安差不多到家了。他穿过一条街道，冲上自家门前的停车道，低头避开刚刚升起、嘎吱作响的车库大门。“今晚你和东亚方面联系时，我会去趟米丽娅姆家，准备本地考试。”

“好的，好的。”伯蒂说。

胡安将自行车靠在杂物堆旁，在厨房门前停下脚步。伯蒂虽然已经帮他搞定了每件事，但似乎还打算掺和他的本地考试。“对了，米丽娅姆和我握手时表达的意思十分明确，她不希望你出现在小组里，连旁观也不行。好吗？”

“当然，没问题。我去忙了。谢了！”伯蒂的声音终止时，传出了一声特别响的咔嗒声。

显然，胡安的爸爸路易斯·奥罗斯科已经回到了家，此时正在厨房里打发时间，他心不在焉地跟儿子挥了挥手。这座房子有一套不错的内部网络，信号来自屋顶的一个固定基站。胡安几乎下意识地忽略了眼前的画面，他对于爸爸在看什么或者幻象身处何地没有兴趣，也不想了解。

他灵巧地从爸爸身旁走过，进入了自己的卧室。路易斯·奥罗斯科的父亲在一九八〇年代是非法移民，那时住在圣迭戈北部由硬纸板搭建的棚屋里，甚至藏在峡谷中的泥泞地道下。胡安的祖父母辛勤工作，只为养育他们的独生子，路易斯·奥罗斯科努力学习，最终成为一名软件工程师。有时候，当重回现实世界后，爸爸会笑着说自己是全世界首屈一指的雷格纳5型系统专家——有那么一两年，这曾是一项炙手可热的职业，但三年的教育只换来了几年的收入。这种事发生在许多人身上，有些人因此变得颓废潦倒，胡安的爸爸就是其中一员。

“老妈，你现在有空吗？”在胡安说话的同时，一部分天花板变透明了。

此时，伊莎贝尔·奥罗斯科正在楼上工作。听见儿子的声音，她好奇地低头向下看，“嘿，胡安！我以为你参加期末考试，要很晚才回家。”

胡安一边上楼，一边说：“我还有好多事要做。”

“啊，这么说你会待在家里忙活了？”

胡安走进妈妈的工作室，匆匆地拥抱了她。“不，我只会留下来吃晚餐，一会儿还要去拜访做本地课题小组的搭档。”

妈妈全神贯注地正视着他：“我刚刚获悉关于考试的消息。听上去像个好主意。”妈妈一直认为实地学习十分重要。在胡安小时候，她总是带他一起去各地实地考察。

“哦，是的。”胡安说，“我们会学到很多知识的。”

妈妈的目光顿时变得锐利起来。“伯蒂没有参与进来吧？”

“嗯嗯，没有，老妈。”胡安无须提及无限制考试的事。

“他眼下不在这座房子里，对吧？”

“当然不在，老妈！”待在家里时，胡安总是拒绝父母打探自己朋友的情况。妈妈对此心知肚明。“等伯蒂来家里拜访时，你准会见到他的，就跟我的其他朋友造访时一样。”

“好吧。”妈妈的神色有些尴尬，但她至少没再发表“小伯蒂很不可靠”之类的看法。她的注意力在片刻间转向别处，手指开始飞快地敲击键盘。胡安看见她的幻象去了博雷戈泉，正为一些从洛杉矶来的电影人带路。

“我不知道今晚能不能搭上车，我的搭档住在福尔布鲁克的北部。”

“稍等一下。”妈妈结束了手头的工作，“好了，你的搭档是谁？”

“一名十分出色的学生。”他给出了米丽娅姆的详细信息。

妈妈有点诧异和疑惑，咧嘴笑道：“挺好的……没错，她是个出色的学生，你们刚好互补。”她顿了顿，查了一下顾家的住址，“她家注重隐私，但也没关系。”

“她家在安全的城镇地带。”

妈妈咯咯笑起来：“是的，非常安全。”她遵守学校的规定，没有询问小组课题的具体情况。这样也好，因为胡安还不知道米丽娅姆·顾打算做什么课题。“记得避开彭德尔顿军营，听见了吗？”

“知道了，老妈。”

“行，你吃完晚餐就出发吧。我这边有几位能让我赚大钱的客户，所以眼下不能休息。你去楼下给自己和爸爸弄点吃的。即使你不知道那些不切实际的鬼话，也能找到工作。记得从本地考试中学点有用的东西，好吗？”

“好的，老妈。”他咧嘴笑道，轻拍了一下妈妈的肩膀，然后跑下了楼。爸爸的编程事业尽毁后，妈妈在411信息服务台工作得越发努力。如今，她对圣迭戈和相关数据的了解在全世界都无人能及。她的大多数业务仅仅持续几十秒或几分钟，例如给别人带路，或者解答难题；另一些业务——整理移民历史资料等等——则一直在进行中。妈妈三番五次地强调，她的工作其实是由数百种不起眼的小任务组成的，而且没有哪种需要借助当下流行的高科技。要是换成胡安来做，他肯定干得很糟糕，这是妈妈说出口的以及言外之意所传递的信息。

胡安看着坐在餐桌对面的爸爸，明白妈妈的担心是有原因的——他在六岁时就意识到了这一点。路易斯·奥罗斯科像是忙于工作一样心不在焉地吃着饭，然而，飘浮在房间内的画面仅仅是被动接收的肥皂剧。到了深夜，爸爸也许会花钱购买可互动的电影，但画面也没多少吸引力。爸爸总是沉湎于过去，或者待在虚拟世界。妈妈担心胡安也会落得同样的下场。我才不会呢，胡安心想，无论当下最热门的技术是什么，我都能学会它，而且是用几天而不是几年。一旦最热门的技术过时了，我会学习出现在面前的新东西。

妈妈仍在努力工作。她是个了不起的人，但411信息服务台进入了死胡同。也许是老天仁慈，没有让她意识到真相。当然，胡安也永远不会告诉妈妈真相，从而伤她的心。可是，现实世界实在逊毙了。虽然圣迭戈历史悠久、产业发达，还建有多所大学，但与每分每秒环绕人类的虚拟世界相比，它就不值一提了。很久以前，胡安的爸爸也希望成为这个世界的一分子，但他没跟上转变，或者说适应得不够好。

但我不一样，胡安心想，蓝色小药丸会改变这种局面——尽管代价高昂。有时候，胡安的大脑会一片空白，甚至连自己叫什么都记不起来。这个毛病总是一时发作，过上一晌后又停止。直到现在仍是如此。对于定制的非法药丸，你永远拿不准它会有什么副作用。

胡安无比坚定地暗下决心：我会适应这个世界的种种变迁，不会像爸爸那样一败涂地。

胡安让汽车将他送到距离顾家两个街区以外的地方。他告诉自己，这么做是为了感受一下这个社区。毕竟，这里不是一处人人皆可造访的地方。但那不是真实原因。事实上，他觉得车子开得太快，自己还没准备好面对本地课题小组的搭档。

福尔布鲁克虽然不是富豪区，但比梅西塔斯富裕得多，也更现代化，主要是因为一个事实：它毗邻彭德尔顿军营的东入口。胡安走在傍晚的余晖下，四处张望，街上只有寥寥数人：一名慢跑者，还有几个玩着令人费解的游戏的小孩。

所有增强都关闭了。这里的房子都显得很低矮，呈现石砌建筑的外形，跟街道有一大段距离。一些庭院收拾得很漂亮，多肉植物和矮松修剪整齐，犹如大型盆栽；其他庭院也相当干净，种着遮阴的树木，地上要么是像日式枯山水那样在沙砾地里耙出图案，要么是自动修剪的干草坪。

胡安开启视觉同感功能。毫不意外的是，这个社区的现实增强做得很好，增强后的景致漂亮极了：夕阳照射着喷泉和青翠的草坪，低矮的石砌房屋显现出窗户和通风天井。一些地方处在灿烂的余晖中，其他地方则半遮半掩于阴影中。这里既没有公用传感器，也没有广告和涂鸦。整个社区完美地保持一致，共同组成一件巨大的艺术品。胡安感觉自己打了个冷战。在圣迭戈的大多数地方，你都能看到不顾社区形象、与左邻右舍格格不入的怪诞风格。跟大多数公共社区相比，福尔布鲁克比其他社区管控得更加严格，让胡安感觉似乎有人正在监视这儿的一切，准备抗击入侵者。事实上，这个监视者的首字母缩写是USMC（美国海军陆战队）。

胡安斜上方的指引箭头亮了起来，拐入一条小巷，俯冲到右数第三栋房屋前。他放慢脚步，甚至想绕着街区走一圈。

*老天啊，胡安心想，我还没想好怎样与米丽娅姆的父母交谈。*成年的华裔美国人大多奇奇怪怪，尤其是那些曾经受到拘押的人。他们被释放后，一些人离开美国，去了墨西哥、加拿大或欧洲；剩下的大多数恢复了原来的生活——甚至回到政府工作岗位——但带着程度不一的怨恨；还有一些人帮助结束了那场战争，使得政府在过程中显得十分愚蠢。

他走上顾家的停车道，同时最后一次查询米丽娅姆家的情况。假如蠢材威廉不是米丽娅姆的哥哥，那他到底是谁？威廉从未引起大家的关注，也没有传出什么流言蜚语——费尔蒙特中学对学生档案一直严格保密。胡安四处搜索，找到了公共摄像头拍摄的画面。再给他几分钟，就可以把威廉的底细全搞清楚……

可此刻，他已经站在顾家的前门外了。

米丽娅姆·顾站在门口。胡安本以为她会抱怨自己迟到了，但对方仅仅是招手让他进来。

通过大门后，街道的幻象突然消失。他们站在逼仄的门厅里，前后都是紧闭的大门。米丽娅姆在里头那扇门前停下脚步，转身看着他。

四周传出噗噗的响声，胡安觉得有东西在烧他的脚踝。“嘿，不要烧毁我的设备！”虽然他还有其他的智能服装，但家里并不富裕，不能随便浪费。

米丽娅姆盯着他：“你难道不知道吗？”

“知道什么？”

“我十分小心，烧毁的并非你的设备，而是偷偷藏在你身上的装置。”她打开里面的大门，整个人立刻变得文质彬彬、亲切大方。准是家里的大人在一旁看着。

胡安跟着她走进去，重启智能服装。墙壁顿时变得漂亮多了，上面覆盖着丝绸挂饰。他看见自己在顾家系统中享有访客权限，但找不到除她家以外的其他通信频道。智能服装的所有功能运转正常，包括三百六十度视域和特等听觉在内。那么，刚才的响声和发热是怎么回事？那一定是其他人藏在他身上的装置。之前胡安一直像个傻瓜一样走来走去，后背像是被贴了一块“踢我”的牌子。实际上，情况比那更糟糕。他记起自己向妈妈保证过，会让她见到他带回家的所有朋友。现在，这句话变成了谎言。费尔蒙特中学有一群喜欢乱开玩笑的家伙，但这次的举动实在太恶劣了。谁会做这样的事……是啊，除了那个人还会是谁？

胡安走进一间天花板甚高的起居室，一个留着平头的矮胖亚洲男人正站在壁炉旁。胡安见过这个人的照片，凭借其中一张认出了这张面孔：他是威廉·顾，米丽娅姆的爸爸。显然，他和蠢材威廉用了同一个名字。

米丽娅姆蹦到爸爸面前，露出笑脸。“威廉，我想让你见见胡安·奥罗斯科，他和我在一个本地课题小组里。胡安，这位是我的爸爸。”

这家人真古怪，胡安心想。他无法想象自己对爸爸直呼其名的样子。

“胡安，很高兴见到你。”顾先生的握手很坚定，表情温和但难以捉摸，“到现在为止，你有没有享受期末考试？”

享受？“有的，先生。”

米丽娅姆转过身，说：“爱丽丝，你现在有空吗？我想让你见见——”

一个女人的声音响起：“亲爱的，稍等一下。”不到两秒钟后，一个圆脸女人迈进了起居室。胡安也认出了她……除了那身着装。今晚，爱丽丝·顾穿的是美国海军陆战队在分时模式下的中校军服。当米丽娅姆做介绍的时候，胡安注意到顾先生的手指在叩击皮带。

“哎呀，抱歉！”爱丽丝·顾的海军陆战队军服突然变换成一身商务套装，“哦，亲爱的。”商务套装又变成了一件家庭主妇连衣裙。胡安记得在照片里见过这身着装。两人握手时，她全然一副单纯的母亲模样，“我听说，你和米丽娅姆在做一个十分有趣的本地课题。”

“差不多吧。”胡安心想，我倒是希望米丽娅姆能拨冗告诉我要做什么课题。不过，胡安不再怀疑她的能力了。

“我们想知道更详细的情况。”

米丽娅姆做了个鬼脸。“威廉！你知道我们不应该讨论这个的。如果进展顺利的话，我们今晚就能统统搞定。”

啊?！胡安感到意外。

顾先生注视着胡安：“我知道学校的规矩。违反规定的事，我连想都不会想。”他挤出一个微笑，“但作为父母，我们至少应该知道你们打算去现实世界中的哪个地方。假如我理解得没错的话，你们不能远程完成课题。”

“是的，先生。”胡安说，“此话不假。我们——”

就在胡安词穷的时候，米丽娅姆赶紧接过话头说：“我们要去托里松公园。”

顾太太沉默片刻，然后开口了：“哦，那地方看着挺安全的。”

顾先生也点了点头。“但你们应该在没有外部联网的地方完成本地课题——”

“除非出现紧急状况。”

顾先生若有所思地叩击手指。胡安关闭室内的视觉同感功能，将对方的画面放大。顾先生穿得很休闲，但衣品胜过大多数成年人。在增强景象中，他看起来很温和，块头有点大。但在现实世界中，他却显得结实多了。胡安回想起来，刚才跟他握手时，他的手掌边沿长着老茧，就像电影里的军人一样。

顾太太看了眼丈夫，朝他微微点头。然后，她转回身面向胡安和米丽娅姆。“我觉得没什么问题。”她说，“但我们要提两点要求。”

“只要不违反考试规定就行。”米丽娅姆说。

“我认为不会违反。首先，公园里没有基础设施，也不允许游客擅自搭建网络，所以你们得带上地下室的老式独立装备。”

“嘿，那真棒，爱丽丝！我正想问你这个呢。”

胡安听见身后有人走下楼梯，但没有转身。他借助设备回头看，但半个人影都没见到，访客权限也不允许他透视墙壁。

“其次，”顾太太接着说，“我们认为威廉应该跟你们一起去。”

米丽娅姆的爸爸？不……应该是蠢材威廉。天哪！

这次，米丽娅姆没有争辩，只是点了点头，轻声说：“好吧……如果你们认为这么做最好的话。”

胡安不假思索地说道：“可是……”他的语气变得胆怯起来，“这么做难道不会违反考试规定吗？”

他身后传来一个声音：“不会。看看考试要求，奥罗斯科。”说话的人正是蠢材威廉。

胡安转过身，跟他打了个招呼："你的意思是，你不算小组成员？"

"是的，我只会是你们的护卫。"蠢材威廉和他的家人有着一样的宽脸庞和肤色。他几乎和顾先生一样高，但骨瘦如柴，面庞汗津津的，就像……哦，胡安突然意识到，他俩确实是一对父子，但谁是父谁是子并非他原以为的那样。

"老爸，这事由你决定。"顾先生说。

老威廉点点头。"我想去。"他笑着说，"小家伙总是跟我说，中学生活有多古怪。我终于有机会看看她说的究竟是什么意思。"

米丽娅姆·顾的笑容有些勉强。"呃，我们很高兴和你一起去。胡安和我想看一下地下室的装备，但我们应该会在大约半小时内准备妥当。"

"我到时等着你俩。"老威廉颤巍巍地挥挥手，离开了起居室。

"爱丽丝和我允许你俩去制订计划。"顾先生说着，朝胡安点了点头，"很高兴认识你，胡安。"

胡安低声向顾先生和顾太太说了几句合适的客套话，然后任由米丽娅姆带着自己离开起居室，走下一段很陡的楼梯。

"啊哈！"他的视线越过她的肩膀，"你们家果真有间地下室。"这不是胡安真心想说的话，他准备稍后再讲。

"哦，是啊。在福尔布鲁克，所有比较新的房屋都有地下室。"

胡安注意到，政府颁发的建筑许可里并没有注明这一条。

楼梯底端有一个照明充足的房间，墙壁和天花板都覆盖着灰色的塑料膜，但在增强景象中，墙面镶嵌着暖色红木板，天花板则高耸得让人难以置信。可无论在哪种景象中，房间里都塞满了纸板箱，箱子里装着废旧的儿童玩具、运动设备和说不清用途的破烂儿。加州南部的地下室本就少得可怜，但这间房在顾家的用场显然和胡安家对车库的用法一样。

"我们能带上这套备用传感装备真是棒极了。"米丽娅姆在箱子里翻找起来，"不过麻烦的是，这些粮电组合搁了好久。"

胡安在地下室门口踌躇不前，双臂交叠，怒视着米丽娅姆。

她扫了一眼胡安，看出他有些生气。“怎么了？”

“我来告诉你‘怎么了’！”他的嘴里大声蹦出这句挖苦的话。接着，他克制住内心的愤怒，向她传送一对一的信息：“我之所以今晚到这儿来，是因为你说要商量本地考试的事。”

米丽娅姆耸耸肩。“没错。”她用平常的语调大声地回答道，“但假如我们抓紧时间，今晚就能搞定整个课题，这将是一项不太需要背景调查的任务——”

他依然采用发送信息的方式回复道：“小组成员本应该互相协作，你却在命令我！”

现在换成米丽娅姆皱起眉头了。她朝着和胡安相反的方向伸出一根手指，继续大声地说道：“你瞧，我有一个应付考试的好主意，而你是副手的理想人选。整个八年级里，只有你和我在个人背景和外在形象上相差最悬殊。学校喜欢这种搭配，所以我需要你派上这个用场。除了紧紧跟在我后面，你不用做任何事。”

胡安过了一会儿才说：“我又不是你的受气包！”

“可你是伯蒂·托德的受气包。”

“我不干了。”胡安转身朝楼梯走去。楼梯口灯光昏暗，他踩到第一级就趔趄了一下。

米丽娅姆·顾追上他，打开了灯。“等一下。抱歉，我不应该说那种话。但不管怎样，咱俩都得通过期末考试。”

是啊，到这个时候了，大多数本地课题小组已经成形。不仅如此，他们大概已经进入课题筹划阶段了。假如胡安不和她组队，也许就得彻底放弃考试。“好吧。”胡安走回地下室，“但我得知道你的‘提议课题’的全部情况。我需要拥有话语权。”

“好的，当然可以。”米丽娅姆深吸一口气，“咱们坐下来谈吧。你现在已经知道了，我想去一趟托里松公园。”胡安已经准备好接受更多的随机噪声。

“是的。”事实上，自从米丽娅姆向父母提出这个想法后，胡安就一直在研读公园的资料，“我注意到，那个地方近期没什么传闻……如果你知道那儿将要发生什么事，我想你应该能占据优势。”

米丽娅姆笑了起来，比得意的笑容更加开心。“我也是这么想的。顺便一提，你可以开口说话，就算跟我争吵也没关系。只要我们压低声音，威廉和爱丽丝就不会听见，因为事关我们的家族荣誉。”她看见胡安猜疑的眼神，流露出一丝嘲讽的语气，“如果他们真想偷听，你的一对一通信根本不会起什么保护作用。虽然我的父母从未明说，但我敢打赌，他们甚至能获悉两人握手时的窃窃私语。”

“好吧。”胡安开口大声地说，“我只想让你直截了当地回答我，你在托里松公园发现了什么？”

“虽然都是些毫不起眼的信息，但加起来可了不得。你看，这是今年春天护林员关闭公园的日期；这是同一时期的天气情况。他们对关闭公园没有给出令人信服的解释。另外，一月份关闭公园后，他们仍然接待了来自冷泉港的游客。”

胡安看着米丽娅姆展示在两人之间空间里的统计数据和图片：“没错……但那些游客大多是出席加州大学圣迭戈分校举办的实体会议的贵宾。”

“可那次会议的筹备时间不足十八个小时。”

“所以呢？‘当代科学家必须有适应现代社会的能力’。”

“不是这样的。我看过他们的会议论文，都没什么说服力。事实上，正是这一点勾起了我的兴趣。”她上身前倾，“经过四处搜寻，我发现这次会议只是个幌子，真正邀请他们的是福克斯华纳电影公司和一家游戏公司。”

胡安看着论文摘要，压制住想要呼叫伯蒂的冲动。跟伯蒂聊天总是很有收获，因为他能给出独到的观点，或者知道去问谁。“呃，我想，加州大学圣迭戈分校的人应该做得更专业一些。”他随口说道，“你觉得这从头到尾都是电影公司的宣传策划？”

"是的，而且他们想赶在暑期档上映。想想看，各家大型电影公司在今年春季是多么安静啊！既没有放出小道消息，也没有炒作任何丑闻，就连愚人节档期都没有启动宣传。他们彻底骗过了二线电影公司，但也逼得其他同行抓狂起来。要知道，福克斯华纳、斯皮尔伯格与罗琳、索尼等大公司相互竞逐的势头比去年更厉害。大约一周前，我查到福克斯华纳电影公司跟马科·费雷蒂、查尔斯·沃斯签订了电影合作协议。这两个人是世界一流的生物学家，来自冷泉港实验室，而且都出席了加州大学圣迭戈分校的会议。从那时起，我就一直在追踪他们。一旦你猜到要寻找什么，秘密就很难藏匿下去了。"不过，电影预告片原本就是想被别人发现的"秘密"。

"不管怎样，"米丽娅姆继续说，"我认为在这个暑期档，福克斯华纳公司打算将电影押在生物科幻题材上。去年，游戏公司已将大半个巴西搅得天翻地覆了。"

"是啊，那些关于恐龙的网站。"在两个月的时间里，全世界的玩家频繁造访巴西的城镇和相关网站，为游戏公司虚构的"白垩纪入侵"补充证据。时至今日，这一事件造成的影响依然到处流传，成为受到数百万人创造性关注的次生现实。过去二十年里，全球网络逐渐成为一个充斥着伪造网站和虚假消息的垃圾堆。在版权到期之前——通常会有许多年——一部电影在网络上的影响力会不断壮大，变得比正儿八经的数据库更加详尽和连贯。身处网络时代，最困难的要数区分真实和幻想。用一则司空见惯的笑话来解释就是：假如真正的"太空怪兽"造访地球，只要看一眼全球网络上记载的可怕事件，它们就会尖叫着逃回母星。

胡安点开若干链接，查看了一番米丽娅姆提供的证据。"你阐述得很清楚。我猜，今年暑期会很有意思。不过，在地球和月球之间有那么多地方可供电影人选择，他们为什么会跑到圣迭戈来拍暑期大片呢，更不用说在托里松公园了？"

"他们已经开始拍摄最初的镜头了。要知道，硬核的早期参与者早就被吸引来了。最近几周，公园出现了微小的环境变化，动物活动也不同寻常。”

胡安觉得米丽娅姆的证据站不住脚。托里松公园从未经过改造，也没有连接本地网络……也许，这才是电影人选择此地的关键所在。米丽娅姆在德尔马高地上用游客望远镜暗中观察过，也做了许多分析。她要么掌握了难得而宝贵的优势——早期预兆——要么就是在瞎扯一通。“好吧，就算托里松公园发生了什么，而你又掌握了情报并占据优势位置，但这件事和电影人之间依然只有含糊的关联。”

“还有更多的关联。昨晚我的推测从‘不确定’变成了‘貌似可信’，甚至可以说是‘极具说服力’。福克斯华纳公司派出的一支先遣队已经抵达圣迭戈。”

“但他们去的是博雷戈泉。那地方在沙漠里，离托里松公园还远着呢。”

“你是怎么知道的?！我费了好大劲儿才挖出这条信息。”

“我妈妈在为那些电影人带路。”该死的，胡安说完才意识到，妈妈的工作大概要求不得对外透露。

米丽娅姆饶有兴趣地看着胡安：“她在和他们共事吗？那可真棒！这层关系能让我们领先一大步。你能不能问一下你妈妈——”

“我不清楚。”胡安将身体往后一靠，开始回想妈妈贴在家中的日程表。她在沙漠的向导工作要保密十天，外界根本查不到。他检查了一下保密特权凭证，出于对妈妈的了解，他大概能猜出她是怎样加密信息的。说不定，他能弄到一些可靠消息。胡安真心想通过这场考试，但……他稍稍欠身：“对不起，她把信息加密了。”

“哦。”米丽娅姆若有所思地看着他。

米丽娅姆率先发现了福克斯华纳公司对暑期大片的布局，这会给予费尔蒙特中学在电影拍摄上的有利地位。这个课题肯定会在考试中拿到优。虽然这次的收益规模要等到电影上映后才清楚，但至少在五年版权期内会获得一大笔收入。假如这个请求是伯蒂·托德提出的，此刻他一定会苦苦恳求胡安想想未来和团队，侵入妈妈的数据空间，因为就算她知情后也一定会帮忙的。

然而片刻后，米丽娅姆只是点了点头。“好吧，胡安。有尊重之心是件好事。”她回到箱子旁，再次翻找起来，“那我们还是回到我掌握的线索上来。福克斯华纳公司准备在圣迭戈有所动作，电影人将在托里松公园搞出些名堂。”她拖出一只只看上去像是牛奶纸盒的东西，把它们摆到另一只箱子上。“这些是粮电组合。”她含糊地解释道。

接着，她从另一只开启的箱子里面取出了一副硕大的塑料眼镜。胡安一开始以为那是潜水镜，但发现它罩不住鼻子和嘴巴。他向智能服装发送信息查询指令，但没有动静，于是转而搜索起眼镜的实体外观。

“对了，”她一边说一边又掏出两副眼镜，“我的无限制课题刚好也与之相关。我和安妮特想找出电影季的秘密。到目前为止，我们并未关注圣迭戈，但针对福克斯华纳公司的调查得出了一致的结论。你想加入我的无限制课题小组吗？如果今晚顺利的话，我们可以将两个课题的结果合并在一起。”

哦，真是相当慷慨的提议。胡安没有立刻回答，而是佯装自己完全被古怪奇特的设备吸引住了。现在，他认出了这些眼镜——《2005年简氏传感器》上出现过一模一样的款式——但找不到用户使用手册。他拿起第一副眼镜，翻来覆去地看。表面有一层像是廉价食品包装袋内侧的那种哑光漆，转动眼镜时，表面不会反射出五彩缤纷的明亮颜色，而是任由颜色流动，与塑料箱壁的真实颜色混合在一起。这种利用颜色实现的伪装相当简陋，在智能环境下几乎毫无用处。最后，他装作顺便一提的样子回答道：“我不能加入你的无限制课题小组，因为我早已加入伯蒂的小组了。或许这无关紧要，你知道安妮特私底下在和伯蒂合作吧？”

“真的吗？”她的目光锁定在胡安身上好一阵，然后说，“我早就该想到的，毕竟，安妮特没那么机灵。所以，伯蒂一直把我们耍得团团转。”

是啊，胡安心想。他耸了耸肩，低下头说：“那么，眼镜到底是怎么用的？”

米丽娅姆似乎为安妮特烦恼了好一会儿，然后耸了耸肩。“记住，这台设备已经很旧了。”她拿起自己的那副眼镜，向他展示头带上的滑动控制开关，“这儿有一个实体启动按钮。”

“了解。”胡安戴上眼镜，收紧头带。这台设备相当笨重，肯定有好几十克。他的模样怪极了，脸上像是长了个灰棕色的肉团。他听得出来，米丽娅姆强忍住才没发出笑声。“好吧，咱们看看它能做些什么。”他按下了启动按钮。

什么变化都没有。胡安眼前的增强视域和之前一样。他关闭视觉同感功能，用肉眼望出去：“里面漆黑一片，什么都看不见。”

“哦！”米丽娅姆听上去有点尴尬，“抱歉。先摘下眼镜吧。我们需要装上粮电组合。”她拿起一只看上去沉甸甸的“牛奶纸盒”。

“什么东西？”

“野战口粮与电池组合。”她说出了全称。

“哦。”

“这是军队生活的附带好处之一。”她将纸盒一分为二，“上面的一半是海军陆战队口粮，下面的一半是用于海军陆战队设备的电池。”食物包装上印着调味鸡肉和脱水冰激凌的字眼。“我尝过一回。”她做了个鬼脸，“幸运的是，今晚我们没有吃它的必要。”

她拿起纸盒的下半部分，拉出一根连接线。“这是我整个计划中的薄弱点。这些电池搁太久了。”

“这副眼镜可能坏了。”胡安说道。他的智能服装容易磨损，洗上几次便会坏掉。

“哦，不会的。这是按照军用标准制造的，结实耐用。”米丽娅姆放下电池，将胡安手里的眼镜弯曲后单手握住，“看好了。”她像垒球投手一样挥动手臂，将眼镜掷向墙壁。

眼镜从墙壁弹到天花板上，然后重重地落下。米丽娅姆冲到房间另一边，把眼镜捡了起来。

顾太太的声音从楼梯口传来："喂！你们在下面做什么？"

米丽娅姆站起身，像小孩似的捂住嘴咯咯笑。"没什么，爱丽丝！"她喊道，"呃，我刚才掉了一件东西。"

"掉到天花板上？"

"对不起！我会小心的。"

她走回胡安身旁，把眼镜递还给他。"你瞧，"她说，"几乎没有留下划痕。现在我们插上电源——"她把电池的连接线插入眼镜的头带，"你再试试。"

胡安重新戴上眼镜，按下启动按钮。他的眼前一片红色，画面颤动了片刻，随后出现一幕奇特的颗粒状画面。视域并非全景，而是稍带鱼眼镜头的特征。米丽娅姆正注视着他，她的面庞显得很大，发红的肌肤和滚烫的烤箱一个颜色，而她的眼眸和嘴巴则显现出青白色。

"看上去像是热红外成像模式。"胡安说道，但感觉颜色配置并不准确。

"是的，那是初始设置的画面。注意到光学部件是如何构建在设备内部的吗？这有点像宿营服装，不需要依赖本地网络。等我们到托里松公园后，眼镜一定会成为一个优势。现在试试别的传感器，滑动控制开关就能进行调节。"

"嘿，是的！"

电量：低		**2号电源：不可用**	
被动型传感器		**主动型传感器**	
视觉增强	**正常**	**透地雷达**	**不可用**
近红外	**正常**	**超声波**	**不可用**

>热红外	正常	X射线回声	不可用
嗅觉探测	不可用	门控视觉	不可用
音频	不可用	门控近红外	不可用
信号	不可用		

迷你菜单窗口悬浮在胡安的右眼视域内，电量不足的警告灯一直闪烁着。他摆弄头带，找到了点击装置。“好了，现在我看到了正常光线下的全彩画面，不过分辨率低得可怜。” 胡安转过身，重新看向米丽娅姆。他笑着说：“菜单窗口怪异极了，总是悬浮在我的视域边缘。我怎样才能将它固定住?”

“办不到。这东西有些年头了，无法像当下的设备那样快速定向。就算它能做到，如同豌豆一般小的处理器的速度也不够快，无法紧随视线转换影像。”

“嗯嗯。”胡安对过时设备也了解一二，但用得不多。这类设备不能叠加幻象，就连室内装饰等普通场景都必须按真实情况来。

地下室还有许多箱子，但没有详细的目录数据，其中几只肯定属于老威廉，因为上面有手写的标签，例如“威廉·顾，彩虹尽头，加州尔湾”或者“威廉·顾教授及夫人，加州大学戴维斯学院英语系”等等。米丽娅姆小心地移开这些箱子。“总有一天，爷爷会处理这些东西的。或者奶奶会改变主意，来这儿探望我们。”

他们打开标有“美国海军陆战队”字样的箱子翻找起来，发现了几件野外设备背心，上面的口袋多得惊人。这些背心找不到任何记录。胡安猜测，这些口袋应该是用来装弹药的。米丽娅姆觉得今晚可以用来装电池，因为就算状况最好的电池在检查时都显示着“警告：低电量”。他们拆开粮电组合，把电池装进了两件最小号的背心。箱子里还有用于操纵设备并挂在腰带上的小键盘。“啊哈，在结束这个课题之前，我们还能像大人一样动动手指。”

还剩最后几只箱子。米丽娅姆打开第一只，里面有几十个迷彩色的卵状物，每个都伸出了三根短天线。“这些是旧网络节点，比我们目前用的差远了。可即便如此，在托里松公园使用它们照样是违规的。”

米丽娅姆将其他几只装着节点的箱子推到一边，打开了最后一只大箱子。她露出夸张的表情，满意地向后退去。“如我所愿，威廉没有扔掉这些东西。”她取出一个有着短粗枪管和手枪握把的东西。

“枪！”胡安喊道。但它和《简氏轻武器》中的任何一款枪械都对应不上。

“不，你该打开‘传感器系统’看看。”她抓起一块电池插进枪管下方，“就算离得很近，这玩意儿连一只苍蝇也伤害不了。它是通用主动型探测枪，拥有透地雷达、超声波探测、X射线回声、门控近红外等功能，在运动用品商店可买不着。对于主动型探测来说，它再完美不过了。”

“而且还配备着附件。”

米丽娅姆往箱子里看，拿出一根一头呈喇叭状的金属棍。“是的，雷达探测的时候可以插上它，适合探查地道。”她注意到胡安一直打量着自己手里的设备，忍不住笑了起来，“嘿！箱子里还有一把呢，自己拿吧。不过别在这里使用，会引发警报的。”

几分钟后，他们穿上电池背心，组装好探测枪，透过眼镜注视彼此。两人同时大笑起来。“你看上去就像一只昆虫怪！”米丽娅姆说道。在红外线下，他们的眼镜像硕大的复眼，身上的背心则像甲壳，装有电池的位置发出了亮光。

胡安在空中挥动着探测枪。“是啊，杀手虫。咱们看上去这么怪诞……我敢打赌，要是在托里松公园碰上了福克斯华纳公司的电影团队，我们最终说不定会出现在片子里。”这种事以前也发生过，但参与者最多是给电影贡献剧情内容和情节构思。

米丽娅姆笑了起来："我告诉过你，这是个好课题！"

米丽娅姆叫了一辆车去托里松公园。他们走出地下室，发现顾先生和老威廉站在一起。顾先生的模样像是在努力隐藏笑容。"你俩看上去很迷人。"接着，他又看了一眼老威廉，"你准备好了吗？"

老威廉似乎也一直在偷笑。"随时可以出发。"

顾先生送三人到前门口。米丽娅姆叫的车早已停在路旁。太阳已经落到渐渐升起的浓雾中，傍晚的天气凉爽起来。

他们摘掉眼镜，走上草坪。胡安打头阵，在他身后，米丽娅姆牵着老威廉的手。虽然她对父母很尊敬，但有时也会调皮，可面对爷爷就不一样了。胡安看着米丽娅姆的眼神，吃不准她到底是信任爷爷还是想保护爷爷——总之，无论哪种都挺怪的。

他们钻进车里，老威廉坐在面朝车尾的座位上。汽车穿过福尔布鲁克的东部，这片社区的现实增强仍然很漂亮，不过缺少毗邻彭德尔顿军营的住宅区的那种统一美感。这里各处都有房主在展示广告。

米丽娅姆回头看向参差不齐的沿海雾墙，它在淡蓝色天空的映衬下显出了轮廓。"'雾气太浓了。'"她引述道。

"'将魔爪伸向我们的土地。'"胡安接着说。

"'猛扑过来。'"她补充完最后一句，两人哈哈大笑起来。这首诗源自去年的万圣节演出，但对费尔蒙特中学的学生来说，它有着特别的含义，毫无二十世纪将雾气描述为"小猫爪"的怯懦。傍晚出现大雾在海岸附近司空见惯，起雾之时，通信会大受影响。"天气预报说，一小时内，托里松公园的大部分地方都会被雾气笼罩。"

"真吓人。"

"一定会很有趣。"反正公园未经改造，不会有多少不同。

汽车转弯进入雷切路，向东朝高速公路驶去。不久后，浓雾就变成天空中一片低悬的云层。

从上车起，老威廉就没说过半个字。他收下了一副眼镜和两块电池，但不肯穿上背心。相反，他手里拎着一只旧帆布包。老威廉的皮肤光滑柔润，看上去洋溢着青春的气息，此刻因为流汗而泛着光泽。他的目光四处游弋，微微震颤。胡安瞧得出来，他戴着隐形眼镜，穿着智能服装。不过，他的神情不像在通过智能服装浏览信息，更像是患有某种疾病。

胡安将自己见到的症状和“老年病学”等关键词放在一起搜索。老威廉脸上看似奇怪的皮肤应该是某种再生敷料，这倒是相当常见；至于震颤……是得了帕金森病吗？也许吧，但如今这种病已经很罕见了。阿尔茨海默病？不对，症状对不上。啊哈！胡安终于查到了：阿尔茨海默康复综合征。

老威廉在接受治疗之前，应该是一个植物人。后来，他的整个神经系统重新生长，最终变回了健康的人——只是个性和以前有些许随机差别。震颤是因为神经系统在重新连接。这年头，大约已经有五万名阿尔茨海默病患者康复出院，伯蒂曾跟其中一些人合作过。然而，现在这种近距离的接触让胡安感到不安。老威廉在康复期间搬来与家人同住完全没问题，但被送入费尔蒙特中学就很过分了。所幸，他主修的是硬拷贝媒体课程（无评分制学籍），至少不会妨碍到别人。

米丽娅姆一直凝视着窗外，胡安不知道她究竟在看什么。突然，米丽娅姆开口道：“你知道吗？这就是你的朋友伯蒂·蛤蟆·呕吐。”她做了个鬼脸，幻象变成了一只遍布真菌、流着口水的蛤蟆，逼真的黏液甚至滴到了两人之间的座位上。

“哦，是吗？为什么这么说？”

“整个学期他都在骚扰我，耍弄我，散播关于我的谣言。他哄骗那个没脑子的安妮特，还让她怂恿我跟你组队。我不是在埋怨你，胡安，你我配合得很好。”她的神色有些困窘，“只是伯蒂太喜欢使唤人了。”

胡安无法反驳。紧接着，他意识到："你俩在某些方面很像。"

"什么?!"

"呃，你俩都非常喜欢使唤别人。"

米丽娅姆目瞪口呆地望着他。胡安在等她大发脾气，不过他还注意到，老威廉露出了怪异的笑容。她怒视着胡安："好吧，你是对的。爱丽丝说过，如果我懂得在何时闭嘴的话，这也许是我最强的天赋。另外，我猜自己肯定非常讨人厌。"她短暂地别过脸，"但除了喜欢使唤别人之外，我看不出我和伯蒂之间还有其他什么相似之处。我独来独往，性格直爽；伯蒂·托德则鬼鬼祟祟，人品卑劣。没人知道他的底细。"

"不对。我从六年级开始就认识伯蒂了，对他相当了解。他住在芝加哥的埃文斯顿，是个通勤生。"

米丽娅姆迟疑了一下，可能在查找"埃文斯顿"的位置。"那你去过芝加哥吗？你见过伯蒂本人吗？"

"呃，确切地说还没有。但去年感恩节期间，我远程拜访过他几天。"那是在胡安服用的药丸真正生效之后，"他带我参观了博物馆，就像导览那样。我还见到了他的父母，看到了他家的房子。伪造这些细节是几乎不可能的。伯蒂就是个孩子，跟我们一样。"然而，伯蒂确实没有介绍别的朋友给胡安认识。他似乎害怕朋友们相互认识后，自己就被排除在外了。伯蒂的天赋在于建立关系，但他似乎将这些关系视为可能被窃取的财产。这种想法很可悲。

米丽娅姆对此毫不信服："伯蒂和我们不一样，胡安！你知道他哄骗安妮特的事。我了解的情况是，他潜入了学校的许多团体，让自己在每个人眼里都相当重要。他早就成为一个完完全全的万事通了。"她露出沉思的表情，沉默了半晌。

此时，汽车离开雷切路，开始向南行驶。连绵的山丘被房屋、购物中心和没有尽头的街道覆盖。假如你接受免费的景观增强，那你会看到一片宁静的荒野，以及间或出现的广告。时不时，荒野上的巨石还会变成怪物，那大概出自某个信仰圈的手笔。他们的汽车开下匝道，朝着海岸的方向行驶在数公里长的山脊上。

“去年秋天，”米丽娅姆说，“伯蒂·托德还只是语言课上一名过于聪明的学生，但在这个学期，他给我带来了许多不便和羞辱。如今，他吸引了我的注意力。”这听上去不像什么好兆头，“我打算弄清楚他的秘密，只需要等他出现一次失误就够了。”

老话说得好：一旦你的秘密曝光，不管过程多短暂，它都永远露馅了。“哦，我不知道。”胡安说，“还是有办法掩盖失误的，例如将它润色，然后隐藏在各种各样的假消息中。”

“哈哈。要么他是个怪诞的存在，要么他的背后有个公司团队，否则他不可能不出错。”

胡安笑着说：“没准儿他真的是个怪诞的存在！”在随后的路程中，他和米丽娅姆参考老电影的套路，猜测着所有可能性：伯蒂可能是人工智能创造出的少年，或者是被困在米德堡地下、藏在一只瓶子里的超级大脑；伯蒂也可能是外星侵略者的傀儡，此刻正在接管全球网络；或者他是历史悠久的战争程序，遽然发展出了知觉；他还可能是突然觉醒的网络本身，掌握了超人类的邪恶力量。

说不定，伯蒂是胡安在毫不知情的情况下想象出来的人物，而真正的怪物其实是胡安自己。这是米丽娅姆冒出的想法，从某种程度上来说，这个想法最好玩儿，但也让人有些不安——至少对胡安而言。

汽车拐入56号公路，再次朝海岸驶去。沿路出现了更多的真实景观，空间也更开阔。山丘翠绿，镶着金边的花朵点缀其中。住宅区不见了，取而代之的是连绵数公里的工业园区：自动化的基因组与蛋白质实验室宛如灰绿色的生石花，吸走了最后一丝阳光。人们可以选择在世界的各个角落生活、工作，但有些事必须在特定空间才能完成。只有距离够近，超高速数据线路才能将各部分信息连接在一起。这些低矮的建筑群驱动着圣迭戈的实体经济，人类天赋、机器装置和自然生物相互碰撞，制造出了魔法。

太阳完全沉入雾墙之后，汽车离开公路，转弯向南沿着海岸行驶，开进了托里松公园北部的淡水湖区域。公园主体部分的灰色峭壁赫然矗立在他们眼前，山顶被飘来的雾气遮蔽住了。

一路上，胡安和米丽娅姆有说有笑，老威廉却一直没吭声。正当米丽娅姆思索伯蒂为何屡屡惹恼自己时，老威廉突然开口了："我觉得伯蒂惹恼你的原因十分简单，米丽娅姆。在我看来，有一个奇妙的可能性你还没想到。"老威廉用略微逗人一笑的语气道出了自己的看法。大人们有时会这样逗弄小孩。

米丽娅姆没有做出无礼的反应。"哦。"她看着爷爷，仿佛他在暗示什么了不起的洞见，"我会再想一想的。"

汽车顺着山路蜿蜒而上，穿过了浓雾。他们在山顶环行车道的外侧下了车。"咱们去护林员休息站的时候，顺便查看一番。"米丽娅姆说。

胡安踏上杂草丛生的山路。空气冷飕飕的，冻得他不住地拍打手臂。他注意到，老威廉早已穿上了夹克衫。

"你俩应该预先想到的。"老威廉说。

胡安扮了个鬼脸："我能忍受寒冷的夜晚。"妈妈常常念叨着让他买一个便宜的提前计划扩展组件，但他早已说服妈妈相信，那种组件会自动犯下愚蠢的错误。胡安从车里抓起探测枪，把它插进背心后面的长口袋，不去理会身体的哆嗦。

"给你，米丽娅姆。"老威廉递给她一件成人尺寸的夹克衫，大得可以套在背心外面。

"哦，谢谢！"她说着穿上外套。胡安感觉空气愈发冷飕飕的，自己愚不可及。

"我也为你准备了一件，孩子。"老威廉向胡安扔出另一件夹克衫。

胡安既感到不快，又充满感激。这种心情真奇怪。他取下探测枪，匆匆套上夹克衫，瞬间感觉暖和了不少。虽然衣服会阻断身上几乎一半的高速数据端口，但他管不了那么多了，反正端口在浓雾里也会受影响。

汽车离去的同时，他们开始朝护林员休息站的方向走去。胡安意识到，他掌握的信息已经过时了。虽然他背后仍有存在于地图上的几间公共厕所，但停车场的大部分区域已经变成环行车道，只剩边上几个车位。他四处搜寻着最新信息。

当然，这里没人停车，也没有汽车卸客。四月下旬不是旅游旺季，而托里松公园只有实地旅游这一种方式。

他们所处的位置刚好在浓雾之上，云层在下面散开，飘向了西边。如果是天气晴朗的日子，站在这里能够一览无余地望见大海，可现在只能看到翻涌的云雾。天空的暮光越来越蓝。太阳在地平线上留下一道特别的亮光，金星悬在亮光上方，远处还能望见天狼星和明亮的猎户座。

胡安疑惑地说："真奇怪。"

"什么？"

"我收到了一个邮包。"他将一道指示光束投射在空中，好让其他人看见。那是一个从坎布里奇寄来的联邦快递邮包，正从高空径直落下。

邮包在大约一千英尺的高空骤然减速，胡安的耳畔响起一个性感的女声："您接受投递吗，奥罗斯科先生？"

"好的，我接受。"他指向附近的一个地点。

老威廉从始至终一直凝视着天空，接着露出吃惊的表情。胡安猜测，他可能刚刚注意到指示光束。不一会儿，光凭裸眼就能看见邮包了：一个间或闪着蓝光的黑点安静地坠向他们。

邮包在离地十英尺处再度减速，他们这才看清蓝光来自装在邮包四周的几十个微型着陆喷嘴。一些动物保护运动倡导者宣称，喷嘴里的微型涡轮机的噪声会让某个种类的蝙蝠感到痛苦。但对于人类，甚至猫狗来说，整个过程很安静……邮包降落到离地一英尺高时，气流爆裂声响起，吹得附近的松针四处飘落。

“请在这儿签名，奥罗斯科先生。”女声说道。

胡安签完名，起身走向邮包。不料，老威廉抢先赶了过去，笨拙地跪在一旁。他愣了一下，踉踉跄跄地往前扑，膝盖撞上了邮包的外壳。

米丽娅姆快步走向他。“爷爷！你还好吗？”

老威廉一屁股坐在了地上，正揉搓着膝盖。“没事，我很好，米丽娅姆。糟糕。”他瞅了一眼胡安，“孩子，真对不起。”这次，他的话听上去没有挖苦的语气。

胡安缄默不语，蹲到邮包旁。这是一个二十盎司[1]重的盒子，中间已经凹进去一块，材质比硬纸板强不了多少。盖子卡得很紧，但还是被胡安轻易地撬开了。他从里面掏出一只透明袋子，举起来展示给其他人看。

袋子里装着几十颗形状不规则的小球。老威廉身体前倾，眯起眼睛：“在我看来，这些像是兔子的粪球儿。”

“或者是某种健康食品。”胡安说道。不管它是什么东西，都没有因为刚才那一撞而出现任何损伤。

“蛤蟆托德，你在这儿做什么?!”米丽娅姆的嗓音响亮刺耳。

胡安抬起头，看见一个熟悉的身影站在邮包旁边，正是伯蒂。跟平时一样，他和周围的环境完美匹配，朦胧的暮光照在他的笑脸上。伯蒂向胡安招了招手。“不必急着谢我。我的幻象承蒙联邦快递才得以出现，只能维持两分钟，只够给你们提供重要信息。”他指向胡安手中的袋子，“等你们进入公园后，这些东西能帮上大忙。”

米丽娅姆说：“我不需要。滚开！”

---

1. 盎司，英美制质量或重量单位，1盎司合28.3495克。

胡安说："光是你出现在这儿，就会毁掉我们的本地考试，伯蒂。"

伯蒂的目光从一张愤怒的脸庞移向另一张脸庞。他先向米丽娅姆微微欠身："你伤我心了！"接着，他又转身对胡安说："完全不会，伙计。严格来说，你们尚未开始考试，监考人员不会标记为'禁止外界接触'。我只是过来探望一下忠实的无限制课题小组成员——也就是你。"

胡安咬牙切齿地说："好吧。有什么消息？"

伯蒂的笑容无比灿烂，远远超过人类可以做到的程度。"我们的课题取得了巨大进展，胡安！我很庆幸自己能结识那群西伯利亚人，他们恰好具备基斯特勒所需的洞察力。事实上，我们已经制造出原型！"他再次指向胡安手中的袋子，"你已经拿到了第一批样品。"

接着，伯蒂改用说服的语气说："虽然我不在你的本地考试团队中，但我们的无限制考试可以并行，难道不是吗，胡安？"

"是。"胡安敢打赌，伯蒂今天下午才准备好原型。这种做法就算对于伯蒂来说也很极端。

"我们需要测试这些'面包球'，而我忠实的组员刚好在托里松公园进行实地考察，所以我想……"

米丽娅姆怒视着伯蒂的幻象："你塞给我们的到底是什么东西？我有自己的考察计划。"

"可生物降解节点，质量优良，足以进行实地测试。这些小不点没有安装通信激光器，也不具备充电能力，但基础功能组件——传感器、路由器和定位器——都是齐全的。它们不含重金属，只有蛋白质和糖。只要下一场大雨，它们就会变成肥料。"

米丽娅姆走向胡安，打开塑料袋闻了一下。"这些东西臭死了……我敢说，它们有毒。"

"哦，不。"伯蒂说，"为了确保节点的安全性，我可是放弃了许多功能。你甚至可以把它们吃进肚子里，米丽娅姆。"看到她脸上的表情，伯蒂笑了起来，"但我不建议这么做，因为里面含有大量氮化合物……”

胡安盯着这些小球。氮化合物？这听起来正像他做的那篇文献调查得出的结论。胡安气得快要窒息，但还是憋出了一句话：“这——这是我们努力争取实现的目标，伯蒂。”

“是呀。”伯蒂得意扬扬地说，“就算没有全部组件，我们的那份股权依然会值好多钱。我们的无限制考试肯定能拿优。三个小时前，这些东西才从麻省理工学院的有机合成团队那儿送来，在一间干净整洁的实验室里测试过了，运转正常。现在，你把它们悄悄带进公园，做个实地测试怎么样？同步进行本地考试和无限制考试……这才叫并行嘛。”

“滚吧，伯蒂。”米丽娅姆说。

他向她微微欠身：“不管怎样，我的两分钟用完了。再见。”说完，他的幻象消失了。

米丽娅姆朝着伯蒂刚才所在的空旷空间皱起眉头：“胡安，这些东西随你怎么处置都行。就算是有机物，我敢说，它们依然是公园规章明令禁止的东西。”

“我觉得没什么问题，毕竟这些东西不会产生垃圾。”

米丽娅姆只好生气地耸了耸肩。

老威廉捡起那只压扁的盒子。“我们要怎么处理它？”

胡安示意他放下盒子。“留在这儿就行。哈姆勒有一家联邦快递的迷你中转站，邮包应该还有足够的燃料飞到那儿。”接着，他注意到盒子上出现的破损标签和易燃物危险警告，“糟糕，它不适宜飞行了。”胡安已经签收了邮包，那就要负责把它适当处置好。

老威廉捣鼓着空盒子，现在它的重量不会超过两盎司。“我能把它复原。”

“嗯嗯。”胡安说。

米丽娅姆劝阻道：“爷爷，这样大概行不通。另外，我们没有操作手册，万一弄坏燃料系统怎么办？”

老威廉点点头。“米丽娅姆，你说得有道理。”他将盒子塞进自己的包里，疑惑地摇了摇头，“它竟然能从坎布里奇一路飞到这儿。”

是啊，是啊，胡安心想。

他们继续走向护林员休息站，不过身体和心理上都多了些负担。米丽娅姆一直在自言自语，不知道要不要使用伯蒂的礼物。

即便在大雾中，伯蒂的“面包球”依然能给予他们监视公园方面的真正优势——假如他们能把东西带进去的话。胡安的脑子转得飞快，正思考自己在护林员休息站时应该说些什么。与此同时，他一直注视着老威廉，后者带来了一支手电筒。光束时而打向这边，时而打向那边，将树根和灌木丛照得轮廓分明。若是没有米丽娅姆的那些装备，手电筒甚至会比夹克衫更受欢迎。从某些方面来说，老威廉并非十足的蠢材，但从其他方面来看……

胡安庆幸的是，老威廉没有把邮包丢给自己，否则他整晚都得带着它。更何况，盒子属于有毒垃圾，不能丢进普通垃圾桶。老威廉对“面包球”只有少许兴趣，但对装东西的空盒子——就算被压坏了——却深深着迷。

公园的入口区域依然有着相当不错的信号，但护林员休息站被山坡掩藏，让人无法望见。胡安在网上四处浏览，遗憾的是，国家公园网站还在搭建，只能找到过时的照片。在这样一个淡季的周一晚上，休息站也许没人值班。411信息服务台的一位话务员足以照应南加州所有的国家公园。

他们走下小径，远远地望见了休息站，发现那不只是一处休息点，甚至不是一座亭子。实际上，它是一间封闭的办公室，拥有明亮的真实灯光和真实存在的护林员——一个中年男人，大约三十岁。

护林员站起身，迈步走到门口。“晚上好。”他对老威廉打招呼道，然后注意到了衣着臃肿的米丽娅姆和胡安，“嗨，孩子们。需要帮忙吗?”

米丽娅姆意味深长地瞅了一眼老威廉，后者流露出恐慌的神情。他咕哝道："对不起，小家伙，我想不起来你们要做什么了。"

"没关系。"米丽娅姆转身面向护林员，"我们想购买晚间门票，不露营，一共三个人。"

"好的。"一张电子收据投射在他们之间的半空中，还附带了一份《公园规章汇总》的文件。

"稍等一下。"护林员钻进办公室，出来时拿着某种金属探测器，看上去是个老掉牙的设备，"我应该先把这件事做了。"他走向老威廉，但同时对着三个人说话，基本上是在强调公园规章的要点，"跟着指示牌走，不许攀爬悬崖。假如你们爬上了海边的峭壁，我会知道得清清楚楚。你们也会被罚款。有没有携带视觉设备？"

"有的，先生。"米丽娅姆将她的智能眼镜举到光亮下。胡安打开夹克衫，露出了身上的设备背心。

护林员笑了出来："哇噢，我已经很久没见过这样的设备了。不要将电池随便丢弃在公园里。"他转身背对老威廉，用探测器扫了一下米丽娅姆和胡安，"这一点十分重要，孩子们。你们离开公园时，这里应该和原来一样。不准丢垃圾，不准联网。零散的垃圾只会堆积起来，因为我们这儿不像其他地方，没法儿彻底清扫干净。"

探测器划过胡安的夹克衫口袋时，发出了轻微的滴滴声。*该死，伯蒂送来的节点样品多半没有关闭信号。*护林员也听见了响声。他再次将探测器紧贴着胡安的夹克衫，弯下腰仔细听。"我敢说，是该死的假警报。你的口袋里有什么东西，孩子？"

胡安把装着深棕色小球的袋子递给他。护林员把它高高地举起来，凑到亮光下看。"这是什么玩意儿？"

"混合坚果。"老威廉抢在胡安露出张口结舌的表情之前说道。

"真的吗？我能吃一颗吗？"护林员说着，打开了袋子。胡安睁大双眼，呆呆地望着对方。"看起来真不错，像是巧克力口味的。"护林员从袋子里取出一颗把玩起来，一下子被气味击中，"老天！"他将小球扔在地上，盯着指尖残留的棕色污迹，“真难闻。”他把那袋东西塞回胡安手里，“我真搞不懂。你们这些孩子的口味太奇特了。”

护林员并没有质疑他们的说辞。“好吧，伙计们，你们可以走了。我给你们指一下步道的起点——”他打住话头盯着虚空，持续了几秒，“该死的，我看见有人进入库亚马卡山公园了，今晚那儿也由我照应。你们自己先走，行吗？”他指着一条往北边的小路，“你们不会错过步道起点的。就算标识下线了，那儿还有一块巨大的指示牌。”他挥挥手让他们上路，然后转身和库亚马卡山公园的游客交谈起来。

过了步道尽头，公园就是一片完全未经改造的荒野。头几十米，胡安还有无线网络，但信号也在不断衰减。米丽娅姆在监考系统中做了登记，确认他们的小组即将开始本地考试。很快，他们就会与全球网络隔绝，所以最好还是先做正式认证！

但是，这种感觉真叫人难受。光是知道自己无法在网络中寻找答案就够痛苦了，胡安感觉好像身体发痒却无法抓挠，或者袜子里有个疙瘩。只不过，真实情况更加糟糕。“我早已缓存公园的许多资料，米丽娅姆……但一些资料有些过时了。”这原本不成问题，但现在胡安无法上网搜寻更新的信息。

“胡安，不用担心。上周我购买使用了411导航服务。”数据以激光的形式出现，在两人之间闪烁着。她全都准备好了。那些地图和照片看上去都很新。

米丽娅姆自信满满地在好几条步道中选出一条路线，带领他们走进一条坡度缓和的下坡路。道路曲折，通向西北方。她甚至说服老威廉戴上眼镜，不再使用手电筒。一路上，老威廉笨拙地跟在后面，虽然身段灵活，但每走几步还是会不由得抽搐一下。

胡安看着老威廉，心里感到有些不适。他转开视线，玩起了眼镜的菜单窗口。“嘿，米丽娅姆，快试试视觉增强模式。真不赖。”

他们安静地走了一阵。除了跟父母来过一次，胡安从未独自进入过托里松公园。那时，他年纪尚小，而且是白天来的。今晚，金星、天狼星和猎户座的亮光穿过松树的枝丫，在各个方向投射出斑驳的影子。多数的花朵早已闭合，但在熊果树和低矮的浅色仙人掌之间，还盛开着黄色和红色的花朵。这地方真的好美，而且安静极了。就算眼镜的分辨率很低，而且只显示当下注视的区域，也丝毫不受影响。这也是一种魅力。他们在没有外界帮助的情况下看见了这幕风景，离现实世界又近了一步。

“好了，胡安。试着扔一些伯蒂送来的‘面包球’吧。”

“好的。”胡安打开袋子，扔了一颗小球到路边。什么都没发生。无线网络诊断页面弹了出来。哇噢。“这地方好安静。”

“你还指望什么？”米丽娅姆说，“记住，这儿没有网络。”

胡安弯下腰去检查“面包球”。之前，护林员的探测器还能收到微弱的信号，可现在，什么回应都没有。伯蒂也没有告诉他们要激活启动协议。哼，没关系。胡安是个收集控，他的智能服装里收集了所有标准启动协议。他向小球发出一个又一个呼叫，试到一半时，眼前突然出现了虚拟光点。“哈哈，终于激活了！”他转身追上米丽娅姆和老威廉。

“干得好，胡安。”米丽娅姆这一次总算对他满意了一回。

宽阔的小路铺着沙砾，虬曲的松树垂下长长的松针，刚好让老威廉迎面碰上。胡安翻阅早先下载的公园资料，其中一条宣称这里是松树在地球上的最后一处容身之所。它们扎根于险峻的山坡上，坚守了好多年，抵御着雨水和大风的侵蚀。胡安回头看着摇摇晃晃跟在后面的老威廉，望着他高高瘦瘦的笨拙身影。是啊，他有点像人类中的“托里松”。此刻，他们处于雾气最盛处。高高耸立的柱状浓雾从他们的两旁飘过，沉默无声。星光忽明忽暗。

在他们身后，胡安留下的节点逐渐变暗，数据传送速度也渐渐下降到零。他拿出第二颗“面包球”，给予正确的启动呼叫，并将其扔到路边。低段诊断页面显示，它发出了暗淡的光芒，随后拾取到第一个节点的信号。转瞬间，第一颗“面包球”重新亮了起来。“它们连上了……我正在接收第一个节点发送的数据。”通常情况下，人们根本不会注意到这样的细节。胡安回想起爸爸买给自己的玩具节点。那时的他只有五岁，爸爸仍然有份工作。父子俩在房子四周布置了硕大、破旧的节点装置，一起度过了好几天快乐的日子。这份经历赋予了胡安对于网络的直觉，而一些成年人似乎至今还缺少这种直觉。

“好的，我也接收到了。”米丽娅姆说，“我们不会收到除此之外的其他通信数据，对吧？我不希望任何消息传到外面的世界。”

是的，当然了，这是一场本地考试。“我们与外面的世界完全隔绝了，除非在公园里搞出什么大动静。”胡安又扔出五六颗“面包球”，以便准确定位节点的相对位置。在诊断页面中，定位器的微弱光芒顿时变得如同钻石一般明亮。星光朦胧，他们头顶上空的雾气更重了。米丽娅姆走在最前面，不小心绊了一下，“注意脚下……这里的光线还不够亮。”有几处地方的浓雾甚至干扰了视觉增强模式的画面。

“是啊，我们应该调回热红外成像模式。”

他们停下脚步，傻傻地伫立在原地，摆弄着本应该自动完成切换的控制开关。胡安先调至近红外成像模式，发现画面依旧糟糕。他看了好一会儿智能服装上的数据埠，近红外激光束偶尔闪烁其间。在这样的大雾中，激光器只在大约一米的范围内管用。

米丽娅姆快他一步调好。“行了，感觉好多了。”

胡安也把眼镜调回默认的热红外成像模式。在他眼前，米丽娅姆的面庞散发着火炉一般的红光，只有眼镜是冰冷的黑色。大多数植物发出的是微弱的红光。胡安脚边的阶梯上有三个黑色的孔眼，他伸手往下探，发觉孔眼摸上去冷冰冰的。啊哈，原来是固定木料的金属铆钉。

“赶紧出发吧。”米丽娅姆说，“我想下到峡谷的谷底。”

阶梯很陡，外侧有一道厚实的木质围栏。雾气仍然很浓，但现在至少能望见十米开外的景象。淡红色的微光飘浮在空中，刺透了黑暗的夜色，那是一团团热空气。谷底在下方很深的地方，远超他们的想象。胡安又扔出一些“面包球”，然后回头看了看其他节点。好奇怪的排布。“面包球”发出的光显示在他的隐形眼镜上，通常，他仅凭隐形眼镜就能获得所有增强效果。可现在，美国海军陆战队配备的眼镜提供了大部分的增强功能。没有这些效果又会是怎样的呢？他停下来，关掉智能服装，将眼镜暂时推到额头上。现在，他的眼前是绝对的黑暗，湿冷的空气吹在他的脸上。这才叫与世隔绝！

老威廉跟上来，停下了脚步。两人静静地站了一会儿，侧耳聆听着。

米丽娅姆的声音从阶梯更低处传来：“你还好吗，爷爷？”

“当然，没问题。”

“行。你和胡安可不可以下到我这儿来？我们需要靠近一些，这样才能保持良好的数据传送速率。胡安，你有没有接收到视频？”伯蒂说过，节点配备了最基础的传感器。

“还没有。”胡安回答道。他重新戴上眼镜，走向米丽娅姆。他的眼前只接收到了诊断页面。他将一颗“面包球”扔到远处的黑暗中，看见它不断往下掉，直到“透过”坚实的岩石才捕捉到它发出的虚拟光点。

他继续研究诊断数据：“我认为小球确实在传送低速率的视频——”

“那就好。即使速率很慢我也能接受。”米丽娅姆趴在栏杆上，探出身子望向下方。

“但我从未见过这种格式。”胡安将数据展示给她看。那帮西伯利亚人肯定用了一些偏门的格式。平日里，他可以上网发布询问，在几秒钟内获知格式定义；但现在，他与外界完全隔绝，顿时感到手足无措。

米丽娅姆生气地比画起来：“所以，这些东西能派上用场的前提是，我们得大声呼叫伯蒂，请求他的帮助？没门儿！伯蒂那双恶心的手休想碰到我的课题！”

胡安心想，我们应该是一个团队。要是米丽娅姆对自己的态度不那么差，那该有多好。不过，有一点她说对了。伯蒂虽然给了他们很棒的东西，但隐瞒了那些会让它实际可用的细小关键：首先是启动协议，然后是奇怪的视频格式。伯蒂肯定以为，他们会俯首帖耳地请求他的帮助，让他成为小组的影子成员。胡安的智能服装电量充足，可以轻而易举地发送无线信号，最远能传送到德尔马高地。如果他要寻求伯蒂的帮助，呼叫过程至少要持续几分钟，他还得冒着被学校逮住的风险。不过，费尔蒙特中学虽然采用了一套卓越的监考系统，但不可能盯着所有路径。今天下午，伯蒂还夸口说胡安可以用这个办法作弊。

该死的，伯蒂，我不会打破隔绝状态的！胡安检查了“面包球”发出的神秘数据，看上去是真实的内容——考虑到公园的黑暗环境，大概率是热红外图像。胡安之前存了公园的许多视频和图像，可以将其与最近几分钟通过眼镜看到的场景进行比较。也许，是时候使用“魔法记忆”了，他服用的蓝色小药丸开始发挥作用。假如他能记起哪些影像模块可能与“面包球”拍摄到的画面相符，再将数据传给他的智能服装，就可以进行常规的逆向工程……胡安的大脑出现了几秒钟的空白，随后是极其恐慌的一刻……接着，他又记起了自己的身份。他将图层标志传送回智能服装，后者几乎立刻就开始解析。“看看这个，米丽娅姆。”胡安向她展示出最有可能的图像。随着他的智能服装发现更多相关度尖峰，图像在五秒钟后完成了锐化处理。

“好了！”图像显示出他们身后十米开外的一棵大松树的树根。几秒钟之后，出现的另一张图像是黑暗天空下微微发光的树枝。事实上，每颗“面包球”间隔五秒左右就会生成一张低分辨率的热红外图像，只不过，图像不可能以那么快的速度被传送出来。

“那些数字是什么？”米丽娅姆问道。在图像最精细的位置，簇集着一些数字。

该死的。“那些只是图层标志。”此话不假，但胡安不想继续解释自己是如何利用那些数字的。他做了条记录，在还未发送的其他图像上删除了数字。

米丽娅姆看着沿上方小路扔出的“面包球”（以及被胡安悄悄扔到谷底的那颗）发来的图像，沉默了好一会儿。胡安正要开口寻求回报——譬如直接问她到底想寻找什么东西——但米丽娅姆先开口了：“这种图像格式是西伯利亚人的谜题之一，对吧？”

“对，看着挺像。”

图像格式全都不一样，是那帮厌恶社交的西伯利亚人发明出来的，他们似乎能从这件事上获得快感。“你在十五秒内就解开了这个谜题？”米丽娅姆继续问道。

有时候，胡安就是会说话不经过脑子。“是呀！”他带着喜悦之情骄傲地说道。

热红外成像模式下，米丽娅姆未被眼镜遮盖的脸庞闪亮起来。“你这个说谎的骗子！你跟外界联系了！”

现在，胡安的脸庞也亮了起来。“你怎么能指责我说谎?！你明明知道我很擅长和交互界面打交道。”

“但没这么出色。”米丽娅姆的语气很严肃。

老天。胡安迟了几秒钟才想到合适的谎话。他本应该说自己以前见过这种图像格式！现在，唯一安全的做法是“承认”他在和伯蒂通话。但胡安忍受不了说那种谎言，宁愿让米丽娅姆琢磨出他真正做了什么。

米丽娅姆注视了他好几秒钟。

老威廉戴着眼镜来回看着两人，就像网球比赛现场的观众一样。他的声音打破寂静，听上去有点诧异：“米丽娅姆，你现在在做什么？”

胡安早已猜到答案：“她在寻找我跟外界联系的证据。”

米丽娅姆点点头。“假如奥罗斯科偷偷连上了全球网络，我会查出来的；假如他在发射某种定向信号，我也会在雾气中看见残留的痕迹。可眼下我什么都没发现。”

“说不定我发射的是微波脉冲。”胡安恼怒地说，带着一丝讽刺的意味。毕竟，任何明亮得足以穿透雾气的激光都会留下残光。

“也许吧。胡安·奥罗斯科，如果你真的跟外界联系了，我会琢磨明白的，而且会把你踢出学校。”她转过身俯视着陡坡，“我们继续走吧。”

他们走下越来越陡峭的阶梯，最终到达一处拐角。在几乎平坦的地面上走了十多米后，峡谷的另一侧岩壁出现在不远处。

“我们肯定离谷底很近了。”老威廉说。

“不，爷爷。这里的峡谷又深又窄。”米丽娅姆示意他们停下脚步，“该死，我的电池没电了。”她在夹克衫里面一阵摸索，用一块还剩一半电量的电池替换了原来的那块。

她调整了一下眼镜，望向栏杆下方。“哈，这儿的角度太好了。”她朝峡谷挥了挥手，“奥罗斯科，你知道吗？这地方也许适合进行探测。”

胡安抽出斜插在背后的探测枪，将它的连接线插入背心。现在，眼镜的许多功能都可以使用了：

电量：低		**2号电源：低电量**	
被动型传感器		**主动型传感器**	
视觉增强	**正常**	**透地雷达**	**正常**
近红外	**正常**	**超声波**	**正常**

>热红外	正常	X射线回声	正常
嗅觉探测	不可用	门控视觉	正常
音频	不可用	门控近红外	正常
信号	不可用		

“你想试试哪些功能？”

“透地雷达。”她将探测枪对准峡谷的岩壁，“用你的电源。我们一起看。”

胡安摸索着控制开关。探测枪发出轻微的咔嗒声，向岩壁射出一束雷达脉冲。“哇！”热红外成像模式下，眼镜上显示出淡紫色的条纹。在胡安早已下载好的图像中，白天拍到的岩壁是白色的砂岩，遍布坑洞，单凭雨水或大风的力量无法将它侵蚀成这般模样。借助探测枪，他们才发现了真相：湿气从内部侵蚀着岩石。

“瞄准更低的位置。”

“好的。”胡安再次射出雷达脉冲。

“看见那里了吗？像是有人在岩石中开凿出了一条小隧道。”

胡安凝视着眼镜上的淡紫色条纹，它看起来确实和上方的情况不一样。“我觉得那里不过是湿气更重罢了。”

米丽娅姆快步走下阶梯。“再丢些‘面包球’过去。”

他们又往下绕行了三十英尺的路程，来到一处地方。这里的小道由大块的圆石铺成，行进速度变得十分缓慢。老威廉脚步沉重地往前走，突然指向远处说：“瞧啊，指示牌！”

那儿有一块方方正正的木牌，底部被钉入砂岩里。老威廉打开手电筒。胡安把眼镜推到额头上，获得了手电筒光带来的意外好处。一切都隐藏在乳白色的雾气中，指示牌上的褪色文字隐约可见：

胖子的苦恼

老威廉咯咯地笑起来，差点趴倒在地。“你们是不是觉得难以想象？过去的实体文字竟然最适合做环境标识。它既不会变化，又能传递丰富的信息，而且恰好出现在你们需要的地方。”

“是的，好吧。可惜我不能点击文字，没法儿查明它是什么意思。”

老威廉关闭手电筒。“我猜，它的意思是前面的峡谷会变得更加狭窄。”

这点我早就知道了，胡安心想。在米丽娅姆之前提供的地图上，他看到过一条三十多米宽的峡谷，从入口开始不断变窄，直到只有几米宽。如果从这儿继续往前走……

“再扔些小球。”米丽娅姆指着下方说。

“好的。”他们手里还有很多“面包球”。胡安小心翼翼地在米丽娅姆指定的方向扔下六颗。他们静静地站了一会儿，看着网络诊断页面：其中一颗落在了下方七八米深的位置，那快到真正的谷底了。胡安吸了一口气：“你难道不打算告诉我们，你到底在找什么吗，米丽娅姆？”

“我也不太清楚。”

“但这儿是你看见加州大学圣迭戈分校的人四处搜寻的地方。”

“有些人来过这儿，但大多数人都在这条峡谷的南边。”

“天啊，米丽娅姆！那你为什么把我们带到这儿来？”

“瞧瞧你说的话！我又没隐藏什么秘密！借助德尔马高地的游客望远镜，我一直观察着这条峡谷上方的山岭。加州大学圣迭戈分校的人离开后的数周内，这儿的植被就发生了细微的变化，主要是位于这条峡谷上方的植被。夜里，蝙蝠和猫头鹰也变得更加活跃，然后又变得不如以前那般活跃……今晚，我们还在岩石中发现了某种隧道。”

老威廉听得一头雾水：“就这些吗，米丽娅姆？”

米丽娅姆没有生气，反而有些窘迫地说：“呃……我还有其他证据：一月份的公园之旅背后有马科·费雷蒂和查尔斯·沃斯的身影。

他们一位是合成动物行为学专家，一位是世界知名的蛋白质领域怪才。他俩被同时叫来圣迭戈，正符合我的猜测。我确信……差不多确信……他俩都在给福克斯华纳公司当顾问。”

胡安叹了口气。这与她之前提供的内容相比，没增加多少新料。也许，米丽娅姆最大的问题不在于喜欢发号施令，而在于她太擅长装出一副自信的样子了。胡安不满地质问道：“你难道觉得只要我们仔仔细细地四处寻找，就能发现可靠的线索？”姑且不管线索具体是什么。

“是的，总得有人成为第一个发现者！借助探测装备和伯蒂带来的‘面包球’，我们不会错过真相的。去年，斯皮尔伯格与罗琳的公司制造出了岩浆怪物，取得了票房上的成功。我猜，福克斯华纳公司今年想超越他们的成绩。这次的主角应该体型很小，而且是真实存在的。既然他们请了费雷蒂和沃斯担当顾问，我敢说，电影将上演一出‘实验生物逃脱记’。”这倒十分契合圣迭戈的场景。

新扔出的“面包球”确定了其他邻近小球的位置，钻石般明亮的虚拟光点散布在三人上方和下方的空间内，就像有二十只小“眼球”监视着峡谷的各个方向。虽然每颗小球捕获的都是低分辨率的图像，但加在一起便成了庞大的数据，无法同时传送给他们的智能服装。因此，他们不得不小心地选择合适的视角。

“那好吧。”胡安说，“咱们先坐下来，稍微观察一阵。”

老威廉依然站着，似乎在凝望天空。胡安猜测他可能搞不定那些图像格式。对老威廉来说，现在肯定相当乏味。突然，他问道：“你俩有没有闻到东西燃烧的气味？”

“着火了？”惊恐的感觉一闪而过，胡安仔细嗅闻潮湿的空气，“可能有吧。”说不定是夜间开花的植物散发出来的。气味是一种难以搜寻和感知的东西。

“我也闻到了，爷爷。”米丽娅姆说，“但我认为，这儿非常潮湿，火不足以带来危险。”

“另外，”胡安说，“假如附近真的着火了，我们会在眼镜里望见炙热的空气。”也许是有人在下面的海滩上生火。

老威廉耸了耸肩，再度嗅闻空气。他似乎更愿意相信自己拥有过人的感官——虽然看上去毫无用处。过了片刻，老威廉在他们身旁坐下来，把手伸进包里，掏出了联邦快递的盒子。他仍然对这玩意儿感兴趣。他轻轻弯曲盒子，将它放到膝盖上。尽管米丽娅姆多次警告他，但后者还是想把盒子恢复原状。他小心翼翼地将一只手悬在盒子中部的正上方，想要精准地拍下去。接着，他的手开始哆嗦，不得不重来一遍。胡安扭过头不再看他。*老天，地上又硬又冷。*胡安扭动身体，背靠岩壁，不停地浏览着那些图像，看得灰心丧气。他们静静地坐在原地，不言不语……然后听到了某种声音。也许是昆虫在鸣叫。声音中隐藏着一种微弱但有规律的悸动。难道是汽车开过的响动？随后胡安意识到，那是海浪拍打海岸的声音，只不过因为曲折的峡谷而显得含混不清。这地方其实挺安宁的。

砰砰声响了起来。胡安抬起头，看见老威廉又在砸邮包。那只盒子看起来没那么弯曲了，破损标签和危险警告被小绿灯所取代。

“你修好了，爷爷！”米丽娅姆说。

老威廉咧嘴笑道：“哈哈！每一天，我都在各个方面变得越来越棒了。”他沉默了一会儿，肩膀微微垂下，“呃，反正是不一样了。”

胡安抬头望着峡谷中间的一线天，觉得空间足够邮包飞出去。“把邮包放到地上，让它飞回哈姆勒吧。”

“不。”老威廉一边拒绝，一边把盒子收进了包里。

*好吧，既然盒子这么有意思，那你就尽情玩儿吧，*胡安心想。

他们一边聆听浪涛声，一边浏览最新的图像。偶尔，画面会变模糊，兴许是有蛾子从传感器前面飞过。后来，他们看见了一只更大的生物，发光的口鼻和一条腿隐约可见。

“我敢打赌，那是只狐狸。”米丽娅姆说，“但那张图像来自我们的上方。你让小球多传送些谷底的图像过来。”

“好的。”谷底的动静比上面还少。胡安不禁怀疑，米丽娅姆关于拍电影的推测纯属空想。他在出发之前缓存了各种各样的资料，但唯独没有保存电影相关的资讯。他既不像大多数人那样关注电影，眼下又不可能进行任何背景调查。真恼人！

“嘿，那儿有条蛇。”米丽娅姆说。

最新的图像传送自一颗落在灌木丛里的“面包球”，它正好位于谷底上方几英寸处。那是一处极好的观测点。不过，胡安没有看见什么蛇，只看到一颗松果和旁边黑色沙地上某个扭曲的东西。“哦，一条死蛇。”在热红外图像中，蛇身一动不动，仅仅是纹理在变化。“或许只是蛇蜕。”

“周围有足迹。”米丽娅姆说，“我觉得是老鼠留下的。”

胡安对图像进行了过滤处理，得到了五六张清晰的脚印。他注视着这些图像，不断变换角度，借助从自然研究网站上预存的数据与之建立关联。“那些的确是老鼠的足迹，但不是囊鼠或白足鼠。脚印太大了，而且足趾的角度不对。”

“你是怎么知道的？”她的声音里透着一丝怀疑。

胡安不会再犯刚才的错误。“我早些时候下载了一些自然事实数据，”他诚实地说，“以及非常棒的图片分析程序。”这半句是谎话。

“好吧。那它究竟是哪种老——”这时，“面包球”又传来一张图像。“哇噢！”

“那是什么？”老威廉说，“我看见了一条蛇的尸首。”看来，他的进度比另外两个人落后不少。

“爷爷，看见了吗？那有一只老鼠，刚好在我们的观察点下面——”

“正抬头注视着我们！”

此时，一双亮晶晶的小眼睛正盯着传感器。“我敢说，老鼠在黑暗中看不见东西！”胡安说。

“呃，福克斯华纳公司从不擅长写实风格。”

胡安将这颗“面包球”设为优先级，想让图像传送得更快些。与此同时，他继续分析着手头的数据。在热红外图像中，老鼠的皮毛呈暗红色，毛较短的地方呈橘黄色。难以想象老鼠在自然光下会是什么模样。嗯，它的脑袋形状像是……

又一张图像传来，现在有三只老鼠同时抬头看着他们。“它们也许只是在闻‘面包球’的味道！”

“嘘！”老威廉小声地说。

米丽娅姆向前倾身，用心地聆听着。胡安也提升自己的听觉参数，仔细听起来，双手紧握成拳。也许这只是他的幻听，但似乎从底下传来了窸窸窣窣的声音。小球距离他们坐的地方差不多有十米远。虚拟光点开始晃动起来。

胡安听见米丽娅姆的呼吸声变得急促。“我认为老鼠在晃动‘面包球’所在的灌木丛。”她轻声说道。

另一张图像出现了，似乎是从地面拍摄的。老鼠的几条腿模糊不清，但脑袋十分清晰。

胡安将图像锐化后进行比对。“你知道那些老鼠是什么颜色的吗？”

“不知道。”

“是白色的……我的意思是……假如是实验小白鼠就太棒了。”

事实上，胡安刚刚救了自己一命。他原本想说：“当然是白色的。它们的脑袋与513品种实验鼠匹配。”虽然他是使用了常规软件才得出这个结论的，但没有哪个正常人能像他那样快速地完成比较。

幸运的是，米丽娅姆被其他事分了心，没有怀疑他的回答。虚拟光点开始一步步水平移动。一张新的图像传了过来，但画面一片模糊。

“它们在滚动‘面包球’，像是在玩耍。”

“或者把小球带去某个地方。”

两个孩子突然站起身，老威廉也跟着站了起来。米丽娅姆压低声音说：“是啊，从实验室逃出来的超级小白鼠……这将成为《鼠谭秘奇》[1]的重制版！”

“它们正像《鼠谭秘奇》中的那些聪明老鼠。”

“这是一条线索。”米丽娅姆顺着小道往下走，“他们的时间选得真合适。《鼠谭秘奇》二度重制版的版权刚刚到期。那些小东西看起来多么真实啊！几个月前，人们还无法想象电子动画特效技术能达到如此优秀的地步。”

“或许它们就是真实的？”老威廉说。

“你的意思是，那些是专门训练出来的老鼠？也许吧，至少它们会出现在电影的部分场景中。”

最新的图像显示出没有热度的黑暗环境。“面包球”的传感器一定是对准泥土了。

他们一直往下走，尽量不发出任何响声。其实他们没必要这么小心翼翼的，因为浪涛声完全盖过了其他声音。那些冒牌老鼠仍然滚动着它们偷来的“面包球”，此时已经水平移动了四五米。

传回的图像越来越少。“老天，超出信号范围了。”胡安又从袋子里拿出三颗“面包球”，逐一用力扔出去。几秒钟后，新的小球开始工作。其中一颗落在前方高处的岩脊上，另一颗落在人类和老鼠之间，至于第三颗……啊哈！老鼠的前方出现了虚拟光点。现在的选择变多了。胡安从最远的那颗“面包球”抓取了一张图像，视角是从小道旁往回看，正对着老鼠前进的方向。假如不考虑尺寸比例的话，这简直就像约塞米蒂国家公园的某处峡谷。

他们终于到达谷底了。两个孩子加快了行进速度，老威廉跟在后头说：“小家伙们，小心撞头。”

“哎呀。”米丽娅姆突然停了下来，“我们激动得忘乎所以了。”前

1.《鼠谭秘奇》，一部1982年上映的美国电影，讲述了田鼠太太在一群逃出实验室的高智商老鼠的帮助下，救活患有重病的孩子的故事。

方的岩壁彼此只相距二十多厘米，形成了一个上窄下宽的通道。对于老鼠来说，这也许是条大峡谷。她弯下腰："底部更宽些。我应该可以扭动身体钻过去。我知道你也行的，胡安。"

"也许吧。"胡安说着，挤到了米丽娅姆的前面。他从背后取出探测枪，单手握住，然后滑步迈入缺口。只要侧身站立，再倾侧上身，他就能钻进去，甚至不用脱掉夹克衫。他侧着身子走了一两步，把探测枪举在身后。通道突然变宽，他足以转身朝前走。

过了一会儿，米丽娅姆也跟了上来。她抬起头："哇，这里简直像个山洞。只不过顶上开着洞眼。"

"我不喜欢这个地方，米丽娅姆。"落在后面的老威廉说。他绝不可能钻进来。

"别担心，爷爷。我们会小心不让自己卡住的。"万一遇到真正紧急的情况，他们可以拨打报警电话求助。

两个孩子又往前行进了四五米。通道逐渐收拢，甚至比之前还要狭窄。

"糟糕，那颗被偷走的'面包球'掉线了。"

"也许，我们应该待在之前的位置观察情况。"米丽娅姆说。

现在说什么都晚了！胡安检查了一下网络，那个掉线节点的位置连瞎蒙都蒙不出来。但是，其他几颗扔到前方的"面包球"仍在传送图像，每一张都显示着空荡荡的小路。"米丽娅姆，我认为老鼠根本没跑到下一个观测点！"

"爷爷，你听见了吗？老鼠可能顺着某处洞口逃走了。"

"好的，我在入口附近找一找。"

胡安和米丽娅姆沿着通道往回走，寻找可供老鼠逃脱的小洞。热红外成像模式下，通道内的细沙几乎全黑，掉落的松针也没有亮上半分。两侧的岩壁也是黑色的，上面有些斑驳的红色微光，是砂岩在夜风中变冷所致。"我还以为老鼠的巢穴会显示出亮光。"

"它们肯定藏得很深。"米丽娅姆拿起探测枪，将雷达附件装到枪管上，“让美国海军陆战队当回救兵。”

他们从通道的一个狭窄处穿行到另一个狭窄处。当探测枪的雷达对准岩石时，淡紫色的条纹比之前看到的拥有更丰富的细节。里面果真有老鼠的隧道，一直延伸进岩石内部。他们在五分钟内用完了三块电池。“但我们仍然没有发现入口！”

“继续找吧。肯定有的。”

“老天，米丽娅姆，入口不在这儿！”

“你是对的，胡安。”老威廉开口道，上半身探了进来，“出来吧。老鼠在通道变窄前离开了。”

“什么？你是怎么知道的？”

老威廉退了出去，胡安和米丽娅姆也扭动身体钻出缺口。在两个小孩探路的时候，老威廉忙个不停。他将小路边的松果和松针全都拨到一侧，然后把手电筒放在了地上。

不过，他们不需要借助手电筒的光也能看清老威廉发现的东西。小路边缘本应该又黑又冷，现在却呈暗红色，这种红色还扩散到了岩壁上，宛如怪异的、向上流淌的血。

米丽娅姆趴到地上，想找出哪儿的红色最深。“噢，我的手指插进了什么东西里，但探不到尽头。”她说着缩回了手。一缕橘红色的烟从她手上飘走，升至他们上方时逐渐变成红色。

一股淡淡的木头燃烧的气味飘了出来。

一时间，他们呆呆地望着对方，黑色的眼镜就像瞪大的双眼，真实地反映出他们内心的震惊。随后，不再有温暖的气流从洞口升起。“我们一定是发现了吸入式气流。”老威廉说。

米丽娅姆和胡安一同跪在地上，仔细地搜寻起来，但眼镜的解析度不足以让他们清晰地看见洞口——那儿仅仅是一块比其他地方更红的斑点。

“胡安，用探测枪。”

胡安探测着上方和两侧的岩石。细小的隧道从洞口向下延伸不到一米，多次分岔，最终到达由穴室构成的地下隧道系统。

“它们偷走的‘面包球’怎么样了？要是能从隧道内部拍到一些图像就好了。”

胡安耸了耸肩，给探测枪换了块电池。“老鼠肯定把它拖到一个更深的穴室里了，在好几英尺的岩石背后。‘面包球’的电量不足以让信号穿透那么厚的岩石。”

接着，他和米丽娅姆对视一眼，笑了出来。“但我们有更多的‘面包球’！”胡安摸索出洞口的大概位置，将一颗“面包球”扔了进去。虚拟光点在大约十五厘米远的地方亮了起来，刚好过了第一个分岔口。

“再扔一颗。”

胡安研究了一下隧道的布局。“我敢保证，假如我扔得刚刚好，第二颗可以撞到第一颗，并让后者再滚出一段距离。”虚拟光点消失了片刻……随后，光点再次出现，数据通过两颗“面包球”传了出来。搞定！

“老鼠偷走的那颗仍然没有信号。”米丽娅姆说。隧道里只有两个虚拟光点，分别在距离洞口大约十厘米和九十厘米远的位置。

胡安用探测枪搜寻岩壁的不同位置，将透地雷达开到最大功率，以便穿透厚厚的砂岩。从反馈的结果中，他能琢磨出多少信息呢？“我能让图像显示得更清晰些。”他说，尽管这么做肯定会引起米丽娅姆的猜疑，“有什么东西……一个柔软的东西……堵住了第三个分岔口。”一个明亮的斑点在缓缓靠近他们。

“看上去像只老鼠。”

“是啊，而且它正在两颗‘面包球’之间移动。”

胡安心想，也许，我能借助蓝色小药丸的力量将图像整合起来。两颗小球把老鼠夹在中间，刚好形成了一台“无线断层扫描仪”。之后的半晌里，胡安满脑子只想着利用透地雷达反向散射啮合“无线断层扫描仪”的问题。图像显示出越来越多的细节，他的大脑空白了一秒钟。在之后的一小段时间里，他忘了自己应该保持小心谨慎。

那个东西确实是一只老鼠。它面朝三个人类紧盯着的洞口，内脏、头颅、肋骨和四肢都清晰可见。它的前爪好像粘着什么东西。

整张合成图就像一个蹩脚的玩笑，可糟糕的是，米丽娅姆并不那么认为。“够了！我受够你了，胡安！一个正常人不可能处理得那么快。你这个受气包！快让伯蒂——”

“老实说，米丽娅姆，这是我自己完成的！”胡安反驳道。他本不应该为自己辩解。

“整个小组的成绩都会不及格，我们只能眼睁睁看着伯蒂抢走全部功劳！”

老威廉跟之前一样旁观着，一副事不关己的样子。但这次，他终于开口了：“小家伙，我看到图像了，但……我认为胡安没有撒谎。这是他亲自完成的。”

“可——”

老威廉转身面朝胡安。“你服用了药物，对吧，孩子？”他和善地问。

那一刻，米丽娅姆惊得目瞪口呆，而胡安内心慌乱，半个字都说不出来。一旦秘密曝光……

“没有！”他否认道，想让指控显得荒唐无稽。

接着，米丽娅姆举起双手，掌心向外，试着让胡安和老威廉都安静下来。事后，胡安屡屡想起她的这个动作。

老威廉微微一笑。“米丽娅姆，不用担心。我认为福克斯华纳公司不打算让我们参与他们的暑期大制作。在浓雾弥漫的谷底，没有其他人会听见我们在这儿说的话。”

米丽娅姆慢慢放下双手。“但……爷爷。”她指了指老鼠的图像，“它绝不可能是自然形成的。”

“为什么不可能呢，小家伙？看看胡安刚刚得出的图像。你能看到老鼠的内脏和骨头，它不是机械合成的产物。”老威廉用颤抖的手抚摸着头发，“我认为，附近的生物科学实验室的确发生了一场事故。这些老鼠的智力可能比不上人类，但也足够聪明。它们不仅逃出了实验室，而且还愚弄了……之前来这儿四处搜寻的那些人叫什么名字？”

“费雷蒂和沃斯。”米丽娅姆小声地说。

“没错。这些老鼠光靠躲藏在地下就愚弄了那两个人。虽然它们仅仅比普通的实验小白鼠聪明了一点儿，但这个优势足以改变世界。”

胡安意识到，老威廉谈论的不仅仅是老鼠。“我不想改变世界，”他用哽咽的声音说道，“我只想从中获得自己的一份机会。”

老威廉点点头。“说得过去。”

米丽娅姆来回看着两人。胡安看到，她的神情十分肃穆。

胡安耸耸肩。“行了，米丽娅姆。我认为老威廉说得没错。这儿只有我们。”

她向他微微倾身：“是伯蒂让你服用药物的吧？”

“他只是部分原因。去年春季，妈妈让我们一家人参与了一项分布式弗雷明翰健康研究。我向伯蒂展示了自己的医疗数据——大概在适应性考试挂科之后——伯蒂便把这件事当作一项匿名挑战，到处寻找解决办法。后来，他带回了一种定制药丸，其作用是……”胡安笑出了声，但听起来更像是嘎嘎叫，“让我的记忆力变得非常出色。”他敲了敲自己的脑袋，“你瞧，大多数人都认为药丸的作用像个笑话。毕竟，大家都说，当你的智能服装的数据存储量是人脑的十亿倍时，就不需要什么遗觉记忆了。人人都以为人类的记忆力不再有重要价值，但那不是重点。现在我能完全记住大型数据块，让智能服装给眼前的所有东西都加上图层标志。我只要引用几串数字，就能将其传回我的智能服装。在构建问题方面，药丸给予了我难以置信的优势。”

“这么说，伯蒂之所以拿你当朋友，就因为你是他的超级工具？”

米丽娅姆平静地说，声音里藏着一股怒气，但并不是冲着胡安。

“不是的！我早就研究过这种记忆效应，服用药丸是基于对医疗数据所做的分析。在一千个人之中，药丸的作用也只对一个人有效。伯蒂绝不可能预先知道我是特别的那一个。”

“啊，当然了。”米丽娅姆回答道，然后沉默不语。

胡安很讨厌她这种行为：先假意赞同你的说法，再等你反应过来自己刚刚出了丑……伯蒂非常擅长建立关系，到处都有人脉——从科研团体到点子市集，再到竞赛委员会。也许，伯蒂早已想明白如何干得更出色：他有多少点头之交？他向多少人提议过帮他们弄到定制药丸，从而改善他们的记忆力？大多数案例中，效果微乎其微，也许那几段友谊便停留在了泛泛之交的程度。但有时候，伯蒂会取得出人意料的成果——就像我。

“但伯蒂是我最好的朋友！”胡安心想，我不能号啕大哭。

“你还可以结交其他的朋友，孩子。”老威廉耸了耸肩，“在脑袋变糊涂之前，我有一项天赋：我能让文字歌唱。我愿意付出几乎任何东西来换回那项天赋。不管怎么说，你现在拥有一项惊人的天赋。除了你自己，不用感激别人。”

米丽娅姆柔声说道：“我——我不太清楚，胡安。定制药丸虽然不像二十世纪的毒品那样属于违禁品，但仍然是受到管控的。我们无法对定制药丸进行完整的试验。你服用的药丸可能——”

“我知道，它可能搞坏我的大脑。”胡安双手掩面，摸到了冷冰冰的眼镜外壳。有那么一刻，他只顾着内省，过去的种种恐惧和羞耻浮现了出来。接着，他产生了一种惊异的感觉：在这个偌大的世界上，老威廉竟然能理解自己。

就算双眼紧闭，胡安的隐形眼镜依然开着。这时，“面包球”的虚拟光点闪烁起来。胡安漠然地注视了几秒钟，接着，惊讶蚕食掉他的恐惧。“米丽娅姆……老鼠在移动！”

“什么？”她这才开始留意隧道里的情况，“是的！它们在往隧道深处移动，在逐渐远离我们。”

老威廉靠近洞口，耳朵紧贴岩壁。“我敢打赌，那些小东西正带着其他‘面包球’去跟最初被偷走的那颗小球会合。”

“胡安，你能获取图像吗？”

“可以，这儿有一张。”热红外成像模式下，发出红光的隧道里有几堆泡沫状的东西，看上去像是碎纸屑。几秒钟后，一个暗淡的虚拟光点透过岩石显现出来。“那儿是被偷走的‘面包球’所在的位置，约五英尺深。现在我们可以用它连上其他节点了。”

“我们也可能丢失之前几个节点的信号。”

胡安挤到老威廉身旁，又扔了两颗“面包球”到洞内。第一颗足足滚了一米远，另一颗在滚出十几厘米后停住了。接着，小球重新移动起来。

“老鼠在为我们串联节点！”除了最远的那一颗，其他“面包球”的虚拟光点都在快速地闪烁着。许多图像传了回来。随着隧道内的炽热空气变暖，除了老鼠本身，图像显示出的细节微乎其微：只有老鼠的爪子、口鼻和闪亮的眼珠。“嘿，你们有没有看到那只前爪粘着碎纸屑的老鼠？”

“看到了，我觉得它就是我们之前见过的那只。等等，被偷走的那颗‘面包球’发来图像了。”起初，数据杂乱不堪，胡安进行了图像转换，“这张不是热红外图像，米丽娅姆！”

“什么？”米丽娅姆倒吸了一口冷气。

透过“面包球”的传感器，可以看到一个轩敞的空间，里面挤满了几十只小白鼠。它们的黑眼珠被穴室中央的一堆篝火照得闪亮。虽然图像没有标记尺寸，但穴室的纵深不超过六十厘米。

“我认为你们的考试拿优已经十拿九稳了，米丽娅姆。”老威廉轻声说道。

米丽娅姆没有说话。

一排排老鼠蹲伏在篝火旁，另有三只高高地站在中央——它们是在照看篝火吗？火光摇曳，看上去更像是烛火。不过，那些老鼠似乎没有看向篝火，而是盯着集会上的神奇来客——伯蒂的“面包球”。

“瞧瞧！”米丽娅姆向前弯腰，手掌撑在膝盖上，“福克斯华纳公司露馅了。在如此密闭的空间里生火……那些老鼠应该死于一氧化碳中毒才对。”

“面包球”没有发送光谱数据，所以谁又说得准呢？胡安调出隧道系统的图像，收集了入口和出口的通风能力数据。他思索了一下，将问题交给智能服装进行处理。“事实上，隧道内部的通风充足，老鼠安全无虞。”

米丽娅姆抬头看着他：“哦，你的动作可真快。”

“你的智能服装也能完成这样的运算。”

“但我要花费五分钟才能得出结论。”

又一张图像传来，画面显示着穴室顶部倒映的火光。“老鼠把‘面包球’滚进火堆了。”

“我觉得它们只是在滚着玩儿。”

另一张图像传了回来。“面包球”再度翻转，另外三只老鼠正滚着另一颗从入口进来。

最后一张的画面模糊不清，篝火已经灭掉了。在热红外成像模式下，他们只能瞥见空荡荡的穴室。

“有什么东西惊扰它们了。”老威廉一边说，一边贴在石壁上仔细倾听，“实际上，我能听见老鼠在吱吱叫。”

“它们把‘面包球’滚回来了！”米丽娅姆说。

“这些老鼠真聪明。”老威廉的声音里透出一丝惊讶，“一开始，它们像小孩子领取礼物一样带走了‘面包球’。接着，它们注意到那些东西仍源源不断地滚进来……于是，有只老鼠发出了警报。”

又有许多图像传送回来，但都是模糊的热红外图像。画面中的老鼠互相推搡，四处逃窜。虚拟光点慢慢向三人靠拢，一些朝着谷底上方大约一米高的出口移动，另一些则逐渐靠近老威廉身旁的洞口。

胡安将探测枪对准岩壁，用脉冲探测了几处位置。他已经非常擅长识别那些血肉之躯的影像了。“大多数老鼠已经远离我们，只有一些殿后的在滚动‘面包球’。老威廉，有好几只老鼠正准备从你旁边的洞口跑出来。”

“快拿出联邦快递的盒子。说不定我们能活捉几只！”

“我……好的！”老威廉直起身，从包里拿出盒子，掀开一角对准老鼠洞。

片刻之后，微弱的摩擦声传了出来。老威廉的手臂不受控制地飞快抖动。胡安瞥见了一闪而过的白色皮毛和飞出的“面包球”。

老威廉迅速盖上盒子，踉跄着后退。与此同时，又有三只老鼠从洞口冲了出来。电光石火之间，它们抬起头，用亮晶晶的黑眼珠盯着人类。米丽娅姆扑了过去，但老鼠早已沿着小路向大海的方向逃走了。米丽娅姆爬起身，看着老威廉：“你抓到了几只？”

“四只！这些小东西跑得真快，简直是朝我跳过来。”他紧紧抱住盒子。胡安能听见里面传出的轻微撞击声。

“好极了！”米丽娅姆说，“这就是实实在在的证据！”

老威廉没有说话，只是伫立在原地，一直盯着盒子。突然，他转过身，沿着小路往上走，来到没有松树遮挡天空的开阔地带。“对不起，米丽娅姆。”说完，他将盒子高高地抛入空中。

起初，盒子在夜幕中几乎不见踪影，接着，它上面的一圈微型喷嘴启动，发出了微弱的蓝光，留下一道喷射气流。盒子摇摇晃晃地下降到距离岩壁不到一英尺高的地方，然后恢复正常，缓缓向上爬升。胡安能想象那四只活蹦乱跳的老鼠在盒子里颠来倒去的样子。盒子不断上升，逐渐飞出视野，在人类的耳朵听来寂静无声，喷射气流在雾气中变得暗淡不清。最终，那道蓝光变成了一个淡淡的斑点。

米丽娅姆伸出手臂，仿佛在向老威廉恳求：“爷爷，你为什么要这么做？”

有那么一会儿，老威廉的肩膀耷拉下来。接着，他看向胡安，说："我打赌你一定明白，对吧，孩子？"

胡安凝望着盒子飞走的方向。四只老鼠正在这个残破的盒子里闹腾。他并不知道哈姆勒中转站的安保系统是什么样的，但它位于偏远地区，应该没有引起多少投诉，不会太严格。只要能逃出去，那些老鼠便可以在这个世界上获得一线生机。他回头看着老威廉，快速地点了点头。

他们离开谷底往回走，一路上几乎没怎么交谈。快到山顶时，小路变得宽阔平缓。米丽娅姆牵着老威廉的手，脸上似乎还布满泪痕，但她的声音中毫无颤声："假如老鼠是真实存在的，那我们刚刚做了一件可怕的事，爷爷。"

"也许吧。对不起，米丽娅姆。"

"但我认为它们不是真的。"

老威廉没有回答。片刻之后，米丽娅姆接着说："你想知道原因吗？看看那张从穴室传回的图像，画面太过生动完美了！里面既没有家具，也没有墙面装饰，但看上去显然是一间集会厅。再看看那些老鼠，它们就像参加集会的人类一样站位，而在中央的那三只——"

米丽娅姆说话的同时，胡安也开始浏览图像。是的，三只大个的白老鼠就像站在舞台上似的，最大的那只立起身，看着成像器。它伸出爪子，似乎抓着一根尖锐的长棍……他们在其他图像中见过这类东西，可始终没有完全琢磨明白。在自然光的图像中，那根长棍是一支矛吗？绝对错不了。

"你们瞧，这是暗示，肯定是福克斯华纳公司开的小玩笑。假如动物的智力真的在自然情况下取得了突破，它们也绝不会如此完美。今天晚些时候，胡安和我会上交本地课题报告，福克斯华纳公司一定会坦白这一切。之后，我们便会名扬万里。"

我的秘密也会随之曝光，胡安心想。

米丽娅姆猜到了胡安保持沉默的原因。她握住他的手，将他和老威廉拉到身边。“听着，”她柔声说，“我们不知道福克斯华纳公司今晚拍摄了什么内容，但无论如何，他们拍到的基本上都是浓雾。除了‘面包球’以外，我们的装备没有发现其他任何传感器。所以，要么是福克斯华纳公司的拍摄技术厉害得超乎想象，要么是他们根本没有在近旁窥探我们。”她朝着小路做了个手势，“再过几分钟，我们就会连上全球网络。伯蒂——也许还有福克斯华纳公司——肯定会向我们打听今晚发生了什么。”她的声音越来越小。

胡安接过话头说：“无论谁问起今晚发生的事，我们都要守口如瓶。”

米丽娅姆点了点头。

伯蒂的幻象从米丽娅姆家一直跟到了胡安的家门口。一路上，他时而滔滔雄辩，时而巧言哄骗，时而不停逼问，想知道米丽娅姆的计划是什么，他们都做了什么，看见了什么。除了“面包球”的相关数据，其余资料胡安一律没给。伯蒂勃然大怒，将他踢出了无限制课题小组，中断了他们之间的所有连接。这次是彻头彻尾的冷战了。胡安回到家，几乎没法装出兴致高昂的模样来让妈妈放心。

但奇怪的是，胡安当晚睡了一个好觉。早上醒来时，阳光洒进了房间。回想起昨晚发生的事，胡安觉得自己应该急得抓狂才对，因为他不仅拿不到无限制考试的成绩，而且还失去了自己最好的朋友。出乎意料的是，胡安反而深深地感觉到……他自由了。

他穿好衣服，戴上隐形眼镜，然后下楼。通常这个时候，他已经一头栽进网络，同步更新全球资讯，查明他的朋友们在自己睡觉时都做了些什么。虽然胡安最终还是会跟过去一样上网浏览，但此时此刻，他愉快地享受着线下的寂静。在他眼前，十二条“请回复”的消息闪着红光——大多都来自伯蒂——标题胡乱地晃动着。头一回，伯蒂没等胡安苦苦求饶便结束了冷战。

正在吃早餐的妈妈抬起了头：“你下线了？”

“是啊。”胡安瘫坐在椅子上，吃起了麦片。

爸爸心不在焉地冲胡安笑了笑，然后继续用餐，他的眼神仿佛遥不可及，体态有点垂头弯腰。

妈妈来回看着父子俩，脸上掠过一丝不悦。胡安赶紧坐直身子，确保妈妈看见他露出了笑容。“我只是因为昨晚的远足而有些疲惫罢了。”他突然想起一件事，“对了，妈妈，谢谢你提供的地图。”

妈妈听得一头雾水。

“米丽娅姆使用411导航服务获取了托里松公园的地图。”

“哦！”妈妈顿时开心起来，因为找地图是她最擅长的事，“你考得怎么样？”

“我还不知道。估计今天晚些时候就出成绩了。”他看着餐桌对面的妈妈，“嘿，你也下线了。”他们安静地吃着早餐。

妈妈做了个鬼脸，朝他露齿一笑：“我得到了一个计划之外的假期。那些电影人取消了导航服务。”

“哦。”假如电影人在圣迭戈东部的活动真的与小组在托里松公园发现的东西有关，那他们取消导览也在预料之中。说不定，这个消息对米丽娅姆来说是一项重要的证据。不过，他们昨晚已经上交了课题报告，而且是头一个完成考试的小组。

如果米丽娅姆关于老鼠的推测是对的，福克斯华纳公司此刻应该已经得知自己的电影项目曝光了。胡安原本以为他们会立刻发起宣传，但至今没有看见任何公告。只有伯蒂和另外几个学生给他发过消息。

等到了晚餐时间再看看吧，胡安心想。米丽娅姆说过，大型电影公司也许需要多花点时间才能实施行动。那些老鼠到底是真实存在的还是电影特效，他们到那时应该就清楚了。那他自己的秘密呢？或许它会被人曝光，又或许不会……

胡安又吃了一碗麦片。

今天上午还有一场考试，妈妈让胡安搭车去费尔蒙特中学。到达学校的时候，他还有些空闲时间。

职业技术测验是单人考试，不允许在考场之外搜索资料。跟威尔逊老师的数学考试一样，教师会从旧纸堆里挖出一些老古董的知识作为考试内容——正常头脑的人根本不可能劳神想出这些题目。对于职业技术测验来说，考试的内容自然是一种工作专长。

今天的题目是……雷格纳5型系统。

在爸爸工作的那个年代——也就是这项职业炙手可热的时候——技术学校要花三年的时间才能培养出能干的从业者。如今，这一切却像打响指一样容易。胡安花了两个小时浏览技术手册并整合技能……然后便开始进行编程任务，完成跨公司数据整合。

他到中午的时候离开了考场，拿到了优。

WIN A NOBEL PRIZE

赢得诺贝尔奖

Loading...

无机客　译

作者的话：

1999年和2000年，微型科幻小说拥有一个不同寻常的市场，那便是每周出版一期的《自然》杂志——该科研期刊在全世界声誉卓著、数一数二（具体是第一还是第二，得看说话的人是谁）。生命科学编辑亨利·吉邀请全球各地的科幻作家都来创作900字英文的科幻小说，以展望下一个千年。在一年多的时间里，《自然》杂志几乎每周都会刊登一篇新小说。我认为每个人——作者、读者和编辑——都从这些故事中获得了很多乐趣。不管别人怎么看，反正我从自己的投稿中找到了乐子。

《自然》杂志的内页是全彩印刷的。我利用这一点，用蓝色油墨来暗示某些词汇和短语是可点击的链接。这一招很快就变得十分过时，但对我来说是一种暗示背景故事的新奇方式！在本书的“黑白”版本中，我使用了下划线来标记那些链接。

亲爱的约翰：

听说校方并未考虑评你为终身教授，我很难过。希望你不要再给评定委员会的那帮笨蛋羞辱你的机会。

我本来想写一封普通邮件，可又意识到你大概不记得我了。在伯克利念书时，我们都上过房教授的比较基因组学课程，还在同一个班。但我后来退出课程项目，逐步踏进了艺术圈子（你可以点开链接看看<u>我的超轰动表演</u>）。如今，我在一家公司的人力资源部门工作。这份工作跟我的技术技能与人际交往能力完全匹配。约翰，我将要向你提供的机会是如此的难以想象！我担心你的电邮过滤器会在你看见我的邮件之前，将它丢进垃圾箱，因此，我让它以广告的形式出现在了你订阅的《自然》杂志上。希望这能体现出我的邀请是认真的。

事实上，撰写这则广告是个善意的恶作剧——是的，我确实玩儿过头了——但我接下来要说的绝对是件真事儿。你只要与我们合作，就能赢得诺贝尔奖，而那仅仅是开始。好了，长话短说，我必须说服你采取下一步行动。

约翰，我知道你会了解自己研究领域以外的资讯——这也是那些缺乏想象力的庸人获得终身教授职位，而你却吃了闭门羹的一个原因。你有没有看过有关核磁共振转染技术的报道？该使能机制是让受试者的神经胶质细胞进行艾滋病病毒转染：插入的病毒遗传物质表达出蛋白质，那些蛋白质能在梯度磁场的十高斯调制下发出信号；同步施加射频脉冲后，蛋白质能促进选定的神经递质的生成。假如操作得当，受试者可以触发大约二十种神经递质的释放——要知道，核磁共振成像分辨率仅比转染技术的空间分辨率高一倍。

运用核磁共振转染技术扫描全脑，研究人员几乎能诱发出任何一种精神机能障碍。研究神经科学的那些家伙已经爱上了这项技术，紧随其后的还有精神病学研究者。虽然他们公开表示这种可能性只是不祥的推测，但在暗地里，至少有三家科研实验室早已掌握全脑核磁共振转染技术。我所在的公司也掌握了这项技术，虽然没有不当使用，但实验结果还是比社论的讲法更吓人。其中，最为恐怖的一种精神机能障碍被我们称为“专家神游状态”。当受试者是科研人员时，这项技术能创造出一名低能奇才——此人除了专注于短期科研目标以外，就全无生活可言。

约翰，这不是我来找你的目的！但是，你得小心了，千万不要落入这样的圈套。有好几家实验室正在为这种可怕的研究招募实验对象——对方也许是完全知情的志愿者，但更有可能是惨遭愚弄的受害者。不管是哪种情况，大众都将很快见到各式各样的研究成果——尽管它背地里建立在这种现代形式的奴役之上。

约翰，你智慧超群，而且受过良好的训练，我们早已仔细地考察过你。如果你能为我们工作，你会负责生物科技研究。我们拥有大笔资金，都来自一个疆域虽小却富得流油的国家。你可以随便开个价。如果接受我们的邀请，你将拥有能够匹敌中央数字计算机的资源：一台每秒能进行一万兆次运算的计算机，相应的存储区域网络跟最大规模动态蛋白质组学研究所的不相上下。所有这些资源和支持人员都任你调遣。

那么，我们的秘密是什么？好吧，我们已经改进了核磁共振转染的触发机制，使其在毫秒内做出响应。我们利用记忆和思维的界面外观，就能诱发大脑完成直接输入和输出。过去五十年间，人们一直在预测脑机共生体的出现。如今，我们真正实现了，约翰！沃德纳是我们第一个成功的例子，完美契合这项技术。你会想跟他聊一聊的，他的专长是策略规划。有了核磁共振转染技术的帮助，沃德纳就像神祇一样。

你一定清楚自己所在的研究领域近年来都是啥样：虽然有了比以往更多的突破，但内容乏味又无趣。现代细胞力学实验室就跟老早之前的基因组学研究机构一样，无非是一座安静的数据工厂，只有嗡嗡的轻响。在生命科学以外的领域，已经发生了同样的事。一些理论家认为，现在的情形宛如置身天堂，但看一下2013年1月17日《自然》杂志的社论是怎么说的："每取得一项突破，就有一千多项突破隐藏在新数据库里。"

不过，你能改变这个局面，约翰。等你的大脑与我们的世界级自动化装置相连后，你将轻而易举地解决蛋白质动力学难题，容易得就像普通人计划一整天在沙滩上玩什么一样。

我们几乎能满足你的任何工作条件，只不过需要你迁往里维耶拉科研基地。我们早已在那里为你建好了一座大别墅，你将拥有完全的自由。转染虽不可逆，但当你的大脑未与装置真正相连的时候，保证神经活性物质的安全是件很容易的事。当然，"相连"并不牵涉任何凌乱的电极，你只需要走进大别墅里的研究室。鉴于那个房间建在一台四特斯拉的核磁共振成像系统的内部，里面算是相当轩敞。另外，千万要小心磁性材料。（沃德纳会跟你讲讲关于高速珠宝的故事，那是新人通常要上的一课。）

好了，以上就是我要说的全部内容，约翰。虽然公司在目前阶段必须严格保密，但还是请你过来拜访我们一趟。你无须承担任何责任，只需签署一份保密协议。我们希望你不要向其他同事透露这趟短暂的拜访，但也希望你可以放宽心。我记得你还有一个表妹？你大可让她知道你去了哪里。

我由衷地希望你能来，约翰。

你的朋友　海伦·皮尔利斯

梅菲斯特动力学公司人力资源部主管

THE COOKIE MONSTER

Cookie怪客

Loading...

谢宏超 译

2004雨果奖最佳长中篇获奖作

2004轨迹奖最佳长中篇获奖作

2005星云奖最佳长中篇提名作

2008西班牙伊格诺特斯奖最佳海外短篇小说获奖作

人是“时间的绑定体”，这一简单表述或许在未来会被赋予柯日布斯基[1]始料未及的其他含义……

“你觉得这份新工作怎么样？”

正埋头敲击键盘的迪克西·梅抬起头，发现在旁边格子间的挡板上方，有半张长满粉刺的脸正盯着自己。

“比在快餐店烙汉堡强多了，维克多。”她说。

维克多一跃而起，整张脸都显露出来。“是吗？很快你就会感觉枯燥乏味了。”

事实上，迪克西·梅也是这样想的。但在洛萨科技做客户支持是一份正儿八经的工作，也是她迈进世界最大高科技公司大门的第一步。“别扫兴了，维克多！这是我们开工的第一天。”当然，前提是不算上前六天用来熟悉产品的培训课程。“如果你连这份工作都受不了，那你的注意力也就跟蟋蟀一个水平。”

“聪明人很多都是这样的，迪克西·梅。我恰好足够聪明，知道对于一等一的创造性头脑来说，哪些事不值得投入精力。”

呃。“你这一等一的创造性头脑怕不是在这夏末天烧坏了吧？”

维克多得意地笑了笑。“有道理。”他想了一会儿，然后用更平静的声音继续说，“但是，我做这份工作，是为我在《熊先生日报》[2]上的专栏寻找素材——你懂的，像诸如‘新血汗工厂’或‘无聊至死’这样重磅的标题。不过我还没拿定主意，是选择轻松幽默的方式来呈

1. 阿尔弗雷德·柯日布斯基（1879—1950），美籍波兰裔哲学家，普通语义学的创始人。柯日布斯基认为“人是时间的绑定体”，人不同于动植物的特点是有语言、能连接时间，并把经验代代相传，创造出全部人类文化成果。

2.《熊先生日报》（*Bruin*），全称为*the Daily Bruin*，是加州大学洛杉矶分校的校报。

现，还是深入社会意识层面。无论如何，”他微微一顿，声音又降了一档，“我要在，唔，下周末之前离开这里，这样才能将这段不光彩的经历对我大脑造成的损伤降到最低。”

“你根本没有在真心实意地帮助客户，对吧，维克多？只是随便应付，故意逗他们玩儿？”

维克多闻言，眉毛一挑。“我得申明，我口齿伶俐，能给客户们提供很好的帮助……至少在接下来的一两天会是这样。”狡黠的笑容重新爬回他的脸上，“我不会做态度恶劣的浑蛋客服，除非已经辞职。”

*果不其然，就知道他是这个德行。*迪克西·梅继续敲打键盘。“好吧，维克多。现在是上班时间，让我做我该做的事情，可以吗？”

维克多突然安静下来，莫不是陷入了愤怒、屈辱的沉默？不，他更像是带着一股邪气，好似要用目光把人的衣服扒光。但是迪克西·梅没有抬头。她可以忍受这样的沉默，只要那个斜眼盯着自己的人不把手伸过来就行。

过了一会儿，旁边格子间里传来维克多重新坐回椅子的声音。

维克多这个老油条从一开始就让人非常头疼。他嘴皮子功夫一流，如果愿意，他可以像迪克西·梅遇到的那些擅长解释的人一样，把事情讲得头头是道。与此同时，他总是不停地炫耀自己的学历有多高，抱怨这份客户支持的工作是多么没有前途。教授业务课程的约翰逊先生是一位脾气很好的老师，但自恋的维克多花了整整一周挑战对方的耐心。是啊，维克多确实不属于这里，但不是因为他吹嘘的那些理由。

迪克西·梅花了将近一个小时，完成了另外七份咨询。其中一份是关于洛萨语音软件识别挪威语的奇怪问题，她为此还专门做了一些调查。诚然，这份工作在几天后就会令人感到乏味，但帮助别人总能带来一种道德上的满足感。根据约翰逊先生的规矩，她可以花一下午的时间，研究如何让洛萨语音软件识别挪威语的元音，只要在今晚下班之前提交回复就行。

迪克西·梅在此之前从未做过客户支持。直到上周，在参加赖希教授的测试之前，她收入最高的工作也只是烙汉堡。就像人们对待“萨莉大婶”[1]一样，她曾经对客服也是一肚子抱怨。比如，迪克西·梅买了一本新书或一条可爱的新裙子，但遇到书页破损或裙子尺码不对的情况，客服只会回复一些没用的套话，甚至不予理睬，又或者试图推销更多的东西——而他们还总是口口声声说自己的宗旨是为客户服务。

现在，洛萨科技扭转了这种局面。他们的高层领导已经意识到，对于真人客户来说，能提供帮助的贴心的真人客服是何等重要，因此他们雇用了成百上千名像迪克西·梅这样的人。然而，这份工作的报酬并不高，再加上第一周就被关在公司上入门速成课，迪克西·梅感觉日子过得相当艰难。

但迪克西·梅并不介意。“洛萨科技就是许多的科技。”[2]以前，她总觉得这句口号很愚蠢。可说实话，洛萨科技确实业务众多，体量庞大。IBM和微软在它面前，也只不过是小鱼小虾。她想象自己最终会坐在一个比橄榄球场还大的办公室里，小型格子间密密麻麻，一眼望不到头，这不禁令她感到有些紧张。话说回来，她目前所在的0994号大楼确实有些格子间，但她的团队只有十五个人，他们都很好相处——维克多暂且不算。这里的工作楼层四面都有窗户，可以看到圣莫尼卡山脉和洛杉矶盆地的全景。年轻的办公室女郎迪克西·梅·丽就坐在紧挨着落地窗的位置！我敢打赌，有些CEO的办公室视野都不如我这里的。现在，你可能对洛萨科技中的“洛萨”（Lotsa）两个字有了一些初步了解。就在0994号大楼外面，有几个网球场和一个游泳池，一座高尔夫球场覆盖着一座小山。再后面还有公

1. 萨莉大婶（Aunt Sally），原指英国民间游戏中作为投掷游戏靶子的口含烟斗的女人头像。引申指“设想的对手”“众矢之的”，或“易遭批评的对象”。
2. 此处在英语原文中是个谐音双关，洛萨科技的英文LotsaTech和“许多的科技”的英文lots a tech是一样的。

司的更多领地，许多类似0994号大楼的建筑物分散在山坡上。洛萨科技有的是钱，完全有能力买下鲁尼恩峡谷的全部山头，并在那里开拓他们的领地。以上这些还只是洛杉矶分公司的地盘。

迪克西·梅在塔扎纳[1]长大。每当山谷中天朗气清时，那里便可以望见一直延伸到薄雾中的圣莫尼卡山脉。那些山看起来遥不可及，仿佛只存在于童话故事中。而此刻，她就位于其中一座上面。下周上班时，她要带上望远镜去北坡观景，也许还能在那里看到她爸爸现在居住的地方。

此时，她的思绪回到了工作上。接下来的六份咨询很简单，洛萨语音软件附带的说明书只有一页，而其中就有答案，客户却连看都懒得看一眼。面对这些重复了一千遍的问题，迪克西·梅很难礼貌地回复邮件，但她会尽力尝试——今天，她练习和颜悦色地告诉客户那些显而易见的答案，并温柔地指引他们去找到更多细节。接着，她又遇到了几个伤脑筋的问题。该死，今天的工作肯定是完不成了。约翰逊先生说过："当天始，当天毕。"不过，他也许会同意迪克西·梅把今天没做完的工作留到下周一早上。她真的很想在困难的问题上表现出色。虽然她每天都会遇到同样的蠢问题，但也会有全新的困难问题等待解答。最终，她将对洛萨语音软件的各个方面了如指掌。更重要的是，她在处理问题和组织事务上也会更加得心应手。即使过去七年的生活是一团糟，连大学学业都没有完成，那又怎样？她会一点一滴地提升自己。等到几年后，她过去做的那些蠢事将不足为虑。有些人告诉她，现在这个社会必须具备大学文凭，她设想的那条路已经断绝了。然而，人总是可以通过努力工作来取得成功。在二十世纪，很多速记员就证明了这一点。迪克西·梅认为，客户支持也是差不多的起点。

在隔壁，有人轻轻地吹了一声口哨。是维克多。迪克西·梅没有

---

1. 塔扎纳，加利福尼亚州洛杉矶圣费尔南多谷地区的一个郊区社区。

理会他。

“迪克西·梅，你得来看看这个。”

她仍然无视了他。

“我发誓，迪克西，这种事我是头一次遇到。你是怎么做到的？我收到了一封咨询邮件，客户指名道姓找你！嗯，名字基本无疑。”

“什么?！转发到我这儿来，维克多。”

“不，你过来看。它就在我面前。”

迪克西·梅个头太矮，没办法越过挡板看到维克多那边。真是麻烦。

她走了三步来到走廊。尤利西·格林从自己的格子间里探出头来，一副十分八卦的样子。迪克西·梅耸耸肩，对她翻了个白眼，尤利西便继续她的工作了，手指敲击键盘的声音听起来就像偶尔坠落的雨滴声（格子间里不允许使用洛萨语音软件）。约翰逊先生今天早些时候来过，除了帮大家解答疑惑，还负责监督工作进度，确保一切顺利。此刻，他应该已经回到大楼另一头的办公室了。毕竟，在新人工作的第一天，你几乎不需要担心有人会偷懒。迪克西·梅对打破这种惯例有点过意不去，但是……

她闪进维克多的格子间，拉过一把闲置的椅子。“最好是好消息，维克多。”

“你自己判断吧，迪克西·梅。”他看着自己的显示器，“哎呀，我找不到窗口了。等一下。”他摆弄着鼠标，“那么，你有没有在发出邮件时署上真名？这是我能想到的唯一解释——”

“不，我没有。到目前为止，我已经回答了二十二封邮件，一直用的是‘安妮特G’这个名字。”这个假签名会在她按下“发送”键时自动生成。约翰逊先生说，这么做是为了保护员工的隐私，并让客户以为自己的问题一直得到专人跟进，尽管后续问题很少由最初的客服回复。众所周知，这是为了确保洛萨科技的客服可以接替彼此的工作，无论他们身处拉合尔、伦敦德里，还是洛杉矶的服务中心。到目前为止，这是迪克西·梅对这份工作为数不多感到失望的地方，因为她永远无法为同一位客户提供持续的支持。

所以，为什么签名会出问题？

“啊！找到了。”维克多用鼠标在屏幕上晃了晃，“你怎么看？”

这封邮件是从用户咨询网址发来的，上面的内容也是按照页面规定的标准格式填写的。但“上一位客服”一栏的签名并不属于办公室里任何一个人。相反，它写着：**迪兹·梅·雷**。

“别搞这些幼稚的把戏了，维克多。”

维克多举起双手以示无辜，看到迪克西·梅的表情，他脸上得意的笑容收敛了一些。“嘿，迪克西·梅，我只负责传信，别迁怒我。这封邮件确实是刚发来的。”

“不可能。如果邮件填写了非客服身份的无效签名，服务器端的脚本会拒绝接收。这一定是你伪造的。”

一时间，维克多也显得不太确定。哈！露馅儿了吧！迪克西·梅心想。在约翰逊先生上课时，她一直都在认真听讲，因此比“伟大头脑”的维克多更了解这种事情。他的小玩笑穿帮了。

维克多恢复镇定，勉强挤出一丝微笑：“不是我干的。我怎么会知道这个，呃，你的小名？”

“是的。”迪克西·梅说，“想出这样巧妙文字游戏的人真是个天才。”

“说实话，迪克西，真的不是我。该死，我甚至不知道如何使用表单编辑器来修改信头字段。”他的这条辩解倒确实成立。

“发生什么事了？”

两人同时抬起头，看见尤利西正站在格子间的入口处。

维克多耸了耸肩。“是迪兹——迪克西·梅。公司里有人在戏弄她。”

尤利西走近了一点，弯下腰去看显示器上的内容。“啧啧，那这封邮件写了什么呢？”

迪克西·梅伸手够到鼠标，向下滚动起屏幕。邮件的回信地址是lusting925@freemail.sg。标题名称是“语音格式”。他们收到过很多关于这个标题的咨询邮件，因为洛萨语音软件的格式控制并不像广告宣传的那样直观。

但这封邮件绝不是迪克西·梅之前回复过的问题的后续：

> 你好，亲爱的小辣椒！如果你能告诉我如何把下面的内容修改成斜体，我将不胜感激：
>
> “还记得‘塔扎纳拉玛’树屋吗，你放火烧掉的那个？如果你还嫌引起的麻烦不够大的话，那就来搞清楚我是如何知道这些的。告诉你一条重要线索：将999倒过来看就是666。”
>
> 我什么方法都试过了，但还是无法把上面的内容变成缩进的斜体字——至少语音软件办不到。请帮帮我。
>
> 渴望得到你们南方人的热情服务，我始终是你最爱的恶魔。
>
> ——（深深地为你）色迷心窍

尤利西的声音很干涩：“维克多，看来你到底还是学会了如何编辑传入的表单吧？”

“该死的，我是无辜的！”

“你真的好无辜。”尤利西说这几个字的语气充满了鄙夷，洁白牙齿在她黑色脸庞的映衬下闪闪发亮。

迪克西·梅举起手，挥手示意他们安静下来：“我……不知道。这封邮件真的有些不对劲。”她盯着正文看了几秒钟，一股可怕的寒气在她胸中升起。在她七岁的时候，爸爸妈妈给她建造了那座树屋，她视若珍宝。在接下来的两年里，她几乎成了塔扎纳最幸福的孩子。树屋的名字“塔扎纳拉玛”一直是个秘密。迪克西·梅在九岁时烧毁了那座漂亮的树屋。那是个可怕的意外。确切说来，是她席卷一切的怒火导致的意外。但她从未想过火势会失控到如此地步。那场大火几乎把她家的房子也烧没了。自那次事件之后的两年时间里，她成了一个乖得可怕的小女孩。

尤利西仔细阅读完邮件，拍了拍迪克西·梅的肩膀："不管这人是谁，他的语气显然不怀好意。"

迪克西·梅点了点头。"这卑鄙的家伙正在挑拨我的每一根神经。"包括她的好奇心。爸爸是目前唯一一个知道那场意外的人，但他已经有四年没有跟自己联系了——而且绝不会带着这种性变态般的无礼语气。

维克多的目光在她们之间来回扫视，也许他不再因为是嫌疑对象而感到受伤。"你觉得他是谁？"

唐·威廉姆斯的头从旁边的格子间伸了出来。"什么他是谁？"他也没有抑制住好奇心。按这个趋势，再过几分钟，这层楼的所有人都会拥入维克多的格子间，左一胳膊右一腿地将这里挤得水泄不通。

尤利西说："除非你聋了，否则肯定听到了大部分。唐，有人在找我们的麻烦。"

"既然这样，那就向约翰逊先生报告吧。这是我们工作的第一天，各位。千万别因为一些琐事而分心。"

这句话把尤利西带回现实。跟迪克西·梅一样，她把洛萨科技的这份工作视为自己进入专业领域的最后机会。

"看吧，"唐说，"现在已经是午饭时间了。"迪克西·梅看了一眼手表。果然！"我们可以在自助餐厅里讨论这件事，然后再回来工作，在伟大的洛萨科技度过一个充实的下午。这样，我们忙碌的第一周就算告一段落了！"唐计划今晚在他父母家开个派对。这将是他们在得到这份工作以来，第一次离开洛萨科技园区。

"是啊！"尤利西说，"迪克西·梅，你有一整个周末的时间去找出幕后那个人，并计划你的复仇行动。"

迪克西·梅再次看了一眼"上一位客服"里那个不可能的名字。

“我……不知道，似乎洛萨科技园区里有什么事情正在发生。”她凝视着维克多座位边的落地窗。当然，从她的格子间也能看到同样的景色，但此刻她的心境已完全不同。在这些美丽的乡间俱乐部建筑中，隐藏着一个卑鄙无耻之徒。而且，那人正和她玩着猜谜游戏。

这一刻，大家都安静了。也许，这份安静帮助迪克西·梅意识到了自己正在注视的地方：山下相邻的大楼。从格子间只能看到大楼的上层，和园区里所有建筑一样，它的每个角都有一个由黄金制成的四位标识数字。那是0999号大楼。

告诉你一条重要线索：将999倒过来看就是666。“天啊，尤利西。快看，999。”迪克西·梅指向山坡下方。

“可能是个巧合。”

“不对，这未免太容易了吧？”迪克西·梅看着维克多。这真的很像他这种脑子的人会做出来的事情。但不同的是，写信的人知道她太多的秘密。“这样吧，我今天不吃午饭了，打算去园区里转转。”

“真是疯了。”唐说，“洛萨科技虽然比较开放，但我们也不应该随便闯进其他项目所在的大楼。”

“他们大不了把我赶出去。”

“很好，以这种方式开启新工作，真不错。”唐继续说，“看来，你们三个没有意识到我们现在的条件有多好。我知道你们以前都没做过客户支持，”他环顾四周，眼神带着挑衅，“可我做过。这里相比我以前待的地方，简直就是天堂。我们有属于自己的格子间，旁边就是网球场和健身中心。我们的待遇堪比百万美元级别的系统设计师。公司安排的工作任务也很轻松，让我们有充足的时间为客户提供最好的建议。洛萨科技正在做的绝对是革命性的创举！而你们这些傻瓜竟然要把这种机会浪费掉。”他又瞪眼环视了一圈，“行，你们想怎样就怎样吧，但我要去吃午饭了。”

接着是一阵尴尬的沉默。尤利西走出格子间，看着唐和其他人慢慢走向楼梯。接着，她又转过头来。“我会和你一起去的，迪克西·梅，但是……你有没有想过唐可能是对的？也许你可以把这件事情推迟到下周？”她的脸上写满了不愉快。尤利西很像迪克西·梅，只是更明智。

迪克西·梅摇了摇头。她估计自己至少要过十五分钟，才能恢复正常的理智。

“我跟你一起去，迪克西·梅。”维克多说，“是啊……这可能是一个有趣的故事。”

迪克西·梅微笑着对尤利西伸出了手：“没关系，尤利西。你该去吃午饭了。”对方仍有些犹豫。“我是说真的。要是约翰逊先生问起我没吃午饭的事，你可以帮我告诉他，我对工作的态度有多么认真。”

“好吧，迪克西·梅。我会那样说的。”她并不好忽悠，但这也只是个举手之劳罢了。

尤利西一走，迪克西·梅就转向了维克多：“至于你……把这封该死的邮件打印一份给我。”

他们从侧门出了大楼。门廊上有一台汽水和糖果贩卖机。维克多装上“远征补给品”，然后两人开始向山下走去。

“天气真热。”维克多咀嚼着满嘴的巧克力棒，含糊不清地说。

“是啊。”这周的早些时候还一直是六月的阴郁天气。但今天，往常的阴霾已经散去，取而代之的是炎炎烈日——迪克西·梅突然意识到，洛萨科技“血汗工厂”的空调环境是多么惬意。她的理智还没有完全恢复，但已经逐渐好转了。

维克多用一罐汽水把巧克力棒冲下肚，然后把空罐子抛在了小路两旁的夹竹桃后面。“说真的，你认为写这封邮件的人是谁？”

“我不知道，维克多！你觉得我为什么要冒着丢掉工作的风险去查明真相？”

维克多笑了：“别担心，迪克西·梅。呵呵，你这份工作本来就不可能干得长久，甚至过不了这个夏天就要结束了。”他的脸上又露出了那副故作高深的微笑。

“你真是个蠢材，维克多。只要干好这份客户支持工作，我们可就成人生大赢家了。”

“哦，也许吧……前提是你得站对了队。”他停顿了一下，好像在思索该对她说些什么，“但对你而言，你得明白客户支持需要花钱。很久以前，公众就讨论过他们愿意为此支付多少费用。”他停下来，好像在拼凑一个能够让她理解的故事，“好吧……就算你是对的，你对于这个项目的美好愿景也注定无法实现。你知道为什么吗？”

迪克西·梅没有回答，但内心猜测他的答案会是：因为这些雇员的水平太差。

果然，维克多继续说道：“我来告诉你为什么。这是一个令人惊讶的大胆想法，它将使我为《熊先生日报》撰写的专栏文章大放异彩：也许，洛萨科技还有一丝丝企业良心，舍得为员工掏钱。但考虑到他们对待微软的残酷手段，这种良心举动着实让人意外。也许，他们对这种‘慷慨’的反常理念太过放任了吧。呵呵。从长远来看，洛萨科技挑选的这些雇员并不合适。”

迪克西·梅让自己保持冷静。“我们先前通过了各种各样的心理测试。你觉得赖希教授不知道自己在做什么吗？”

“我敢打赌他心里一清二楚。但若是洛萨科技没有采用他的测试结果呢？就拿我们为例，其中一些人——正如鄙人——受教育程度非常高。我马上就要拿到新闻学硕士学位，很明显不会在这里待太久；还有像唐和尤利西这样的人，虽然他们的受教育水平刚好可以胜任客户支持，但还是大材小用了。没错，尤利西把这份工作做得非常出色，还声称自己的才能得到了认可，而且她是个很勤奋的人。但我敢发誓，就算是她也撑不过一个夏天。至于其他人……呃，我可以说实话吗，迪克西·梅？”

迪克西·梅明白他的意思。要不是还没将愤怒从之前的事件中抽离出来，她早就一拳头砸到他脸上了。“你可务必要说实话，维克多。”

“你和尤利西虽然都说要做好这份工作，但我敢肯定，你反复无常的脾气就像雷酸汞一样，随时可能爆炸。如果没有‘色迷先生’这封有趣的电子邮件，你的脾气可能会再稳定一周。但迟早，你将遇到一些让你极为恼火的事情，恨不得立即采取行动……然后你就会栽个大跟头。”

迪克西·梅假装在考虑这个问题。“嗯，是的，我确实控制不了自己的脾气。”她说，“毕竟，你下周还会在这里，对吧？”

他笑了：“我也不多费口舌了。但说真的，迪克西·梅，关于这里的雇员情况，我想说的就是这些。我们团队不乏聪明又有干劲的人，但他们的动机各不相同。而且他们中的大部分人都难以将这股热情维持下去。呵呵。因此，我认为唯一合理的解释是——坦白地说，我觉得这并不会奏效——洛萨科技认为……”

他喋喋不休地大谈自己的理论：洛萨科技只是想快速获得公众关注，通过宣传高质量的客户支持来挽回大量客户。之后，他们就会缩减开支，开除所有不靠谱的新雇员，再次回到使用廉价劳动力的长期方案。

然而，迪克西·梅的注意力早已飘远。她的左边是熟悉的洛杉矶风景，而在她右边几百米之外，是绵延的山脊。从山顶可以看到下方的山谷，甚至看清塔扎纳的街道。有朝一日，她会回到那里，向爸爸证明她控制住了自己的脾气，并且做成了一番事业。那该是多么美好的事情啊。*从小到大，我都像今天一样总是把事情搞砸。*但是，“色迷先生”的邮件就像是在卧室里发现的一个窃贼。那家伙知道太多她的秘密，还嘲笑她的出身背景和家庭。迪克西·梅在南加州长大，但她出生在佐治亚州——她为自己的出身感到骄傲。也许爸爸从未意识到这一点，因为她大部分时间都在反抗家庭，四处奔波游荡。爸爸和妈妈总是说，迪克西·梅最终会安定下来的。但她偏偏爱上了一个浑蛋——爸爸妈妈简直气疯了。争吵在所难免，话已出口，覆水难收。尽管最终和恋人没有结果，她也没脸再回家了。那时，妈妈已经去世。现在我发誓，如果不做出一番成就，我绝不会回到爸爸身边。

所以，她为什么要放弃这么多年来最好的一份工作呢？她慢慢地停了下来，站在步道中央。她的理智终于完全恢复了。可是，他们一路走了那么久，已经来到0999号大楼前。这座建筑的大部分都隐藏在虬枝盘曲的杜松树后面，不过，顺着一小段台阶，可以瞥见通往一楼的入口。

我应该回去。她从口袋里掏出“色迷先生”的邮件，盯着它看了一会儿。以后吧，我可以等以后再追查此事。她又看了一遍邮件。愤怒的泪水模糊了视线，眼前的邮件已经字迹难辨。她站在炎炎夏日的阳光下，有些踌躇不前。

维克多不耐烦地喊了一声：“走吧，小妞。”他把一块巧克力塞到她手里，“你现在血糖太低，得补充点儿能量。”

他们走下混凝土台阶，来到0999号大楼的入口处。只看了一眼，迪克西·梅就坚定了决心。

走在树木和建筑的荫凉处，周遭一切都变得凉爽起来。他们透过一楼的窗户，仔细观察着空荡荡的大厅。维克多推开了门。这里的布局看起来和他们自己的大楼差不多，不同的是，0999号大楼还未真正完工：空气中弥漫着钉木头的残余味道，墙上的灯还没安装到位，电线的线头也裸露在外。

这地方有人。迪克西·梅可以听到一群人在主楼层——对应0994号大楼就是布满格子间的办公楼层——谈话。她迅速跳上台阶，朝房间里偷看了一眼——里面没有格子间，看起来像是一个空旷的洞穴。房间中央有六到八张桌子拼接在一起。十几个人一齐抬头看向门口。

“啊哈！”其中一人大喊一声，“又有热心人来帮忙了。欢迎，欢迎！”

迪克西·梅和维克多朝桌子走去。唐和尤利西之前还担心他们违反公司规定和项目保密协议，其实大可不必。房间里这群人看着和擅闯进来的寄居者没什么区别，其中三人把双腿搭在桌子上。垃圾食品和汽水罐摆得到处都是。

“这些是程序员？”迪克西·梅小声地对维克多说。

“呵呵。不，这些人看起来更像是……研究生。”

刚才那个嗓门很大的家伙留着一头红发，并扎成了马尾辫。他朝迪克西·梅咧嘴一笑。“我们有几套多的平板显示屏。找张椅子坐吧。”他用大拇指朝墙边的一摞折叠椅指了指，“有了你俩，我们今天或许就能完成了！”

迪克西·梅迟疑地看着他刚打开的显示屏：“但是，这是——”

“我们负责批改认知科学301课程的期末答卷，一道题一百美元。但我们有107张卷子要批改，而且格里考的主要是论述题。”

维克多笑着说：“改一张才挣一百美元？”

“老兄，是每张卷子的每道题一百美元，别传出去。我猜，格里把洛萨科技原本资助他搞研究的钱全花在了阅卷项目上。”他挥了挥手，示意这座快要竣工的大楼空无一人就是证明。

迪克西·梅俯下身看着显示屏。这是一份标准答卷，就和山谷社区学院的一样，蓝色背景上显示着白色文字。只不过，上面的问题完全莫名其妙，比如：

7. 比较并找出操作性条件反射中的认知失调与“明斯基-洛伊夫”注意力维持机制的异同，并概述构建二者同构关系的算法。

“那么，”迪克西·梅问道，“什么是认知科学？”

对方脸上的笑容消失了，“哦，天哪，你们不是来帮忙阅卷的吗？”

迪克西·梅摇了摇头。

维克多说："这应该不会太难。我上过一些心理学的研究生课程。"

那个红头发并未因此受到鼓舞。"有人认识这个人吗？"

"我认识。"桌子远端的一个女生说，"那是维克多·斯梅利。他是新闻专业的研究生，不太擅长认知科学。"

维克多看向桌子对面。"嘿，鼠小妹！近来可好？"

红头发恳求似的看着天花板。"我不需要这些人来干扰大家！"他的目光落在来访者身上，"可以劳烦你们二位离开吗？"

"不可以。"迪克西·梅说，"我来这里是有原因的。有人——可能是这栋0999号大楼里的某个人——正在干扰我们客户支持部门的工作。我要找出那个人是谁。"还要给他免费松一松牙齿。

"听着，如果我们今天没有完成阅卷，格里·赖希会让我们明天再来，而且——"

"我不这么认为，格雷厄姆。"坐在桌子对面的一个人说道，"赖希教授只是希望我们不必有时间上的压力。这是一个实验，目的是比较在有时间限制和完全自由这两种条件下的评分情况。"

"是的！"红头发的格雷厄姆说，"这就是赖希教授骗人的说辞。他嘴上说什么'这份工作又自由赚钱又多'，但我敢保证，要是今天完不成，他这个周末绝不会放过我们。"他瞪着迪克西·梅，后者也瞪了回去。格雷厄姆没想到迪克西·梅会如此固执和任性。

他们僵持了好一会儿，坐在桌子远端的那个女生才出来说话："我和他们谈谈，格雷厄姆。"

"好吧，但别在这里！"

"当然，我们会到门廊上去。"她招呼迪克西·梅和维克多跟着自己从侧门出去了。

"还有，"当他们走出门的时候，格雷厄姆喊道，"别跟他们耗一整天，埃伦。我们这里需要你。"

0999号大楼门廊上的垃圾食品贩卖机比客户支持部门那儿的还要大。迪克西·梅不认为这能弥补缺少食堂的损失，但埃伦·加西亚似乎并不介意："我们只会在这里待今天一天。我周六肯定不会来了。"

迪克西·梅给自己买了三明治和汽水。他们都坐在破旧的户外家具上。

"那么，你们想知道些什么呢？"埃伦问道。

"是这样的，鼠小妹，我们正在追踪一件怪异至极的——"

埃伦挥手打断维克多的话，她的表情和维克多认识的所有女生差不多。然后，埃伦期待地看向迪克西·梅。

"哦，我叫迪克西·梅·丽。今天早上，我们的客户支持邮箱收到了这封邮件，看起来像是伪造的。另外，信中还提到一些事情……"她递过打印件。

埃伦的目光向下扫视。"日期有点可疑。"她自言自语道。然后，她停了下来，专注地查看"收信人地址"字段。接着，她抬头看向迪克西·梅："没错，这是侮辱。我还在当助教的时候经常遇到这种事。那时，有男生勾搭我班上的女生，不成功便恼羞成怒地出言侮辱。"她若有所思地打量着维克多。

"为什么你们每个人都怀疑我？"他问道。

"你应该感到骄傲，维克多。你在这方面一向发挥稳定。"她耸耸肩，"但实际上，这不是你的风格。"她继续读下去，"剩下的内容都是得意扬扬的猥琐下流文字。除此之外，我看不出有任何意义。"

"但这对我来说意义重大。"迪克西·梅说，"那家伙在说一些别人不该知道的事情。"

"哦？"埃伦又回到开头，盯着打印件看了一会儿，"我不知道正文中的秘密，但我的一个爱好是研究rfc9822邮件格式的信头字段。你说得对，这一切是有人故意设计的。邮件编号和ID字段的字符串太长，我认为它们可能包含额外的内容。”

她把打印件还给迪克西·梅。“我能告诉你的不多。如果你愿意给我一份副本，我可以在周末研究一下信头的这些字符串。”

“噢……好的，谢谢。”到目前为止，这比任何人提供的帮助都要有用，但是——“是这样的，埃伦，我极其希望从0999号大楼找到一些线索。这封邮件将我指引到了这里。有时候，我本人也会遭到……辱骂，但我不会让对方逃脱惩罚！我敢打赌，不管他是谁，必定藏在那群阅卷人当中。”*他现在可能正在嘲笑我们呢。*

埃伦想了想，然后摇了摇头。“对不起，迪克西·梅。我很了解这些人。其中一些或许有点古怪，但不至于这么变态。再说，我们昨天下午才知道阅卷地点在这里。今天根本没时间搞这种恶作剧。”

“好吧。”迪克西·梅勉强挤出一个笑容，“感谢你的帮助。”她会给埃伦一份邮件副本，然后回到客户支持部门。要是她一开始就表现得这么理智就好了。

迪克西·梅准备站起来，但维克多身子前倾，把他的平板电脑放在了她们中间的桌子上。“这封电子邮件肯定来自某个地方。这里的人有什么奇怪举动吗，鼠小妹？”

埃伦瞪了他一眼。于是，他改口道：“我是说‘埃伦’。你知道的，我只是想帮助迪克西·梅。哦，是的，也许还想在《熊先生日报》上发表一篇不错的专栏文章。”

埃伦耸了耸肩。“格雷厄姆已经告诉过你了，我们在帮格里·赖希阅卷。”

“哈。”维克多靠回椅背，“自从我进入加州大学洛杉矶分校以来，赖希教授就一直以擅长钻营而闻名。他和政府签了大单，还在洛萨科技开展各种咨询业务。他想给人留下独当多面的超级天才形象，但实际上他不过是靠撒钱，嗯，雇用好多好多日结工罢了。你们觉得他到底想干什么呢？”

埃伦又耸了耸肩。“确切说来，我敢肯定格里在滥用他和洛萨科技的关系。但公司是否真的在乎自己被利用，我对此表示怀疑，因为他们非常喜欢他。”她顿时振奋起来，“我支持赖希教授对这个阅卷项目所做的一切。当我还是助教的时候，就希望能有一整天的时间来给每一名学生批改试卷。那是个不可能实现的愿望，因为时间永远不够用。但在洛萨科技的帮助下，格里·赖希已经接近成功了。他花大价钱请了一群很出色的研究生，让他们给每一道论述题打分和评价。他告诉我们，时间不是问题。重要的是，这些班级的学生将得到非常有效的测试反馈。”

“这个叫赖希的家伙怎么哪儿都有他。”迪克西·梅说，“维克多和我还有其他同事，目前从事的客户支持项目的选拔考试背后也有他的身影。”

“维克多对他的看法是对的。赖希教授是个善于摆布他人的操控者。我知道他这周都在忙着给学生做测试，甚至把整个奥尔森楼[1]都征用了。直到后来我们才知道他的目的。他搞定了格雷厄姆和我们这伙人，就为了为期一天的阅卷项目。看来，他掌管着各种各样的项目。”

“是的，哦，我们那场选拔考试也是在奥尔森楼举行的。”赖希教授提前付给众人一小笔钱，还暗示了美好的就业前景……迪克西·梅最终得到了可能是她有史以来最好的工作机会。“但我们的考试是在上周进行的。”

“我们说的不会是同一个地方，因为奥尔森楼是个体育馆。”

“不会错的，奥尔森楼在我看来就是个体育馆。”

“但它上周被占用了，作为NCAA（美国全国大学体育协会）淘汰赛的比赛场地。”

维克多伸手拿起他的平板电脑。“无所谓了，我们得走了，鼠小妹。”

---

1. 奥尔森楼，加州大学戴维斯分校的综合教学楼。

“不要再‘鼠小妹鼠小妹’地叫我，维克多！NCAA淘汰赛是在6月4日那一周。我昨天才做了格里的调查问卷，也就是6月14日，星期四。”

“不对，埃伦。”迪克西·梅说，“昨天确实是星期四，但日期是6月21日。”

维克多示意她镇定下来：“没什么大不了的。”

埃伦皱了皱眉，但不再争辩。她瞥了一眼手表。“让我看看你的平板电脑，维克多。上面显示的是什么日期？”

“上面写着，6月……嗯，6月15日。”

迪克西·梅看了看自己的手表，上面的数字是那么精确，但和她印象中的差了一周：太平洋夏令时间2012年6月15日12:31:18，星期五。“埃伦，来这里之前我才看过手表，当时上面写着6月22日。”

埃伦靠到桌子上，仔细看了看维克多的平板电脑。“我相信你们说的都是真的。但你们的手表和平板电脑上的时间应该是与大楼同步的。到了这里，时间被这栋大楼重置了——恭喜你们找到了真相！”

此刻，迪克西·梅开始生气了。“听着，埃伦。不管这些设备显示什么时间，我都不会捏造出额外的一整周。”熟悉产品的培训课程仍历历在目。

“是的，你不会。”埃伦把双脚收回椅子边。很长一段时间里，她都没有说一句话，只是透过薄雾凝视着下方的城市。最后她说：“你知道吗，维克多？你应该感到高兴。”

“为什么？”他疑惑地问道。

“因为你可能无意中发现了一个真实的、轰动世界的新闻故事。告诉我，在你享有的这额外一周的生活中，你们多久打一次电话？”

迪克西·梅说：“一次也没有。约翰逊先生——我们的导师——告诉我们，在第一周结束之前，手机都没有信号。”

埃伦点了点头。“所以，我猜他们并不打算将这场骗局维持一周以上。要知道，我们这里是有信号的。洛萨科技对网络访问有很多限制，不过我今天早上还是打了几个电话。”

维克多敏锐地看了她一眼。“那么，你认为我们多出来的一周是从哪里来的呢？”

埃伦犹豫了。“我认为格里·赖希的行为已经超出加州大学洛杉矶分校人体实验委员会所允许的底线。他说不定借助药物让你们昏睡了一晚，同时将洛萨产品的琐碎知识灌满你们的大脑。”

“哦！你是说……某种即时培训[1]？”维克多敲打着他的平板电脑，“我以为这是多年以后才能成为现实的事情。”

“前提是遵守美国食品药品监督管理局的规定，有些药物和治疗方法可以加速学习。再过一两年，只要随便翻开几本期刊，你就会发现这种事已经变得像运动药物一样臭名昭著。我觉得格里抢先搞到了一些效力极强的特效药。你们不仅没有出现副作用，而且还获得了各种各样的新的专业知识——即使是即兴的话题，你们也能对答如流。显然，你们对从未发生过的生活拥有非常真实的记忆。”

迪克西·梅回想了一下上周发生的事。她在奥尔森楼的经历并没有什么异常：笔试、面试。对了，那儿的厕所非常干净——现在她想起来了，厕所感觉就像医院里的一样。她只去过那里一次，就在她收到工作录用函之后。接着……她又做了什么？坐公交车直接来到洛萨科技园区……连她的公寓都没回吗？在那之后，记忆又变得清晰起来。她能想起洛萨语音课堂上听到的笑话，能记起吃过些什么，还有，在深夜和尤利西谈论如何在这绝好的工作中大展拳脚。“这是洗脑。”她最后说道。

埃伦点点头。“看来，格里在这件事上做得太太太没底线了。”

接着，维克多说：“而且他还很蠢，我们团队今晚要去市区参加

1. 即时培训（Just-in-time Training），企业的一种培训方法，目的是恰好在知识需要被运用的时机让受训者掌握。

派对，这一下子将会有十六个人知道自己所遭受的事情。大家会发疯的，就像……”

迪克西·梅注意到了埃伦怜悯的表情。“噢。”所以今晚，客户支持部门不是去参加派对，而是会被人下药陷入昏迷，醒来便被清除掉这从未有过的一周的记忆。“我们又将什么都不记得了，对吧？”

埃伦点点头。“我猜你们被许诺会得到很高的报酬，并且只记得在洛萨科技做了一天的临时工。”

“呵呵，那是不可能的。”维克多说，“我已经挖到了新闻，而且对那些人充满怨恨。我是不会再回去了。”

“我们必须警告其他人。”

维克多摇了摇头。“太冒险了。”

迪克西·梅瞪了他一眼。

埃伦·加西亚抱住膝盖。“维克多，如果只是你跟我说这件事，我肯定会以为你在骗我。”她看了迪克西·梅一眼，“让我再看看那封邮件。”

她将打印件摊在桌子上。“洛萨科技在安防方面投入了充足的人力和物力。如果知道我们在追查公司，他们也许会想方设法让我们闭嘴，我可不希望变成这样。”她的口吻带着一股不祥的预感，“也许我的被迫害妄想症又犯了……你们有没有想过，这封邮件可能是有人想通风报信？”

维克多皱起眉头。“那会是谁呢，埃伦？”发现对方没有接话，他又问道，“那你认为我们该怎么办？”

埃伦还是盯着那封打印件，没有抬头。“首先，尽量不要表现得像个傻瓜。我们只知道有人利用你们的脑袋玩了一场危险的游戏。目前的首要任务是，在确保你们没有出现任何药物副作用的前提下，让大家一起离开洛萨科技。第二个任务是揭发格里，或者……”她又重新阅读邮件信头，“这封邮件的幕后之人。”

迪克西·梅说：“我认为我们掌握的信息还不够多，如果贸然行动就肯定会像傻瓜一样。”

“有道理。好吧，我这就给朋友打个电话，尽量用一些无伤大雅的内容来暗示对方。要是情况不妙，这些信息或许会对警方有所帮助。然后，我会和阅卷团队的其他人谈谈。只要还在洛萨科技，我们就不能走漏风声，一旦离开园区，便可以毫无保留地发声揭露公司。你们两个……最好躲到天黑，直到我们离开后再冒头。”

维克多点头同意。

迪克西·梅指着这封神秘邮件：“埃伦，你刚才注意到了什么？”

“我想，只是一个巧合。如果没有大量的样本重复验证，那连鬼神之说也能站得住脚。”

“直接说吧。”

“好吧，是回信地址lusting925@freemail.sg中有数字925。0925号大楼就在那边的山顶上。”

“我们所在的大楼应该看不到那里。”

“对，‘色迷先生’似乎故意先让你来到这里。还有一件事，赖希教授有一个高年级研究生，名叫罗伯·拉斯克。”

拉斯克（Lusk）？色迷心窍（Lusting）？这种联系在迪克西·梅看来太过牵强。“他是个什么样的人？”

“罗伯不是特别友好，但比99%的研究生更聪明。正是因为他，格里才在硬件方面名声大噪。格里已经把他当牛马驱使了五六年，我敢打赌，罗伯一定迫不及待地想要毕业。”她中断了这个话题，“听着。我要进去把这件事告诉格雷厄姆和其他人。然后，我们会找个地方让你们躲过这一天。”她朝大门走去。

“我不躲。”迪克西·梅说。

埃伦犹豫了。“只需要躲到下班时间。你们一定见过大门口的警卫人员。这地方不是你们能随便进出的。我的团队今晚回家不会遇到阻碍。只要我们离开这里，就会将这件事情闹得天翻地覆，把媒体和警察全都引过来。届时你们就能安全回家了。”

维克多点点头。“埃伦说得对。不过，如果我们不把这件事情散布给其他阅卷人，那就更好了。说不准——”

“我不会躲起来的！”迪克西·梅看着山上，“我要去看看0925号大楼。”

“这么做太疯狂了，迪克西·梅！我们只要躲到下班时间就能确保安全，然后等警察接管调查。这么做远比你自行处理要好。你就照埃伦说的做吧！”

“没有人能左右我的行为，维克多！”迪克西·梅嘴上这样说，心里却在想，是啊，我此时的行为有点像烂片剧本中的情节：一群青少年进入鬼屋，接着各自散开，最后被杀害分尸……但是，埃伦·加西亚的分析也只是假设。迪克西·梅瞪着他们两人：“我要根据这封邮件继续追踪。”

埃伦久久地盯着她看了一会儿，不知是带着轻蔑意味还是若有所思。“先等我把这件事情告诉格雷厄姆，好吗？”

二十分钟后，三人走出大门，沿着长长的坡道向0925号大楼走去。

红发的格雷厄姆看似聪明，脑子却并不够使。他坚持认为日期之谜只是迪克西·梅和维克多编造出来的骗局。埃伦不太擅长和他打交道，而他也压根不把那两个做客服支持的小角色放在眼里。幸运的是，其他阅卷人都愿意听埃伦的话，其中一位甚至从假设中找出了一个令人不适的漏洞：“要是情况真有那么严重，难道格里不会把这两个人监视起来吗？也就是说，他手下的盖世太保随时可能到这儿来。”一时间，众人都安静地等待拿着棍棒的坏蛋出现，沉默中弥漫着担忧的情绪。

最后，包括格雷厄姆在内的所有人，一致同意在下班前对此事守口如瓶。以防万一，其中几个人还给朋友打了几通私密电话。迪克西·梅看得出来，他们中的大多数人都倾向于埃伦的假设，但不管他们有多聪明，也不太敢跟格雷厄姆唱反调。

另一方面，埃伦因为打乱了格雷厄姆的日程安排，反而遭受排挤。她终于忍无可忍，对这个红头发的浑蛋发火了。

所以此时，埃伦、维克多和迪克西·梅一同踏上了通往0925号大楼的“黄砖路”[1]——其实不过是一条用沥青随意铺就的小路。

洛萨科技园区新建成不久，人员稀少，但还是能看到一些路人。就在0999号大楼的大门口，他们遇到了三名像警察一样身着灰色夹克的魁梧大汉。维克多抓住迪克西·梅的胳膊。“表现得自然点。”他低声说。

他们慢慢地走过去，维克多彬彬有礼地冲三名大汉点头。但对方似乎完全没有注意到他。

维克多松开了迪克西·梅的手臂。“看到了吗？你只需要保持冷静。”

埃伦一直走在最前面。她放慢步伐，以便跟两人并排走。“要么是我们被耍了，”她说，“要么是公司还没有发现我们的异常。”

迪克西·梅摸了摸口袋里的那封邮件说：“好吧，是有人在耍我们。”

“你知道的，这是我们目前最大的线索。我还是觉得可能有人想——”当几名管理员模样的人从另一边走过来时，埃伦停下了话头。这些人对他们三人的关注程度甚至还不如那三名大汉。

“可能有人想帮助我们。”

“我猜，”迪克西·梅说，“更有可能是某个虐待狂在我被下药时，用他学会的把戏窃取了我的隐私。”

“呃，也许吧。”

他们反复推敲着各种可能。很奇怪，埃伦·加西亚和尤利西说话一样有趣，尽管她一定比尤利西或迪克西·梅聪明好多倍。

---

1. 黄砖路，出自《绿野仙踪》，指一条通往希望和梦想的应许之地的道路。

现在，他们已经近得可以看清0925号大楼低层的窗户了。这栋楼的大小是0994号大楼和0999号大楼的两倍。有一辆配餐车停在前面。越过绿色的挡风篱，可以看到大楼南边的网球场上，有几组人正在打球。

维克多眯起眼睛。“奇怪，从这些窗户来看，大楼里面好像停电了。”

“是啊，不然我们至少应该看到天花板上的灯条。”

他们绕过主路，走到配餐车的视野盲区。即使近距离观察，这些窗户看起来仍和其他建筑的没什么两样，里面并不是单纯看不见，而是除了黑暗什么也没有。内侧玻璃上覆盖着黑色塑料膜，就像店铺停业时会贴在窗户上的那种。

维克多迅速拿出平板电脑。

“不许发信息，维克多。”

“我是想给外面报个平安，以免有人因为我们在这里而焦躁万分。”

“我告诉过你，公司对网络访问有很多限制。此外，只要在这里发信息，就会触发911报警定位系统。”

“只是一条简短的信息，发给——”他抬头一看，发现两个女生站得离自己很近，“啊，好吧。那我把平板电脑当成离线摄像机来用。”

迪克西·梅伸出手。“把平板电脑给我，维克多。拍摄任务交给我们。”

有那么一刹那，维克多的表情似乎想要拒绝。但接着，他看到迪克西·梅的另一只手紧握成了拳头。也许他还记得她在这周午饭时间讲的那些故事。*这周从未存在过*？不管出于什么原因，他还是把平板电脑递了过去。“你们觉得我是在为那些坏家伙工作？”

“不，”迪克西·梅说（在她看来，维克多说实话的概率是65%，而且这一数值还在下降），“我们只是担心你不听从指挥。所以，只有我们拿着平板电脑，才能拍到想要的视频和照片，而且不会出什么岔子。”因为我有超强的自我约束能力。是的。

迪克西·梅转手把平板电脑递给埃伦，但后者摇了摇头。“还是你来拍吧，迪克西·梅。等会儿我们会还给你的，维克多。”

“哦，好吧，但我要拿到优先发表权。”他高兴起来，“你就做我的女摄影师吧，迪克西。只要我有重要的话要说，你就将摄像头对准我。”

“好的。”她以远离维克多的方式来了一个长距遥摄。

他们绕着一楼走了半圈，没有被人找麻烦。这里断电断得非常彻底，大楼四面都是漆黑一片，但就像在0994号大楼和0999号大楼一样，正面有一扇普通的大门，上面安装了一个老式刷卡机。

埃伦仔细看了看。“我们团队之前为了好玩，撬掉了0999号大楼的门锁。但我有预感，这些被黑色塑料膜遮挡的窗户没那么容易被打破。”

“我们只能走到这儿了。”维克多说。

迪克西·梅走近大门，推了它一下。没有报错提示音，也没有警报声，门突然开了。

三人交换了一下眼神，都很惊讶。

五秒钟后，他们仍站在门口。从仅有的视角看进去，里面和洛萨科技其他大楼的布局差不多。“我们应该关上门回去。”维克多说，“站在这里会被抓个现行。”

“有道理。”埃伦说着，却径直走了进去。维克多不得已跟上她，迪克西·梅开着摄像头紧随其后。

“等等！别关门，迪克西·梅。”

“天啊！”

“这里就像一间气密舱！”

他们处在一个小房间里。墙壁超过腰部以上的地方是透明的玻璃。小房间的另一头还有一扇门。

埃伦向前走。“去年，我在利弗莫尔实验室[1]做暑期工。那里就设置了这样的陷阱房间。你能轻易走进去，但紧接着，一群荷枪实弹的警卫就会围堵上来，然后礼貌地问你是否迷路了。”不过，这里看不到警卫。埃伦推了一下里面那扇门，门是锁上的。她伸手去够门禁，它看上去就像一块廉价塑料。“这玩意儿应该拦不住我们。”她一边说，一边不停地拨弄门禁。

一楼看不见任何人，但他们能听到有人在说话，声音是从楼上传来的。这里的布局看上去还是很眼熟。如果在0994号大楼，那么右边的走廊将通向洗手间、一个小型食堂和一间临时宿舍。

埃伦有些迟疑，站在原地听着楼上的谈话。她回头看着另外两人：“真奇怪。那声音听起来像是……格雷厄姆！”

“埃伦，你能破坏门禁吗？”迪克西·梅问道。*我们应该上楼，用这个两面三刀的卑鄙家伙自己那条马尾辫勒死他。*

一楼传来了另一个声音。而且有一扇门开了！迪克西·梅越过埃伦朝前方看去，一个陌生人从男洗手间里走了出来。迪克西·梅一把抓住维克多，拉着他蹲到墙壁下方不透明的位置。

“嘿，埃伦。”陌生人说，“你看起来有些憔悴。格雷厄姆是不是也惹你生气了？”

埃伦咯咯地笑了起来：“是——是啊……有什么好奇怪的吗？”

迪克西·梅将平板电脑转动九十度，让摄像头透过上方的玻璃进行拍摄。在小小的屏幕上，她可以看到那个陌生人在微笑。他穿着T恤衫和短裤，脖子上挂着一枚闪亮的徽章。

埃伦好几次欲言又止，但最终什么也没说。她根本就不认识这个人。

陌生人仍然没有察觉到任何异常，随口问了句：“嘿，你的徽章

---

1. 利弗莫尔实验室，美国著名国家实验室之一，位于美国旧金山湾区利弗莫尔，隶属于美国能源部的国家核安全局。

在哪里？”

“噢……该死。我一定是把它忘在洗手间了。”埃伦说，“而且我还把自己反锁在了门外。”

“你知道规定的。”陌生人说道，但语气里并没有责怪她的意思。他对着门禁操作了一番，门开了。埃伦走进去，挡住陌生人的视线，使他无法看到她身后的情况。

“对不起，我，呃，我有些慌乱。”

“没关系。格雷厄姆最终会乖乖闭嘴的。我只希望他能更重视专业人士的意见，并遵守规定。”

埃伦点了点头。“对，说得不错！”她的语气就好像非常赞同对方的话一样。

“还有，格雷厄姆对话题的分类不太恰当。重点应该是兼顾广度和深度，你说是吧？”

埃伦继续应和着。陌生人滔滔不绝，满嘴都是国安局某个项目的细节，对三名闯入者一无所知。

楼梯上有轻微的脚步声，同时传来一个熟悉的声音：“迈克尔，你还要多久才回来？我想……”说话声戛然而止，取而代之的是惊声尖叫。

平板电脑的屏幕上，迪克西·梅看到两个棕发女生面面相觑，连惊讶的表情也一模一样。她们一边打转一边打量对方，又互相轻轻地拍打面前的身体——并不是打架，只是试探着触碰，好像两人都认为对方是某种恶作剧的影像。埃伦·加西亚遇到了埃伦·加西亚。

那个陌生人——是叫迈克尔吧？——也同样吃惊，他先是盯着其中一个埃伦，然后又看向另一个。两个埃伦叽叽喳喳吵得不可开交，声音大到足以打断对方，这使得她们更加烦躁。

最后，迈克尔问道：“埃伦，你没有双胞胎姐妹，对吧？”

“没有！”两个女生异口同声地说。

“所以，你们当中有一个是冒牌货。现在你们不停地转来转去，我都分不清谁才是原来的埃伦了。啊哈！”他指着其中一个埃伦，“这又是一个佩戴国安局徽章的好理由。”

但两个埃伦直接无视所有人，只关注彼此。除了齐声喊出“没有！”之外，她们一直在不停地打断对方，根本听不清两人说了什么。最后，她们犹豫了一下，同时露出一个难看的微笑。两人都把手伸进口袋，其中一人拿出了一美元硬币，另一人的手上什么都没有。

“哈！我拿到身份信物了。僵局打破！”拿硬币的埃伦转向迈克尔，“听着，我们都是真的埃伦。而且，我们都是独生子女。”手里空无一物的埃伦咧嘴笑着点点头。

迈克尔挨个看了看她们。“你们显然也不是克隆人。”

“显然不是。”拿硬币的埃伦说，然后看着另一个埃伦，“冰箱里的食物老是放坏？”

另一个点点头。“四月份我搞了一次大的。”她们同时笑了起来。

拿硬币的埃伦又说：“参加了格里在奥尔森楼安排的测试？”

“没错。”

拿硬币的埃伦问道：“和迈克尔那啥了？”

“是在测试之后的事了。”另一个回答道，然后脸红了。下一刻，拿硬币的埃伦也红了脸。

迈克尔正色道：“你们并不是完全一样。”

拿硬币的埃伦给了他一个狡黠的微笑。“没错。我这辈子都没见过你。”她转过身，用左手抛出一美元硬币，另一个埃伦则用左手将它接住了。

现在，轮到另一个埃伦发言了，也就是佩戴国安局徽章的那个。就叫她国安局埃伦吧。“据我——我们——所知，一直到参加格里·赖希的职业测试那天，我们都有着相同的记忆。从那以后，我们分别开始了自己的生活，甚至交了新朋友。”她正看着迪克西·梅的摄像头的方向。

阅卷人埃伦转过身，顺着她的目光看去。“出来吧，伙计们。我们可以看到摄像头。”

维克多和迪克西·梅站起身，从小房间里走了出来。

“你们这么做，属于非法入侵。”迈克尔说，似乎不像是在开玩笑。

国安局埃伦把手搭在他的胳膊上。“迈克尔，出大乱子了。”

“一点不错，我绝对是在做梦。”

“可能吧。但如果不是——”国安局埃伦说着，和阅卷人埃伦交换了一下眼神，“或许应该弄清楚在我们身上到底发生了什么。会议室安全吗？”

“我先前看过，没问题，我们在那里应该不会受到打扰。”迈克尔领着众人穿过走廊，朝一个方向走去（对应0994号大楼应该是门卫的衣帽间）。

迈克尔·李和国安局埃伦同样参与了赖希教授的某个项目。“正如你们所见，”迈克尔说，“赖希教授和我们机构签订了合同，同步启动网络监控软件与密集的人工分析，并将取得的成果进行比较。”

“是的，”国安局埃伦说，“网络监控的一大难题，是要时时刻刻查看海量的信息。情报机构既有大量的自动化设备，也拥有许多优秀的专业人士——比如迈克尔这样的人——但网络监控工作还是不堪负荷。不管怎样，格里认为，即使工作量大的问题无法解决，通过情报人员和研究生团队参与的网络监控项目，至少也能估算出国安局在使用人工时遗漏了多少信息。”

迈克尔·李点点头。“我们整个夏天都在关注世界标准时间2012年6月10日13:00至14:00这个时间段，但只针对三个狭窄的话题领域翻来覆去地研究。”

阅卷人埃伦打断了他：“这是你们第一天上班，对吧？”

“哦，不。我们已经这样持续工作了差不多一个月。”他微微一笑，“我的整个职业生涯都在研究当代中国。虽然我完成过那么多任务，但这还是第一次有足够的时间来研究相关数据。这都是我可以拿来夸耀的谈资。如果不必花费精力对那些不服管教的研究生执行强制的安全规定，这将是一份非常愉快的工作。”

国安局埃伦拍了拍他的肩膀。“要不是迈克尔在这里帮忙，我会像其他人一样累得筋疲力尽。一个月过去了，还有两个月的活儿等着呢。”

“你认为现在是8月？”迪克西·梅问道。

“是的，没错。”他看了看手表，“8月10日。”

阅卷人埃伦笑着说出在场其他人各自认为正确的日期。

“这和药物产生的幻觉有关。”维克多说，“之前我们以为这只是格里·赖希一人所为。现在看来，是政府在幕后操纵我们的大脑了。”

两个埃伦都看着他，看得出来，她们早就认识维克多。她们似乎都很认真地对待他说的话。“有可能。”两个埃伦齐声说道。

“对不起。”阅卷人埃伦对国安局埃伦说，“你现在拿着硬币，该你发言。”

“你可能是对的，维克多。但认知科学是我——我们——的专长。我们两个人的真实性远远超越了正常的梦境或幻觉。”

“也许，你们此刻的认知也是幻觉或梦境。”维克多说。

“够了，维克多！”迪克西·梅说，“如果这一切只是场梦，我们干脆直接放弃吧。”她看向迈克尔·李，“政府想搞什么？”

迈克尔耸了耸肩。“具体细节不便公开，但也只是关于事后调查的研究。保密条例似乎是由赖希教授与我们机构共同制订的。”

国安局埃伦瞥了她的分身一眼。两人进行了一段简短奇怪的谈话，大部分是零碎的单词和短语。然后国安局埃伦说：“‘文艺复兴人’[1]格里·赖希似乎是其中的关键。他采用标准的性格测试，挑选出善于

1. 文艺复兴人，通常指文艺复兴时代那些拥有极强好奇心和创造力的天才。

表达、积极主动的人来做客户支持。我敢肯定，他们上班第一天就干得非常出色。”

是的，迪克西·梅想到了尤利西，还有她自己。

国安局埃伦继续说：“接着，格里筛选出另一组人——认知科学专业的研究生——并安排他们给各种测试和项目评分。”

“我们只做过一次评分工作。”阅卷人埃伦说。她没有反对这个说法，脸上浮现出一个奇怪的笑容，看起来像是机智地发现了什么坏消息。

“然后，他又找了一群政府情报人员和计算机科学专业的研究生，参与到由我和迈克尔正在跟进的网络监控项目之中。”

迈克尔看起来很困惑，维克多则显得有些闷闷不乐，因为他那番“员工筛选”的理论被践踏得一文不值。

“但是，”迪克西·梅说，“你们的网络监控项目已经进行了一个月……”

维克多补充道：“而且，阅卷项目能够跟外界电话联系！”

“我一直在想这个问题。”阅卷人埃伦说，“我今天打了三通电话，第三次是在你和迪克西·梅出现之后。那是一条语音信息，发给了我在麻省理工学院的朋友。我表达得比较隐晦，但暗示了很多遍：假如我消失了，就把事情闹大。其他几通电话——”

“也是语音信息？”国安局埃伦问道。

“其中一个是语音，另一个打给了比尔·理查德森。我们愉快地谈论了他周六要办的派对。但是比尔……”

“比尔和我们一起参加了赖希教授的‘职业测试’！”

“对。”

事情的走向比维克多的梦境理论还要糟糕。“那么，我们到底遭遇了什么？”迪克西·梅问道。

迈克尔瞪大了眼睛，然后设法用轻描淡写的语气说：“原谅我这么一个落伍的汉语专家。你们觉得我们会不会只是上传的人格而已？

我以为那只存在于科幻作品中。”

两个埃伦都笑了。其中一个埃伦说：“哦，确实是科幻作品，但并不是最新的《凯拉克》剧集才有的情节。这种题材可以追溯到近一个世纪以前。”

另一个埃伦说：“比如斯特金创作的《微宇宙的上帝》。”

第一个埃伦继续说：“那还真是有趣。格里可要当心了！对了，还有波尔的《地下隧道》。”

“天哪！如果是那样的话，我们就完蛋了。”

“好吧，那瓦利的《未来陷阱》怎么样？”

“威尔逊的《达尔文尼亚》呢？”

“或者莫拉维克的《赛博空间里的猪》？”

“又或者加卢耶的《十三层空间》？”

“还是文奇的《死亡立方》？”

现在，这对“双生姐妹”并没有完全同步，她们的话如同不断垒砌的大楼，又如接二连三的合唱，直至高潮：

“布林的《隐喻之石》！”

“或者《陶偶》！”

“不，不可能是那种情况。”她们突然停了下来，互相点了点头。有点伤感，迪克西·梅心想。总而言之，这番对话就如同两个埃伦之前痉挛般的互相打断一样，让人难以捉摸。

幸运的是，维克多此刻拯救了大家缺乏想象力的头脑：“这不重要。事实上，人格上传只是科幻概念，比超光速旅行还要离谱，甚至连理论基础都没有。”

两个埃伦同时举起左手，在看到彼此的动作后，话到嘴边又打住了。

“不完全是这样，维克多。”拿硬币的埃伦继续说，“依我说，‘人格上传理论上可行’这一说法是有理论基础的。”她们咧嘴一笑，“猜猜是谁的理论？格里·赖希。2005年，早在他作为多面天才而知名之前，他就发表过几篇关于人格上传机制的论文。这个理论和疯狂的臆想没多大区别，即使是最简单的演示，也需要远超当时任何超级计算机的算力。”

“这还仅仅是上传一个人格。”

“所以，格里和所谓的‘赖希理论’就成了一个笑柄。”

“在那之后，格里放弃了这个理论——这正是你们所想的，认为他在博人眼球。但现在，他突然举世闻名，在六个不同的领域都取得了成功。我觉得背后有蹊跷。有人帮他解决了硬件问题。”

迪克西·梅盯着她的邮件。“罗伯·拉斯克。”她平静地说。

“是的。”阅卷人埃伦说。她向网络监控项目的人解释了邮件的事。

迈克尔持怀疑态度。“我不知道，埃，埃伦。确实，我的眼前是一个超乎寻常的奇迹——”他指着她们两人，“但我认为，仅凭这一点来推测背后的原因，就好比蚂蚁观天，不知高低。”

“不！”迪克西·梅激动地喊道。众人都回过头看向她。她感到非常恐慌，非常愤怒——但在这两种情绪中，愤怒要稍微少一些。“有人在刻意引导我们！从奥尔森楼那些超级干净的厕所开始——”

“奥尔森楼……”迈克尔若有所思地说，“你也在那里？厕所的味道和医院的很像！我记得自己进去时还在想这事儿，但——嘿，下一个瞬间，我就在来园区的公交车上了。”

像是医院……迪克西·梅感到越来越恐慌。“也许我们只剩下现在的意识了。”她看着那对“双生姐妹”，“所谓的人格上传，会杀死本体吗？”

这是一个惊世骇俗的问题。一时间，大家都沉默了。然后，拿硬币的埃伦说：“我……不这么认为，毕竟，格里的论文大多是理论性的。”

迪克西·梅暂时压制住了恐慌，看来愤怒还是有些用处的。*我们在上传的模拟世界里，又如何能知道真相？*“到目前为止，我们知道有超过三十个人参加了奥尔森楼的测试，最终来到了园区。如果我们全都被谋杀，那事情将很难掩盖。不如假设我们的本体还活着。”她突然灵机一动，“或许有些事情可以先搞清楚！我们将赖希教授的三个实验项目进行对比，从差异中寻找一些线索。”她看着那对“双生姐妹”，“你们已经想出来了，是吗？我们见到的第一个埃伦在批改答卷——她被告知这只是一份为期一天的工作。但我敢肯定，每天晚上，当阅卷团队以为自己要回家的时候，罗伯或赖希教授抑或其他什么人，就会关闭他们的进程，然后安排他们做一些其他的‘一日’工作，如此循环往复。”

“我们的客户支持也是如此。”维克多不情愿地承认道。

“差不多。前六天熟悉产品，接着开始第一天的工作。每个人都充满热情。你说得对，埃伦，我们第一天的表现都很棒！”可怜的尤利西，可怜的我，我们还傻傻地以为自己即将在生活中有所成就。“我敢肯定，我们今晚同样会消失。”

阅卷人埃伦点点头。“‘盒装版’[1]客服，一遍遍重启，又一次次刷新。”

“但还存在几个问题。”另一个埃伦说，“最终，日期的滞后会被人发现。”

“或许如你所说，又或许信头字段是自动伪造的。”

“但邮件正文可能会与之矛盾——”

“或者，格里已经解决了脑雾[2]的问题。”两个埃伦不再理会其他人，开始用她们半加密的语言交谈起来。

迈克尔打断了她们：“不是每个人都会被循环重启。我们网络监控项目的重点是花一整个夏天，专注跟踪某个小时的网络流量

---

1. 原文“In-a-box”后缀的意思是，把现实世界中的事物概念化（可以理解为做成一个软件）然后放入一个虚拟环境（即盒子）中，并可以通过某种方式对该盒子中已经概念化的事物进行各种操纵，如修改、重置等。

2. 脑雾，用来描述慢性疲劳综合征等状况下出现的注意力下降、执行力障碍等症状。

情况。”

“双生姐妹”同时露出了微笑。“你想得不错。”拿硬币的埃伦说，“是的，在这栋大楼里，我们不会在每个虚构日结束之后被重启。相反，他们会让我们持续运行一整个‘夏天’——可能占用的计算机时长会是若干分钟而不是若干秒钟——来分析某个小时的网络流量。之后，他们才将我们重启，开始分析下一个小时的网络流量，以此类推。”

迈克尔说：“我无法想象如此强大的科技。”

拿硬币的埃伦说：“我也不能，但是——”

“或许这就是《达尔文尼亚》里的情节：我们只是某种超高等智慧生命的玩具。”维克多在一旁插嘴。

“不！”迪克西·梅说，“并不高等，反而尤其低劣。在我们的现实世界中，客户支持和网络监控能够创造价值，也能获得相应的报酬。但上传我们人格的人——不管是谁——都只是在奴役劳工，而且是拼了命地狠狠压榨。”

阅卷人埃伦怒火中烧：“还有帮他批改答卷！综合来看，我敢肯定格里就是幕后黑手。他把所有人都当成傻瓜，在我们发现真相或对工作感到厌倦之前，就直接重启。”

国安局埃伦也是同样的表情，但她抱怨的是另外一点：“我们在这里真的极度无聊。”

迈克尔点点头。“我们机构的人都很有耐心，时刻敦促研究生们遵守规定。而且，我们能坚持工作三个月。但当我得知付出耐心的回报竟然是从头再来一遍，这简直让人……恨得咬牙切齿……该死。对不起，埃伦。”

“至少现在我们已经知道了真相！”迪克西·梅说。

“知道又有什么用？”维克多笑了，“即使这次你猜对了，当这一天——相当于外界的一微秒——结束后，就会被砰的一声重启，你所知晓的一切都会消失。”

“这次不会了。”迪克西·梅的视线离开他，低头看着自己手中那封邮件。那张廉价的纸页已经皱皱巴巴，上面还沾着污渍。只不过是一份电子虚拟物品，我们也一样。“我不认为我们是唯一明白这一切的人。”她把打印的邮件滑过桌面，递到阅卷人埃伦面前，“你曾认为信中暗示罗伯·拉斯克在这栋大楼里。”

“是的，我是这样想的。”

“谁是罗伯·拉斯克？”迈克尔问道。

“一个怪人。”国安局埃伦漫不经心地说，“格里手下最优秀的研究生。”两个埃伦都盯着那封邮件。

“正是邮件里提到的‘999’，迪克西·梅才被指引着来到了我的阅卷团队。然后，我又指出了回信地址。”

“lusting925@freemail.sg？”

“是的。所以我们才会来到这里。”

“但是这里没有罗伯·拉斯克。”国安局埃伦说，“哈！我喜欢这些假的邮件信头。”

“是的。它们比邮件正文还要长！”

迈克尔站起身，视线越过两个埃伦的肩头，朝邮件看去。此时，他把手伸到她们中间，手指点在纸上。“看到了吗，第二个信头字段的中间？看起来像是汉语拼音，还带有声调——也就是标在字母上的这些符号。”

“说的是什么？”

“嗯，如果按普通话来读，就是数字‘九百一十七’。”

维克多身体前倾，胳膊肘撑在桌子上。“这一定是巧合。色迷先生怎么会知道我们将遇到谁呢？”

“有人知道0917号大楼在哪儿吗？”迪克西·梅问道。

“我不知道。”迈克尔说，“除了去游泳池和网球场，我们都不会离开大楼。”

“双生姐妹”同时摇了摇头。“我们没见过……现在也不想冒险在内网查询。”

迪克西·梅回想起自己加入洛萨科技时领取的欢迎手册，上面画有园区地图。“如果真有这样一个地方，它应该建在山上的更高处，也许就在山顶。我建议大家去那里。”

“可是——”维克多说。

“别跟我说什么等警察来这种废话，维克多，或者什么别犯傻。这里根本不是平常世界，这封邮件就是我们唯一的线索。”

“那这里的人呢？我们该告诉他们些什么？”迈克尔问道。

“什么都别说！我们得偷偷溜走。我希望这里的工作能够正常进行，这样格里或其他什么人就不会起疑心。”

两个埃伦面面相觑，脸上流露出一种奇怪悲伤的表情。突然，她们开口唱起了《牧场是我家》[1]，但歌词有些古怪：

> “哦，给我一具克隆体
> 拥有自己的血肉与骨骼
> 还有——”

她们突然停下来，同时涨红了脸。“歌词竟然被思想龌龊的人改成了这样。”

“思想龌龊且心机深沉。”国安局埃伦转向迈克尔，她的脸似乎更红了，“别提这个了。迈克尔，我觉得……你和我应该留在这里。”

“不，等等。”迪克西·梅说，“在我们要去的地方，可能需要说服某人，让他相信这个疯狂的事情是真的。你们俩就是最好的证据。”

接着，不休的争论又开始了。迪克西·梅一度惊奇地注意到，两个埃伦似乎一直在和对方争吵，相互较劲。

“我们知道的信息太少，还不足以下决定。”维克多哼哼唧唧地

1.《牧场是我家》，一首创作于1872年的经典美国西部民谣儿歌。

说着。

“我们必须做点什么，维克多。我们都知道，如果晚上下班之前一直坐以待毙，会是什么结果。”

最后，迈克尔还是留了下来，因为他更能得到政府同僚的信任。如果埃伦姐妹、迪克西·梅和维克多能带回一些真正有用的信息，或许国安局的人能帮上忙。

“我们将组成一个试图打破时间轮回的反抗者联盟。”迈克尔尽量带着幽默和调侃的口吻说。但话一出口，他就沉默了，其他人也不知道该说些什么好。

山顶附近的建筑要少得多。迪克西·梅所见之处都是单层建筑，似乎只是通往山下某个地方的入口。这里的树木更加矮小，草地也更加枯黄。

对此，维克多有一个解释：“是风的缘故。在海岸附近许多裸露的地方，你都可以见到这种现象。又或许，园区很少给这里的树木浇水。”

其中一个埃伦——跟在迪克西·梅身后，但无法分清是哪一个——说：“不管怎样，这些模拟场景做得很逼真。”

对，模拟场景。“这是我不理解的地方。”迪克西·梅说，“最好的电影特效也远不及这里真实。他们的计算机怎么这么厉害？”

“首先，”另一个埃伦解释道，“当你假装是观察者时，作弊就变得容易多了。”

“我们都是观察者。”

“是的。无论你观察哪里，注意力都会集中在相应的位置，因此，模拟场景可以呈现出更加逼真的细节。人类不会同时注意到所见和所知的一切事物。我们经过数百万年的进化，主动忽略了几乎所有事情，从无意义的纷繁世界中凭空构建出了意义。”

迪克西·梅望着南边的雾霭。一切都是如此真实：山坡上迎面吹来燥热的微风；天空中飞过准备在洛杉矶国际机场降落的飞机；在市中心的摩天大楼之间，隐约可见帝国大厦的轮廓。

“我们周围时时刻刻都可能有数十处被遗漏的或矛盾的细节，除非同时注意到它们，否则不会有所察觉。”

“就像每栋大楼的时间偏差一样。”迪克西·梅说。

“对！事实上，我们猜测，模拟世界最大的困难并不在于如何单独欺骗一个人，而在于如何同时欺骗许多个相互交流的个体。这使得硬件技术必须远远超过现有的任何水平，也许需要一百升的玻色凝聚体。”

“某种量子计算机的突破性成果。”维克多说。

两个埃伦同时转过头来看着他，扬起了眉毛。

“嘿，我可是名记者，在《熊先生日报》的科学版上读到过这类文章。”

这对“双生姐妹”的回答既像是一段独白，又像是对话：“好吧……就算是蒙的，你也说到点子上了。事实上，今年春天就有传言说，格里已经在格申斐尔德[1]关于‘数字咖啡杯’[2]的相关方案基础上成功地更进了一步。”

“是的，还有关于他是如何在室温下得到五百升玻色凝聚体的传言。”

“但那些传言是在他成为文艺复兴人之后很久才开始流传的。这说不通。”

我们不是第一批被“劫持”进来的人。“也许，”迪克西·梅说，“也许他是从一些基础的算法开始的，比如通过超高速运算模拟出单独的个体。那么，格里能用现今的超级计算机上传一个人格吗？”

1. 尼尔·格申斐尔德，麻省理工学院原子和比特中心主任，全球“数制”工坊网络的创始人，被誉为“创客运动的智慧之父”，著有《当事物开始思考》和《智造》。

2. 数字咖啡杯，一种量子计算机构想，出自《科学》杂志发表的论文以及格申斐尔德的著作《当事物开始思考》。

"嗯，这个猜测更说得通……噢，某个与世隔绝的天才被驱使干了长达一个世纪的量子计算研究，听起来像是《死亡立方》中的情节。如果换作是我，在经历了一百年的这种压榨后，我肯定会给格里一个大大的'惊喜'。"

"是啊，相比于治愈癌症，我会让经空气传播的狂犬病毒进入那个人渣——那位研究计算机科学的中年男性教授——的体内。"这对"双生姐妹"听起来和迪克西·梅一样残忍。

他们又走了几百米。草坪逐渐变成了这里一片那里一片长着些马唐草的土路。热风沿着山脊吹拂而过，带着呼啸声。"双生姐妹"每走几步就停下来近距离观察，一会儿看看植物，一会儿又看看小路上的指示牌。两人嘀嘀咕咕地谈论着看到的细节，好像在寻找她们眼中不一致的地方：

"真的，真的很强大。我们各自看到的一切都是一致的。"

"也许格里为了减少进程，把我们作为同一进程的认知子线程来运行。"

"哈！难怪我们始终保持高度的同步。"

她们又继续嘀咕不停："我们真的可以推断出很多东西——"

"只要我们接受这个疯狂的前提。"

0917号大楼仍然没有出现，但建筑的四位标识数字已经越来越小：0933、0921……

前方，一群闹哄哄的人穿过小路，一路载歌载舞，看上去像是程序员。

"冷静点。"其中一个埃伦轻声道，"这种跳康茄舞的仪式源自洛萨科技的员工激励计划。当程序员达到项目里程碑时，公司就会举办现场派对来庆祝。"

"他们是其他受害者，"维克多问道，"还是人工智能？"

"他们可能是受害者。如若不是，那我敢打赌，我们在这条小路上看到的所有人都只是低水平的弱人工智能。在赖希教授的理论中，没有任何办法能够实现真正的强人工智能。”

迪克西·梅看着程序员们从山坡上飘飘然地走下山。这是他们第三次在小路上看到疑似人类的存在。“这说不通啊，埃伦。我们之前猜测所有人都是——”

“模拟进程。”

“是的，存在于某种超级计算机中的模拟进程。如果猜测是真的，那么幕后黑手应该比现实世界中任何一个独裁者都能更好地监视我们。在我们起疑心的那一刻，他就应该发现并重启。”

两个埃伦都想回答，又同时停下来等对方先说，结果在对方开口时恰好打断。

“还是按照‘持身份信物者发言’的规矩来吧。”其中一个埃伦亮出一美元硬币说，“迪克西·梅，这是一个谜团，但并不像看起来那么神秘。如果赖希教授使用的是我所了解的上传和模拟技术，那么，我们大脑中产生的想法是无法被直接解读的，因为思想实在太特殊、太分散。如果我们是一台大型量子计算机中的模拟进程，那么，即使是环境探测器也很难运行。”

“环境探测器是指类似间谍摄像头的东西？”

“是的。监视之所以难以实现，是因为计算机得具备窥探我们内部思维运行状态的能力。由于模拟世界的时间流速可能是真实世界的数千倍，这一切都会变得极为复杂。也许，格里能通过三种方法来监视我们。第一种，他可以观察团队的产出，如果产出下降，他就知道出了问题——可能会按照常规方法直接重启。”

突然间，迪克西·梅非常庆幸这次行动没有叫上更多的人。

“第二种是直接查看由我们编写或通过软件明确输出的内容。我敢打赌，任何我们认为是线性文本的东西，都能够被外界读取。”她看着维克多，“这就是为什么不能发信息或者做笔记。”他的平板电脑此刻还在迪克西·梅的手上。

“这真荒唐，”维克多说，“一开始不允许我拍照，现在连笔记也不让记了。”

“嘿，快看！”两个埃伦说，“0917号大楼！”但那不是一栋建筑，而是一块嵌在岩石堆中的小指示牌。

他们扒着沥青路边的土坡往上爬，来到一条泥巴小路，这条路直通山顶。

此刻，他们离山顶很近，地平线看上去只有几步之遥。迪克西·梅看不到远处的陆地。她记得在一部电影里，像他们一样的可怜虫走到模拟世界的边缘，结果遇到了宇宙尽头的那堵墙。接着，她又往前走了几步，再次看到山顶之外的景色。远处，绵延起伏的低矮山峦缓缓铺展，层层下降，最后融入圣费尔南多谷的怀抱。101号高速公路并没有完全被雾气笼罩，可以隐约看到那些蜿蜒曲折的熟悉路线。当然，她还能看到塔扎纳。

两个埃伦和维克多并没有被风景吸引，正盯着路边的小指示牌。再往前十五英尺是一个建筑基坑。建筑材料整齐地堆放在基坑周围，远处停着一台无人驾驶的挖掘机。这应该是一栋洛萨科技标准风格的建筑，才刚开始动工……不过，在基坑的另一边，快要没入阴影的地方，有一个圆形的金属盖，就像老电影中的银行保险库大门。

“我有一种预感。”拿硬币的埃伦说，“如果我们打开那扇大门，也许就能发现你那封邮件背后的所有真相。”

“是的。”另一个埃伦说。这对“双生姐妹”走上一处陡峭的斜道板，上下颠簸着来到了基坑中。迪克西·梅和维克多紧随其后，维克多在下去的时候还笨拙地撞上了她。坑底和之前见到的建筑完全不同：没有窗户，也没有老式刷卡机。迪克西·梅近距离观察，看到大门上有些凹坑和剐痕。

“他们把917指代的地方混淆在了一起。这里才是确切的地点。”拿硬币的埃伦说，“这个入口看起来比基坑建得更早。”

“它看起来就像这座小山一样古老。”迪克西·梅一边说，一边用手抚摸凹凸不平的金属盖，隐约期待着感受到古怪的符文。“要么有人给我们留下了线索，要么这人就是一个变态狂。现在我们该怎么办，施展一段开锁咒语?”

“为什么不呢?”两个埃伦拿起那封有些破旧的邮件，将它平铺在大门上。她们研究了一下邮件头的字段，喃喃低语。拿硬币的埃伦敲了敲金属盖，接着又推了一下。

“一起来!”她们喊道，然后随便敲击出一些拍子，但动作是完全同步的。

她们用手指敲击十吨重的金属盖所能达到的最理想结果，也只是产生了共鸣。

拿硬币的埃伦把邮件递回给迪克西·梅。“你试试看。”

我要试什么? 迪克西·梅走到大门边，站在那里，感到一头雾水。这时，维克多将身体转到一侧，慢慢离开盯着金属盖发呆的迪克西·梅的视线。

紧接着，他抢到了平板电脑。

“嘿!”迪克西·梅猛地把维克多撞到基坑的另一边。维克多推开她，但已经被两个埃伦盯上了。“双生姐妹”也像迪克西·梅一样对维克多展开围攻，场面一片混乱。也许，她们的加入让维克多有些措手不及。不管怎样，就在他掉以轻心的时候，迪克西·梅抓住机会来到近前，照着他的脸上来了一拳。

“我抢到了!”“双生姐妹”中的一个跳了出来，手里拿着平板电脑。

接着，她们三人与维克多拉开了距离。他已经无力抢回平板电脑。“那么，埃伦，”迪克西·梅开口了，目不转睛地盯着那个四仰八叉倒在地上的人，“监视我们的第三种方法是什么?”

“你已经猜到了。格里可以骗一些傻瓜上传成间谍。”其中一个埃伦说，她的目光越过身前另一个埃伦的肩头，盯着平板电脑的屏幕。

维克多重新站了起来。他的脸色阴沉了片刻，随后，一抹令人熟悉的、略带倨傲的微笑绽放在他的脸上。“你们疯了。我只是想把这个新闻发布到现实世界。如果赖希教授需要间谍，为什么不直接上传他自己呢?”

“那可不一定。”

拿着平板电脑的埃伦大声念道：“你刚刚输入了‘925，999，994已知悉。请重启。’这看起来可不像新闻内容，维克多。”

“哎，是我失策，写得太明显了。”他想了一会儿，然后大笑道，“这已经不重要了！我的警告已发出。重启之后，你们就什么都不记得了。”

迪克西·梅走向他：“你也不会记得我拧断了你的脖子。”

维克多努力表现出淡定自若的模样，身体却很警觉地向后躲。“事实上，我会记得的，迪克西·梅。告诉你们吧，一旦从这里消失，我的意识就会融入我的身体，回到赖希教授的实验室。”

“而我们只会再死一遍！”

拿着平板电脑的埃伦说：“也许没有维克多想得那么快。我注意到，信息一直停留在第一行，他根本没按回车键。现在的关键在于，这台旧平板电脑被模拟得有多真实。他的告密信息应该仍储存在本地缓存中——赖希教授还不知道这里发生的事。”

一时间，维克多心中充满担忧。然后，他耸了耸肩。“就算你们可以在本轮运行的剩余时间里继续存在，就算你们还可以破坏其他项目——那些比你们重要得多的项目——反正我已经知道邮件的事了。等我回去告诉赖希教授，他就知道该怎么做了。你们再也掀不起什么风浪。”

这一刻，每个人都沉默了。风呼啸着吹过基坑上方，天空被尘土遮掩，变成了黄蓝色。

接着，这对“双生姐妹”露出一个微笑，是维克多经常在她们面前展现的那种标志性表情。拿硬币的埃伦说：“我认为你的嘴比你本人更聪明，维克多。你刚才问对问题了。为什么格里·赖希不把自己上传成间谍呢？他为什么要利用你？”

“这个嘛，”维克多皱起眉头，“嘿，赖希教授是个重要人物。他没有时间浪费在这样的安防工作上。”

“真的吗，维克多？他连一个自己的复制品都做不出来？”

迪克西·梅问到点子上了。她朝维克多逼近：“你有多少次融合回原本的身体？”

“这是我第一次来这里！”此话一出，除了维克多，其他人都大笑起来，他赶紧解释道，“但是我见过有人融合成功了！”

“那为什么赖希教授没有将我们融合回原本的身体？”

“融合代价太高，不能浪费在像你们这样的工作线程上。”此时，维克多连自己都无法说服。

两个埃伦又笑了：“维克多，你真的是加州大学洛杉矶分校的新闻系研究生吗？我觉得那儿的学生没这么蠢。格里真的给你展示过融合的过程吗？我敢打赌，你实际看到的只是一堆设备，还有某个人非常夸张地浑身抽搐。然后，这个‘受试者’给你讲了他在我们这个小小的模拟世界经历的各种精彩故事。于是，你就这样傻乎乎地把自己卖了。他们可能在背后捂着嘴偷笑呢。要知道，赖希教授的理论依赖于一个完全固定的对象。还有，我了解那个理论：融合问题——将意识加载到一个现有的大脑中——的神经元数量呈指数级增长。你根本没法儿回去，维克多。”

维克多正在往后退。他的表情在高傲的冷笑和明显的恐慌之间摇摆不定。“你们怎么想并不重要。反正，一到下午五点，你们就会被重启，接着便什么都不记得了。”他开始摆弄自己的裤子拉链，“让你们看看，我——我能回去！”

“抓住他！”

迪克西·梅离得最近，但还是晚了一步。没有朦胧的光芒，也没有突然的爆炸声，维克多就这样消失了。她扑了个空，直接摔倒在地，正好落在维克多刚才站的地方。

她支起身子，盯着地面。这些模糊的脚印是维克多出现过的唯一痕迹。她转向“双生姐妹”：“这样看来，他真的可以融合？”

“不太可能。”拿硬币的埃伦说，“维克多的拉链也许是一个线程自我终止的触发装置。”

“他的裤子拉链？”

她们耸了耸肩。“我不知道。水遁？格里确实有一种变态的恶趣味。”但这对“双生姐妹”并不觉得这件事好笑。她们围着维克多离开的位置转了一圈，恼怒地踢着地上的泥土。

拿硬币的埃伦说：“可恶。这就是维克多的本性，只会夹着尾巴逃跑。看来我们等不到下午五点了。外界很容易检测到线程自我终止的信号。虽然格里不会知道具体细节，但他——”

“或者他的设备——”

“很快就会知道出了问题，并且——”

“可能是一个安全问题。”

“那么，我们这一天还有多久重启呢？”迪克西·梅问道。

“如果紧急重启必须手动操作的话，那我们可能在下午五点之前一直存在；如果是自动重启，那么我可以确定，世界会在你话说到一半时消失，但你已经不会感觉到被打断的失礼了。”

“不管是哪种情况，我都要利用这段剩余时间。”迪克西·梅在大门旁边拾起她的邮件，对着毫无反应的金属盖挥舞那张纸，“我不会回去的！我就在这里，我需要得到一些解释！”

没有回应。两个埃伦站在那儿，一副因为束手无策而闷闷不乐的样子。

“我不会放弃的。”迪克西·梅对她们说，然后用力敲打着金属盖。

“是的，我不认为你会放弃。”拿硬币的埃伦说。但此刻，两个埃伦正用奇怪的眼神看着迪克西·梅。“我们以前一定经历过一模一样的情况，至少你肯定经历过。”

“是的。我肯定每次都搞砸了。”

“不……我不这么认为。”她们指着她手中被捏得皱巴巴的邮件说，“你以为那些令人不快的秘密是从哪里来的，迪克西·梅？”

“谁晓得从哪里来的?！就是因为这个，我才——”迪克西·梅突然觉得自己既聪明又愚钝，她把头靠在被阴影笼罩的大门上，“哦。哦！”

她低头看着这封邮件，纸页底部被撕坏了，沾着污渍，字迹几乎辨认不清。没关系，她已经记住了正文。两个埃伦依次检查了信头字段。但现在我们不应该去找那些技术方面的秘密或研究生圈子内部才懂的笑话。也许，我们应该寻找对迪克西·梅·丽有意义的数字。

“要是有上传的警卫守在这道门后面，你们两个刚才的举动已经足以惊动他们了。你们是对的。我应该按照某种方式来敲击。”如果失败了，她会尝试另外的方式，直到下午五点或者某个时刻来临——她会突然回到0994号大楼，沉浸在对这份工作美好前景的期盼和欣喜之中……

“塔扎纳拉玛”树屋。迪克西·梅小时候就对暗号非常感兴趣。不过，当时她对加密的认识还很幼稚。她和儿时的朋友们会用敲击的方式来发送数字。这种游戏并没有持续多久，因为迪克西·梅是唯一一个有耐心参与的人。但是……

“是这个号码，7474。”她说。

“是吗？就是正好藏在假信头字段中间的这串数字？”

“是的。小时候，在别人进入我的树屋之前，我都会先盘问一句。这串数字就是盘问口令。你们懂的，就像‘天王盖地虎’一样。字符串的剩余部分可能就是应答的密码。”

两个埃伦对视一眼，说：“这串数字看起来太短了，在信头中一点也不显眼。”然后，她们两个都摇了摇头，否定了自己的说法，“试试吧，迪克西·梅。”

迪克西·梅的“敲击发送数字”方式很简单，但一时间，她竟记不起来了。

她把那张纸贴在金属盖上，盯着那些数字。啊，记起来了。她小心地敲击“7474”后面的数字，这一串比她儿时的密码要长得多，远超朋友们能忍受的极限，也超过了她自己曾用过的任何密码。

“真酷。”拿硬币的埃伦说，“某种十六进制格雷码？”

嗯？“你觉得还能是什么呢，埃伦？我那时才八岁。”

她们注视着大门。

什么反应都没有。

“好吧，执行B计划。”然后是C计划、D计划、E计划等等，直到我们的时间结束。

这时，突然传来一个古老器物破裂的声音。金属盖在迪克西·梅的手下动了起来。她赶紧往后跳开。凹凸不平的盖子缓缓地转动着。

几秒钟后，金属盖砰的一声砸在旁边的地面上。她们看到了一条空荡荡的通道，一直往下延伸到地底深处。

在开始的四分之一英里，她们看不到任何人。通道内部的装潢并不是洛萨科技的标准风格，暖色调的红杉木面板和灯条都不见了。在这里，墙壁换成了单一的米黄色，荧光灯被嵌入天花板的吸音瓷砖。

“这里让我想起了诺曼大楼[1]的地下实验室。”其中一个埃伦说。

“但是诺曼大楼里有人。”另一个说。她们在窃窃私语。

这里只有一段通往地底的楼梯，一直往下。

迪克西·梅说：“你们有没有感觉到，这个地方应该是为长期驻留

1. 诺曼大楼，佛罗里达大学的一座教学楼。

而准备的?”

“嗯?”

“你们看，0999号大楼的阅卷团队只工作一天，可以与外界电话联系；我所在的客户支持部门先培训了六天，然后在最后一天回复客户的咨询，而且无法与外界联系。”

“是的，”国安局埃伦说，“我的网络监控团队已经工作了一个月，可能再过两个月才会结束。我们完全与外界隔离了：不能打电话，不能发邮件，没有周末休息。看来，循环的周期越长，隔离的程度也就越高，因为如果不加以限制的话，我们这些受骗的倒霉蛋就会设法弄清真相。”

迪克西·梅想了一下：“维克多真的不想让我们知道这么多，也许……”也许，我们碰巧能改变这一切。

她们经过了一个交叉口，接着是第二个。她们发现了一扇半敞的门，从里面的陈设来看，明显是一间宿舍。床垫上是全新的被褥，被叠得整整齐齐。有人刚搬进来吗?

再往前是另一扇门，她们可以听到门后的说话声，似乎有人在争吵。她们蹑手蹑脚地靠近，没有发出一丝动静。

有一个声音在说：“一年的时间够吗，罗伯?”

另一个讲话者听起来很生气：“唉，不够也得够。否则到时候格里拿不出钱，我也没时间再耗下去了。”

迪克西·梅准备直接走进去，而两个埃伦则挥手示意她退后。也许她俩想继续偷听一会儿。但在这次重启之前，我们还剩下多少时间?迪克西·梅从她们身旁挤过去，走进了房间。

里面有两个人，其中一人坐在一台普通的数据显示器旁边。

“天哪！你是谁?”

“迪克西·梅·丽。”你们肯定知道我的名字。

坐在显示器旁的那人咧嘴一笑：“罗伯，我以为我们是与世隔绝的。”

“格里确实是这样说的。”说话的这个人——罗伯·拉斯克?——看起来二十八九岁。他身材瘦高，脸上挂着几分绝望的神情，“好吧，丽小姐。你来这里干什么?”

“我正在等你告诉我，罗伯。”迪克西·梅从口袋里掏出那封已经变成破纸的邮件，把它扔到了他脸上，“我需要一些解释!”

罗伯的脸色阴沉下来，摆出一副“没人可以教我做事”的表情。

迪克西·梅怒视着他。罗伯·拉斯克比她高大，看起来很难被打倒，但她已经跃跃欲试了。

在这剑拔弩张的时刻，“双生姐妹”选择登场。“你们好!”其中一个兴高采烈地说道。

罗伯的目光从其中一个埃伦移向另一个，然后看到了国安局的身份徽章。“你好，我在国安局见过你。你是埃伦，呃，埃伦·戈麦斯?”

“埃伦·加西亚。”国安局埃伦纠正道，“是的，就是我。”她拍了拍阅卷人埃伦的肩膀，“这是我妹妹索尼娅。”她瞥了一眼迪克西·梅，似乎想让后者配合自己，“格里派我们来的。”

“是吗?”数据显示器旁的那个家伙笑得更灿烂了，“看吧，我告诉过你，罗伯。格里固然很冷酷，但绝不会一整年把我们晾在这儿不安排助手的。欢迎，姑娘们!”

“闭嘴，丹尼。”罗伯满怀希望地看着她们，但不像丹尼那样的表情，他看起来很严肃，“格里告诉过你们，这是一个为期一年的项目吗?”

她们三个点了点头。

“我们有很多带床位的宿舍，还有独立的……生活设施。”他的语气听起来……老天，竟然有些窘迫，“你们的专长是什么?”

拿硬币的埃伦说：“索尼娅和我是研二学生，正在研究认知模式。”

罗伯表情中的希冀少了几分。“我知道那也是格里的一大研究方向，但我们这里主要是做硬件。”他说完又看向迪克西·梅。

“我是研究——”然后她试着继续说，“玻色凝聚体。”还好，她虽然不懂这个词的意思，但知道怎么发音。

两个埃伦露出担忧的神情，其中一个大声插话道：“她是佐治亚理工学院萨蒂亚团队的一员。”

罗伯脸上的表情变化真是太精彩了。前一分钟，他还是满脸怒容、凶神恶煞的样子；转眼间，他就变成了心花怒放去迪士尼乐园的快乐小男孩模样。“真的吗？我无法形容你的出现对我们来说意味着什么！我就知道，新方案的背后一定少不了像萨蒂亚这样的人。你参与发明新的硬件了吗？”

“哦，是的。多多少少参与了一些。”迪克西·梅估摸自己说不到二十个字就会露馅儿。但该死的，这场假面舞会到底还要持续多久？维克多那个小人已经终止了他的线程……

“那太好了。不过，我们这里没有预算来操作实装，只能通过模拟装备——”

从眼角的余光中，迪克西·梅看到两个埃伦交换了一个肯定的眼神。

“因此，任何能向我解释新方案的人都会备受欢迎。我无法想象萨蒂亚是如何悄无声息地在短时间内进展到这种程度的。”

“我很乐意解释我所知道的一切。”

罗伯挥手让数据显示器旁的丹尼从座位上挪开。“请坐，请坐。我有好多问题要请教！”

迪克西·梅慢悠悠地走到桌子前，一屁股坐了下来。可能大约三十秒过后，这家伙就不会再觉得她聪明了。

两个埃伦凑到她身边，准备替她解围。“是这样的，我想知道关于我们合作伙伴的更多信息。”其中一个埃伦说。

罗伯抬起头，有些心烦被打扰，丹尼却很乐意做一些介绍：“这里只有我们两个人。你们已经认识罗伯·拉斯克了。我是丹尼·伊斯特兰。”他伸出手，亲切地和她们一一握手，“我不是加州大学洛杉矶分校的。我在洛萨科技工作，做的是量子化学。你们知道的，格里·赖希在各个领域都很有影响力——我不介意被他骗来做一年苦力。另外，我还需要，呃，暂时避避风头。”

“哦！”迪克西·梅曾在《新闻周刊》上看到过这个名字。不过，那篇新闻和量子化学没有任何关系。“但是你已经……”她没有将“死”字说出口。这绝对不是什么好兆头！

丹尼没有注意到她分心了。“罗伯才是真的惨。在我的记忆里，格里一直把罗伯当作他的私人硬件研究部门来驱使。抱歉，罗伯，你知道这都是实话。”

罗伯摆摆手让他走开：“是的！那你不妨把自己的事情告诉她们，看看谁才是大傻瓜！”他真的很想继续追问迪克西·梅。

丹尼耸耸肩。“但是现在，罗伯只差一年就将达到他的七年毕业限期。你在佐治亚理工学院遇到过这种事吗，迪克西·梅？如果你七年都没有拿到博士学位，会被取消学籍吗？”

“没有，我没听说过。”

“那你们学院就谢天谢地吧，因为自2006年以来，这已成为加州大学洛杉矶分校一条不可逾越的规定。所以，当格里向罗伯透露自己与洛萨科技签订了秘密硬件协议，并承诺研究成果能换取博士学位后，罗伯便立马加入了进来。”

“是的，丹尼，但格里从未告诉我萨蒂亚进展到了何种程度。如果不把这件事弄清楚，我就完蛋了。现在让我和迪克西·梅谈谈！”他弯下腰去敲击键盘，中断了无比绚丽的屏保程序。随后，迪克西·梅注意到屏幕上显示的彩色轮廓以及上面的小数字，意识到这可能是她应该“精通”的专业知识。罗伯说：“我有许多文献资料，迪克西·梅，实在太多了。你能否告诉我，你们团队是如何提高相干性的？”他用鼠标在彩色轮廓上晃动着，“那是差不多一千升的凝聚体，包含一万亿有效量子比特。更奇妙的是，你们团队每次可以维持大约五十秒。”

国安局埃伦假装惊讶地尖叫了一声：“哇，你们有了这么强大的能力，会做什么呢?”

丹尼指着埃伦的徽章说：“埃伦，你可是国安局的专业人士，你觉得呢？当然是加密解密了！这是超级计算领域最前沿的研究！即使是用最弱形式的肖尔-格申斐尔德算法，格里也能在不到一毫秒的时间内破解一个10千字节的密钥。我敢打赌，他不肯将物理设备的操作时间分哪怕一丁点儿给我们，就是这个原因。他要昼夜不停地破解密钥，大量吸取政府资金。”

阅卷人埃伦——现在是索尼娅——皱起眉头，露出一副天真的表情：“格里还想得到什么?”

丹尼摊开双手。“其中一部分我们尚不了解，另一部分是你们已经猜到的：他想得到一切，并使之翻上千倍万倍，永无止境。他希望通过量子链路来扩大操作规模，将众多上千升的凝聚体组成阵列，并同时运行。”

“我们只有一年的时间来改进你们团队的成果，迪克西·梅，而你们的新方案比目前最先进的技术还要领先好几年。”罗伯在恳求。

丹尼油嘴滑舌讨女生欢心的举止也收敛了。这一刻，他变得有点难过和尴尬。“我们会有研究成果的，罗伯。别担心。”

“那么，你在这里多久了，罗伯?”

他抬起头来，也许是被迪克西·梅的语气吓了一跳。

“我们才刚刚开始。这是第一天。”

啊，是的，这个众所周知的“第一天”。在二十四岁的时候，迪克西·梅偶尔会想，是否还有比她砸东西时看到的血红雾气更强烈的愤怒。直到今天，她才知道，原来自己之前的发疯破坏并不是愤怒至极的表现。她既没有将桌上的显示器掀翻在地，也没有对任何人拳脚相向。她只是静静地坐在那儿，有种无力的空虚感。过了一会儿，她望着对面的“双生姐妹”悄声说：“我原本想找到恶人，但这两个家伙只是受害者。更糟糕的是，他们对真相完全不知情！绕了一圈，我又回到了早上的起点。”*很快，我又将回到原来的地方。*

“唔。不一定。”这对“双生姐妹”同时开口，听起来像是完美的合唱。她们环顾房间，打量着室内的装潢。接着，她们的目光又回到罗伯身上。

“罗伯，你认为洛萨科技应该给你提供更好的工作环境，对吧？”

罗伯盯着迪克西·梅，他生气地耸了耸肩。“这里是诺曼大楼地下的一间国土安全部实验室。不过别担心，这儿虽然与世隔绝，但我们有不错的实验室和计算机。”

“确实不错。你什么时候开始工作？”

“我刚才告诉你们了，就今天。”

“不，我是说日期。”

丹尼的目光在他们之间来回扫视。“天哪，你们这些人都这么死脑筋吗？今天是2011年9月12日，星期一。”

差了九个月。真实世界中的九个月。也许，对于罗伯才开始第一天的工作，迪克西·梅有了一个比较合理的解释。她伸手去抓罗伯的袖子。“佐治亚理工学院的人并没有发明新的硬件。”她温和地说。

“那到底是谁取得了突破？”

迪克西·梅举起手……刻意地拍了拍罗伯的胸口。

罗伯似乎有些生气，而丹尼的眼睛瞬间瞪大了——应该是明白了她的意思。丹尼·伊斯特兰是个全能型天才。《新闻周刊》上关于他的那篇报道声称，他揭发了十年来最大的商业间谍案。但在某些方面，他却愚蠢至极。如果不是那么急切地想和别人上床，他也不会在负责保护证人的保镖眼皮子底下溜走，而导致被人杀害。

“你对硬件太执着了。”国安局埃伦说，“忘记那些加密技术的应用吧。想想人格上传。以你对格里目前拥有的硬件的了解，根据‘赖希理论’，这些凝聚体能够上传多少个人格？”

“我怎么知道？‘赖希理论’就是胡扯。如果格里没有干预审稿，他的论文根本不可能发表。”但罗伯还是思考了一会儿埃伦的问题，“好吧，如果他的虚假理论真的有效，用一万亿量子比特进行模拟的话，能够上传大约一万个人格。”

两个埃伦看向他，露出一个缓慢的、一模一样的微笑。这一次，她们不再使用假身份，而是同时说话，同样的节奏和音调形成了一种带着嗡鸣的奇怪和声：“哦，对于维持一个像样的封闭模拟世界来说，应该不需要一万个人格。”她们同时伸出左手，以非人类所能及的精度（数字复制品才能做到），朝房间和前方的走廊挥舞着，“当然，通过使用共享的基本模式来运行不同的子线程，可以节省一些资源——”每个埃伦都指向了自己。

两个男生盯着她们看了一会儿。然后，罗伯跌跌撞撞地倒在另一张椅子里。“我的……天……哪！”

丹尼继续盯着她们看了几秒钟。“这么多年来，我一直认为‘赖希理论’只是一个高超的骗局。”

两个埃伦站在原地，将眼睛闭上了片刻。接着，她们似乎一下子惊醒，开始看向彼此。迪克西·梅能够察觉到，完美的同步已经被打破了。国安局埃伦从口袋里拿出一美元硬币，将它交给了另一个埃伦。拿硬币的埃伦对罗伯笑了笑：“哦，确实是的，但这骗局比你想象得更精妙，更具欺骗性。”

“我不知道丹尼和我是否在曾经的循环中发现了真相。”

“有人发现了。”迪克西·梅说道，挥舞着只剩下半截的打印件。

拿硬币的埃伦详细地解释起来：“格里把我们所有人都当作无状态服务器来运行，有些人的循环周期很短，而你们的循环周期——估计是一年——比任何人的都长。你们不断取得新的研究成果，让格里创造出了越来越大的模拟世界。”

“好吧。”罗伯说，“假设我们当中的某个受害者猜到了真相，又能做些什么？循环一结束，我们就会重启。”

丹尼·伊斯特兰抢先一步说道：“我们可以做一些事情。两次循环之间必然有信息传递，特别是格里要利用你和我来不断改进上一次循环时完成的方案。如果我们能在这些方案中隐藏我们偷偷掌握的信息——"

"双生姐妹"微笑着说："对，我们可以利用cookie[1]！如果能稳妥地恢复这些cookie文件，那么每经过一次循环，我们都可以谋划出越来越周密的对策。"

罗伯·拉斯克看起来仍然很茫然。"我们得在下一次重启刚开始时，就将提示透漏给自己。"

"没错，比如工作的第一天！"丹尼看着三个女生，暗自点头，"只是我还是不明白，我们该如何做到这一点。"

罗伯指着迪克西·梅的邮件："我能看看吗？"他把打印件放在桌子上，和丹尼一起检查上面的信息。

拿硬币的埃伦说："这封邮件比一部劣质侦探小说埋藏的线索还要多。每当我们陷入困境，都会从邮件中找到隐藏的下一个解决方法。"

"那就说得通了。"丹尼说，"我敢打赌，这封邮件一定经过了多次循环的提炼……"

"但这次，我们可能会面临一个特殊的问题……"迪克西·梅告诉了他们关于维克多的事情。

"该死的！"丹尼说。

罗伯只是耸耸肩。"在搞清楚这一切之前，我们对维克多无能为力。"他和丹尼研究了信头字段。拿硬币的埃伦解释了已经破解的部分。最后，罗伯往后靠到椅背上，"第二长的信头看起来像格里交给我们的某个原始数据文件标签。"

"是的。""双生姐妹"应和道，"就是你们在上一次循环时取得的

1.Cookie，网站储存在用户本地终端上的数据，从而实现网络会话状态跟踪。这里是借助该概念的延伸，来指称每次虚拟环境重启时，能够从上次重启带到下次重启中的持久化信息（即不会随着重启而消失的信息）。

研究成果。”

“大部分文件标签必须符合格里的要求，否则他会找我们麻烦。不过那个原始数据文件……假设真的是一个cookie文件，那么邮件信头可能就是一个密钥。”

丹尼摇摇头，说：“这不太可能，罗伯。格里也可以做出同样的推测。”

拿硬币的埃伦笑了。“除非他知道密钥。也许，这就是为什么你们要把这封邮件发送到迪克西·梅这里——一个在模拟世界不相关部门的不相关之人。”

“但我们最早是怎么做到的呢？”

罗伯似乎并没有在听。他输入了邮件上的字符串。“让我们试试这个数据文件……”他稍停片刻，确认输入的内容无误，然后按下了回车键。

他们盯着屏幕，似乎对执行任何类型的文本程序都心存顾虑——就像维克多的平板电脑一样，打开的数据可能会被外界读取。好几秒钟过去了，两个埃伦来来回回地聊着天。“这一举动非常冒险，除非早期的罗伯们清楚缓存策略，否则无法避免被外界读取。”

迪克西·梅没有听她们说话。如果这真的有用的话，就很好地证明了早期的罗伯们和丹尼们做对了。前提是真的有用。即使发生了这么多事，即使看到维克多消失得无影无踪，迪克西·梅此刻仍像一个小女孩一样，在期盼着连她自己都不太相信的魔法。

丹尼紧张地笑了笑。“这个cookie文件有多大？”

罗伯把胳膊肘靠在桌子上。“是啊，我也想知道。另外，我到底经历了多少个绝望的第七年？”他的声音变得尖厉起来。你可以想象两个埃伦描述的《死亡立方》中的情节在他身上重演。

接着，屏幕变亮了。金色的字母在黑红相间的分形图案上依次出现：

你们好，傻瓜伙伴们！欢迎进入你们人生的第1237次循环。

起初，丹尼拒绝相信他们已经在格里的“苦役工厂”里度过了1236个模拟年。罗伯耸了耸肩，说：“我确实相信。我总是告诉格里，不同于理论上的计划节点，现实中的进展要花更长时间。所以，那个王八蛋给我安排了……这个世界里取之不尽的时间。”

这个cookie文件几乎有一百万兆字节那么大，其中大部分是对暗门、后门和机密信息的详细描述，以便偷偷修改罗伯和丹尼为格里·赖希提供的数据文件。另外，还有数千兆字节的历史信息和行动策略经过精心加工，并创建了许多超链接，跨越时间长达一千个模拟年。大部分都是丹尼和罗伯留下的信息，但也记录了两个埃伦以及迪克西·梅讲过的话，这些话都是她们与两个男生在短暂会面时匆忙记录下来的。这个cookie文件是在一次又一次几乎完全相同的循环中，一点一滴积累起来的宝贵智慧——既是他们对过去的回溯，也是他们对未来的预演。

Cookie文件甚至包含了对更早期（罗伯和丹尼开始使用cookie之前的那些循环）的推测：最早的运行时间应该是在2011年夏天，当时，格里只上传了罗伯·拉斯克一个人。那时候，现实世界中最强大的硬件最多也只能支持上传一个人格。他被安排在只有一个房间的公寓里，配备了键盘和数据显示器。也许，他曾猜到了真相，可即便如此又能做些什么呢？在那些循环中，传递cookie文件要比现在困难得多。格里·赖希依靠罗伯的天赋，通过一次次循环不断改良硬件。之后，丹尼也加入了。他们第一次成功通过cookie文件传递信息，应该是在某一个模拟年的最后一夜。罗伯未能如期完成任务，一想到自己永远也拿不到博士学位，他只能借酒消愁。两人“每个月”都会通过内网邮件系统向格里汇报进展。于是，那天晚上，他们往邮件里放了一条猥琐下流的信息，而这个收件箱是……help@lotsatech.com。

在现实世界中，那应该是在2012年6月15日。为什么确定是这一天呢？说来也巧，猜猜在他们下一次循环开始的时候，谁出现了？

怒火冲天的迪克西·梅·丽。

那条猥琐下流的信息最终出现在了迪克西·梅的咨询列表中。她感觉自己受到了侮辱，怒气足以将整个园区掀个底朝天。迪克西·梅花了一整天一栋栋大楼搜查，四处树敌，甚至连两个埃伦都不愿意同她一起寻找真相。另一方面，在早期的循环中，模拟世界的地形和景观更简单，因此迪克西·梅能够从沥青小路直接进入罗伯的秘密实验室。

丹尼瞥了一眼迪克西·梅。“在其中的很多次循环中，你并没有来。我们只能猜测你没有收到这封电子邮件，或者认为那些随意的下流话不是写给你的，又或者你在来的路上走错了方向。不过，你总会在某次循环中误打误撞地找到这里。”

“也许吧，但我不喜欢被侮辱，所以一定会一路找到这里。”

罗伯挥手示意他们两人安静一下，自己则头也不抬地看着cookie文件。在他们第一次成功之后，罗伯和丹尼开始对这封电子邮件不断完善，从每一个新的迪克西·梅那里了解到更多信息，包括其他大楼里都有哪些人，以及如何利用这些人——比如两个埃伦。

“维克多！”罗伯和“双生姐妹”同时看到了cookie中提及的这个名字。罗伯停止鼠标自动滚动，开始研究这一段内容。“是的。我们以前见过维克多。在第五次循环之前，他到达了和这次差不多的地方。那时，他也终止了自己的线程。”罗伯点击了一个被命名为“小心维克多”的超链接，“哦。好吧。丹尼，我们得稍微修改一下日志文件……”

他们又待了差不多三个小时。时间确实有点久，但罗伯和丹尼想从两个埃伦和迪克西·梅那里打听到她们所知的一切，以及还见过哪些人。Cookie的历史记录表明，每一次循环总是在变化，变得越来越复杂，有越来越多的人（格里上传的赚钱工具）卷入其中。

他们都想继续聊下去，除了可怜的丹尼，因为cookie文件并没有提及他们的本体是否还存在于现实世界。但在某种程度上，正是此刻认识彼此、感受彼此，才让他们觉得自己是真实存在的。

迪克西·梅看得出，丹尼也是这么想的，即使他抱怨道："其实，联系不相关的人，并依靠他们把信息传到这里并不安全。"

"丹尼，你想让我们三个一直重复循环下去，永远不知道真相吗?"

"不，迪克西·梅，但这对你们来说也很危险。事实上，在大多数循环中，你们都是一无所知的。"他指了指历史记录，"在我们的每个模拟年中，平均只会见到你们一次。这就证明，找到我们是存在风险的。"

两个埃伦身体前倾。"好吧，那就看看如果没有我们，情况会怎么样?"他们翻阅了最早的历史记录，用迪克西·梅听不懂的术语争论着。总之结果表明，罗伯本地数据中留下的任何线索都很容易被格里·赖希发现。另一方面，利用内网邮件系统未使用的存储空间做些手脚，将cookie数据掺入其中是可能实现的。而且，隐藏cookie占用的存储要简单得多，因为他们可以将多出来的容量分摊到另外几个项目中去。

两个埃伦咧嘴一笑，"所以你们确实需要我们，或者至少需要迪克西·梅。别担心，我们也需要你们。接下来这一年，你们还有很多事要做。在这段时间里，你们必须在格里要求的工作上取得一些进展，那样他才不会怀疑。而且，你们也知道自己要做什么。也许你们这些搞硬件的人没有意识到这一点，但是——"其中一个埃伦点击一条超链接，跳转到了赖希教授为罗伯和丹尼设定的"最低目标"项目列表，"格里要求你们对系统进行改进，以便更容易地划分项目。看看这个关于选择性退相干的内容吧。听说过脑雾吗？我敢打赌，有了这次改进，格里实际上就可以对上传人格的大脑状态进行有限干预，从而消除日期和记忆不一致的问题。到时候，我们可能连cookie的线索都认不出来了！"

丹尼看向列表。“选择性退相干？”他沿着这条超链接进一步查看更多相关论述，“我想知道那是什么。我们得针对它谈一谈。”

“是的——等等！我们中的两个人会在……我的天……三十分钟后被重启。”两个埃伦互相看了看，然后又看向迪克西·梅。

丹尼的样子像是遭受了晴天霹雳一般，所有的盘算已烟消云散。“但你们其中一个埃伦的循环周期是三个月。她可以留在这里。”

“该死的，丹尼！我们刚刚才看过，每个模拟日都有检查点。如果国安局的一名成员缺席超过这个时间，我们就有大麻烦了。”

迪克西·梅说：“也许现在我们都应该离开，即使我们……已经没多长‘寿命’了。如果能在重启之前回到各自所在的大楼，那应该会好一些。”

“你说得对。抱歉。”罗伯说。

迪克西·梅起身朝门口走去。她能做的最后一件事就是回到客户支持部门。

突然，罗伯叫住了她：“迪克西·梅，如果你能给下次的自己留个话，那将对我们有所帮助。”

她从口袋里掏出那张破烂不堪的打印件。底部已被撕掉一块，纸面上沾着污迹。“你们必须把所有内容都记录到cookie中。”

“还有，我们最好得知道，有什么事情最能引起……你的注意。Cookie的历史记录表明，人格背景信息中的一些细节正在逐渐发生改变。”他站起来，向她微微鞠了一躬。

“既然这样，那好吧。”迪克西·梅坐下来想了一会儿。是的，即使没有专门去记邮件正文，她也知道那些让自己暴跳如雷的侮辱性内容。严格说来，这不是时间旅行，但她终于确定那个知晓自己所有不堪回首的秘密、将她侮辱到体无完肤的人是谁了。“我爸爸总是说，我最大的敌人就是自己。”

返回途中，罗伯和丹尼随她们一起走到了入口。这对他们二人来说都是全新的体验。丹尼从基坑里爬出来，看到周围的小山，瞪大了双眼。“罗伯，我们可以直接走到其他大楼去！”他犹豫了一下，转过来看着其他人，“好吧，我知道。如果真有那么容易，我们早就做了。我们得研究这个cookie文件，罗伯。”

罗伯只是点了点头。他的脸上带着一丝忧伤——随即察觉到迪克西·梅的目光——便立刻给了她一个微笑。他们在傍晚的薄雾中驻足了片刻，聆听着风声。空气已经转凉，整个基坑都笼罩在阴影中。

该走了。

迪克西·梅给了罗伯一个微笑，伸出了手。“嘿，罗伯。别担心。这么多年来，我一直想成为一个更友好、更明智、更懂得变通的人，但从未实现，可能我永远也无法实现。这正是我们现在所需要的。”

罗伯握住了她的手。“是的，但我发誓……我们不会陷入永无止境的苦役中。我们会研究这个cookie文件，构思出比现在更好的办法。”

“是的。”保持跟我一样的倔强，伙计！

罗伯和丹尼同她们一一握手，并祝愿一切顺利。“好了，”丹尼说，“你们最好快些离开。罗伯，我们该关上门回去了。我在cookie里看到一些参考信息。要是她们在回到目的地之前被重启，我们还可以做一些事情来补救。”

“是的。”罗伯说道。但是他们两人并没有立刻从入口走开。迪克西·梅和“双生姐妹”从基坑里爬出来，朝沥青小路走去。当迪克西·梅回头看时，那两个人依旧站在原地。她轻轻地挥了挥手，他们的身影便消失在了基坑的边缘。

三个人迈着沉重的步伐向前走着，两个埃伦比之前少了许多活力。“别担心，”国安局埃伦对她的姐妹说，“0994号大楼的时间线还有两个月。我会替我们记住这一切的。也许，我还能帮罗伯和丹尼做些什么。”

“是的。”另一个埃伦回应道，声音低了下来。突然，她们发出同样的笑声，都露出了微笑。“嘿，我刚想到一件事。真正的融合可能永远无法实现，不过，我们两个可以达到接近‘加载融合’的状态。也许，也许——”但最后的机会已经没有了。她们看着迪克西·梅，三个人又悲伤起来。“真希望有更多的时间可以让我们好好考虑将来要怎么办。但这不会像科幻小说里写的那样，当你在每次循环醒来后，大脑中会充满不祥的预感和存在于潜意识里的知识。我们得从头来过。”

迪克西·梅点了点头。从头来过。在接下来的几十次循环中，她将始终活在客户支持部门的第一周，一直忍受粗鄙的维克多，并且被蒙在鼓里。然后她笑了，说道：“但是，每次找到丹尼和罗伯后，我们都会多留下一些信息。每次见到我们，他们都会有一整年的时间来思考。这一切比格里那只老狐狸想象得要快上千倍。我们是名副其实的cookie怪客。总有一天……”*格里，总有一天我们会出现在你面前。而那一天的到来，比你想象得还要快。*

THE ACCOMPLICE

内 贼

Loading...

雅典娜 译

作者的话（剧透警告）：

弗雷德里克·波尔在1967年4月的《如果》杂志上刊登了我的短篇小说《内贼》。这是我早期发表的第三部作品。另外，沃尔夫冈·耶斯克在他的《科幻故事读本》中收录了这篇小说的德文译本。不过，《内贼》是我转载得较少的小说之一。这是为什么呢？

我在二十世纪六十年代的写作水平很一般。虽然《内贼》的故事背景可能相对有趣，但小说的点子存在问题。到目前为止，《内贼》是我创作过的最恼人的作品，结合了我有史以来最尴尬的失误和最深刻的见解。因此，我不止一次不想让这篇小说再版。

达雷尔·查尔斯·施韦特策写了一篇慷慨和充满善意的文章，谈到了我在创作《内贼》时做对的事（《纽约科幻评论》，1996年4月，第14至15页）。就像很多科幻小说一样，如果有一个好点子，故事看起来会有预言性。《内贼》的故事背景设定在1993年，而我是在1966年中期创作的这个故事。要么我比自己想象得要聪明，要么我一定知道摩尔定律。（1965年，戈登·摩尔观察到，电脑性能的某些方面似乎每隔一两年就会翻一番。事实上，这种提升一直持续到二十一世纪初。）无论如何，我似乎对1993年超级电脑的性能做了乐观预测，因为《内贼》中的一个设定是，在短短几年内，这种电脑将进入消费市场。然而……该死的，我还是低估了家用电脑给这个世界带来的影响。

我的主要灵感源自一款非常重要的电脑应用程序。我一直很喜欢迪士尼长片电脑动画《幻想曲》。1963年，高中刚毕业的我第一次去迪士尼乐园时，突然想到电脑可以用于自动化动画制作，艺术家独自一人就能创作出大型戏剧作品（虽然最大的项目仍然需要大量的聪明人来组成团队）。关于自动化动画制作的想法是我自己想出来的，不过，我已经知道像伊万·萨瑟兰这样的人正在努力实现它！多年后，电脑也许强大到可以制作高质量的动态影像。我猜对了！

这也导致了《内贼》中想象的未来存在一丝细微的不足。(好吧，与其他不足相比是好一些！) 在第一部电脑动画短片问世之前的几年，人们一直在谈论这种可能性，而等《幻想曲》出现时，电脑动画已经成为一种产业。然而，在我的故事中，电脑动画仍是一个巨大的惊喜，当一部大型电影在制作主要人物动画的时候，它出现了。这一类型在科幻小说中很常见，而且很难避免。除了少数例外，如果故事的点子是基于现实而发展出来的，那么其结果就无法合理地作为一个惊喜出现在故事结尾。

《内贼》中的另外一些不足并没有困扰我，例如空中汽车和1993年极其成功的太空计划，也许是因为这些错误的预测在科幻小说中很常见(但空中汽车可能已经成了一个笑话)。

那么,《内贼》真正令我讨厌的地方是什么呢？主要是我没有从自己做对的事情中吸取教训，写出了带有明显性别歧视的角色，还有“电视录像磁带”必须手动塞入播放仓等情节……嗯，太尴尬了。不过，你可以自己看看这个故事。

不管怎样，我对《内贼》还是情有独钟的。回首过去，1966年对于2001年的我来说仿佛是一个陌生的时期，我看见自己从那个年代探出头来，好奇地打量着。我很高兴这个故事有机会重见天日。

我的职员之中有一个内贼。真见鬼。而且，对方还是某个我信任的人，肯定是的。

阿诺德·苏把证据报告摆在了我的办公桌上，脸上挂着热心的微笑。“电脑使用时间可是很贵的，罗伊斯先生。”他自以为是地说，好像这也算得上什么新发现似的，“然而，有人在去年盗用了我们的4D5小型电脑，总使用时长超过七十个小时。”

我抬起眼睛，虔诚地望向占据办公室三面墙的壁画。全息图像总能给人一种三维的错觉，仿佛我正身处加拿大落基山脉某片高大的针叶林中。你绝对想不到，我的办公室其实坐落在大圣迭戈地区的罗伊斯大厦的地下。

“阿诺德，希望上帝保佑我不被你的低效率影响。4D5小型电脑使用七十个小时的价值相当于四百万美元。你这个安全员当得真是不错，只花了整整一年时间，就发现有人在暗中‘抢劫’我们。”

阿诺德被我的无端批评刺痛了。“对方拥有私人电脑读出设备。”

“你对明摆着的事倒是很在行。”绝大多数电脑，尤其是类似这款4D5，允许有权限的研究员在办公室的远程控制台上进行编程。这类使用时间会被自动记录下来，以供事后查阅。

“所以，内贼肯定是公司里某个位高权重的人。对方还是个聪明人，老板。他为了掩盖自己的行为，甚至给电脑进行了编程。4D5中一直保存着两套记录，以应付我们每周对盗用行为的检查工作。”

当然，以前也出现过此类伪装记录的案例，但通常是挪用钱款。正因为如此，注册会计师几乎都成了电脑技术人员。然而，只有真正的高手才能彻底掩盖自己的踪迹。显然，我们面对的就是这样一位高手。“那你是怎么发现有人盗用电脑使用时间的呢，阿诺德？”

阿诺德脸上的笑容更加灿烂了。他一直在等着这个问题。“老板，你不必感谢我。很久以来，我一直在等待这种事的发生。我的部门与控制数据公司[1]（CDC）签署了协议：每年，我们都会用各自的电脑来交叉审查对方的电脑。这样一来，我们仅通过这种方式，便可以查出盗用行为。这个内贼是在1992年的审查结束后才开始盗用电脑使用时间的，所以直到昨天才被发现。”

我拿起阿诺德的证据报告。“知道罪魁祸首是谁了吗？”四百万美元啊，我心想，要是能逮住这个内贼……难怪公司的综合效益在去

1. 控制数据公司（Control Data Corporation，简称CDC），成立于1957年，是超级电脑的先驱。在1960年代是极为有名的公司。

年有所下降。

“还没查出来。”阿诺德回答道，“目前我们只知道他是公司的VIP，拥有电脑特殊使用权限。现在，只要你批准我在行政办公室和洗手间里安装窃听器——”

“你知道吗，阿诺德，”我缓缓说道，“有时候我觉得，要是你去给海因里希·希姆莱[1]当手下，也会跟现在一样自信。”

阿诺德满脸通红。“对不起，老板，我不是那个意思——”

“没关系。”我说。阿诺德其实是个好人，毕业于这个国家最好的工商管理学院之一。只不过，他是个无可救药的包打听，所以在恰当的监督之下，他能成为一名优秀的安全员。

阿诺德压低声音继续说道：“我们无法复原电脑在那七十个小时里处理的数据。这个内贼在使用电脑方面相当有一套。”

我俯视着全息壁画上的山谷。某个我信任的人把我出卖了。我奋斗了二十年，才让罗伊斯这个名字变成电脑的代名词，让我的科技公司能够与IBM[2]和CDC竞争。在那段日子里，我的麾下聚集了很多优秀的人才。相较于我这个只有高中文凭的人，他们才是罗伊斯科技公司的支柱。可是，在这之中出现了一个害群之马。他到底是谁?

有一个人或许能找出答案。我站起身，向门口走去。“我们去见见霍华德。”

“霍华德·普伦蒂斯?”阿诺德问道。他从我的办公桌上抓起报告，跟上了我，“你不会认为这件事跟他有关吧?”阿诺德看起来十分震惊。

“当然不会。”我说着，锁上了办公室的门。

等走到我的秘书及其录音设备的听觉范围之外后，我继续说道：“无论我们的对手是谁，他显然对电脑了如指掌。传统的方法是没法

---

1. 海因里希·希姆莱（1900—1945），纳粹德国法西斯战犯，纳粹大屠杀的主要策划者。
2. 国际商业机器公司或万国商业机器公司，简称IBM（International Business Machines Corporation）。

儿抓住他的，我们必须利用人性来对付他。咱俩加在一起，都不如霍华德·普伦蒂斯思虑周全。他对人性很了解，他脑子里装的对付坏人的办法比咱们能想象得还要多。他简直是个完美的侦探。”我注意到阿诺德脸上失落的表情，赶紧补充道，“当然，只针对类似这样的特殊情况。”

搭乘空中汽车从丘拉维斯塔飞到位于海滨的罗伊斯研究实验室只需要五分钟。十五分钟后，我们就站在了实验室的大厅里。比起打电话，我更喜欢与人面对面交谈，这样能从对方身上了解到更多信息。但这一次事与愿违，霍华德没在实验室，他的房间是锁着的。我正要返回空中汽车的停车场时，被阿诺德拦住了。

“稍等一下，老板。”他拿出一块扁平的金属长条，把它插进了门锁，“万能钥匙。”他神神秘秘地解释道，“现在我们可以在办公室里等他了。”

我惊讶到说不出话来，甚至来不及对他这种侵犯隐私的行为大喊大叫。毕竟，这个家伙永远也成熟不起来。

等我们一进屋，办公室的灯就亮了起来。靠墙的位置摆放着常用的编程通信设备和电视屏幕。我还认出了一台高分辨率录像机和一台图像阅读器。沿着工作台整齐地排列着数百幅由霍华德创作的油画。有时，我很好奇他到底视自己为科学家，还是艺术家。不过，只要他能完成所有指派的任务，我并不在乎他把时间花在了哪里。阿诺德已经在那一堆东西中翻找起来，也可能是在欣赏油画。

霍华德不会在外面待太久的。作为部门主管，他要负责三十间不同的电脑实验室。而且就在此时，他的部门正忙着为NASA的探测器设计光学和通信系统。他们计划在明年将探测器发射到半人马座阿尔法A星。

我在电脑控制台前的椅子里坐下，试着让自己放松。他桌上的全息照片吸引了我的目光，那是霍华德和妻子莫伊拉在钻石婚纪念日拍摄的彩色照片。莫伊拉肯定超过九十岁了——十亿个女人里恐怕也只有她这么一位，能在经历了漫长的人生旅途后还保持着一丝魅力——而且又高又瘦，不知道是怎么做到的。她挽着霍华德的胳膊，就像一个情窦初开的十五岁少女。多么美好的女性，当然，她也遇到了一个好男人。霍华德肯定将近九十五岁了。他本人曾为托马斯·爱迪生工作过，其人生仿佛是历史本身。1929年大萧条发生时，他正在美国东部某家石油公司担任高管。大萧条显然让他对工业失去了兴趣。在接下来的四十年里——这相当于普通人的一生——他作为流浪艺术家和垮掉的一代，生活在格林尼治村。随后，在1970年左右，他再次转换职业生涯，重新上了大学。如果你的年龄足够大，也许会记得那篇头条新闻《七十五岁大一新生誓要获得博士学位》。而且，他要读的还是数学博士。结果，他真的做到了。如今，霍华德已经和我共事了十五年。

他是我非常得力的手下。可这家伙现在到底跑哪儿去了？我不耐烦地用手指敲打着椅子扶手。

“老板，他的油画水平也太厉害了！”

我站起身，看见阿诺德指着从一堆画作底下抽出来的几幅画。阿诺德非常喜爱艺术和电影，他收藏了自1980年以来上映的所有电影的录像带，也收集了来自不同时期的大量绘画作品。

他完全有理由赞赏霍华德的画作，因为霍华德是一位优秀的——或许称得上是伟大的——画家。尽管他创作过大量的传统抽象派艺术作品，但自从我们认识以来，他一直是一位新现实主义者。就拿这间办公室里的画作来说，风格技法清晰明确地分为：风景画、肖像画和内景画。然而，画中的风景并非取材自现实世界；那些肖像画都是毫无表情的面部照片，露出正面、四分之一侧脸和侧面，有些甚至不是人脸。每张画布都是同样的尺寸。多年来，我经常问起霍华德这到底是怎么回事，但他总用一些关于艺术深度的言论来敷衍我。我觉得霍华德其实没让我们看过他的全部作品。

当阿诺德把抽出来的三幅风景画并排放在一起时，后者呈现出了全景图像的效果。这是我见过的霍华德作品中最壮观的景象。

当我注视着画作时，房间里的灯光似乎变暗了一些。画中正是夜晚，镰刀般的新月照亮了一座幽谷或山口。观众的视角位于山谷一侧的半山腰，附近可以看见低矮的灌木丛和火山熔渣。远处，山谷中央坐落着一座城堡或要塞，月光勾勒出它巨大的黑色轮廓。尽管那座建筑看起来庞大坚固，但不知为何散发着一股破败腐朽的气息，像一颗在地下腐烂的骷髅头。建筑周围是一片紫色的花田，花瓣微弱地闪烁着光（用的是荧光颜料吗？）。但这些花朵并不美丽，即使隔着一定的距离，也能看出它们像是从腐败中生长出来的真菌。

我将注意力从画上移开。这是我见过的霍华德作品中最负面的一幅景象。而且不知何故，它让我感觉很眼熟。对于霍华德的画作，我经常会产生"似曾相识"的感觉——不过，他的风景画通常会激发观赏者的敬仰之情，而不是恐惧。如果这三幅画呈现在一张画布上，而不是分割成若干部分，肯定会让人印象更深刻。

随后，我注意到工作台角落里的图像阅读器。一般情况下，我们会使用这种设备直接将图像编程到电脑的逻辑之中。这个过程费时费力，因为它会占用电脑的大部分电路。虽然将图像信息保存在磁带上会容易得多，但有些时候，我们希望电脑能直接且连续不断地操作图像中的信息——例如改变视角——这样一来就必须使用图像阅读器。

突然，我的脑子里产生了一种可怕的猜测。我拿起其中一幅画，把它放在图像阅读器顶部的平板玻璃上。大小完全相符。现在，我终于明白为什么所有画作的尺寸都是一样的了。

我把阿诺德晾在一边，伸手从工作台上方的架子上取出一只沉重的笔记本。我不得不开始窥探隐私了。我必须为自己所怀疑的那个人找到一些正当的理由。

笔记本里记录的是动态研究的内容。当我们必须为电脑编写改变空间旋转的程序时，就会用到这项研究，例如设计复杂的机械。为了预测性能和检查故障，电脑必须了解整个机器上的每个部件在任何时刻的位置。笔记本内页的标题写着：**第十九卷——手型技术**。我翻阅着纸页，上面画着数以千计的草图，全都是人手摆出的不同姿势。每张草图旁边记录着从这个姿势转换到下个姿势的数值。第十九卷？这么说，霍华德肯定还有笔记本是单独记录面部表情的。每类动作应该都记了一本！这些都是为了编程而准备的。他的项目——不管到底是什么——相当庞大。他肯定已经筹划了好几年。从实验室那边的证据来看，这个项目显然庞大到需要耗费七十个小时的4D5使用时间。霍华德无疑就是那个内贼。但他为什么要盗用这些时间？他又做了些什么？

门口传来一阵响动。阿诺德从一直在欣赏的画作中抬起头，开心地说："嗨，霍华德！"

"你好。"霍华德把公文包放在工作台上，把外套挂了起来。然后，他转过身看着我。"这是我的私人办公室，鲍勃。"他温和地说。

我没搭茬。我气得发狂，顾不上斟酌语言："霍华德，你欠我个解释！"我指了指那些画作和图像阅读器，"有人盗用了4D5的使用时间，我觉得那个人就是你。"

霍华德瞥了阿诺德一眼。"所以，你终于开始交叉审查电脑了，阿诺德？好吧，我就知道自己最多只有一年的时间。反正，我已经得到了想赢得的赌注。"

阿诺德看上去比我还惊讶。霍华德花了整整一年的时间来隐瞒这个骗局，而现在，他却平静地承认了。

"到底是什么项目，值得你耗费价值四百万美元的罗伊斯时间？"我厉声问道。

"你想看看吗？"没等我回答，他便继续说道，"我这里正好有一盘最新的磁带。"他把手伸进公文包，拿出了一盘电视录像磁带。

"莫伊拉和我一直对有件事情感到惊讶：如今，许多艺术形式早已远远超出艺术家个体的能力范围。以电影行业为例，大多数电影都要耗资数百万美元，同时需要数百名艺术家——演员、导演、摄影师——的共同参与。”霍华德把磁带穿在录像机的多个磁头上，俨然一副邀请我们观看家庭录像的样子。这个男人很有胆识。我并没有阻止他。出于好奇，我想知道到底是什么东西，居然值得让霍华德搭上自己的职业生涯。

“总之，”他继续说，“早在1957年左右，我就发现一种能把电影制作权交给艺术家个体的方法。从那以后，莫伊拉和我所做的一切，都是为了实现这个目标。起初，我们并没有意识到这项工作会如此复杂，也没有意识到所需的相关电脑技术还要发展很久。好在我拿到了学位，并坚持了下来。”他把磁带塞入播放仓，然后啪的一声盖好盖子，“在4D5的帮助下，我们把二十世纪最伟大的小说之一制成了动画。”

“你们用4D5制作了一部卡通片?!”阿诺德显然被这个概念迷住了，完全忘记霍华德正在坦白罪行。

自从走进办公室以来，这是霍华德第一次显露出恼火的表情，“没错，你可以把它说成是部卡通片，就像把达·芬奇的《蒙娜丽莎》说成一幅涂鸦一样。请把灯关掉好吗，阿诺德?”

灯光熄灭后，霍华德打开了录像机。墙上的电视屏幕亮了起来。我倒抽了一口气，看见上面出现了布满紫色花朵的夜景。但与之前那三幅画不同的是，这幅夜景现在已完全变成通向另一个世界的窗口。如果说我在看到刚才那些画时还有些不安，那么此时则感到惊恐。三个小小的身影挣扎着爬上山谷的一侧。突然，我意识到自己为什么会觉得这一幕如此眼熟了——霍华德把托尔金的《魔戒》制成了动画！只要你曾经上过高中的英语课（如果你没上过高中，那我会雇用你。毕竟，考虑到本人的自尊心，我的公司里必须有人比我的受教育程度更低才行），我相信你肯定读过托尔金的作品。我看着弗罗多、山姆和咕噜走上奇立斯乌苟的阶梯，经过米那斯魔古尔——也就是画作里那座骷髅一样的建筑。霍华德呈现的版本比我想象中的任何画面都要更加真实可怖。

霍华德还在继续讲话："莫伊拉和我花了三十年的时间研究油画、运动分析、剧本、音轨等等，但如果没有4D5把我们所创作的东西集合起来，这一切就只是满满一仓库的画作和笔记而已。"

屏幕上，三个角色停下来休息。此时，视角切换成了特写镜头。三个角色正在用受惊的语气低声争论着。现在我明白霍华德的那些肖像画为什么都毫无表情了：那些画作是模型，霍华德通过4D5来为角色增强情感的表达和动作的变化。

这可不是什么卡通片。这些角色都有着精致的人像，动作活灵活现。我可以看到弗罗多茫然的顺从、山姆的恐惧，以及咕噜在与二人争论时那双闪烁着绿光的眼睛。然而，这一切都是油画和运动分析的结合体——是霍华德的天才想法与4D5运算能力的产物。在画面连续、没有丝毫中断的状态下，视角切换成后退追踪摄影模式，画面中出现了一直延伸到高山深处的古老石阶。三个角色站起身，继续向着希洛布的巢穴展开漫长的攀登。

随着咔嗒一声，磁带结束播放。霍华德把灯打开。有那么一瞬间，我恍惚地坐在椅子里，尝试让自己回到现实世界。

"这盘磁带只有五分钟。"霍华德说，"整部动画有四个多小时。"

阿诺德首先反应过来："我的天哪，霍华德！这简直太了不起了！这是五十年来人们在艺术领域取得的最大的技术进步。"

"至少，"霍华德表示同意，"无论哪个作家或画家想象出怎样的故事，现在都可以通过动画实现了。"

"当然了，"我讽刺地说，"只要他们愿意盗用价值四百万美元的电脑使用时间。"

霍华德转向我："并非如此，鲍勃。电脑使用时间之所以昂贵，是因为4D5产量稀缺，而且只能靠它来解决大部分的技术问题。参考过去的技术发展速度，我敢打赌，在五年内，人们会以低于一万美元的价格买到与4D5一样好用的电脑。任何真正想制作动画的人都能拥有一台。”

“但你就是等不及了。”

他笑了起来：“没错。我已经等了三十年。我不知道自己还能不能再活上五年。”

“好吧，我会让你后悔自己没有耐心等下去的。等你的事情处理完后，托尔金信托基金会[1]就没什么可挑挑拣拣的了。”

阿诺德插嘴道：“稍等一下，老板。”

我生气地转身对他说：“阿诺德，你还不明白吗？霍华德从我的钱里偷走了四百万美元！”我的声音提高了半个八度。

“我要说的就是你的钱，老板。你看过《幻想曲》或《魔法》[2]吗？”

“迪士尼的长片电脑动画吗？看过。”

“你知道制作费要花多少钱吗？”

“别兜圈子了，阿诺德。我知道在这方面你是专家。多少钱？”

“《幻想曲》是在1940年制作的，迪士尼为此花费了二百多万美元。但当他们三十五年后制作《魔法》时，制作费已经攀升到两千七百万美元，尽管《魔法》是一部相当糟糕的作品。现如今，几乎任何一部主流电影——无论电脑动画还是真人扮演——的制作费都在一千万美元以上。因此，霍华德可以说是发明了一种拍摄电影的省钱方法。”

“那你为什么不直接找我申请电脑使用时间呢？”我问霍华德。

霍华德看上去很固执，他在职业操守方面有着自己独特的认知。“鲍勃，如果我那样做的话，你觉得自己会同意吗？我是个艺术家，也许还是个优秀的研究员，但这份工作只是为了帮我达成目的。莫伊拉和我必须这么做，尽管我知道盗用电脑使用时间会在短期内损害罗

1.《魔戒》的作者托尔金去世后，其作品版权交由托尔金信托基金会进行管理。
2.《魔法》为作者杜撰的一部作品。

伊斯科技公司的利益。”

“老板，霍华德有没有错其实并不重要。重要的是，他能给你带来一大笔收入。”

听阿诺德这么一说，我意识到四百万美元的制作费对一部顶级电影而言算不上太多，而且，如果霍华德还能获得其他组织的协助，那么整体成本应该可以降得更低。至少需要八年的时间，像4D5这样的小型电脑才能进入消费市场。在那之前，制作电影仍是大型机构的特权。霍华德在完善这项技术上已经耗费多年时间，所以我们远远领先于其他潜在的竞争对手。打个比方，我们早已站在一个全新工业领域的地基之上。

阿诺德看出来我被他说服了。“你考虑得如何？”

“嗯，”我不情愿地承认道，“我想我们现在进军电影业了。”直到我们首次获得奥斯卡金像奖时，我才意识到自己这句话有多么正确。

BOOKWORM, RUN!

书呆子快跑！

Loading...

无机客　译

作者的话：

二十世纪五十年代，我还是个孩子，一个能说会写（水平比自己以为的要出色）而且还拥有非凡想象力的小男孩。我将那些比我聪明的人所写的书尽可能都读了。我想要了解科学的未来，想要参与即将出现的科学变革。

科幻小说似乎是连接未来的一个窗口。我想要见识星际帝国（最起码是行星级别），想要见识超级计算机、人工智能和实际可行的永生。以上这些似乎在未来都能实现。事实上，人类的技术成就终将建立在智力之上。假如我们能运用技术来提升（或者创造）智力……

我创作（卖出）的第一篇科幻小说正是对这个想法的审视。我使用了增强智能（IA）的概念，而不是人工智能（AI）。实现增强智能的方法似乎近在眼前，毕竟,（我认为）记忆无非是对信息的检索。为什么不能利用硬件来增强人类的理性呢？（庆幸的是，当时我还未掌握计算机的技术知识，不然我可能会气馁，最终创作出关于打孔卡片和批处理的硬核科幻小说……）

1962年，我是个高中生，想写一篇关于首位体验脑机直连的人类的小说。我甚至认为自己可能是第一个想出这个构思的人。（当然，我弄错了——但相比于现在，脑机接口主题在那时很少见。）我极其用心地创作这篇小说，将自己知道的所有科幻写作窍门都用上了。我构建了一个社会背景，自以为就算故事不好看，背景也会让小说有趣起来：人类已经发明出廉价的核聚变/电流转换器（在室温下就能运转！），搞垮了大型电力公司，造成了短期的经济萧条。（从某种程度上来说，它是兰德尔·加勒特的小说《两头不讨好》的续作。我十分欣赏加勒特的那篇小说，因为经济大萧条对我而言犹如遥远的异星怪兽。）当然，在对我的首位人类角色使用智商增强器之前，我先拿黑猩猩做了个实验。

推敲出大致情节后，我给我的小妹（一名十年级学生）讲述了这个故事。她忍受着我无休无止的叙述，最后评论说："除了黑猩猩的那部分，其余情节听上去相当沉闷。"我因她的评语感到失落，但也承认她说得有道理。对于故事中的黑猩猩来说，它的结局显而易见。等这篇小说让我出名后，我可以着手创作关于首位体验脑机直连的人类的故事——它更为重要。

约翰·坎贝尔同样喜欢关于黑猩猩的情节。但跟我小妹不一样的是，他觉得致敬兰德尔·加勒特的那部分也挺有意思的。最终，他的《类比》杂志买下了这篇小说。

小说的故事背景是1984年，如果从二十世纪六十年代初的一名青少年视角来看，小说主角有一个十分严重的毛病。

他们知晓他做了什么。

诺曼·西蒙斯畏畏缩缩，起老茧的黑色手指紧紧攥住《人猿泰山》，把书中的好几页都扯出了裂口。诺曼见到自己都做了什么，合上书，把它轻轻放回桌子上。接着他将身体蜷缩成小小的一团，以便逃过探测，惧怕得几乎要颤抖起来。他逐渐放松下来，大口大口喘着气。金博尔·金尼森[1]永远不会害怕直面危险，诺曼心想，这里肯定有一条出路。他知道好几条通往地表的路线，假如没人看见他……

他们也许会追捕他。一旦被捉住，他就会丧命。

诺曼突然渴望离开他的房间——同时也是他的教室——离开这个用绿色预制铝板搭成的屋子。但他应该带走哪些东西呢？诺曼掀起床单，把它铺在地上，往上放了五六本自己珍爱的书。然后，他快步穿过房间直奔衣柜，拿出一条红橙色的百慕大短裤，扔到了书本上

1. 金博尔·金尼森，美国科幻作家E.E.史密斯创作的《透镜人》系列的主角。

面。他犹豫了一下，再添上一条毯子、便携式通信设备、笔记本和铅笔。现在，他的装备齐全，足以应付任何意外。

诺曼用床单紧紧包住所有物品，将这只临时凑合的包袱拖到门边。他把门打开一条小缝往外偷窥，走廊上空无一人。于是，他小心翼翼地打开门，踏上基岩地面，把包袱拖过了门槛。由于房间地板与走廊地面之间高度相差二十多厘米，床单里的通信设备着地时发出了低沉的咣当声。诺曼的目光扫过房间角落，又担忧地望向走廊前方。小学校没有亮灯，实验室也关着门。今天是周六，老师们都在休息，就连冷漠的邓巴博士也不在——这个时间段他一般都待在实验室里。这真是始料未及的好运气。

诺曼谨慎地绕着旁边一辆运输车看了一圈。这是福特牌D-49型货运车，陆军运输XIXe型。研发契约书编号为D-49f1086-1979，首次交货在1982年1月……未经保密授权擅自使用保密材料，最多可判处十年监禁或（并）处罚金一万美元。维护手册：第一章，概述……XIXe型属于中速运输车，在限制区域（如矿场隧道和储存库）的设计载荷为15吨以下。该型号的“e”改型表明，以500马力的本德核聚变动力源取代了原XIX型使用的汪克尔发动机。本德动力源的燃料仅需空气中的天然水蒸气。相比其他任何一种动力源而言，这都是巨大的进步。这种资源上的节约，兼以配备磁带控制程序的自动驾驶功能，使XIXe成为……诺曼摇了摇头，尝试切断跃入脑海的无尽无休的无关信息流。只要多加练习，他相信自己最终能提取出解决问题所需的有用信息。不过在此期间，实际情形常常让他十分狼狈。

从他的房间算起，诺曼要找的通道位于第三百四十五根和第三百四十六根荧光灯管之间，在走廊的左手边。他奔跑起来，一只手拖着身后的包袱。这个姿势对他来说很不方便，他很快便被迫改成步行。挂在走廊顶部的荧光灯往墙壁上投下惨白的亮光，但在灯管之间的位置，些许阴影徘徊不散。走廊的墙壁上分布着涡纹，简直像是木头或大理石的纹理，但呈现灰绿色，色调深得多。诺曼把全部心思都放在数灯管上。远处的空气循环装置轻轻吹来一股新鲜空气，拂动他背上的毛发。

终于，诺曼在第三百四十五根灯管处停下脚步，转身面朝走廊的左侧墙壁。这里和走廊的其他地方一样，墙壁上也分布着由辉闪石和长石构成的晶莹条纹。诺曼向右迈出一步，站到了两根灯管之间最暗的位置。他从墙脚线小心翼翼地往上数到五只手掌那么宽的距离，然后将双手合成杯状，朝墙壁喊道："为何主妇喜欢将患病的榆树叶子当成茶叶？"

墙壁回答道："我不知道，我只是在这儿工作的。"

诺曼搜索记忆，从数十亿条信息里找到了口令，说："那就赶在她丈夫之前查明白。"

墙壁没有回应。

突然，一大块石板无声地从墙壁里转开，露出了一条与诺曼所在走廊垂直的通道。他急忙走进去，停下脚步往回看，身后的巨大石板早已合上。诺曼继续沿着通道往前走，仔细数着荧光灯管。接着，他在第四十八根灯管处停下来，再次选中墙上一块地方，喊出了开门口令。

新通道陡峭地倾斜向上，诺曼之后进入的三条通道也同样如此。他最后来到第六条通道里的进出位置，通往地面的出入口就在那儿。他停下脚步，既松了口气，又感到害怕：通过这道门之后，再也没有什么暗号和路线要记；但不知道在最后一道门的外面，有什么东西或什么人在等着自己。假如他们就藏在门外，准备开枪杀了他该怎么办？

诺曼深吸一口气，大声地说："距离圣诞节仅剩3456628个购物日了。"

"那又如何？"响起一个低沉的回应。

诺曼开始回忆：国家安全局密码（暗号）分析组织。报告编号为36390.201，等级为绝密（未经授权擅自使用绝密资料可判处死刑）。《语音与电子通行暗号的数学分析》，梅尔文·M.罗塞特著，兰德公司合同号为748970−1975。第一段：考虑L为一个m行n列矩阵（矩形阵列布置），拥有n×m个由伏雷维克乘积产生的元素（项）……仓促之下，他接受了错误的记忆，诺曼惊声尖叫起来。信息、交叉引用和注释犹如洪流一般奔腾而来，汹涌的势头几乎比得上他那次愚蠢地学习等离子体物理学时的体验。

他努力遏制住记忆，但现在变得危急起来。他得迅速想起通行暗号。

他最终想起来，开口道："所以要避开人潮。在12月263日购物。"

一块巨大的活板门从天花板往下转入通道。诺曼能从开口望见天空。天空是灰色的，不像另一次看到的那样碧蓝！诺曼尚未意识到，多云的日子能这样阴沉。湿冷的雾气从开口渗入地道。他打了个冷战，但还是攀爬上活板门形成的倾斜平面。随后，巨大的活板门在他身后合上了。

空气又湿又冷，仿佛凝滞了一般。诺曼环顾四周，发现自己站在一处岩石嶙峋的断崖上。灌木和蓬乱的杂木林覆盖了大多数地面，但四处都能见到被冰川冲刷过的大块淡绿色基岩。每一处地表都有薄薄的一摊水闪耀着光泽。诺曼打了个喷嚏。他上一次到地面时，还感觉舒服又暖和。他的目光越过低处的地面望了出去，看见远处的大雾。此景正像《二三人冒险记》中描写的那样：雾气停留在低处地面的上方，犹如一片稀薄的海洋，填满了断崖中的岩石峡湾。杂木林、灌木和基岩似乎神秘地潜伏其中。

风景的神秘感给予了诺曼新的活力。他是一个大胆的冒险家，准备启程去探寻新的土地。

同时，他也是一头遭到猎捕的动物。

诺曼找到了他仍记得的小路，开始穿过断崖。湿润的野草弄得他的双脚痒痒的，而他的头发早已滴着水。他在崎岖的地面上拖动包袱时，里面的书本和通信设备受到了猛烈的撞击。

他走到断崖边缘。野草让位于一块居高临下的基岩架，与地面的落差大约有十五米。多年来，冬季的寒冰已经发挥效用，断崖表面有部分已经脱落。如今，掉落的碎石直抵断崖的半山腰，几乎像一座无心撒落的岩石堆，只是每块碎石都重达数吨。雾气在岩石堆中进进出出，似乎还在断崖的侧面泛起了泡沫。

诺曼匍匐到断崖的边缘，向下张望。往下一米多的地方有一处大约二十五厘米宽的岩架。岩架倾斜向下，最低点就在岩石堆上方仅仅两米高的位置。他翻了过去，仅用单手攀住崖壁，另一只手去够那只躺在上方地面的包袱。诺曼未曾想到岩石在湿润的空气中已经变得多么黏滑。他的手一滑，身子掉到了底下的岩架上。那只包袱猛地掉下断崖边缘，不过被他牢牢抓住。里面的通信设备撞到崖壁上，发出当当的响声。

诺曼冷静下来，匍匐至岩架的低处。他从这儿再次翻了下去，但十分小心地牢牢抓住岩架。他让脚先着地，再松开手，落到下方的一大块巨石上。那只包袱在一瞬之后也砸落下来。诺曼攀爬着越过岩石，很快就下到了平地上。

周遭的一切被雾气遮蔽。这儿甚至比上面更寒冷、更潮湿。雾气进入他的口鼻，吸走了他身体的暖意。诺曼停下脚步，起步朝某一个方向走去。他记得上次在那边看见了飞机库。很快，他走进了齐踝高的湿草丛。

走出大约一百米远后，诺曼注意到自己的左侧有个黑黢黢的东西。他转身走近，一架轻型飞机的外形逐渐显现。很快，他就清楚地看见了派珀公司飞机。这是一架可乘坐四人的单喷气式发动机飞机，最大载货量为1200磅，满载时的最短起飞距离为90米，最高时速为250英里。飞机的机翼和机身在微光下反射出暗淡的光芒。诺曼奔向飞机，爬上支柱，钻进了驾驶舱。他把那只包袱放在副驾驶座，然后关上舱门。钥匙还插在启动开关里——有人十分粗心大意。

诺曼检查了这架轻型飞机的控制装置。不知怎的，他的恐惧已经消失，现在，特定的事实重新进入他的大脑。他看见右手边的仪表板上装有自动驾驶仪，可惜功能简易，只能应付巡航飞行。他伸腿往下，用双脚感觉方向舵踏板的位置。他的后背紧贴椅背，脚碰到了踏板，同时手握着方向杆。当然，这个姿势让他无法轻易地看见舱外的景象，但其实也没有太多可以看清的东西。

他得快速越过国界，驾驶飞机大概是唯一的逃离方式。

诺曼转动钥匙，听见燃料被泵入发动机的声音，涡轮也开始旋转起来。诺曼看着仪表板，思考自己下一步该做什么。他按下标明“点火”的按键。随着机翼上方的喷气式发动机点火，呼呼的响声传了出来。他推动油门杆，驾驶飞机慢慢穿过机坪，逐渐加速，在草地上颠簸滑行。

油门加满，保持方向杆向前……直到飞机完全超过失速速度（1980年产派珀飞机为35英里每小时）……把方向杆轻轻往后拉，注意让速度始终超过……（35英里每小时）……

诺曼伸长脖子，想要看清前方。飞机的滑行变得顺畅起来，然后升入了空中。前方依然除了雾气什么也看不见。有一瞬间，雾气突然散开，露出前方不到五十米处的一条九米高的安保围栏。他得赶紧提升飞行高度！

在任何情况下，飞机都不得在低空速条件下尝试高攻角（爬升）机动动作……

操作指南并不等同于实际经验，现在，诺曼要以实践的方式学会开飞机。他推动油门杆，把方向杆用力往后拉。机头猛地昂起，小小的喷气式发动机发出啸叫。空速下降，机翼提供的升力也随之下降。飞机似乎在空中悬停了一下，然后便往下掉。喷气式发动机依然在呜呜叫，机头向下，整架飞机坠向地面。

想象一盘没有面酱也没有肉丸的意大利面。好吧，现在想象一整个房间都放满这种食物。这个蠕虫般的噩梦能让你联想出第一安全区——也被称为“迷宫”——的复杂性。类比一下的话，每根意大利面都代表一条在基岩中凿出的隧道。迷宫占据四立方英里的面积，位于美国密歇根州北部半岛的两座城市——伊什珀明和尼戈尼——的地下。如果没有可控核聚变的力量支持的话，这种规模的迷宫永远不可能建成。每条隧道都通过秘密舱门构成的随机系统，与其他多条隧道相连，该系统由语音与电子通行暗号来控制。说真的，第一安全区是太阳系里最能抵御间谍的地方了。萨凡纳河工厂、中情局、克格勃和整个通用汽车工厂系统能在此共存，丝毫不知道彼此的存在。实际上，迷宫内存在三十一个不同的保密项目、实验室和军事基地，其坐标列于一台档案计算机内——难就难在这儿……

“因为它一直都拿全A成绩。”威廉·邓巴博士发言完毕。

第一安全区的指挥官阿尔文·佩德森中将从计算机控制台前抬起头，脸上露出苦恼的表情。这间密室里只有他们二人，此外还存放着美国政府档案中心——通常被称为“档案中心”或“档案”——的记忆库。控制台后面有许多玻璃纤维架子，一排排一列列放置得井然有序，占据了密室的大多数空间。在每一个架子的底部，小型激光器发射出调制过的相干光。光线穿过玻璃纤维，被其中细微的杂质改变和引导方向。这台计算机凭借其惊人的内存容量，比最厉害的超导计算机快了一万倍。档案中心储存着美国拥有的所有信息、机密等，包括国会图书馆的收藏——那部分仅占总容量的十分之一。佩德森将他的办公室设在这儿，而没有设在占据了迷宫另一部分的大陆防空司令部，这一事实足以表明档案中心的运转有多重要。

佩德森皱起了眉头。比起倾听每个想要跟自己谈话的神经质天才的发言，他还有更重要的事要做，不过，邓巴博士通常只在有要事时才开口。“你最好从头说起，博士。”

这位数学家紧张地说道："你瞧，诺曼对于它的作业从未表现出浓厚的兴趣。我们也许用这种脑机结合技术给予了这只黑猩猩高智力，但它的情绪成熟度只等同于一个九岁的人类儿童。诺曼聪明又好奇，但也懒惰。它宁愿读科幻小说，也不愿研究历史。它的作业一直做得很差，直到六周前才全部完成。从那时起，它实际上没有花一丁点儿时间在真正的学习上。与此同时，它展露出对于课程中事实性信息的完整掌握，简直就像它拥有那些从未呈现在它面前的事实的遗觉象[1]，仿佛……"

接着，邓巴采取另一个策略。"将军，你知道当初我们费了多大劲儿才让黑猩猩的大脑与计算机相互协作吗？一边是一只非洲黑猩猩，另一边是一台先进的光学计算机，从理论上来说，两者的结合甚至比这儿的档案计算机更优异。我们希望黑猩猩的大脑与计算机协同一致，亲密无间，就像人类大脑的不同部分一起协作一样。这意味着，要通过为计算机编程，令其像黑猩猩的头脑一样运转。我们还得进行延时校正，因为黑猩猩和计算机并未实际相连。总而言之，这是一项极其复杂的工作，经济规划项目与之相比就像儿童益智玩具那么简单。"邓巴看见将军露出不耐烦的表情，赶忙继续说道，"总之，我们使用档案计算机，只是为了给黑猩猩的计算机编程。而且，这两台计算机必须用电子方式相连。"

邓巴最终说出了重点："如果由于某种意外或机械故障，计算机和黑猩猩之间的连接始终未被切断，那么……黑猩猩将对美国档案中心拥有完全访问权限。"

佩德森心中惦记的其他事情消失了，开口道："如果真是这样，我们就有大麻烦了。这也解释了另一件事。你瞧。"他将一页纸推到邓巴面前，"按照例行程序，档案中心每天会宣布二十四小时内为查

1. 遗觉象，亦称"遗觉表象"或"摄影记忆"，有关图画或景象的一种特别清晰和逼真的记忆表象。

询者提供了多少信息。实际上，这是一个狡猾的噱头，旨在给查询者留下深刻印象，让他们感叹档案中心多么高效、多么实用，能同时给二三十家不同的机构提供信息。直到六周前，每日查询量都在10千兆字节上下。之后的十日内，查询量爬升到超过1万亿字节，接着达到100万亿字节。我们无法追踪查询者的来源，大多数技术人员都认为这是机械故障引发的错误。档案中心总共已经提供将近1千万亿字节的信息给那位查询者。博士，那等同于档案计算机的信息总量。看来，你那只猴子已经掌握了美国拥有的所有信息。”

佩德森转身面向查询面板，输入了两个问题。桌旁的一只磁带盘短暂地旋转之后，停了下来。佩德森指向控制台上方的显示屏：“那是你实验室的坐标。我会派两个人过去接你那位猴子朋友。然后，我会派更多人去计算机所在的地点。”

佩德森满怀期待地注视着磁带盘，接着注意到显示屏上闪烁的文字：

您索取的坐标不在档案中心。

佩德森上身前倾，再次仔细地输入问题。显示屏上的信息甚至不再闪烁：

您索取的坐标不在档案中心。

邓巴凑到查询面板上。“那么，这是真的出事了。”他声音嘶哑地说道，终于相信自己担心的事已成真，“诺曼大概认为如果我们发现查询档案这件事，就会惩罚它——”

“我们会的。”佩德森粗暴地打断道。

“既然诺曼能查询档案，自然也能抹去留下的信息。我们几乎从不去它的计算机所在的隧道，因此直到现在才注意到它已经抹除了位置坐标。”

如今邓巴知道果真存在紧急情况后，反而冷静下来。他继续讲下去：“假如诺曼这么害怕被人发现，大概会让档案中心在我们查找计算机位置时立刻通知它。我的实验室位于地下仅仅六十多米深——它肯定知道如何逃出去。”

佩德森严肃地点点头。“这只黑猩猩似乎一直领先我们一步。”他打开通信装置，朝它说话，“史密斯，派两个人去邓巴博士的实验室……是的，我这儿已经获得坐标。”他按下另一个开关，磁带盘随之旋转起来，传送磁印到线路另一头的磁带盘上，“让他们抓住做实验的黑猩猩，并带到档案中心来。不要伤害它，但要小心。你知道它有多聪明。”他中断通信，转过身面朝着邓巴。

“假如诺曼还在实验室，我们会抓住它的，但假如它早已逃到地面上，那就无法阻止了。这个迷宫过于去中心化。”佩德森思索了一下，转身重新打开通信装置，向他的副官下达更多指令。

“我已经致电索耶空军基地，让他们派些空降兵到这儿来。除此之外，我们只能静观其变了。”

一块电视屏幕亮了起来，显示出一台隐藏的地表摄像头拍摄的画面。那里雾气氤氲，万籁俱寂，只听得到间或响起的滴水声。过去了好几分钟，接着，画面中央有一块伪装得极好的活板门旋转落下，一个穿着橘色百慕大短裤的黑色身影艰难地爬到地面上，身后还拖着一只白色大包袱。黑猩猩打了个冷战，然后向前走去，翻过崖顶便消失不见了。

佩德森气馁地攥紧座椅扶手，手指关节都发白了。虽然第一安全区建造在伊什珀明市的地下，但其主出入口是在十五英里外的索耶空军基地。诺曼逃离的那片区域只有三个小型出入口，而且几乎都难以接近。对于那只黑猩猩来说，它的房间幸运地位于其中一个出入口附近。那里隶属于一家名叫“矿石再回收服务局”的政府机构，其任务是找到更高效的低品位矿石提炼方法。(鉴于当前的经济形势，这是一份相当多余的工作，因为眼下的问题是解决手上的矿石，而不是提高产量。) 所有这些复杂的布置，旨在隐藏第一安全区的位置，避免被敌人发现。但与此同时，这也使得第一安全区难以对地表直接进行控制。

突然，电视屏幕的喇叭传出尖锐的响声。邓巴困惑不解地说："听起来像是轻型喷气机发出的声音。"

佩德森答道："正是。矿石再回收服务局的人为了伪装细节更逼真，在地面盖了一间小办公室，还停了一架派珀公司飞机……那只黑猩猩会不会驾驶飞机？"

"我对此有所怀疑。但我认为如果它孤注一掷到一定程度，什么都干得出来。"

史密斯的声音从通信装置里响起，打断了他们："长官，我们的局域渗透雷达已经获取一架飞机在十五英尺高空飞过的信号。如果按照目前的路线飞行，飞机即将撞上安保围栏。"嗡嗡声变得越来越响，"飞行员即将让飞机失速！飞机在大角度爬升……80英尺……100英尺。飞机失速了！"

嗡嗡声持续了一秒钟，然后消失了。

通信设备以极快的速度撞碎前挡风玻璃，掉了出去。诺曼·西蒙斯刚好看见那本被翻得页角卷起的《银河巡逻队》消失在下方的脏水里。他伸手去抓书，但没能抓住，反倒被玻璃碎片划伤了手，感到一阵疼痛。他的包袱里只剩下《基地》系列的第二卷和一张毛毯，毛毯不知怎的一半挂在碎裂的挡风玻璃上，一半垂在外面，毛毯边缘轻轻摇摆，距离水面只有几厘米。那些书没了，他尚可接受，毕竟书籍其实只有情感价值。更何况，他已经掌握访问档案中心的技巧，无须实际阅读任何书籍。然而，在寒冷的天气里，他一定需要毛毯。他小心翼翼地把它拽了回来。

诺曼推开舱门，爬到起落架支柱上查看四周。飞机坠入了一片浅水塘。喷气式发动机在撞击后没了声响，现在能听到的最响的声音是他的呼吸声。诺曼朝雾气望过去，想知道自己距离"干的"土地有多远。他能看见几米之外漂浮于平静水面上的沼泽植物，再望远点，除了雾气什么都看不见。一股轻微的气流让他减轻了沮丧感。就在那儿！在那一刻，他瞥见大约三十米之外有一片深色树林和灌木丛。

三十米，还要蹚过冰冷、黏糊糊的浅水塘。诺曼注视着泛着一层油的脏水，噘起嘴唇，反感至极。也许这儿有一条空中捷径，就像人猿泰山用过的法子。他满怀希望地抬起头，寻找延展于空中的树枝或藤蔓，但没有交到好运。诺曼一想到自己不得不蹚水过去，差点绝望地哭喊出来。溺水而亡的画面浮现于脑海中，让他感到窒息。他想象着各种各样拥有尖牙利齿、凶猛胃口的生物潜藏在看似平静的水面下，食人鱼会把他咬得只剩白骨——不对，那是热带鱼，不会出现在这里，但这里一定有同样致命的生物。要是他能假装这是一片齐脚踝高的清澈水塘就好了。

达尔静静地望向五百米外月光映照下的棕榈树和闪着白光的沙滩。他欢欣地想着，距离自由只有五百米了。敌人永远无法看穿环礁的伪装……他没有注意到细微的扰动，没有发觉从水中迅速钻出一条触手。他感觉到触手紧紧缠住自己的一条腿。达尔拼命反抗，尖叫变成了冒泡的咕咕声，在海浪低沉的哗哗声下，他的声音听不太清楚。与此同时，他整个人被毫不费力地拖进了海洋深处那些看不见的锋利牙齿之中……

小说的故事情节进入诺曼的脑海，他的控制力出现一瞬间的松懈。待在舒适的房间里时，他对这一段读得舒心，认为达尔之死不过是一名坏蛋令人不寒而栗的末日；可在此时此地，这段情节简直无法忍受。诺曼谨慎地伸出一只脚到水里，又迅速地缩回。他再次尝试，这次换成两只脚都踏进水里。没有东西咬他，他小心翼翼地浸入冰冷黏稠的水中。沼泽地里的水草轻轻拂过他的双腿。很快，他浸没在齐脖子深的水中，一只手握着飞机起落架支柱。随着他的下沉，底下的水草慢慢被压扁，尽管他的脚尚未触底，但水草还是支撑不了他的体重。他松开握住支柱的手，开始朝岸边游去。他一只手托起毛毯，避免它被打湿，另一只手划着水。诺曼张望四周，想看一看有没有可怕触手或鲨鱼鳍的踪迹，但除了水草什么都没看见。

他现在能清楚地望见岸上的树木，而他脚下的水草似乎也变成了坚实的泥土作为支撑。再多游几米。诺曼费力地离开浅水塘，气喘吁吁，松了口气。他感觉自己的双腿和双臂有些发痒——看来，水里终究还是有吸血的玩意儿，但幸亏只是小型生物。他停下脚步，清理掉身上的水蛭。

诺曼用力打了个喷嚏，随即检查起毛毯的情况。虽然雾气已经使毛毯变得相当潮湿，但还是能用来裹住身体。待稍微回缓之后，他才留意到从左边树林后面传来的断断续续的隆隆声，听上去像是隧道里行驶的运输车辆，或是他在电影里看到过的汽车。

诺曼手脚并用穿过灌木丛，朝着响声的方向爬过去。他很快就来到一条破败的四车道沥青公路旁。每过大约一分钟，就会有一辆汽车从雾气中钻出，奔驰着经过他的狭窄视野，随后再度消失在大雾中。

等级：绝密（未经授权擅自使用绝密资料可判处死刑）。

他得逃到加拿大去，不然他们肯定会杀了他。他获取了数十亿份标记为绝密的材料，其中，大部分材料难以理解，剩下那些通常都很无聊。有很小比例的材料算是有趣，像是冒险小说里的内容。还有一些材料则是用冷漠平淡的字眼讲述了骇人的噩梦。所有这些材料统统被标记了“绝密”，他的获取行为肯定属于未经授权。要是他事先知道此事的后果该多好——记住所有材料是件轻而易举的事，十分有用，但也是一项致命的天赋。

既然飞机已经坠毁，他得寻找其他进入加拿大的办法。兴许某辆汽车能载他去某个地方，他在那边再做尝试时会有更好的运气。出于某种原因，这个主意没有触发警示记忆。诺曼一点也没察觉到，一只会讲话的黑猩猩在美国可不常见。他走下路堤，到了路肩上，模仿电影《丽人行》中搭车客的不朽传统，竖起了大拇指。

三分钟过去了，诺曼的牙齿开始打战，他裹紧了身上的毛毯。他远远地听见汽车驶近的响声，急切地望了过去。不到十五秒钟后，一辆荷载六十吨的矿石运输车从雾中出现，朝他隆隆驶来。诺曼激动地上蹿下跳，一边招手一边叫喊。裹上毯子的他就像夸张地跳着祈雨舞的小个子印第安人。硕大的货车以大约三十五英里每小时的速度从他旁边驶过，当驶出约四十米后才紧急刹车，轮胎几乎陷进了沥青路面。

诺曼欢快地奔向大货车驾驶座，没有留意到右侧的矿石起重机早已保养不良，车子外壳油漆斑驳、坑坑洼洼，汪克尔旋转式发动机发出了仿佛气喘的呼哧声——这些迹象足以表明车子年久失修，在四年前就应该报废了。

他驻足在驾驶室门外，对上了司机那双充血的眼睛。对方至少三天没刮过胡子，凝视诺曼的眼神里充满疲惫。“谁……你是什么玩意儿？”（司机的状态表明他也早该休息了。）

“我叫诺曼……琼斯。”诺曼狡黠地选择了化名。他决定装傻，因为他知道大多数黑猩猩都有点蠢笨，没有像他一样接受过特殊手术，无法口齿清楚地讲话。（尽管诺曼拥有过人的记忆力和智商，但他被人为设置了心理阻隔，因此一直没意识到自己是独一无二的。）“我想要去……”他在记忆中搜索，“马凯特。”

司机眯起眼睛，左右晃动脑袋，仿佛想更清楚地看一看诺曼。“嘿，你是只猴子。”

“不，”诺曼忘记了他之前打算装傻的决定，自豪地声明道，“我是黑猩猩。”

“一只会说话的猴子。”司机自言自语道，“你可值不少……你刚才说想去哪儿，马凯特？当然行，上车吧。我正要运这车矿石去马凯特。”

诺曼登上车梯，爬进温暖的驾驶室。“哦，十分感谢。”

矿石运输车开始加速。这条公路是从淡绿色的基岩中用炸药开辟出的路线，有几处拐弯，还得翻越陡峭的山岭。

司机很健谈："我迫不及待地想跑完这趟运输。你知道吗，这是我最后一次出车，以后就不再为政府和'公共工程项目'运输矿石了。我知道在哪儿能弄到两台黑市上卖的核聚变动力源，我要开一家自己的运输公司。没人猜得到我是从哪儿弄到的燃料。"他转动方向盘，避开一块从雾气中突然出现、天然形成的淡绿色石墩，然后打开了车灯。他的心思游荡回大获成功的未来憧憬上，不过换了一条不同的思路。"嘿，你喜欢讲话吗，猴子？你知道吗，你能给我赚来好多钱。吉姆·恰利和他会说话的猴子——听上去不错，对吧？"

诺曼突然觉察到，他在听一个醉鬼说话。司机的言行举止几乎与《停尸间的习俗》里大反派的帮凶的表现一模一样。诺曼不想成为恰利这类人手中的"会说话的猴子"。他突然想起自己在社保档案里见过司机的照片和资料：这个男人被列为情绪不稳定、能力低下人士，假如遭受挫折可能会变得残暴。

矿石运输车因为要过一处急弯而减慢了车速，诺曼开始思考自己下车后能在寒冷的户外忍耐多久。他慢慢移向车门，拉动把手。"恰利先生，我想我最好现在下车。"

大货车继续减速，司机扑过来抓住诺曼身上的一根紫色背带——他的红橙色百慕大短裤正是靠两根背带才没掉下来。一只完全发育的黑猩猩能与大多数男性人类打成平手，然而，司机重达一百来公斤，诺曼被吓得呆住了。"你留在这儿，明白了吗？"恰利朝诺曼吼道，喷出的酒气差点让黑猩猩窒息。司机转而用手攥住诺曼的后颈，同时将矿石运输车加速到正常行驶速度。

"长官，飞机坠毁在安保围栏外的一片浅水塘里。"年轻的陆军上尉拿起一本书对准镜头，展示给中将看，"这本阿西莫夫的小说是驾驶舱内仅剩的物品。我们从水里打捞起了另外几本书和一台通信设备。这片浅水塘只有一米多深。”

“但是，黑猩……飞行员去哪儿了？”佩德森问道。

“飞行员吗，长官？”陆军上尉知道自己追捕的目标是什么，但还是沿用中将的说法，“我们这儿有个特种部队派来的追踪能手，长官。他说飞行员离开飞机后涉水上岸。他从那儿一路追踪目标，穿过树林，来到了连接伊什珀明和马凯特的旧公路上。他相当确信……呃……飞行员搭上了一辆开往马凯特的汽车。”上尉没有提及那位追踪能手看到飞行员的足迹时有多诧异，“飞行员大概在半小时前离开了本地区，长官。”

“非常好，上尉。围绕飞机设立警戒线。假如有谁问东问西，就告诉他是矿石再回收服务局要求你们打捞他们坠毁的飞机。将你们从驾驶舱和水下发现的所有东西统统运回索耶空军基地，再转送到档案中心来。”

“是，长官。”

佩德森中断通信，开始通过另一条线路向他的副官下达详细指令。最终，他转过身，重新朝向邓巴：“那只黑猩猩领先我们一步的局面不会持续太久了。我已经通知北部半岛的所有武装力量开始搜捕，特别关注马凯特的动静。幸亏我们拥有在那片地区实施有限演习的许可，不然光是获得在城市上空部署空军力量的许可，就要费好大的劲。现在，我们能利用一点时间考虑抓捕这个诺曼·西蒙斯的办法，而不是被它牵着鼻子走。”

邓巴随即说道：“首先，我们可以切断档案中心和诺曼的计算机之间的连接。”

佩德森咧嘴笑道：“很好。我给史密斯下达的指示里就有这一项。假如我记得没错，两台计算机之间是由一根铜线缆连接的，属于与隧道系统交织安装的通用线缆网的一部分。在线缆进入档案室的位置切断线路，应该是件简单的事。”

中将思忖片刻，继续说：“现在的目标是抓住黑猩猩，找到黑猩猩的计算机所在位置，或者将两件事都办成。我们在这儿无法对黑猩猩直接做任何事，但计算机肯定在和诺曼·西蒙斯保持着连接。我们能不能追踪到这些发射信号？”

邓巴眨了眨眼。“将军，这件事你比我更清楚。通信兵部队利用我的实验尝试了一种崭新的通信概念。他们为诺曼提供了所有通信设备，甚至为它做了外科植入手术。他们的技术已相当成熟。不管叫什么，它可以通过几乎所有设备，虽然速度不比光速快，但每秒能处理数10亿比特的信息。假如我读到的关于心灵感应的材料属实，它甚至可能是超感官知觉。”

佩德森的神色局促不安。“我承认你提到的‘新概念’确实存在。我只是从未将中微子……将这项技术与你的实验联系起来。但我应该早点想到的。我们只有一种方法能让信号像穿过真空一样穿过坚硬的岩石。不幸的是，以我们目前拥有的设备，无法获知这类信号传输的方位。不过，如果时间充足的话，作为最后的手段，我们也许能阻断信号。”

现在轮到邓巴提出愚蠢的建议：“假如对隧道进行一次彻底搜索，我们也许能找到——”

佩德森皱起眉头。“你在这里待了将近三年，还未意识到迷宫有多复杂吗？这个迷宫由数千条隧道组成，散布在数立方英里的基岩内。对于盲目的搜索来说，这过于复杂了——而且，第一安全区的蓝图在这世上只有一组。”他指向一排排玻璃纤维架子，“即便对于日常行程，我们都必须录入坐标，把磁带盘插进运输车里。要不是我们将它的住处安排在靠近地面层的区域——为了方便你带它去地表上散步——即使诺曼知道要走哪些通道，也仍然会在迷宫内漫游。”

“我差不多每天都要去大陆防空司令部两趟，单程要耗费约半个小时，比嘉年华游乐园中机动飞车的路线还要拐来拐去。大陆防空司令部离我们所在的位置可能只有几百米远，或者几公里远——也可能位于迷宫的任何方向。其次，我不知道我们眼下在哪里。但话说回来，”中将狡黠地笑了笑，补充道，“敌人的导弹手也不知道。很抱歉，博士，如果凭借漫无目的地搜索来寻找那台计算机，可能要花费数年光阴。”

邓巴意识到，中将的想法是对的。第一安全区的总体方针是将实验设备和其他装置尽可能分散在迷宫内。诺曼的计算机也是同理。那台计算机拥有独立的动力源，无须外部协助就能自行运转。

邓巴记起那台计算机的奇特外观，它就像一颗巨大的宝石，坐落在一条空隧道里——在哪儿呢？它与档案计算机的外表截然不同。诺曼的计算机有着类似切割宝石的琢面，然而，这是出于功能考虑，而不是出于美学需求。邓巴想起计算机周围散发的多彩光辉，继续走近的话，还可以看到其表面有无数个倒影。光线经过细微的折射，交织成一团神秘的闪光，暗示着欢快却不成熟的智慧，而那便是诺曼·西蒙斯的“大脑”。那便是他们必须找到的东西。

邓巴从遐想中回过神来，开始尝试另一种说服方法：“将军，说真的，我没有完全明白这种情形怎么就像你说的那样危急了。诺曼不会向敌人泄露机密，它的忠诚度和人类小孩一样——这就比大多数成年人类高出一大截，因为它无法轻易地将自己的不忠行为合理化。况且，你知道我们最终还是会给它提供大量数据。整个实验的目的是检验赋予人类百科全书一般的头脑的可行性。它这么做仅仅是为了帮助自己，因为直接抓取那些信息比靠学习来获取知识更容易，是它将实验推进到了下一个阶段。我们不应该因此惩罚或伤害它。说实话，眼下的情形不是谁的过错。”

佩德森当即回击道：“当然，这不是谁的过错，是整个实验的问题！当没人为某件事担责的时候，意味着情况基本上脱离了人类的控制。在我看来，你的实验就是要夺走人类的控制权，将它交给其他生物。一只实验动物——黑猩猩——从美国政府手上夺走了主动权。不要笑，不然别怪我——”中将做出警告的手势，“你的黑猩猩不只是抓取信息，它还比以前更聪明了。如果我们在人类身上做此实验的话，那人会变成什么样？”

佩德森努力让自己平静下来。“好了，现在不用担心这个，当下最重要的是找到诺曼，因为显然只有它，”佩德森叹息道，“才知道自己的计算机在哪里。所以，咱们务实一些吧，猜测它会做出什么行为，它将记忆中的信息关联起来到底有多容易。”

邓巴思考起来。“我想，要将诺曼的头脑与普通人类的头脑做一个最贴切的类比的话，那就是它拥有遗觉记忆，而且容量巨大。按照我的想象，它最开始使用信息时会被数据淹没，看见的每样东西都会刺激出大量相关记忆。随着潜意识变得富有经验，它大概只会记起那些有用的关键信息。比方说它看见一辆汽车，会思考那是几几年生产的某某款式。它的潜意识会在档案中快速搜索，在0.1秒的时间里，诺曼就会‘记起’刚刚思考的问题的结果。

“然而，假如它出于某个原因，突然想知道什么是微分方程，那么情况就不一样了，因为它看不懂获取的信息，于是不得不在基础材料中艰难学习——每个小孩为了达到高中数学水平都必须这么做。但诺曼的学习速度能快上许多，因为它能轻轻松松地从不同文本中获取不同解释。我猜想，按照它目前的数学水平，经过两个小时的学习就能深入微积分学。”

“换句话说，它掌握这些信息越久，就越危险。”

“呃，是的。然而，有两件事对我们有利：首先，地表寒冷潮湿，至少对诺曼而言是如此，它很可能会在几个小时内变得虚弱不堪；其次，如果它离第一安全区越来越远，就会变得晕头转向。诺曼并不知道——除非它专门考虑过这个问题——当行进超过十五英里后，它就不可能连贯地思考了。诺曼的头脑与计算机之间维持着极其微妙的平衡，两者的协同工作跟人类大脑中不同神经通路之间的协同一样微妙。两者之间的信息链接必须每秒传输超过10亿比特的信息。如果诺曼离开计算机的距离超过某个临界点，它和计算机之间的信息传输将会出现延迟，从而扰乱协同工作。这就像用无线电与航天飞船通话，超过一定距离后，就难以维持或不可能维持有意义的对话一样。”

突然，邓巴冒出一个无关的想法。他补充说：“我才意识到这件事为何会变得棘手。如果诺曼被敌人抓住会如何？那将是人类历史上最重磅的间谍行动。”

佩德森的笑容一闪而过。“啊，你终于意识到了。是的，如果敌人获知这只黑猩猩掌握的全部机密，那意味着地球上每个人都可能会死；如果只是部分机密，那也意味着美国将被摧毁。

“幸运的是，我们相当确信敌对政权的经济崩溃已经让他们的海外部署减少到近乎为零。据我所知，整个密歇根州只有一到两名间谍。感谢老天帮忙！”

鲍里斯·库琴科挠了挠脑袋，一脸痛苦。几分钟前，他还一直欢喜地盼望着收到每周一次的失业补贴，再花费一下午的时间剪下《北约空军文摘》上的文章，并寄给莫斯科。可现在，眼前这个态度专横的老家伙企图把一切都搅黄。库琴科转身面向对方，努力摆出一副勇敢的表情。“对不起，但我有我的命令。作为密歇根州的高级特工——”

另一人厉声打断道：“高级特工？你什么都不是！你永远都不应该知道这件事，库琴科，但你是个废物，一个愚蠢的傀儡，用来让美国情报部门相信我们已经放弃了大规模间谍活动。要是我在马凯特还有其他像样的特工，也不必非得用你这样的蠢材。”

伊万·斯利夫是一名货真价实、能干实际的特工。在他不显眼的中年人面庞背后，潜藏着敏锐的头脑。斯利夫能说五种语言，精湛地掌握了工程学、数学、地理学和历史学——是真正的历史，而非某些国家编撰的那些童话故事。他既能在鸡尾酒会上进行劝诱性极强的对话，也能以同样的才能实施一场政治谋杀。斯利夫是真正负责密歇根州军事敏感地区间谍活动的主管。他和其他同样才华横溢的特工的工作重心，是从索耶空军基地和神秘的第一安全区搜集情报。

本德核聚变动力源的推行已经造成全球范围内的经济大萧条，斯利夫所效忠的官僚机构对于这一挑战的应对措施毫无灵活性，犹如泡过水的蝴蝶酥一样。本国的经济崩溃比其他任何一个大国都更严重。当美国因无限能源而从经济大萧条中几乎恢复过来后，敌对势力从西面和东面逼近了莫斯科。目前，仅有五到十座洲际弹道导弹基地仍在国家的控制之下。官僚机构在某个方面很聪明：假如无法靠强力获胜，那么最好采取微妙的手段。因此，全球间谍行动都得到加强，同时，他们在乌拉尔山脉下的一个洞窟系统里开展着非常隐秘的项目。斯利夫一想到那个项目，就立刻转移了思绪——他是少数的知情人之一，必须永远不露出口风。

斯利夫怒视着库琴科，说："听着，你这个胖懒虫，我再用最简单的词语给你解释一遍：我刚刚从索耶空军基地收到消息，第一安全区的某个实验项目出了意外，一只实验动物已经逃出隧道网络。密歇根州有一半的士兵都在搜寻它，他们认为那只动物现在逃到了马凯特。"

库琴科脸色苍白。"战争病毒实验吗？这可能——"这名胖胖的高级特工联想到种种可能性，变得踌躇起来。

斯利夫重申道："不，不，不！他们收到的命令是活捉那只动物，而非消灭它。目前，我们是身在马凯特——或者说有机会混进马凯特——的唯二特工，而美国人肯定会在城市周围设立警戒线。我们兵分两路，然后——"他停下来，注意到在几分钟内变得越来越大的嗡嗡声。他快步穿过小房间，推开一扇破损严重的窗户，冷空气渗进了房内。往下看，湖水在这座巨大的自动化码头的缆桩旁溅起了水花，而码头上顺带建了这座公寓。斯利夫指向天空，对模样邋遢的库琴科厉声说道："看见了吗？美军的空中力量刚才一直盘旋在城市上空，至少有五分钟了。我们得出发了，伙计！"

但鲍里斯·库琴科是一个喜欢待在安全环境里的人。他惨兮兮地检查着自己肮脏的手指甲，开口道："我真不知道这是不是正确的行动，我们——"

雾气已经消失，取而代之的是冷飕飕的毛毛雨。吉姆·恰利驾驶矿石运输车穿过马凯特的市区，开往湖边。他尽管喝醉了，但还是牢牢攥着诺曼的后颈。运输车拐弯驶上另一条马路，诺曼第一次望见了苏必略湖。湖水呈灰色，感觉冰冷刺骨，在防波堤后面，湖面似乎与阴沉的天空融为一体。运输车再次拐弯，沿着一排装卸码头往前开，行驶方向与湖边平行。尽管轮胎很宽，当车子驶入由劣质材料铺设的路面，经过大坑洞时，还是有些颠簸。雨水汇聚在这些凹坑里，车子驶过时溅起了水花。恰利显然是认出了他的目的地，于是放慢车速，靠向马路一边。

恰利打开车门，走下去，身后拽着诺曼。黑猩猩艰难地保持住平衡，才没有脑袋着地。醉鬼司机嘟囔道："这是我最后一次开这辆破车了。让他们自己载货去吧。谢天谢地。"他踢了轮胎一脚，"等我弄到本德核聚变动力源，一定让他们好好瞧瞧。你赶紧的！"他拽了诺曼一下，开始步行穿过马路。

湖边人烟稀少。恰利走向这一带看上去唯一尚在营业的店铺——一家酒馆。店铺的外表破败，店门四周的铝制装饰条在很久以前就生锈了。酒馆上方的招牌有些故障，显示的文字残破不全，向空中投射出"D-unk PuT pavern"几个字。

恰利走进酒馆，把诺曼拖在身后。店内的荧光灯或许曾把这里照得明亮，但如今只有远处角落的两三盏灯还亮着。他把诺曼拉到前面，似乎迫不及待地想宣布自己发现了"会说话的猴子"。然后，他注意到酒馆里几乎空无一人，几张桌子上留着一些喝得半空的啤酒杯。四五个人和酒馆老板在房间另一头热烈地讨论着什么。"大家都去哪儿了？"恰利大吃一惊地问道。

酒馆老板抬起头望过来。"吉姆！刚刚的午餐时分，兰利总统上了电视，说政府将允许民众购买本德核聚变动力源，想买多少就能买多少。你现在出去就能用二十五美元买一台。当时大家都听到了，一想到可以借此机会找份工作，甚至可以自行做生意，那还坐在酒馆里做什么？今天下午我没多少盈利，但我不在乎。我知道能从哪儿弄到几架旧直升机，我要给它们装上本德核聚变动力源，然后做旅游服务的生意。跟唐·扎列夫斯基一起俯瞰北部半岛——不错吧？”酒馆老板使了个眼色。

恰利惊得下巴都快掉了，完全忘了诺曼。“你是说，以后不再有能弄到本德核聚变动力源的黑市了？”

一名顾客转身朝向恰利，他是个矮小的秃头男子，鹰钩鼻惹人瞩目。“你可以去外面花二十五美元买一台，还需要黑市做啥？看来，我们的恰利很失望啊。你现在可以去做你一直夸口的事了——出去弄到本德核聚变动力源，然后自己做生意。”他转回身面向其他人。

“这一切都要归功于兰利总统的实体和经济政策。本德核聚变动力源本来可能毁掉一个国家，现实却恰恰相反，我们国家仅仅出现了短暂的经济萧条。现在看看我们，三年来，美国经济已经足够平稳，能让我们尽情购买动力源。”

另一名顾客插话道：“伙计，你的脑袋里装的是石头吗？政府关闭了大部分矿场，因此石油公司制造的塑料才有了市场；我们这儿能生产足够的矿石，因此才没人挨饿。那些‘经济政策’已经让所有人饥肠辘辘。假如政府一早就允许我们想买多少动力源就买多少，不干涉自由竞争，那根本就不会出现经济萧条或其他灾难。”

从其他顾客的嘲笑声来看，这名顾客的意见显然是少数派。鹰钩鼻用力放下啤酒杯，转身朝着异议者。“如果没有‘干涉’的话，你知道会发生什么吗？”他没等对方回答便继续说，“每个人都会去购买本德核聚变动力源，美国所有企业将因此破产，因为任何一个拥有动力源和若干台电动机的人，基本无须购买除了食物之外的任何常规产品。那样也许不会出现经济萧条，但会变成弱肉强食般的丛林世界。

事实上，国家只有短暂的适应期。”他像是在引用名人名言，“如今，国家再度恢复元气。我们拥有可以燃烧的能源，湖湾的那些矿斗能够被空运到世界各地，甚至送入太空，而且我们还能从海水中提取盐分，再——”

“喂，你只是在重复兰利总统的讲话。”

“我确实在重复，但这些话是对的。”鹰钩鼻又冒出一个想法，“现在我们甚至不需要公共工程项目了。”

“是啊，不再有公共工程项目了。”恰利失望地插话道。

“要不是因为兰利总统的蠢主意，公共工程项目也不会消失。我老爸对于罗斯福做过同样的评价。”这名异议者虽然势单力薄，却能说会道。

诺曼早已变得全神贯注，一直听着这场争论。事实上，他十分感兴趣，以至于早已忘记自己的危险处境。在第一安全区的时候，他被要求学习过经济学，将其作为常规学习课程的一部分——当然，他对于这个话题能记起更多内容。现在，他决定抛出自己的意见。恰利早就没抓得那么紧了，黑猩猩轻松地挣脱出来，跃上吧台。“这个男人，”他指向鹰钩鼻，“是对的，你们得知道，政府的平抑措施和自主选择权避免了全面灾——”

“这是个什么玩意儿，吉姆?”诺曼突然的举动让众人张口结舌，最后是酒保打破了沉默。

“这就是我一直想展示给你们看的玩意儿。我在伊什珀明捡到了这只猴子。它像鹦鹉一样会说话，甚至更厉害。听听它的发言。我估摸着它能值好多钱。”

“吉姆，我以为你要进入货运行业。”

恰利耸耸肩。“靠它可能更赚钱。”

“它不是鹦鹉学舌，”鹰钩鼻发表意见，“这只猴子真的会说话，像你我一样聪明。”

诺曼觉得这个人值得信任。“是的，正是！我需要进入加拿大，不然的话——”

酒馆的大门嘎吱响起，一名身穿褐色工作服的年轻男子将门半推开。“嗨，各位。湖湾上空有好多军方的直升机在盘旋，到处都是美国大兵。看上去不像训练演习。”这个男子气喘吁吁的，好像刚刚跑过了好几个街区一样。

“嘿，咱们去瞧瞧。”鹰钩鼻走了出来，酒保似乎也准备跟上。但他们都不是动作最快的那个。诺曼吃了一惊：军方依然在追捕他，而且近在咫尺。他跳下吧台，穿过半开的门冲了出去，擦过刚才宣布消息的年轻男子的膝盖。那人盯着黑猩猩，出于本能想要抓住他。诺曼闪躲开，急速跑上马路。他听见身后的恰利同年轻男子争吵着“你让我的会说话的猴子逃掉了”之类的话。

他之前跃上吧台时弄掉了毛毯。现在，寒冷的毛毛雨让他懊悔这一损失。很快，他的皮毛再度湿透，人行道上有些坑坑洼洼，他奔跑经过时，水花溅到了他的前臂和双腿上。马路旁的所有店铺都大门紧闭，窗户被木板封住。一些店主似乎是带着嫌恶和气馁匆匆离开的，甚至懒得将雨篷收起来。诺曼在一处雨篷下停住脚步，喘着粗气。

诺曼环顾四周，寻找着军队的踪迹，但在他目力所及之处，天空中望不见军用直升机和空降兵。他打量起头顶上方的雨篷。多年以来，这个曾经是绿色的塑料纤维雨篷，交替承受着烈日的烘烤和雨水的侵蚀。它本就是廉价塑料材质，现在耷拉下来，可以从那些破洞里望见灰色的天空。诺曼抬起头，脑中冒出一个点子。他后退几步远离雨篷，再冲向它。他一步跃起，抓住锈迹斑斑的金属框架。雨篷垂得更低了，但还是支撑住了他的重量。他翻过框架，在雨篷上方停留了一瞬，接着翻上了二楼公寓的窗台。

诺曼往公寓里张望，看见只有一张旧床、一只衣柜和一只孤单的衣架。他抓住窗户上方的外框，身体向上摇摆。这简直就像在当人猿泰山。(诺曼通常倾向于认为自己与泰山是同类，和电影《丛林之王》里的黑猩猩奴仆毫无关系。)他用脚趾抓住窗框，将自己往上推，直至双手能抓住屋顶的边沿。他最后一次用力往上爬之后，躺倒在了柏油混杂砾石铺成的屋顶上。有人在柏油已经剥落的地方喷上了填补材料，但岁月流逝，这种“奇迹建筑材料”也已经老化。

屋顶提供了些许掩护，不容易被别人观察到。诺曼看见，十多米开外的另一处屋顶上，矗立着一座蜘蛛网一般的黑色框架结构，那是一座无线电塔。它维护得相当好，大概是政府的导航信标。诺曼连续打了好几个响亮的喷嚏。他警惕地匍匐穿过屋顶，朝无线电塔爬去。两座楼由一条不到一米宽的小巷隔开，诺曼轻松地摆荡到了对面。

他到达无线电塔的底部，看见黑色塑料杆在阴暗的日光下闪耀出柔和的光芒。诺曼记起来，正如许多1980年建造的建筑物一样，碳氢产物管理局的规章规定，无线电塔要用废弃的石油和煤炭来建造。无论如何，眼前错综复杂的框架结构提供了良好的伪装。诺曼将自己安顿在塑料杆之中，向外眺望马凯特全城。

他们有数百人之多！远处那些身着通用绿色制服的微小人影行走在街道间，检查着每座建筑物。他们上方悬浮着军用直升机和空浮坦克。其他飞行器在城市和湖湾上空绕着任意区域巡逻。诺曼认出，这样的部署是包围及侦察敌对力量的标准编队之一。他抬起头查看头顶的天空，对自己颇有先见之明而感到自信满满。每过几秒钟，就有一名空降兵从看似空旷的灰色天空中跳下，自由落体五千英尺后，在城市上空两三百英尺处开启喷气发动机。现在，已有二十多名空降兵降落在不同的交叉路口上。

黑猩猩眯缝起眼睛，想把离自己最近的空降兵看得更清楚一些。士兵身后和身前的空气似乎在颤动。这个细节和轻微的尖叫声，是其背包里由本德核聚变动力源供能的热元件释放出超高温气流的仅有指征。空降兵的肩膀似乎倾向一侧。诺曼进一步仔细观察后，认出他的上臂和肩头绑着通用电气五万线侦察摄像头。随着空降兵转到黑猩猩的方向，摄像头长达八英寸的镜头打开了。

诺曼愣住了。他知道摄像头拍摄的每一张超解析照片，正在被传回索耶空军基地，由那儿的计算机和图片解读团队进行分析。在某些情况下，只要一个清楚的脚印，或是塑料杆之中诺曼的圆亮眼睛，就足以准确地锁定他的位置——虽然会有些延迟。

当那名空降兵转回去后，诺曼释怀地吁了口气。然而他知道，他的安全维持不了多久。或早或晚——极有可能很快发生——他们就会追踪到他。然后……诺曼再次惊恐地记起一些藏在他脑海中的可怕信息，记起未经授权擅自获取绝密文件将遭受的惩罚。他得逃脱才行！诺曼思考着看过的小说和现实世界中那些被人用来逃避追捕的方法。首先，他意识到自己需要一些外部帮助，不然永远不可能逃离美国。他记得埃里克·萨坦森总是玩双重间谍的招数，从两边获得好处，直至金盆洗手。不然就学“滑头”吉姆·狄格瑞兹[1]……重点是，即便最严密的陷阱也总是存在某些漏洞。什么组织会有秘密方法让他越过苏必略湖进入加拿大？当然是敌方阵营了！

诺曼不再拨弄湿透的背带，抬起了头。有一个现成的答案：在一些故事中，主角佯装与坏蛋联手，假装一段时间，直到脱离危险后再将他们曝光。他转过身，凝视着伸入湖湾、硕大无朋的自动化码头。码头上有几套四层公寓，而在其中一套里住着密歇根州唯一一名敌方间谍！诺曼逐渐记起关于鲍里斯·库琴科的更多资料。哪个政府会雇用像他那样的懒汉当间谍？诺曼绞尽脑汁，但没能从记忆中找到密歇根州间谍活动的其他情报。

许多微小的细节如结晶般汇聚成一个主意。就像在某些小说里，主角总能凭直觉发现问题。尽管没有任何具体理由，但诺曼知道敌人不像看起来那般无能。斯塔克、博罗夫斯基、伊万诺夫都是机灵鬼，

1. 吉姆·狄格瑞兹，美国作家哈里·哈里森创作的《不锈钢老鼠》系列的主角。

比他们所取代的无能之辈巴普金诺夫聪明得多。假如一开始就是斯塔克掌权，敌对政权也许早已熬过本德核聚变动力源带来的危机，也不会损失超过几个偏远小国。眼下，敌对政权的领导人仅仅控制了莫斯科邻近的地区和乌拉尔山脉的一些地下基地。不知怎的，诺曼想到，假如该政权将所有心智和实体资源都用来对抗敌对势力，那么其地位必定会更稳固。博罗夫斯基和伊万诺夫尤其以狡猾迂回、偷偷摸摸的胜利战术而闻名。这次的间谍活动有些不寻常的味道。

如果库琴科比表面看起来有本事，那么诺曼也许还有一条出路。假如他能哄骗敌人相信自己是个蠢材或叛徒，他们也许会带他去加拿大的某个藏身之处。诺曼知道，他们一定会对自己脑子里的东西感兴趣。这些东西既是他的安全保障，也会给他带来危险。永远不可以让敌人知道他所知道的那些事。等进入加拿大后，他也许能揭发间谍，获得宽恕。

离诺曼最近的空降兵此刻背对着他藏身的无线电塔。黑猩猩匆匆离开屋顶边沿，翻了下去。现在，他离开了空降兵的视距，来到地面上，奔跑着穿过空无一人的街道。很快，他就沿着巨大的自动化码头基座往前行，到达被封闭区包围的街道上。诺曼冲进昏暗的公寓楼，至少摆脱了雨水。沿着内墙一侧，有一条金属网格楼梯。黑猩猩爬上楼梯，发觉自己置身于一条狭窄走廊里，廉价公寓所占的地方原本是码头仓库的废弃空间。他停下脚步，开始转动门把手。

“快点行动！”另一边的某人拉开了门。门把手从诺曼手中脱开，他差一点跌进屋内。“这是啥玩意儿?!”说话的人用力关上黑猩猩身后的房门。诺曼环顾房间，看见鲍里斯·库琴科愣在原地，双手紧握。另一个男人绕着黑猩猩打转，诺曼认出对方是伊恩·斯隆，索耶空军基地的文职雇员，编号36902u。所以他的预感是正确的！敌人间谍活动的运作规模确实超出美国政府的预计程度。

诺曼装出最到位的阴谋家口吻说：“早安，先生们……或者我该说自己人？”

年纪更大的斯隆一直紧紧抓住诺曼的胳膊，脸上浮现出惊讶、成功的喜悦以及——这点很奇怪——恐惧的表情。诺曼决定继续抛出双重间谍的台词：“呃，我到这儿来是为了贡献我的服务。大概你们还不了解我是什么来路……”他满怀期待地打量二人，寻找着一些心生好奇的迹象。斯隆——诺曼只能记起这个名字，但它不可能是他的真名——关切地盯着黑猩猩，但依然抓着不放手。诺曼看到自己不会得到回应，于是没那么自信地继续说：“我……我知道你们是谁。将我弄出美国，你们永远不会后悔。你们肯定有逃出美国的法子——至少有一些藏身场所。”他注意到库琴科下意识地瞅向天花板上靠墙的某个位置。那儿有一扇隐蔽不佳的活板门，边缘参差不齐，像是从天花板里劈凿出来的，几乎不像一位间谍大师的手笔。

斯隆最终说道：“我想，我们能安排你的逃亡。我也确信我们不会后悔。”

对方的语气让诺曼意识到，他的计划有多天真。这些间谍会从他口中弄到情报和机密，不然就会毁掉他，他其实不可能有机会创造出第三种更能接受的替代方案。现实的烈火比煎炸用的平底锅更加炙热，美好的幻想蒸发殆尽。诺曼陷入了大麻烦。

噗。

细微的声音响起的同时，诺曼感觉自己的大腿像被针刺了一样。遮住窗户的窗帘微微抖动。一道淡绿色的影子似乎在空中停留了一刻，然后消失不见。诺曼用没被抓住的那只手挠了挠腿，取出一颗黑色弹丸。他随即知道，索耶空军基地的图片解读团队最终还是发现了他的踪迹。他们知道他在哪儿，现在展开了行动。他们刚刚往房间里发射了两颗PAX型子弹，其中一颗没能引爆。那颗黑色弹丸就是著名的神经毒气子弹，会让人轻易地听从别人的命令。这种物质当然并不完美，会对大约0.5%的人群造成不必要的副作用，譬如假性癫痫和永久性神经损伤；另有0.5%的人群则完全不受影响。但绝大多数人会立刻完全丧失抵抗外部的能力。诺曼感觉到斯隆的手渐渐松开了。

他挣脱出来，对两个男人命令道："把我托起来。我要穿过那扇活板门。"

"好的，长官。"两人欣然用双手搭成马镫状，把黑猩猩托向天花板。他们这么做的时候，诺曼突然纳闷起来，为何毒气没有影响到自己。因为我并非完全在这儿！他自行回答道，并发出歇斯底里的咯咯笑声。毒气只能影响他的一部分——实际在这儿的身体——他仍然保留一部分自我意识。

诺曼刚推开活板门，窗户就响起了碎裂声，一名全副武装的空降兵从窗口飞身进入房间，双脚落地。黑猩猩的身体像是痉挛一般向上弯曲，把自己拽进了天花板上方的黑暗空间。他听见底下传来一声哀怨的"别动！"，随后响起斯隆的凶恶声音："我们会安静地离开的，长官。"

诺曼直起身，开始奔跑。窗户装在上方的远处，所以光线暗淡。等眼睛逐渐适应后，他看见了周围和头顶上方的巨大板条箱。他喘着气低下头，发现自己似乎踩在悬空的板条箱上。接着诺曼回忆起来，虽然在昏暗的光线下不太明显，但这一层的地板和天花板都是由粗铁丝网格构成的。在这座建筑里的某个角落有一块控制面板，从那儿能打开网格的滚轮，随后那些笨重的板条箱就可以像玩具一样被送往自动化码头的各个地方。码头运作时每天能装卸一百万吨的货物：接收卡车运来的板条箱，暂时储存一段时间，然后再送入巨型货轮的货舱里。这个码头原本被希冀能将钢铁产业吸引到马凯特，从而将采矿业和制造业合为一体。或许在经济恢复元气之后，码头会实现这个目标，但眼下它就是一座黑漆漆的荒废建筑。

诺曼走"之"字形路线，绕过好几只板条箱，跑上了一道斜坡。他听见身后传来一阵响动，那些空降兵脱下身上的飞行装置，正在攀爬穿过活板门。

现在第一安全区已经看到他和间谍勾勾搭搭，永远不会相信他的诚实了。事情确实看起来希望渺茫——他钦佩自己能在险境之中想到这种俏皮话——但仍然有一线逃脱追捕的机会，那样也能逃过随后必然出现的可怕惩罚。他有一颗未引爆的PAX型子弹。显然，子弹击中的是他的皮肉，冲击相对轻柔。或许，并非所有空降兵都穿戴了抗PAX鼻滤器——这样的话，他也许能征用一架直升机。这是个疯狂的点子，但现在不是小心谨慎地制定方案的时候。

码头似乎一直延伸，没有尽头。诺曼一直往前跑。他必须逃离。他感觉胃里一阵恶心，也许是之前吸入的毒气起作用了。他跑得更快了，但即便如此，他还是感到越来越恐惧。他的头脑似乎在分崩离析，逐渐解体。这会不会是PAX造成的副作用？他想从脑子里找到某种解释，但不知怎的，就连最显而易见的事情都记不起来了。与此同时，无关信息开始淹没他的大脑，势头比之前数周的时候还要猛。他本应该知道危险的源头是什么，但不知怎的……我并非完全在这儿！这就是答案！可是，他再也无法理解这个答案的意义。他不再有能力拟定合理的方案，只剩下一个目标——摆脱跟踪自己的那群人。现在看来，前方远处的灰白光亮好像提供了某种安全感——只要他能抵达那儿。智力在舍弃他，混沌则悄悄潜入。

再跑快点！

到圣诞还有3456628个购物日……北纬40.9234°，西经121.3018°；半防辐射仓库导弹，总计102兆吨……北纬59.00160°，西经87.4763°；三艘潜艇集群发射弹道导弹，总计35兆吨……深度约200米……通用敌友识别系统代码如下：L398547……436344……51……“嘿，让我出去！”……丛林之王摆好姿势，刀子准备妥当……这种岩层的性质一直未被理解，直至本德火成论……新西兰惠灵顿港口防御如下：三道反潜艇探测环状防线，相距10.98英里……爱达荷州博伊西市REO工厂仓库包含242925百万马力的消费者用动力源，存货清单附后。

诺曼的双眼里有冷冷的灰光闪烁。我必须逃离，不然……“被一根木桩插入心脏而死。”教授狞笑着说。停下来，不然你会倒下；移动，不然你会死去；逃跑逃跑逃跑逃3跑逃跑5逃跑2逃跑跑4足包1a00p306891350101121310100010101100001010101000——

黑猩猩浑身僵硬地蹲在地上，疯狂地怒视着从窗户照进来的柔和的灰白色光亮。

黑猩猩小小的脑袋靠在浆洗得发白的枕头上，它往上看，茫然地注视着天花板。床边悬挂着闪闪发光的维生设备。若无脑组织损伤的话，这套设备能为遭受最严重损伤的身躯维持生命。眼下，维生设备正帮助躺在床上的病患抗击肺炎、结核病和脊髓灰质炎。

邓巴博士用力吸了一口气。第一安全区的病房采用的是所有最新的治疗手段，也就没有了早年间医院里的消毒水味道。这儿使用的杀菌剂是一个十分微妙的品种，与六七十年代研发的杀伤性毒气仅有一丝区别。邓巴博士转身朝向佩德森，房间里没有第三个人。“根据医生的说法，它会撑过去的。”邓巴指着昏迷不醒的黑猩猩，“它在吐真药作用下对你提出的那些问题的回应表明，它的‘增强人格’没有遭受太大的损伤。”

“是啊。”佩德森回答道，“但在我核查它的计算机坐标之前，我们不会知道它有没有如实回答。”他叩击着一张纸，上面潦草地记下了诺曼当初说出的计算机坐标，“根据我们所知的情况，它也许不受吐真药的影响，正如不受PAX影响一样。”

“不，我认为它说出了真相，将军。毕竟，它处在意识不清的状态下。既然我们知道了它的计算机的位置，那么从中移除关键信息应该是轻而易举的。当我们在人类身上尝试这项实验时，可以更加谨慎地选择最初呈现的信息。”

佩德森盯着他看了许久。“我猜你知道我一直反对你的实验。”

“呃，是的。”邓巴惊愕地说，“不过我不明白你为何反对。”

佩德森继续说，显然没有理会邓巴的回答：“我从未说服我的上级相信，你想要研究的实验存在固有的危险。我想，现在能说服他们了。我打算尽自己所能，确保你的发明永远不会试用于人类身上，或者其他任何生物身上。”

邓巴惊讶得快掉了下巴。“但为什么呢？我们需要这项发明！如今，这么多不同领域中存在这么多的知识，可一个人精通的领域却不超过两三个。假如我们不利用这项发明，大多数知识会闲置在电子储存器里，永远不会被洞察和关联。人类与计算机的共生关系能赋予人类进化以及本质上的跃升。人类的智力能够——”

佩德森怒斥道：“邓巴，你和本德简直能配成一对！你俩都戴着狭隘的乌托邦眼罩来看待你们的发明。而在两个发明之中，你的远远更为危险。瞧瞧这只黑猩猩在不到六小时的时间里干成的事：逃出美国最安全的要塞，躲避大批军队，推断出一个被我们完全忽视的间谍网络的存在。这次抓到它更像是一场意外。假如它有足够的思考时间，大概会推断出计算机的距离限制，并找到一个真正行得通的逃脱方法。这是一只实验动物身上发生的事！随着它更加稳固地掌控档案中心的信息，它的智力出现了稳步的提升。我们抓到它或多或少是凭借运气，赶在它中弹后快速行动，不然我们根本无法控制住它。你竟然还想在人类身上实验这项发明?!

“跟我说说，博士，你准备首先给谁赋予神的地位，嗯？假如你的选择错了，最终产物与其说是神，不如说是魔鬼。那会是一个我们不可能击败的魔鬼，除非依靠某个偶然意外的助力，因为我们无法智胜对方——按照定义，对方比我们更聪明。你选择的那个人身上的一丁点不稳定性，都会意味着整个人类种族的灭亡或驯化。”

佩德森放松下来，声音变得镇定。“博士，有句老话说：唯一真正危险的武器就是人类自身。依照这个标准，你已经实现最近十万年里武器方面的唯一进步！”他勉强地笑了笑，“也许在你看来很古怪，但我反对军备竞赛，也打算确保不让你启动这场竞赛。”

邓巴盯着佩德森，面色惨白，脑子里同时出现了一个美梦和一个噩梦。佩德森注意到对方的神情，感到些许满足。

这个戏剧性的局面被通信装置的嗡嗡声打断。“汇报。”佩德森说着，同时认出显示屏上史密斯的面容。

“长官，我们刚刚结束了在自动化码头上抓获的两个间谍的审讯。”副官说话时略显紧张，“一人名叫鲍里斯·库琴科，是我们一直以来都在监视的家伙；另一人名叫伊万·斯利夫，过去九个月里一直在索耶空军基地以伊恩·斯隆之名担任雇员。我们以前根本没怀疑过他。不管怎样，我们给两个人做了深度探测治疗，然后擦除了他们对于今天发生的事情的记忆。因此，我们可以释放他们，并用作追踪者。”

“很好。”佩德森回答道。

“那些间谍一直做得十分出色，”史密斯吞了口唾沫，“但我的汇报不是为了这件事。”

“哦？”

“我可以说吗，长官？您身边有其他人吗？”

“说吧，史密斯。”

“长官，这个斯利夫其实是敌方的高层人员。我确信敌人从未想到我们能够破解他的阻隔记忆。长官，敌方阵营在乌拉尔山脉下的一个人造洞穴里运行着绝密项目。他们拿一条狗做实验，将它与计算机连在一起。斯利夫已经听闻那条狗可以开口说话，就像邓巴博士的黑猩猩一样。显然，敌人将资源全都投进了这个大项目，对其他方面都不理不睬。事实上，斯利夫的一项主要任务是在这儿侦察我方的任何类似项目，并制造阻碍。当所有故障解决后，斯塔克或者另一位领导人会在自己身上应用这项技术，再——”

佩德森转过身，背对显示屏，不想再听下去。他不经意地注意到，邓巴的脸色甚至比之前更苍白。他产生了不断下沉的空虚感觉，四年前听说本德核聚变动力源被发明出来时也是这种感觉。永远是同样的模式：先是发明技术，分析危险，试图压制，然后出现压倒性的信息——没有哪种发明能真正受到压制，眼下也不例外。一个发明接着另一个发明，每个发明都带来更大的变化。本德核聚变动力源最终意味着能源的中央收集制度的解体，意味着城市的瓦解——但邓巴的发明意味着人类的发明能力得到提升。

乌拉尔山脉下的某个地方，沉睡着一条非常聪明的狗……

于是，佩德森必须做出选择：一个是任由敌人拥有超人类的智力，而这必然会造成灾难；另一个是抢在敌人成功之前先击败他们，在这个过程中大概会导致灾难。

他知道自己必须做出决定。作为一名务实者，他必须适应超出自己控制的变化。面对不可避免的状况，他必须为可能存在的、最安全的处理方式做好准备。

无论变得更好还是更坏，这个世界很快会变得迥异，迥异得让人难以想象。

作者的话：

当然，那篇重要的小说——关于首位体验脑机直连的人类的故事——迟迟没有写出来。我也曾尝试创作类似的题材，但约翰·坎贝尔的退稿信是这么开头的："抱歉，你不能写这样的小说。其他任何人都不能。"这件事告诉我们：让你的超人角色待在幕后，或者趁他还是孩子时（例如威尔莫·施拉斯的《原子孩子》），抑或在他伪装的时候（坎贝尔的《理想主义者》）进行创作。（另外，还存在一种可能性，但约翰从未跟我提过：可以在超人角色垂垂老矣时让他/她上台。电视连续剧《夸克》的某一集中，这一设定产生了十分诙谐的效果。）

从《书呆子快跑！》中总结的教训对我来说十分重要。我在这篇小说中尝试了对技术进行直接外推，然后发觉自己猛地落入了一道深渊。作家每次构思比人类更强大的智慧生命时，总会面临这个难题。当这种事发生时，人类历史将达到某种技术奇点——外推法在此失败，并且必须改用新的模型——整个世界会超出我们的理解。这种技术奇点以这样或那样的形式萦绕于许多科幻作家的心头：像马克·吐温那样的聪明人能够预测电视的出现，但这种技术外推永远超出了，比如说，一只狗的理解范围。我们作家所能做的最好的工作，就是蹑手蹑脚地接近奇点，稳稳地站在它的边缘。

我对奇点的详细解释可以从以下网页中读到：http://www.rohan.sdsu.edu/faculty/vinge/misc/singularity.html[1]。在这篇发表于1993年的文章中，我试着追踪技术奇点这一概念在二十世纪的历史。从那时起，我便更深入地认识到，自己在1960年代的构思只不过是其他人——譬如利克莱德、阿什比、古德[2]——流传出的思想的产物。

---

1. 该网页目前已无效，可从以下网页浏览：https://cseweb.ucsd.edu/~goguen/misc/singularity.html。

2. 约瑟夫·卡尔·罗伯内特·利克莱德（1915—1990），美国心理学家和计算机科学家。罗斯·阿什比（1903—1972），英国精神科医师和控制论先驱。I.J.古德（1916—2009），英国数学家，曾与艾伦·图灵共事。

CONQUEST BY DEFAULT

无心的征服

Loading...

吴　垠　译

2017普罗米修斯奖名人堂提名作

作者的话：

当我的第一篇小说《隔离》发表后，有位编辑接连拒绝了我的其他投稿，而且每次都拿《隔离》当作正面教材。我认为，他喜欢的应该是故事里的时代隐喻。我虽然说不出在这方面有什么写作技巧，但相信自己日后一定能创作出类似的小说。

我很喜欢查德·奥利弗的小说。在截然不同的环境下，社会科学会是怎样的面貌——这种想象很有趣。现代人类学家似乎都认可文化相对主义，并对自我意识持宽容态度。那么，我能不能构思出一个更广阔的故事背景，写一写基于外星人动机的“人类学”？我想创造一种在科技水平上远超人类的文明，跟我们的差距如同一道天堑，哪怕是思想开放的人类也难以接受。

那么，什么才够“外星”呢？从高中起，我就对无政府主义很着迷。每种无政府主义都有一套关于个体如何自发合作的思路，而答案就藏在名字里，例如无政府资本主义。这些主义有一个共同的基础问题：如何避免形成相当于事实政府的权力集团？在这篇《无心的征服》里，我尝试对该问题进行正面回应。

说句题外话，我一直不擅长创作拗口的名字和古怪的拼写。在这篇故事里，取名从一开始就是个难题。我在上完描写语言学[1]的课程以后，心中跃跃欲试——我笔下的外星人可以关闭鼻腔，完全发出鼻塞音[2]和擦音[3]！在1967年卖给约翰·W.坎贝尔的版本里，我用标了鼻音化符号的字母“p”来代表清声鼻塞音，用标了鼻音化符

1. 描写语言学，对某一特定时间的某一特定语言或方言的各种形式或用法作出全面的、客观的、精确的说明。

2. 鼻塞音，发音时软腭下垂，口腔通道内阻塞，鼻腔通道打开构成的辅音。

3. 擦音，通过将空气压入狭窄空间而发出的辅音。

号的“v”来代表浊声鼻擦音。约翰觉得这些符号过不了排版那关，后来也的确没能印刷出来。即便放到今日，这些古怪的符号也很难打出来。不过，另一位编辑吉姆·班恩好心地买走了小说的影印稿，这样就能按照我的心意出版了。在本书中，我决定用“%”来代表清声鼻塞音，用“#”来代表浊声鼻擦音。

这一切都发生在很久以前，地点距离我们现在的位置将近二十光年。今夜，你们奉我为人道主义者，一个短暂地点亮了宇宙中永恒黑暗的人。可是，你们欺骗了自己。我只是为迷基文明的教化出了一份力，这样一来，迷基人冷酷、血腥的真面目才得以进入大众的视野。

看得出来，你们并不相信我的话。恐怕，观众席里只有梅尔文亲[1]能真正了解事情的真相——甚至比我本人更了解。你们中的任何人都不曾被这些不寻常的、无法避免的事情重击过。也许，我的亲身经历能让你们体会到这份恐惧。请听我娓娓道来。

两个世纪前，%沃尔格[2]香料贸易公司完成了首次星际飞行，领先第二名足足三十年。在这次飞行的目的地，有一整颗星球任他们处置，唯有一个小小的麻烦——上面的原住民不太安分。

此刻，眼前的画面吸引了我的全部心神：一个美丽的原住民女孩刚刚介绍完自己，她身后的古老城镇在热浪中闪着微光。

玛丽·达赫尔曼。这个名字可真拗口。我已经学了快两年的澳语[3]，如果连个名字都叫不利索，那也太逊了。我口齿笨拙地组织着语言，开口道：“呃，对，呃，达赫尔曼小姐。我叫罗恩·梅尔文，%沃尔格香料贸易公司新上任的人类学家。我以为今天会见到原住民

1. 梅尔文亲，即梅尔文夫人。在这篇小说中，“亲”是外星人对已婚女性的尊称。
2. %沃尔格（%wrlyg），作者独创的外星语言。
3. 澳语，即小说中外星人所知的人类语言。

事务科副主任。”

恩加格·彻#[1]戳了戳我的肋骨，用迷基语低声说：“瞧瞧，你真的学会叽里咕噜了，是不是，梅尔文？”彻#是安保科副主任。他人不错，就是种族偏见的恶习难消。

这两句外星语让玛丽·达赫尔曼有些无措，可她还是微笑着回答了我的问题：“霍利格先生马上就到，他让我先来见您。家父是女王政府的首席代表。”我后来才得知女王殿下两百年前就辞世了。“来，我先带您出去。”她握住了我的手腕，转瞬间又松开——好像是因为我躲了一下。她的手匆匆缩了回去，言行举止也不复刚才那般雀跃。她指了指力场围栏的大门，丢下一句冷冰冰的“这边走”。我对自己的躲闪懊恼不已。尽管玛丽·达赫尔曼是个金发肤白的地球原住民，但她仍是一名女性，说来奇怪，外表还挺迷人。更何况，她对我们很客气，没有流露出任何私人情绪。

一行五人离开%沃尔格公司着陆场，朝大门走去。一路上没有人出声，气氛有点尴尬。

地球的太阳明晃晃的，迷基的太阳从没这么亮过。天气很干燥，头顶上方一片云彩也没有。着陆场上有二三十个人正在工作，大部分是迷基人，也有几小撮地球原住民分散在各处。力场围栏一角延伸向海滩，角落里有一台设备，被好几个人影围在中间。地球原住民正跪在那台设备旁边。

就在这时，设备尾部喷出一簇橘色的火焰，并接连发出巨响：咕哒，砰、砰、砰。我瞬间反应过来是袭击，即刻扑倒在地，尽可能压低身体。你也许听过一句老话：“战斗让生活更真实。”我本来对此没什么感触，但在全身趴在地上、脸埋进土里的当口儿，我感觉整个宇宙确实另有玄机：红褐色的沙砾温度灼人，尖利的石子溅在我

1. 恩加格·彻#（Ngagn Che#），作者独创的外星语言。

的脸上；前方两英寸外有一丛鼠尾草，眼下看起来和#欧拉[1]树一般高大。

我悄悄仰起头，察看其他人的情况。大家都趴在地上。更正：那个愚蠢的原住民女孩还直直地站着。袭击已经持续了一秒钟，可她还不明白有人想要取自己的性命，恐怕只有傻瓜或从小在修道院长大的人才会蠢钝如斯。我伸手抓住她纤细的脚踝，猛地向下一拉。她一头栽下来，倒地后便再也没有动过。

恩加格·彻#和一个我不记得名字的会计师朝着袭击者突进。只见会计师在地面嗖地匍匐向前，我就没见过比他动作更快的迷基人。地球原住民急忙将枪口往下移，奈何设备实在简陋，调整五度就到极限了。身材矮小的会计师迂回向前，飞快地挪至距离枪口二十米范围内，然后从武器袋里摸出一枚手榴弹扔了过去。我把脸埋下去，以躲避爆炸的冲击，却只听见了砰的一声。原来那是一枚毒气弹而非手榴弹。绿色的烟雾瞬间笼罩了地球原住民和他们的设备。

我起身走过去，听见彻#正在夸赞会计师刚才的好身手。

"是私人纠纷吗？"我问彻#。

安保科负责人有点儿惊讶。"当然不是。这些家伙……"他指了指昏迷的地球原住民，"属于某个阴谋组织，想把我们赶出地球。不过是一群乌合之众罢了。"他让我看了看这台设备：武器由二十根枪管和三个金属环焊接而成，只需扭动曲柄，弹链便会将子弹逐一填充进旋转的枪管。"这杆枪的准头比榴霰弹还烂，一点威胁也没有。不过，武器混入着陆场这件事必须追究到底！我非得把手下的人架在火上烤不可，他们竟敢捅出这么大的篓子！对了，这些地球原住民要留下活口，好歹从嘴里挖点东西出来。"他用靴子踢了踢脚边的躯体，"有时候，我觉得对付这个种族就得赶尽杀绝。明明他们占据的领土不多，带来的麻烦倒是不少。"

---

1. #欧拉（#ola），作者独创的外星语言。

“你看。”彻#捡起一张卡片递给我，上面用迷基语整齐地写着：梅林[1]前来索命。“梅林就是那个恐怖组织的名字，好像还是非营利性的。地球原住民的思维真奇怪。”

这时，公司的几名武装人员赶了过来。彻#立即逮着他们劈头盖脸一顿臭骂。听他教训人挺有意思的，只不过有点尴尬，于是我转身朝力场围栏的大门走去。我还得去见自己的新上司——霍利格，原住民事务科副主任。

对了，原住民女孩去哪儿了？在刚才的一摊浑水中，我彻底把她抛在脑后，现在才发觉她不见了。我跑回事发时大家所处的位置，一看见她倒下的地方，便浑身一阵哆嗦。从表面上看，那可能是人血。也许她的伤口并不深，也许医务人员已经把她抬走了，可无论怎样自我安慰，地上宽达三十厘米的血迹都不容辩驳。我眼睁睁地看着那摊液体渗进沙砾里，直到凝成深棕色的血点，在红褐色的地面几乎看不真切。

霍利格是格洛因人。第一次听到他的名字时，我就该想到这一点，可在见面时仍吃了一惊。霍利格的皮肤和头发都是灰白色，所以很容易被认成地球原住民。这位原住民事务科副主任要么是个浮夸的极简主义者，要么极为拥护新石器时代的传统。只见他戴着一副木制护胫，身着一条黑色腰布。全身上下唯一的武器只有一把捆在手腕上的自动镖枪。

没过多久，我就发现他不太喜欢我这个新员工。我可以理解。作为一名专业人员，我在公司董事会和总裁%沃尔格面前发表意见比他更有分量。不过，霍利格竭力掩饰了自己的不悦。他看似冷静、真诚，有时铁面无私，但为人处世总有一番自己的道理。在供给中心用餐时，他整个人放松多了。席间，我提出想采访几个原住民，他竟

1. 梅林，英国著名传奇人物，威尔士神话中的魔法师，在《亚瑟王传奇》中登场。

然提议我们当晚就飞去地球原住民居住的地方，令我大吃一惊。

我们走出供给中心时，天已经黑了。霍利格的空中汽车就停在停车场里。三分钟后，我们驱车在阿德莱德[1]西部的郊区上空盘旋。霍利格观察着下方奇特的矩形街道，轻车熟路地停在一栋双层木屋旁边的草坪上。我准备下车。

“等等，梅尔文。”霍利格说。只见他戴上耳机，打开屏幕，开始扫描这个安静的社区是否存在敌对活动。我一句话也没说，但好奇心蠢蠢欲动，因为极简主义者往往拒绝使用任何先进的防御科技。霍利格把车载计算机设为“哨兵”模式，然后打开舱门，对我解释道：“明智的董事会要求大家采取‘任何有必要的安全防范措施’。真是一派胡言。地球原住民那点能耐，怕是连母星街头的小打小闹都比不上。更何况，在%沃尔格香料贸易公司到达地球的二十年里，这座城市的谋杀案还不到三十起。”

我跳下车，站在柔软的草地上四下张望。这里安静极了。煤气灯照亮了鹅卵石街道，路边的木制建筑影影绰绰。黄色的微光从一扇扇窗子里透了出来。街道深处隐约传来聚会的谈笑声。没有任何人注意到我们的到来。

突然，我猝不及防地对上了一双恶魔般的眼睛，脚下连退几步。一只猫正扭头盯着我们，黄澄澄的双瞳反射出街灯的光芒，晶莹诡谲。随后，小动物缓缓转身，傲然穿过了草坪。这一幕无疑是个坏兆头，我不得不对今晚的其他征兆留个心眼。再看看霍利格，他却一点反应也没有。毕竟，他不知道我从小就害怕女巫。我们朝最近的房屋走去。

“听我说，梅尔文，这个地球原住民可不是什么普通的老人。他是地球上的人类学家。当然，他和其他地球原住民一样无聊，但公司的员工在工作上不得不和他经常接触。”

---

1. 阿德莱德，澳大利亚南部港口城市。

人类学家！无论是互相交流信息，还是探讨研究方法，我今晚一定能尽兴而归。

“他还是澳大利亚‘成府’任命的主要代表。据我所知，‘成府’就相当于一个巨型公司。”

“呃，好的。”其实，我对“政府”这个神秘的概念比霍利格熟悉多了。我学位论文的研究对象就是宏观组织。当时，导师一口咬定我分析的内容绝不存在，差点拒绝通过这篇论文。后来我们得知，地球上就存在三个宏观组织。

我们登上前廊的台阶。霍利格捶了捶门。“这个家伙叫纳尔曼。”

我在心里用澳语修正了他糟糕的发音，是达赫尔曼！也许，我能打听到原住民女孩的下落。

门内传来了拖拖拉拉的脚步声。应门的人根本懒得看一看猫眼，就拉开了门。信赖简直是地球原住民最优秀的品格。我们面前站着一个高大的老年人，头发花白稀疏。他颤颤巍巍地从嘴里取出烟斗——可能是吓得发抖，也可能是肌肉不协调。

他一开口，我便意识到方才的颤抖绝不是出于恐惧。“霍利格先生，进来坐吧。”他的措辞和语气都很平和，但又蕴藏着磅礴的自信。过去，我只从迷基裁判口中听到过这种语气——无论是风暴、磨难，抑或是几近崩溃的体能，都奈何不了其背后的心智。沉着的九个字能传达出很多信息，而我都接收到了。

我们走进达赫尔曼学者的书房，霍利格给大家做了介绍。他的澳语很流利，口音却叫人不敢恭维。

“达赫尔曼学者，你肯定知道，前往我的母星——波江座 ε 二星[1]——要花十二年。三天前，%沃尔格公司的第三支舰队已经到达，停在了环绕地球的轨道上，此刻正处于你们家园的上空，可以说是无

1. 波江座为南天星座之一，ε 二星为作者杜撰，即迷基星。

所不能。”达赫尔曼闻言，只是微微一笑。“现在，该舰队的第一批乘客已经顺利苏醒，并入驻了%沃尔格公司的地面基地。这位是罗恩·梅尔文学者，随行的人类学家。”

达赫尔曼透过厚厚的镜片，饶有兴趣地打量着我：“很荣幸能见到来自迷基星的人类学家，我想，今晚应该是两个星球的人类学家第一次见面。”

“我也这么认为。我在迷基星上很难了解到地球上的风俗习惯。这种情况也可以理解，毕竟，北半球的商业和移民前景才是%沃尔格公司的工作重心。但我想做出改变。在逗留地球期间，我希望通过你和其他人来丰富自己的研究资料。我在对你们的历史和，呃，政府做研究。能与你这样的学者交流是我的荣幸。”

达赫尔曼似乎很乐于谈论自己的同胞。很快，我们便一心扑进了地球的历史和文化中。虽然我已经在报告里读过他提及的大部分内容，但还是愿意听一听他的叙述。

在两百年前，北半球出现了一个科技高度发达的文明。听达赫尔曼的描述，它的开化程度非常接近迷基文明。这些北方的地球原住民甚至发明了比较原始的航空器。可好景不长，北半球爆发了一场战争。战争是一个类似于战斗的概念，但规模大得多，甚至比迷基星上的反垄断行动还大。地球原住民在自己的城市里引爆了无数枚百万吨级的炸弹，幸存者又陆续被大肆投放的细菌感染，最后只有死路一条。没有辐射屏障和滥噬病毒的防护，当时的地球与炼狱无异。北半球的所有哺乳动物都灭绝了。据达赫尔曼回忆，有一阵子，人们开始担心辐射和疾病会让南半球也生灵涂炭。

这件事一开始是如何发生的？我百思不得其解。“战争”的起因也是我的研究对象之一。当然，含糊的解释是，地球原住民没有发展出类似我们的裁判制度或混沌范畴，而是选择了“政府”这个宏观组织。但根本在于，地球原住民到底为什么会踏上政府之治的迷途？难道他们是低级的人种？还是说，我们迷基人能有今天全凭好运？

可惜，这场战争没能纠正地球原住民的根本错误。三个新政府从战火的余烬中冉冉升起，分别是澳大利亚政府、南美政府和祖鲁政府。就连最小的澳大利亚政府，都拥有%沃尔格公司人数一千倍的人口。要知道，%沃尔格公司的体量已经是反垄断裁决所容忍的最大规模了。

我渐渐忘记了周围的一切，沉浸在达赫尔曼对现存权力结构的解说中。在北半球的部分地区，战争的余毒已经消退，两个实力更强大的国家开始争夺土地。这位地球的人类学家说，现在的事态很危险，因为北半球还有无数种处于休眠状态的病毒。两个国家的利益之争可能会导致瘟疫横行整个南半球，毕竟，现在的地球科技水平比战争爆发前落后整整一百年。

霍利格一整晚都不屑于开口。他完全没听我们说话，只是冷眼旁观，仿佛我和达赫尔曼是两个标本。最后，他终于打断了我们："我很高兴看到你俩这么合得来。可时候不早了，我得告辞了。不，你不必急着和我一起离开，梅尔文。我回到地面基地以后，就开自动驾驶模式把车送回来。"

"不用送回来了，霍利格。这附近看起来很安全，我可以自己走回去。"

"不行。"霍利格斩钉截铁地说，"公司有安全规定。还有，你最好对梅林时刻保持警惕。"

梅林的草包吓不倒我，但猫的恶魔之眼可以。我想起进屋前的那一幕，突然觉得还是飞回去最稳妥。我们把霍利格送走后，回到了点着煤气灯的书房。难怪达赫尔曼的视力这么差——任何人在没有电灯的环境下夜读数十年，眼睛迟早会瞎。他在桌子里翻找起来，终于掏出一袋烟草，摸索着把碎叶片塞进斗钵，然后用笨拙的食指把它压实。点烟的那只手抖得厉害，我真担心他会烫到自己的脸。在迷基星上，协调能力这么差的人一般活不过两天，除非他找个和平的飞地躲起来。地球文化真是纯粹的异类；除了一些有待求证的数学理论以外，它和我们的文化完全不在同一个维度上。

地球原住民重新落座，久久地注视着我。他的双眼被厚实的镜片放大，显得格外睿智。在他的目光下，我仿佛无所遁形。终于，他拉开窗帘，察看了一眼窗外的草坪和停车点，开口道："梅尔文学者，我相信你拥有智慧，也拥有理性，我甚至希望在你身上看见更多优秀的品质。你难道没有发现自己正在参与一场种族灭绝吗？"

他的话给了我当头一棒。"怎么会?！你在说什么？"

他自顾自地说了下去："你们第一次登陆地球时，无数机器从天而降。我们当时就料到：地球文明大难临头了。我曾希望你们至少可以饶我们一命，尽管在地球过往的历史中，也找不出几个刀下留情的桥段。我想过，也许你们的社会科学和自然科学一样先进。可惜我错了。

"你们的原住民事务科副主任来自％沃尔格公司的第二支舰队。我想问问，种族灭绝到底是％沃尔格的公开政策，还是霍利格的私人方针？"

我终于忍无可忍，反驳道："你的问题非常无礼！％沃尔格公司对你们没有恶意，我们开垦和移民的目标仅限于你们认为过于炎热而无法掌控的地区。"

达赫尔曼见状转攻为守："我为自己的唐突向你道歉，梅尔文学者。我太心急了，眼下还没到讨论这个问题的时机。我无意冒犯你，请听我解释我们到底在恐惧什么，又为何恐惧。我相信，霍利格的方针不单单是毁灭地球文明，而是灭绝所有人。他的工作对外号称促进了种族之间的合作并消除摩擦，实际行动却南辕北辙。可以说，自从霍利格来到地球后，他的一举一动都在加深两族之间的隔阂，比如他对祖鲁的首都展开的'礼节性访问'。陪同他的是你们的安保科负责人诺金·彻姆——是这样读的吗？"

"恩加格·彻#。"我纠正道。

“他们全副武装地飞到比勒陀利亚[1]——十五辆空中坦克和一架军用飞船如入无人之境。祖鲁政府要求霍利格在正式会谈前让飞船返回轨道，可这个迷基人一言不合便摧毁了半座城市。事发后，我曾心存侥幸，猜测这也许只是某个枪手发疯造成的一场意外。可在南美的首都布宜诺斯艾利斯[2]，霍利格故技重施——这次他没有用任何遮羞布，因为南美人为了避免冲突可以说是尽心尽力。总而言之，霍利格只要一有机会，就想教我们充分领略迷基人的歹毒。”

我记下了达赫尔曼提到的所有事件，打算回地面基地后查证。随后，我大声问道：“所以，你认为是霍利格在故意利用梅林挑起恐怖活动，并以此为借口消灭所有人？”

达赫尔曼没有立即回答我。他再次谨慎地拉开窗帘，往院子里看了看。空中汽车还没有返回。看来，他应该知道我们的每一句话都逃不过车载收音设备。“对，但也不全对。梅尔文学者，我认为霍利格就是梅林。”

我质疑地嗤笑了一声。

“这听起来确实很荒唐，可所有细节都对得上，比方说‘梅林’这个词，它在澳语里是一位魔法师的名字。梅林很久以前生活在北半球的战前大国——英格兰。要知道，这个词难不倒任何一个迷基人，其发音有着对应的迷基语音位[3]——尤其是没有口腔前部的塞音。它的词义关乎魔法，足以让任何一个迷基人闻之胆寒，进而轻易地把地球人和恐慌、仇恨等负面情绪联系起来。请注意，我们地球人，尤其是澳大利亚人和祖鲁人，都不相信鬼神；你们迷基人却个个迷信，要么畏惧女巫，要么鼓吹恶魔。这一点几乎没几个地球人知道。我认

1. 比勒陀利亚，现实中为南非的行政首都，本文中为祖鲁政府的首都。
2. 布宜诺斯艾利斯，现实中为阿根廷共和国的首都，本文中为南美政府的首都。
3. 音位，某一种语言中能够区别意义的最小语音单位。每种语言都有一套自己的音位系统。

为，将梅林作为恐怖组织的名字绝对出自迷基人的手笔。”

达赫尔曼口若悬河，根本不给我插嘴的机会。“还有一点：每次恐怖活动被挫败后，落网的地球人都装备简陋，压根儿不成气候——既没有特工般的高超水平，也看不出发动全球性袭击的谋略。他们确实造成过好几起伤亡惨重的破坏，比如去年发生在%沃尔格公司的弹药库爆炸，但最后连一名暴徒也没抓到。你仔细想想，如果不借助迷基科技，这次爆炸哪儿来的胜算？一开始，我对自己的猜测将信将疑，因为在事故中也死了很多迷基人。可我后来发现，这种暴力行径在你们看来根本称不上不正当商业程序。”

“这取决于你为谁干活儿。迷基星上有很多暴力虚无主义者，他们掌控着好几家公司。如果我们公司也是其中一家，那说明%沃尔格确实掩饰得很好。”我解释道。

“总而言之，霍利格正在人为地制造恐怖活动，以便日后为种族灭绝做准备。我还有最后一个证据：你们是在今天下午乘坐舰队的着陆艇到达的，对不对？霍利格本来要去迎接你们，还邀请我以女王政府首席代表的身份到场。三年来，他还是第一次做出这么友好的姿态。当时，我碰巧有事耽搁，于是让女儿代我去了。好巧不巧，你们一着陆，霍利格的木制护胫就出了问题——或者其他的烂幌子——让他不得不临时缺席。五分钟后，梅林分子就袭击了你们一行人。”

他的女儿就是玛丽·达赫尔曼。我磕磕巴巴地问：“达赫尔曼学者，你……你的女儿现在怎么样了？”

达赫尔曼一时间不知所措：“她没事。有人在危急关头拉了她一把。她只磕破了鼻子。”

不知为何，这个消息让我松了一口气。我看了看表，还有三十分钟就到午夜了——女巫出没的时间。今晚，我格外渴望在鬼门大开前回到地面基地。在此之前，我并不知道梅林是魔法师的名字。我站起身来告辞道：“你的话给了我很大启发，达赫尔曼学者。当然，你知道我本人的立场。不过，我也会好好留意你说的那些阴谋，而且不对任何人透露今晚的谈话。”

地球原住民起身送客：“这已经够了。”他领着我走出书房，进入昏暗的客厅。厚地毯下方的木板嘎吱作响，令人安心。木架子上的水晶高脚杯反射出书房的微光。右手边有一段楼梯，通向二楼。她在上面睡觉吗，还是和其他男人出去了？我默默地想着。

眼看即将离开，一个更恰当的解释蓦地冒了出来。我拍了拍达赫尔曼的胳膊肘，他在门前停了下来。“等等，达赫尔曼学者。你刚才列举的所有证据还可以这样解读：某个地球人——最好是迷基文化方面的专家，比如你自己——才是始作俑者，不仅创造了梅林，还散播了公司高层是幕后黑手的谣言。”

他好像对我笑了笑，我不太确定。“你的解释确实符合事实。不过，你们迷基人的实力有目共睹，地球人的抵抗是徒劳的。我本人对此再清楚不过。”他拉开门送我离开，“晚安。”

“晚安。”我说道。他的脚步声渐渐远去。一时间，我仍站在原地，回味着我们最后的对话。

我转身穿过前廊。突然，一个轻柔的声音从我身后传来：“您觉得家父是个怎样的人？”我吓得跳起十五厘米高，拔出腕枪茫然四顾，却见到玛丽·达赫尔曼坐在前廊的木制秋千上，缓缓地前后摇荡。我走过去，在她身边坐下。

“他是一个非常智慧的人，令我印象深刻。”我回答道。

“谢谢您今天下午及时拉了我一把。”她的思维实在是信马由缰。

“啊，没事。其实没什么危险。那杆枪太简陋了，我估计袭击者也不比我们好受多少。我还以为你会第一个反应过来呢，因为你肯定很熟悉澳大利亚的武器。”

“怎么可能？我平生见过的最大的枪，也不过是枪展上二十毫米口径的步枪。”

“你的意思是，你以前从未经历过袭击？”我从她的脸上读出了答案，“我不是有意对你失礼，达赫尔曼小姐，我没接触过什么地球人的第一手资料。这正是我来这里的原因之一。”

她不禁开怀大笑。“不只是您对我们有疑惑，我们对您也有。自从家父担任首席代表以来，他抓住一切机会采访迷基人，研究你们的文化结构。我敢打赌，他准是向您打探了一整晚消息。作为一位人类学家，您简直是最理想的资料来源。”

看来，她还没有察觉到自己父亲的千愁万绪。

“过去三年，我们采访了不下十五个迷基人，每个都独一无二，真是太神奇了。虽然你们声称来自同一片大陆，但每个人有着截然不同的文化背景。有些人一件衣服也不穿，有些人却裹得严严实实。有些人，比如霍利格，痴迷于原始生活；可我们还见过一个家伙，随身携带各种小装置，平时只能穿戴着动力盔甲来行动。他太沉了，一屁股坐塌了我父亲最喜欢的椅子。在你们身上，我们简直找不到任何共性。有的迷基人信奉一位神明，有的则同时信奉好几位，还有的一个也不信。然而，你们所有人都异常地迷信鬼神。我们地球人经常幻想外星人会是什么样子，可从未想过……怎么了？”

我瑟瑟发抖地指了指街上的生物。她扶住我的胳膊，想安抚我。“怎么了？那只是一只猫。迷基星上没有像猫这样的生物吗？”

“当然有。”

“那你为什么大惊小怪？难道你们的猫有毒？”

“当然没有。很多迷基人把猫当成宠物来养。只不过，在大晚上看见猫是个噩兆；如果猫看着你，双眼还闪闪发光，就更糟糕了。”

她松开了手，我心底似乎有些不舍。她认真地看着我说：“希望不会惹您生气，梅尔文先生。但我想问的是，一个遨游星际的种族怎么会迷信好兆头和坏兆头呢？难道迷基科技的本质是魔法？”

“不，不是的。很多迷基人根本不相信什么征兆，而且，女巫畏惧者或恶魔鼓吹者留意的征兆也不同。至于我个人为什么相信非实证的、不科学的征兆，答案很简单：因为宇宙中有很多迷基科技无法发现的因果关系，而女巫畏惧者已经成功预言了其中一部分。虽然我是个温和派，但不敢轻易冒险。”

“可您是一位人类学家，研究过那么多种偏见和迷信，难道不应该对自己的信仰一视同仁吗？”

我谨慎地等猫绕到房子另一面，然后对玛丽·达赫尔曼说：“难道地球上的人类学家是这样吗？那我可能不该把自己的职业翻译成‘人类学家’。在加入%沃尔格公司之前，我是安娜#格[1]太平洋飞地摩托公司的员工，在一个很好的团队里工作。作为人类学家，我负责筛选所有员工的背景态度。举个例子，一个食人族和一个激进派素食主义者不可以在生产线上并肩工作，因为不出三个小时，他们中的一个就会置对方于死地，导致公司赔钱。”

她不安地往地上一蹬，将秋千朝后甩去。“我们又回到了最初的问题：一个单一文化中怎么会同时存在食人族和激进派素食主义者呢？”

我陷入了沉思。她的问题似乎完全超越了文化的范畴，直击现实的核心。一直以来，我是在迷基人的认知框架内发挥自己的专长——虽然以迷基人的认知绝对提不出这种问题。也许，我应该从基础的部分抓起。

“我们的体系建立在混沌范畴之上。宇宙充满黑暗和痛苦，被邪恶、不公和随机统治着。讽刺的是，建立组织这一行为可能造成更大的破坏，因为社会组织天然具有垄断和僵化的倾向。组织一旦崩溃，就将给世界带来浩劫。所以，为了避免日后彻底崩盘，我们必须接受现有生活中的无序和暴力。

“每个迷基人都可以随心所欲。当然，人们为了生存相互合作，从而形成迷基文化中成千上万的组织、公司和修道院，但唯独不被允

1. 安娜#格（Ana#og），作者独创的外星语言。

许形成垄断。所以我们建立了裁判制度。我觉得地球上不存在可以与之比拟的实体。裁判制度杜绝了超大型组织的形成。我们的世界因此能灵活地适应自然。这个制度非常古老。”比地球古老得多，我在心里默默补充道。

她眉头紧锁。“我不明白。裁判是什么，警务人员吗？他们要如何阻止政府的形成？其他人要如何阻止裁判自行成为政府？”

迷基文化的奥妙砸得我晕头转向，简直比地球文化还让人着迷，好在我心里始终绷着一根弦，才不至于临时乱了阵脚。玛丽的问题打开了新世界的大门。我接下来的回答对双方来说都很新奇：“可能是因为裁判制度实在太古老了。除了一次微不足道的例外，四千年来所有迷基人都遵循这一传统。裁判好像起源于某个牧师阶层，一开始为大量游牧部落服务。裁判向来稀少，也不会携带武器，从小接受的教育是讲求智慧和灵活。他们身上确实有很多，呃，谜团，不过其他人倒没纠结过这一点。我记得他们需要服用一些奇怪的药物。你可能会觉得裁判被洗脑了，但自古以来，他们从未追求过权力。在绝大部分时间里，他们对行为科学进行理论研究，但真正的任务还是监督社会，防范极大实体。

“现在就有一个裁判监督着％沃尔格公司。如果他认为公司的体量太大了——这种情况极有可能发生，毕竟，％沃尔格公司有将近一万两千名员工——就会发布一个，呃，反垄断裁决：描述目前的情况，并要求公司进行变革，而且不能上诉。拒不执行反垄断裁决是唯一一个被所有迷基人认同的罪行。一旦拒不执行，所有迷基人都有义务采取反垄断行动，也就是说，摧毁犯罪者。有些反垄断行动甚至会投放核弹和出动军队——这是迷基星上最接近‘战争’的活动。”

玛丽·达赫尔曼仍然很疑惑。“说实话，我还是无法理解，为什么这个制度不会发展成‘裁判’的专政？”

“我对你们的文明也持相同的不解。”

“你们的‘组织’到底有多大？”

“可以只有一个人，也可以是一家子成员，迷基星上过半的组织都是由家庭组成的。其实，只要不破坏社会稳定或者规模过大，任何规格都无所谓。最大的组织应该是那些无害的宗教集团，比如小兄弟协会。他们的教义和你们的基督教很相似。为了避免收到反垄断裁决，他们从不宣教。另外，最大的‘军事’组织可以雇用大约一万五千名员工。”

“那么，一家公司要怎么实现星际飞行？”

“这一点很复杂。%沃尔格公司必须和上百个产业组织合作。这种体量极其接近垄断。”

她沉默地消化着所有信息，然后问我：“澳大利亚政府什么时候会收到反垄断裁决？”

我被她的纯真逗笑了，宽慰道：“你只管放心吧。我无意冒犯，但反垄断裁决只针对迷基组织。”

没想到，我的话让她情绪更低落了。她没有继续争辩，只是反问道：“所以，如果%沃尔格公司对我们进行种族灭绝，裁判也不会保护我们？”

这个结论令人不快，但确实符合惯例。杀害数百万人无疑触犯了反垄断的要求，可地球原住民又不是人类。

她好像笑了笑，声音低沉苦涩。转眼间，她又脸色一沉，落下泪来。这下糟了。我笨拙地搂着她的肩膀，想安慰她。在我眼里，她不再是原住民，而是一个感到痛苦的人类。“求你别哭了，玛丽·达赫尔曼。我的族人不是怪物，我们只想使用你们星球上无人居住的地区。那些地区对你们来说过于危险，而我们的到来会让地球更安全。移民北半球以后，我们会消除所有辐射和病毒。”

我的安慰也止不住她的眼泪，但她在我怀里依偎得更紧了。不一会儿，她低声说了一句：“历史重演了。”我们就这样坐了将近半个小时。

我回到地面基地后才意识到，鬼门大开的时间早就到了。我在外面逗留了很久，身上却连六芒星也没带。

第二天，我把设备都安装好了。他们分配给我的办公室距离供给中心只有五千四百米，离阿德莱德西部的郊区也很近，我挺满意的。虽然建筑材料都取自当地，但仍然还原了地道的#因姆维#[1]风格。地下室是休息和避难区，一楼是办公室，摆放着商用机器。外墙表面是手工抛光的硬木；屋顶铺着玫瑰色大理石砖，配有夜间躺椅和调酒机；屋顶中央架着一支无后坐力步枪，另有一幅实时地图，标记了建筑周围的雷区。屋内充满家的气息，这一点是我在迷基星上签合同时特别要求的。我原以为来到这种穷乡僻壤，合同上的待遇便一并失去了保障，没想到%沃尔格公司竟然信守了承诺。

我检查完设备后，便打电话给霍利格，要了一份他本人的任务日志。我想确认一下达赫尔曼的控诉是否属实。霍利格非常不乐意分享这些信息。我不免心生疑窦，指出没有背景信息我就开展不了工作，他这才同意给我一份副本。日志里记录的事件和达赫尔曼的描述八九不离十。不过在比勒陀利亚，祖鲁人用应急性制空武器攻击了空中坦克，因此，我们的反击也算师出有名。还有一件事达赫尔曼没提过：五天前，按照霍利格的命令，彻#烧毁了南美政府在巴拿马的移民食物供给，逼迫地球冒险队退回了原本的聚居区。我决定继续关注事态的发展，也许达赫尔曼声称的邪恶确有其事。

当天晚些时候，霍利格向我下达了第一项任务。他派我去堪培拉中央图书馆做记录和索引。这份活儿太无聊了，简直是刻意把我支开。接下来的几个星期，我都在整理设备。罗伯特·达赫尔曼给予了很大帮助。他给堪培拉的上级发了通电报，对面便同意我借用地球的文职人员（我猜测还有一个原因是他们渴望研究迷基设备）。我没有直接飞去堪培拉。霍利格让手下把设备送了过去，并教当地人如何使

1. #因姆维#（#imw#），作者独创的外星语言。

用。开工后我才发现，堪培拉中央图书馆非常大，几乎和母星的信息服务图书馆一样大。单单是管理索引计算机就占用了全部工作时间，内容则比我想象中有趣得多。等这份工作完成后，我收集到的资料会是通过私人渠道收集到的数倍。

另外，有一件怪事。随着时间流逝，我和玛丽·达赫尔曼见面的次数越来越多。一开始，我还不忘提醒自己，一切都是为了研究地球习俗而做的田野调查：今天去阿德莱德北部的荒地野餐；明天参观城市的商业区——这么多人日复一日地待在一起，真是太神奇了；接下来的一天又坐火车前往墨累桥[1]，铁路又臭又吵又脏，但很有意思，而且运输成本几乎和空运一样廉价。一路上，我还有聪慧、风趣的玛丽相伴，日子快活极了。但我还是得说，一切都是为了研究。

来到地球后的第六周，我邀请她参观了%沃尔格公司的地面基地。虽然从供给中心到阿德莱德西部只要四五公里，但我想让她从空中俯瞰整座基地，于是选择了空中汽车。我觉得这应该是她第一次飞上天。

%沃尔格公司的主领土是一块十五公里乘三十公里的矩形区域。十七年前，澳大利亚政府割让了这块土地，以酬谢公司在夏威夷战役中出面调停。你也许想问，为什么不索性绕开地球原住民，把所有基地都建在北半球？最重要的原因是，第一支舰队和第二支舰队都没有搭载大规模净化设备。此外，从迷基星运送货物到地球，每公斤要消耗近十万亿吨能源，负担非同小可。所以，当地的一切劳动力和原材料都必须为我们所用。鉴于地球原住民都在南半球，第一座地面基地也顺水推舟地建在了这里。

按照当地标准，%沃尔格公司开的工资相当高，吸引了足足三万个地球原住民来地面基地工作。很多人就住在附近，他们的聚居区被

1. 墨累桥，澳大利亚南部城市。

玛丽称为“小丑镇”。镇上的居民十分憧憬迷基的高端技术——有这份心自然是好事——甚至尝试效仿迷基生活的各个方面，结果显得不伦不类。依照地球原住民的眼光，镇上的居民打扮得很古怪，社会行为也五花八门。唯独在拥挤程度方面，小丑镇和澳大利亚的其他城市没什么两样。镇上的迷基科技确实比其他地方更普遍，可到处都脏兮兮的。这里的人口过于密集，追求无政府状态根本不现实。更何况，他们只拙劣地模仿了迷基社会的表面现象，根本没抓住反垄断和裁判的精髓。玛丽拒绝和我一起前往镇中心，因为里面没有警察维护治安。我觉得她其实是另有顾虑。

在我们下方，蔚蓝的大海在橙色和灰绿色的海岸上拍出一朵朵白色浪花。广袤的中心沙漠一直延伸到海边，谁能想到这片土地曾一度覆盖着草木？公司员工的私人办公室和工作间四下散落在沙漠和草地上，每一栋的外观都独一无二：有的如同沙漠中的绿洲，有的则是低矮的灰色堡垒，有的看起来就像地球原住民的房子。当然，员工中也有一些蒙昧主义[1]者，将房子藏得严严实实的，就连％沃尔格也不知道具体位置。整座基地看起来跟A1W1半岛上舒适的都市区没什么区别。想想看，如果公司当初建在北半球，眼前的舒适就和我们彻底无缘了，恐怕所有人都得搬进统一规划的穹顶建筑里。

我开车兜了一大圈，然后驶向中心地区。这里有一家机器人工厂，负责生产空中坦克、调酒机等当地人制造不出的东西。不一会儿，总着陆区和供给中心的通风柱就出现在我们眼前。附近是信奉集体生活的员工的住宅区，比如性爱俱乐部和小兄弟协会。协会大楼连着一栋低矮的附属建筑，用于收留无情感父母所生的孩童，甚至还用于安置地球原住民和迷基人的混血儿。生物学家惊讶地发现两个种族可以繁衍出后代，而一些人则视其为史前星际帝国存在的证据。

1. 蒙昧主义，一种反对理性、反对科学的唯心主义思潮，主张回到原始的蒙昧状态。

我停好车，和玛丽·达赫尔曼一起乘电梯来到供给中心楼顶的露天餐厅。这家实用的自助餐厅通常招待公司里热爱交际的员工。这里可以将帆船和冲浪的人尽收眼底，还能看见三四栋建在海上的房子。

我们一坐下，就有两名原住民侍者过来点单，其中一名冷冷地盯着玛丽。好在他们的服务态度还算礼貌。

玛丽目送他们离开，然后说："你知道吗？他们恨极了我。"

"啊？他们为什么要恨你？"

"因为我，呃，在和'绿人'——也就是你——交往。我读大学时见过盯着我的那名侍者，他人非常好。他本来在研究低能核反应，这个领域在战前有着很大的研究空间。可是，迷基科技太先进了。除非按照你们的模式从头开始，否则他一辈子也研究不出来。从此，他放弃了自己的人生，在餐厅里给人端盘子，简直像个奴隶。"

"他不是奴隶，姑娘。%沃尔格公司可不是奴隶制组织。这个伙计现在是深受信赖和照顾的侍者——或者说雇员，如果你接受这个称呼的话。他如果不想干了，随时可以收拾行李离开。外面还有数不清的地球人愿意为我们开的工资折腰。"

"我说的'奴隶'就是这个意思。"玛丽没有继续解释，而是反过来问我，"你和'原住民女孩'一起闲逛，难道你的朋友们没有意见吗？"

我笑着说："首先，我没有闲逛，因为你是我的研究对象；其次，我身边没有那种交情好到可以做朋友的人。别忘了，就连和我同行的人都还在休眠呢。

"确实有些迷基人赞成和当地人搞好关系，比如小兄弟协会。一有机会，他们就怂恿我们出去和当地人'做爱'，还是说那个单独的动词'爱'？我记不清了。我知道，公司里有些人讨厌你们，比如霍利格和彻#。不过，我用不着向他们打报告。如果他们出面阻止，那得先问问它的意见。”我敲了敲手腕上的自动镖枪。

“是吗？”她正打算说下去，就看见侍者端着餐盘过来了。食物的味道还不错，我们好几分钟都没说话。吃完饭，我们便坐下来欣赏冲浪，只见一对夫妇乘着动力板，在海湾中和海豚互相追逐，橄榄色的皮肤在蔚蓝大海的映衬下闪耀着光泽。

玛丽再次开口道：“我一直搞不懂那个霍利格。他太奇怪了，哪怕他是迷基人——无意冒犯。霍利格好像觉得地球人都是愚蠢无知的懦夫，可他自己看起来更像地球人，而不是迷基人。”

“他其实来自另一个亚种，就像澳大利亚人和祖鲁人的区别。他的骨骼结构和我们的不太一样，而且他的皮肤是浅灰色的，不是橄榄绿色。他的祖先格洛因人生活在另一片大陆上，一直没有脱离新石器时代的文明。大约四百年前，我的祖先占领了他们的土地。当时，我们已经发明了枪支，对付霍利格的族人自然是轻而易举。他们一旦反抗，就会有伤亡，人数也一天天减少；如果不反抗，便会被送进保护区。我记得，保护区的最后一个格洛因人大概五十年前去世了，其他人则选择了和主流人种杂交。霍利格是我见过的最接近纯血格洛因的人。可能这就是他走原始风的原因。”

玛丽说：“如果他不是冲着地球人来的，我应该会同情他。”

我不太理解她的话。霍利格的祖先或许受过屈辱，可他本人现在的生活比祖先的优越多了。

我们附近坐着一对迷基人情侣。他们言辞激烈，不一会儿便直接掐起来了。男人率先骂了一句脏话，女人也不甘示弱地骂了回去。她举起一把刀扎向对方胸前。男人连忙向后一跃，把椅子撞翻在地，下一秒也抄起刀，划破了女人的身体，殷红的血液从绿色皮肤里流了出来。玛丽见状倒吸一口冷气。他们围绕桌子张牙舞爪地打斗着，时而虚晃一枪，时而果断出击。

“罗恩，快想想办法！他在杀人！”

“玛丽，不用管他们，只是普通的情侣拌嘴。”他们在用餐区斗殴，确实违反了公司规定。可两人都没有使用强力武器。

玛丽大惊失色。“情侣拌嘴?！怎么会——”

“是的，”我说，“他们在争一个女人。”

听完我的话，玛丽的脸色很差。那对迷基人情侣刚闹起来时，有一个小兄弟协会的成员从另一边冲了出来。此时，他正站在一旁，恳求打斗双方尊重生命的神圣，和平解决分歧——可惜当事人实在没有慧根。男人威胁小兄弟协会的成员，说再不滚蛋就朝他吐口水；女人则瞅准男人分神的时机，刺中了后者的手臂。这时，公司的一名负责人来到楼顶，警告迷基人情侣在禁区斗殴将面临天价罚款。两人这才罢休，骂骂咧咧地互相远离。小兄弟协会的成员还在找机会说和，便和他们一起走进了电梯。

玛丽看起来很沮丧。“你们的性生活简直把自由恋爱烘托成了一夫一妻制。”

“不，不是的，玛丽。其实每个迷基人都有自己的性观点，就像地球上的所有性习俗是同时共存的一样。只不过，很多人只认可其中一种。”我决定不在她面前提性爱俱乐部。

“你们有婚姻吗?”

“这正是我准备说的。很多迷基人都会结婚，我们也有对已婚女性的尊称——‘亲’，就像地球人的‘夫人’一样，比如史密斯亲就是史密斯夫人。我估计，有将近百分之十五的迷基人属于你口中的一夫一妻制，但还有更多人从未参与过你认为的那种变态活动。”

她摇了摇头。“你知不知道——要不是掌握了先进的科技，你们准会被送进疯人院。我个人很喜欢你，可你们迷基人太奇怪了。”

我不禁微微动怒。“你们才是疯子。派来地球的%沃尔格公司员工都通过了智力和兼容程度的选拔，但凡奇葩一点儿的都没机会来。”

玛丽的声线有些颤抖：“我……我知道这件事。只是你们太特别了，很快，我所熟悉的一切就会消失：我的同胞要么死亡，要么归化——也许死亡的可能性更大。不，别否定这件事。像格洛因人遭遇的事件，在地球历史上发生过不止一次。六百年前，欧洲人从石器文明的印第安人手中夺走了北美。其中有一群印第安人——一个叫切罗基的部落——意识到他们没有分毫胜算，认为无论自己对欧洲文明多么抵触，唯一的活路只有归化。于是，切罗基人也建立了学校和城镇，还用自己的语言印刷报纸。然而，他们的努力并没有博取欧洲人的欢心。欧洲人对切罗基的土地垂涎不已，为了达到目的，他们不择手段地驱逐印第安人。这场闹剧最后以切罗基部落横穿半个大陆、退居至沙漠保护区而告终。你看，就算切罗基人有心归化，也和格洛因人落得一个下场。

“罗恩，你们现在的所作所为，跟迷基人祖先或者地球上的欧洲人有区别吗？我的同胞会惨遭屠杀吗？还是说，寥寥无几的幸存者也会入乡随俗，最终成为迷基人？有没有什么办法能从你们手里救救我们？”她抓住了我的手。我看得出来，她正强忍着泪水。

没什么好解释的，我爱上她了。小兄弟协会式的道德主义教养突然成了我的桎梏。此刻，她只消轻启朱唇，我便会二话不说冲下楼去，从沙滩径直游到南极洲。她流转的眼神和柔软的双手已经让我彻底沦陷。一时间，我心中难以平静，怀疑她是否知道自己拥有可怕的力量。我说：“我会尽力的，玛丽。别担心，我们已经比对付格洛因人那时候进步了很多，只有少数人想伤害你们。但我会尽自己所能保护你的同胞避免遭到屠杀和剥削。这个承诺够吗？”

她握紧了我的手。“够了，它比过去任何一个承诺都有分量。”

“那就好。”我站起来，想尽快摆脱这个沉重的话题，“来，带你去看看我们的设备。”

我带她去了原住民事务科办公室。尽管原住民办不是私人住宅型办公室，但仍能看出霍利格异常明显的个人风格。凑近看，这里就像一个格洛因岩巢——在沼泽和人造丛林中堆积着巨石。我差点没发现无后坐力步枪和机枪藏在哪儿。室内保留了新石器时代的装饰，计算机设备和电视屏幕被遮蔽在编织窗帘后面，发出的光芒从巨石的缝隙间照了出来。霍利格拒绝雇用地球原住民，他的迷基人办事员和技术人员此刻还在外面吃午饭。

在办公室另一头，一条小瀑布淙淙地涌入水池。霍利格的办公间就在水池旁，被一块巨石隔板挡在前面。我发现水面荡漾的涟漪正扭曲地倒映着办公间。这就是开放式建筑的常见问题：既不算真正的房间，也没有隐私可言。我透过水面看见了上下颠倒的霍利格和彻#的倒影，便示意玛丽保持安静，然后跪在地上凝神静听。他们的对话在流水声中难以分辨。

彻#正在说话，当然，他说的是迷基语："霍利格，你过去已经够开明了。我只是建议对以前的政策做适当延伸。一旦%沃尔格也同意，公司上下便不会再有其他人反对。地球原住民已经提供了我们需要的所有材料，彻底没用了。他们是害虫。为了防范他们的蛮横攻击和无理取闹，公司每个月要白白花费两千工时。"他的手上挥舞着一沓文件，"我的计划很简单：我们从地面基地撤退几个星期后，向三个聚居区发射轨道辐射导弹，再投放致命病毒来消灭幸存者。全程估计得耗费十万工时，但这是一桩一劳永逸的买卖，我们的地面设施也不会受损。你只要藏好我们的小算盘，别在轨道基地的人面前露出马脚就行。"

"够了！"霍利格暴跳如雷，一把揪住彻#的披风领子，把他从座位上拎了起来，"你这个歹人，我要向轨道基地告发你。如果你脑子里再敢想这个计划，我就亲手杀了你——如果%沃尔格不先动手处死你的话！"他把安保科副主任扔到地上。彻#挣扎着站了起来，正要拔枪开火，就看见霍利格的枪口明晃晃地指着自己。他往地上啐了一口唾沫，便跑出了房间。

"怎么回事？"玛丽低声问。我摇了摇头，不想把这段对话翻译给她听。霍利格的反应真叫我惊喜。看见他对彻#的态度，我几乎喜欢上了这个家伙。罗伯特·达赫尔曼对霍利格是梅林的猜想不攻自破，除非霍利格故意给我演了一出戏。难道彻#才是那个伪装成地球反叛军的人吗？他刚刚把地球原住民的破坏当作开展种族灭绝的借口。还是说，梅林表里如一，就是一个由疯狂的地球原住民创建和管理的恐怖组织？事情全部搅在一起，犹如一团乱麻。

彻#从霍利格办公室的通道大步走了出来。他经过时，一直恶狠狠地瞪着我和玛丽。

我又回头望向水池，看到霍利格发现了正在偷听的我。也许是因为小瀑布搅乱了水面，他的表情看起来跟刚才一样愤怒。如果是面对面碰上，我们可能会直接打起来。但霍利格只是展开隐私场，挡住了我的视线。

我的堪培拉中央图书馆项目很快便接近尾声。所有资料都记录好了，我还搭建了2e7学科的交叉索引。电子图书馆由此成为我最得力的研究助手。

达赫尔曼之前说地球的战前文明高度发达，这句话的确不是在开玩笑。如果北美人和亚洲人当时平息了战火，他们的太空探险队可能会在我们研发核弹的阶段就抵达迷基星。如此一来，地球原住民可能会移民我们的星球，岂不是形势逆转？

自北半球大战以来的两百年间，澳大利亚人为发展社会科学付出了巨大努力。可他们还是奉政府制度为圭臬，只不过剔除了其中的一些“恶意”。澳大利亚现在有将近一千一百万人，居民的生活水平相当高。事实上，我觉得生活在澳大利亚比在迷基星的大部分地区还轻松。可惜，澳大利亚人的生活方式注定要失败。

地球原住民也属于人类（这个简单的结论就是全部问题的答案，只是之前我当局者迷了）。我阅读所有资料，并试图从中寻找解决方案——就算无法拯救整个文明，也一定要拯救地球人的性命。

一连几个星期过去，解决方案毫无进展，就连我的公务都受到了影响。我甚至查阅了切罗基人的历史，了解了埃利亚斯·布迪诺[1]和塞阔雅[2]的故事。这段往事竟然和迷基与地球之间的现状惊人地相似。看来，地球人想保命的唯一出路，就是实施迷基制度。可即便如此，迷基人能保证不像安德鲁·杰克逊[3]总统那样消灭切罗基人吗？能保证以后不再觊觎地球上的土地吗？

我一边研究长远之计，一边留意着彻#的行踪。他有几个手下为人正直，我还借机结识了一名排长。来到地球第十周的某个深夜，一名武装人员向我透露，彻#计划第二天在珀斯[4]进行一场大屠杀。

当晚我便拜访了霍利格，毕竟，他之前对种族灭绝的反应让我相信，他会出手粉碎这场大屠杀计划。这位格洛因人工作到很晚。我走进原住民办的岩巢，发现他坐在办公间中央的石桌后面。他警惕地抬起头来，问道："怎么了，梅尔文？"

"你必须阻止他，霍利格。彻#率领三个排的武装人员飞去珀斯。我不清楚他在打什么歪主意，可——"

"是罗金汉姆[5]。"

"啊？"

"彻#正在飞去罗金汉姆，不是珀斯。"他认真地看着我。

"你知道这件事？他打算干什么——"

"我知道，因为是我建议他这么做的。我们已经查明，去年炸毁公司弹药库的几个原住民头目是罗金汉姆市的官员。我要以儆效尤。"他顿了一下，又冷酷地继续说下去，好像谅我也不敢反对似的，"到了明天这个时候，我要罗金汉姆十分之一的居民丧命。"

一时间，我哑口无言，过了半晌才回过神来，然后颇有一番新意地回应道："你不能这么做，霍利格。澳大利亚给我们惹的麻烦比

---

1. 埃利亚斯·布迪诺，美国律师、政治家，曾呼吁赋予黑人和印第安人公民权。
2. 塞阔雅，切罗基部落的银匠，曾耗费十二年时间创造出了切罗基文字。
3. 安德鲁·杰克逊，美国第七任总统，在其任期内与切罗基人签订了西迁条约。
4. 珀斯，西澳大利亚州的首府，也是澳大利亚第四大城市。
5. 罗金汉姆，澳大利亚城市。

南美和祖鲁少得多，滥杀澳大利亚人无异于向世人宣告：迷基反对和平。你这是在支持暴力。如果你真的掌握了罗金汉姆官员是梅林成员的证据，就应该让彻#实施逮捕，把他们抓回来接受公司的审判。你们现在的行为完全是武断的。”

霍利格往椅背上一靠，看起来格外坦诚，也格外严肃。他说：“罗金汉姆官员是梅林成员这件事，可能就是我瞎编的。如果有需要，我会再编点其他证据。”

我没料到他会直接承认，只好硬着头皮说：“明天一早，%沃尔格的次子就要从轨道基地上下来了。你是不是觉得他赶不上你们的计划？虽然我不知道你们为什么要这样做，但听着，等次子一着陆地球，我就会将这一切原原本本地告诉他。”

霍利格面带微笑地说：“出去。”

我转身向门口走去，意识到是自己太大意了，唯一的解释是我和地球人相处太久了。他们一般想到什么就说什么，因为政府的警察提供了公正全面的保护。这个想法之所以冒出来，是因为我分辨出了腕枪落进手掌的声音。我一头扑向地面，眨眼间，一枚0.07毫米的飞镖就击中了门洞右侧的巨石。随后我才意识到，自己正趴在一个小坑里，数块巨石爆炸而成的废墟就堆在身下。我的左臂被碎片刺到了骨头，已经没有知觉。

接下来的几秒钟，霍利格不顾一切地射出了大约二十枚飞镖。灯灭了。好几吨重的石头四下飞溅着碎片。岩巢的设计理念就是稳定至上，可霍利格在室内大动干戈，已经改变了整个桩基的结构。我没有被压死实属奇迹。突然，他尖叫起来，射击也随之停止。他被压死了吗？这个男人肯定是疯了，竟然在室内打出不止一枚飞镖。他是有多恨我啊！

骇人的回声逐渐消散，我这才听见霍利格咒骂的声音。室内已经面目全非。我从巨石的缝隙间看见了一抹天空，银色的月光照亮了飘浮在空中的尘埃。瓦砾中好像有半个人形。我现在才发现，岩巢比我以为的大得多，左边有一摞巨石直接塌进了地下。这个办公间可能只占总空间的一小部分。霍利格也许就藏在周围某块巨石后面，也可能藏在一百米开外——刚才的天崩地裂就是这么夸张。

“你还活着吗，梅尔文老伙计?”霍利格的声音听起来很清晰，是从我的右方传过来的，但隔着一定的距离。只要动静足够小，我也许有机会爬出去，驾驶空中汽车逃走。我也可以靠装死拖到明天早上，等霍利格的员工们过来；但他们之中也可能有霍利格的同伙，无论他在策划什么。最后，我决定采取第一个计划。我爬过旁边的一块巨石，绕过一大片被月光照亮的石头。遍地都是碎片，我肯定露馅了。只听身后传来脚步声，是霍利格寻过来了。这样下去行不通，我只要一踏出办公间，就会暴露在霍利格眼前，被他轻松击中。看来，得先除掉对手才能逃脱。更何况，如果让霍利格全身而退，他可以吩咐彻#的手下在着陆场截住我。我停下脚步，静悄悄地躺在黑暗中。我的左臂真疼啊，而且地面湿漉漉的，我肯定流了很多血。

“行了，梅尔文，说话吧。我知道你还活着。”我弯了弯嘴角。霍利格该不会天真地以为我会出声暴露自己的位置吧？难道他比我想的还要疯狂？他每次一开口，倒是大方地分享了自己的位置。

“只要你肯开口，我愿意透露更多情报。”也许他没那么傻，至少拿捏住了我最大的缺点：好奇心。如果霍利格死在这里，他的动机将永远是个谜。更何况，我也携带了武器。只要他继续说话，我就能摸清他的方位，不见得会落下风。

“行啊，霍利格，我同意和你交换情报。”我不小心说过头了，回答应该越简短越好。我留意着他的动静，却只听见说话的声音。

“瞧，梅尔文，我就是梅林。”他再次移动起来，我捕捉到了爬行的声音。为了获取我的位置，他已经百无禁忌。

现在轮到我开口了：“继续说，霍利格。”

“我早就该杀了你。当你偷听我和彻#谈话的时候，我以为你已经猜到了真相。”

今晚的惊吓可真不少，这不又来一个。霍利格对种族灭绝的态度分明更像在撇清梅林的身份。“可是为什么，霍利格？你得到了什么？你想得到什么？”

敌人笑了起来：“梅尔文，我是一个利他主义者，而且还是一个格洛因人，也许是最后一个纯血格洛因。地球原住民绝不会像我的族人那样束手就擒被你们征服。地球原住民也属于人类——他们必须被当作人来对待。”

好几个星期以来，这个观点一直萦绕在我的脑海里：地球原住民也属于人类——他们必须被当作人来对待。无论是切罗基人的悲剧，还是我早先关于拯救地球人的设想，都从根本上错了。霍利格的一席话让我如梦初醒，他的初衷确实出人意料，但也不是不能理解。说起来，我们算是一路人，只不过他的方法是行不通的。也许，我们之间的冲突根本不需要用枪来解决。

“听着，霍利格。还有一种不流血的办法，可以让地球人得救。”我花了大约两分钟时间，简要交代了自己的解决方案。

话音刚落，一枚飞镖就击碎了距离我三十米开外的巨石。只听霍利格开口道：“我不接受你的解决方案。我就是在和这种设想做斗争。”他仿佛在自言自语，执拗地重复着脑海中的逻辑怪圈，“你的解决方案是把地球人全部改造成碳基迷基人。地球的文化将荡然无存，就像格洛因的文化一样。与其落入你们这些怪物手中，不如索性战死沙场。为此，我成了梅林。我给地球反叛军提供支柱、保密信息，还有各种补给；我利用职务之便挑起事端，让软弱分子产生危机意识。最没骨气的要数澳大利亚人，他们的政府极其擅长咬碎牙齿和血吞。所以，我明天必须在罗金汉姆掀起腥风血雨。”

“你的计划太乱来了！”我脱口而出，“%沃尔格公司哪怕停在轨道上，也能毁灭地球上的一切生灵。”

“那也好过你设想的文化暗杀！我们要战斗至死。”我似乎听见了他的哭声，“我从小就生活在最后一个保护区，听着格洛因人最后的故事长大——我的族人在自己的土地上狩猎，直到被你们杀害、驱逐，被你们夺走一切有价值的东西。如果当时格洛因人拿起武器，我就不会出生在这个噩梦般的世界里。”一时间，我们都没有说话。

我慢慢地爬向他的位置，将左臂塞进衬衫，免得一路耷在地上。我估计霍利格也受伤了，因为他移动时也发出了拖曳的声音。

霍利格沉浸在自己的世界里，彻底打开了话匣子。他的状态不太对劲。我好不容易找到拯救地球人的解决方案，恨不能立刻离开这里。

“梅尔文，你别以为我会输。我没打算立刻起义，目前还在集结兵力。第三支舰队有一家二等机器人工厂，明天会和%沃尔格的次子一起着陆地球。到时候，彻#的部队远在西海岸，梅林成员劫持工厂和载具将不费吹灰之力。我已经相中了一个隐蔽的地址，周围还有各种矿田。再过几年，这家工厂就能为梅林提供所有武器和机械。总有一天，总有一天，我们会杀回来的。”

霍利格已经神志不清，把地球人当成了格洛因人。一颗神志不清的大脑策划不了机器人工厂计划，但一颗疯狂的大脑可以。我继续在巨石间穿行。月亮就在上方，照亮了一片片废墟。我知道自己离他不远了，便停下来观察前方。在五米开外，一束纤细的月光从上方的巨石间洒落下来。

“明天，没错，明天梅林会打一场了不起的大胜仗。”霍利格说话时，月光下的尘埃似乎在轻轻颤动。当然，这可能只是电线断裂产生的电波效应，但也可能是霍利格的气息搅乱了微小的颗粒。

我翻过最后一块巨石。为了不引发塌陷，这一枪必须干净利落。我赌中了。只见霍利格一跃而起，月色勾勒出他的轮廓。这名格洛因战士穿戴着木制护胫和护臂，站在家园的废墟上，誓要从外星怪物的魔爪下守护自己的生活方式。可惜，他迟了足足四百年。他比我先开枪，但打偏了。我打中了。最后一个格洛因人在炽热的闪光中陨落了。

我浑身是伤，回到车内打了个急救电话。接下来的几个小时，我的记忆仿佛不是自己的。凌晨两点半，我叫醒了裁判。这个时间点他并没有被惊扰，似乎面对任何情况都从容不迫。我把事情的来龙去脉和自己的解决方案都告诉了他。我对自己的口才有自知之明，所以，要么我的解决方案确实有价值，要么裁判是个大好人，总之，他接受了全盘计划，甚至包括对%沃尔格公司的裁决。说实话，我觉得他自己也能想到这个方案，只要再多给他一点时间。裁判上周才从轨道基地上下来，对地球人的研究刚刚起步。他承诺当天就会做出正式决定，然后再告诉我裁决的结论。

我飞回自己的办公室，把所有保护设备设成自动模式，然后睡了个昏天黑地。十五个小时后，我被谷里·吉姆裁判叫醒。他邀请我一起去阿德莱德。

在和霍利格对峙的二十四小时后，我们站在罗伯特·达赫尔曼的书房里。我给大家做了介绍："吉姆裁判能阅读澳语文字，但不太会说，所以由我来为他翻译。达赫尔曼学者，你的猜测得到了证实，霍利格就是梅林。只不过，他另有企图。"我解释了霍利格的真实动机，看得出达赫尔曼不禁目瞪口呆。"彻#对罗金汉姆的屠杀也取消了，你不用担心地球人的安危。"我缓了口气，然后直奔主题，"我找到了让你们这个种族免于灭绝的方案。谷里·吉姆裁判也对此表示同意。"

吉姆裁判把文件放在达赫尔曼的书桌上，简单客套了几句。达赫尔曼指着封面的迷基语问："这是什么？"

"澳语在另一面。我们向你——澳大利亚政府的代表——正式递交了一份反垄断裁决，内容包括指导你的同胞分散成至少十万个自治组织。彻#正在向南美政府和祖鲁政府递交相似的文件。你们有一年的改革时间。还有一件事：%沃尔格公司也收到了裁决，被要求至少分成四个竞争组织。"

我的雇主%沃尔格今天早晨收到了反垄断裁决，并对此非常不满。吉姆裁判告诉我，他的次子宣称我要是再敢出现在公司的地盘上，非开枪打死我不可。这段时间我得低调做人了。不过，我知道%沃尔格公司亟须招揽人才，他们早晚会原谅我的。我对此并不担心。只要能帮助地球人免受剥削，我的冒险就是值得的。

我原以为达赫尔曼会热情地支持我的方案，没想到他不情不愿地应了下来。吉姆裁判和我花了一个小时解释这份裁决的细节。结束时，我不免有些泄气，因为地球人的反应不像是劫后余生，倒像是我对他的种族判处了死刑。

向达赫尔曼告辞后，我看见玛丽坐在前廊的秋千上，于是让吉姆裁判先回了基地。老人家不愿领情，但玛丽一定会。毕竟，一开始是她有求于我。可以说，我这么做都是为了她。

我坐在她旁边的秋千上。

“你的手臂！发生什么事了?”她轻柔地摸了摸塑料纱布。我把霍利格的事情告诉了她。眼前的画面就像情景剧的结局：她钦佩地望着我，手臂也搂着我——男孩配女孩，等等等等。

“而且，”我继续说，“我找到了不走切罗基人老路的办法。”

“太好了，罗恩，我就知道你可以。”她吻了吻我。

“切罗基人的计划有一个致命缺点，那就是他们把自己和白人社会隔离开来，却占据着白人想要的土地。如果他们成为美利坚合众国的公民，那么没收土地和种族灭绝将不再合法。当然，我们迷基人没有‘公民’这一说，但裁判法适用于所有人类。我说服裁判宣布地球原住民也属于人类。我知道这个主意听起来很浅显，可以前没人想到过。

“种族灭绝现在遭到了明令禁止，因为这是一种垄断行为。现在，澳大利亚和其他政府都收到了反垄断裁决。”

不知为何，玛丽的激情顷刻间消失了。“我们的政府要被废除了？”

“噢，是的，玛丽。”

“再过几十年，我们就会变得和你们一样……变态、暴力，最后一死了之？”

“别这么说，玛丽。你们将学习迷基文化，还会建立一些地球人飞地。虽然这一进程无法阻挡，但至少你们活下来了。我救了——”

一时间，我以为自己脸上中了一枪。我的脑子嗡嗡地转了三圈，才意识到玛丽给了我一巴掌。“你这个绿东西！”她勃然大怒，“你什么也没救。睁大眼睛看看这条街，看看！这里很宁静，没有任何人在行凶，大多数人还算幸福。这个郊区的历史并不长，但居民的生活方式已经延续了近五百年。我们一直在努力过得更好，在很多方面都有所改善。眼看距离全世界和平共处只剩一步，你们这群怪物却闯了进来。城市都毁了，只因你们金口一开：‘它们太大了。’警察也没了，就凭你们信手一指，认定政府是‘垄断企业’。再过几年，整颗星球都会变成小丑镇。我们必须把别人当成畜生对待，才能在您慷慨的方案下苟且偷生！”她骂得上气不接下气，唯独怒气只增不减。

我这才意识到她从一开始就想表达的真正恐惧。她害怕死亡——人人都害怕种族的死亡——但她的家、她的家人、她的朋友也同样重要，还有她的购物中心、剧院、游戏以及礼节的概念。我们不会杀死地球人，这一点确凿无疑，可我们正在扼杀为生命赋予意义的一切。我其实根本没有找到解决方案，只是发明了一种不用流血的谋杀。我必须弥补这一点。

我想伸出手抱住她。“我爱你，玛丽。”我的声音含糊不清，“我爱你，玛丽。”这一句清楚了些。

她好像没听见，只是歇斯底里地推开了我。“霍利格才是对的，不是你！与其——”她说不下去了。她的拳头胡乱地向我的脸颊和胸膛招呼过来。她没有受过任何训练，但下手很重，也很坚决，确实打伤了我。我知道自己无法在保证她安全的同时阻止她，便在雨点般密集的攻击下站了起来，向台阶走去。她跟在后面，一边打一边哭。

我跌跌撞撞地走下台阶，她则留在前廊暗自垂泪。我一瘸一拐地从煤气灯下经过，走进了无边的黑暗。

作者的话：

揭晓答案：是反垄断法维持了无政府状态！当然，在现实世界里不建议这样做，因为这样的法律主要用于维持权力垄断。对于我笔下的外星侵略者而言，"法律"更像是一种宗教习俗。我还是觉得，这一方案的成功正是这些外星人最奇怪的地方。

APARTNESS

隔 离

Loading...

吴 垠 译

作者的话：

《隔离》最早刊登于麦克·穆考克主编的《新世界科幻》杂志。这是我发表的第一篇小说（虽然《书呆子快跑！》写得更早），后来还入选了一本年度最佳科幻小说选集，由唐纳德·沃尔海姆与特里·卡尔主编。这个成绩是每位新人作家都梦寐以求的。依我看，《隔离》之所以受到青睐，或许和创作灵感有很大关系：为什么南极洲没有"因纽特人"——没有传承已久的人类社会？是因为它离潜在的移民者太远了，还是因为它没有北极圈宜居？我阅读了一些文献，发现以上两种观点都说得通。在南极大陆上，科技水平低下的定居者或许有几个地方可去，但他们需要切实的移民动机，所以关键就是寻找动机。

1964年的时代背景确实能让人联想到一个惊悚的可能性——这个故事也因此逐渐成形。

"……可他看见了一束光！就在海岸线上。您明白它的含义吗？"迪亚哥·里贝拉-罗德里格斯俯身探过那方小木桌，强调道。一盏鲸油灯从舱顶垂下来。与迪亚哥交锋的人藏在阴影里，避开了昏暗的灯光。

在一瞬的沉默中，迪亚哥听见舱顶上方的海风在桅杆和索具间呼啸。他突然对甲板的来回晃动和鲸油灯的缓慢摆动有所察觉，整个人备受煎熬。可他还是牢牢盯着对面的人，想得到一个答复。终于，曼努尔·戴加多船长从阴影里探出了头。只见他脸上带笑，却不染一丝笑意；他的双颊瘦削，黑胡子棱角分明，这副模样就是身份的最佳写照——一位手下众多、身居军政要职的当权者。

"我明白。"戴加多船长回答，"岸上有人，所以呢？"

"没错，有人！就在帕默半岛[1]上！您想想，南极大陆上竟然住着人。就算改天在欧洲发现人类也不过——"

"别急，教授先生，我大概明白你的意思。"戴加多船长又露出了冷冰冰的笑容，"但'警戒号'——"

迪亚哥没有放弃。"我只需要上岸找到那束光就够了。您不妨想想这一发现带来的科学价值——"这名人类学家一脚踏进了雷区。

戴加多船长身上那股事不关己的冷漠劲儿一下子消失了，年轻却富有经验的脸上堆起了怒容。"科学价值？说得倒轻巧！你那些讨人厌的澳大利亚朋友知道得可多了，怎么不和大家分享科学知识？偏偏有些人同情心泛滥——"他指着迪亚哥，"为了两百年前已经研究过十遍的东西在南半球东奔西走。一群蠢猪，连化知识为利益都不懂！"最后一句话是戴加多船长最刻薄的谴责。

迪亚哥忍不住想回敬几句，但今晚一次祸从口出已经够了。当年北半球大战后，天下大乱，澳大利亚明智地（也是幸运地）保护了国内所有图书馆，没有任其被烧毁。戴加多船长对此心有芥蒂也是情有可原的，但迪亚哥的观点不一样。没错，澳大利亚人确实掌握着知识，迪亚哥心想，但他们颇有先见之明，意识到人类社会必须先经历一场根本性变革，才能让这些知识重见天日，否则只会再爆发一场南半球大战，害死所有人类。很多人都和戴加多船长一样无法接受这个观点。"船长先生，我们在做原创性研究。这么多年来，洋流和人口数量已经发生变化，我们收集的大部分数据和旧的对不上。沧海桑田，世事变迁，华雷斯今晚看见的那束光就是最有力的证据。"这一发现对迪亚哥·里贝拉而言尤其重要。作为一名人类学家，他全程一直在晕船，一件正事也没干，以至于不下一千次扪心自问：他到底为什么要组织这帮生态学家和海洋学家登船？现在，他的心底终于有了答案。只要能说服这位执拗的船长……

1. 帕默半岛，即南极半岛，位于西南极洲。

戴加多船长的神态放松下来。“教授先生，你最好别忘了，这艘船上本来也没有‘科学家’什么事。你们能登船就该谢天谢地了。”

船长说得对。帝国总统比戴加多船长还要排斥墨尔本大学的科学家。迪亚哥不忍回想自己为了安排队员登船，是怎样豁出面子去溜须拍马的。人类学家的态度不免恭敬起来，甚至有点卑微。“我明白，您手上的工作很重要。”突然，他说不下去了。该死的，他恨极了自己这副谄媚模样。讲道理也好，拍马屁也罢，这个蠢材全当耳旁风。于是，迪亚哥的语气变得强硬起来：“没错，您手上的工作当然要紧。帝国总统阁下的首席占星师在布宜诺斯艾利斯[1]大显神威，看了眼水晶球就对阿尔弗雷多四世宣布：‘群星归位，所有幸福和财富都在康尼岛上，去南边找到它。’然后，你们‘警戒号’的全体成员以及南美半数的精神病患者，为了寻找康尼岛而在南极洲海岸徘徊。”迪亚哥一口气发泄了个痛快。只不过，等气焰一消，他立刻清醒地意识到，自己的意气用事已经搅乱了全盘计划，就连他的小命也岌岌可危了。

戴加多船长不免一愣。他的视线越过迪亚哥的肩膀，注视着一面精心悬挂在门框和舱门顶端之间的镜子，最后才落回人类学家身上。“要不是我还算讲道理，不等天亮，你就会变成虎鲸的口粮。”他笑了起来，笑容真诚友善，“可你说得对，布宜诺斯艾利斯的那群蠢材连猪圈都管不了，更不配统治整个帝国。阿尔弗雷多一世确实是个人物，当之无愧的大人物。在战争病彻底衰退前，他一举统一了大陆，用铁腕手段实现了就连喷气式飞机和自动武器都做不到的壮举。可他的后代统统是神棍，尤其是现在这位……实话告诉你，我拒绝登岸也是事出有因。一旦回到布宜诺斯艾利斯，那个叫作琼斯-乌鲁蒂亚的帝国占星师准会拿此事做文章，说我对澳大利亚的支持者大献殷勤。帝国总统阁下只消点点头，可能就会让我终身流放北半球。”

---

1. 布宜诺斯艾利斯，阿根廷共和国的首都和最大城市。

迪亚哥一时语塞，暗自揣摩着对方出其不意的示好。不一会儿，他终于鼓起勇气说："我还以为你喜欢占星师呢，因为你好像特别讨厌我们这群科学家。"

"你这是在给人贴标签，迪亚哥。我不排斥贴标签，如果有用我就喜欢，如果没用我就唾弃。在过去的一段时间，有一些自称是占星师的人在预测方面颇有成效——这档子事是真是假，谁也说不准，反正我不感兴趣，因为我情愿活在当下。话说回来，如今这帮占星师纯属诈骗，根本得不出什么结论。你先别得意，你们这帮科学家也没研究出什么结果。如果某天占星师的预言成真，那我会立刻接受他们那一套。届时，你和你的科学方法将成为异端邪说——这就叫两害相权取其轻。"

此人是个纯粹的实用主义者，迪亚哥心想，或许事情还有转圜的余地。"我明白了，船长先生，我倒是有个主意可以让您免受上岸的惩罚。几个世纪以来，很多东西都发生了变化。"他拐弯抹角地说，"曾经位于大海之中的孤岛，如今可能已经和大陆相连。只要让占星师相信……"他有意不点破最后半句话。

戴加多船长立刻想通了其中的关窍，松口道："嘿，这是个好主意！说实话，我也很好奇到底是什么生物会定居在这片严寒地带，而不是南半球的其他地方。

"很好，就这么办。你先出去吧。我得把整件事都推到占星师身上，等会儿谈话的时候如果你仍在场，他们恐怕不会轻易买账。"

迪亚哥一下子站起来，甲板的摇晃和突然起身的眩晕让他差点没站稳。在他打过交道的所有南美长官里，戴加多船长无疑是最不寻常的一位。

"感激不尽，船长先生。"迪亚哥踉跄着走出舱门，穿过门口的风暴灯。迎着海风，他走进了南极洲短暂的黑夜中。

占星师们确实上钩了。凌晨两点半，太阳刚刚升起，帝国军舰

“警戒号”便改变航线，驶向此前目击到光束的方向。日出后不到六个小时，三条登陆小船顺利下水，准备朝海岸驶去。

迪亚哥·里贝拉–罗德里格斯早已迫不及待，匆匆登上了第一条小船，并未留意到帝国占星师凭借他们的有利地位也坐了进来。天空十分晴朗，但海风仍掀起了波浪，将刺骨的海水溅在船员们身上。登陆小船在海水里一会儿上浮一会儿下沉，起起伏伏实在令人难挨。

“啊，你终于对我们的‘探索’提起兴趣了。”一个尖细的声音打断了迪亚哥的沉思。他转过身去，发现说话的是胡安·琼斯–乌鲁蒂亚，帝国总统首席占星师的助理。显然，这个年轻且愚蠢的神秘主义者打心底里相信康尼岛的预言，否则他应该和布宜诺斯艾利斯的其他享乐主义者待在一起，留在阿尔弗雷多四世的宫廷里。戴加多船长坐在一旁。这位好船长一定特别擅长忽悠人，因为琼斯似乎把登岸这个主意归在自己头上了。

迪亚哥竭力露出微笑：“啊对，呃——”

琼斯不依不饶地追问：“说说看，你们这些连《纯正原教旨》都不读的人，会相信这里存在生命吗？”

迪亚哥忍不住呻吟起来，然后发现戴加多船长正在一旁笑话自己的难堪。他心想，如果小船再晃一次，他就要叫出声了。尽管小船并没有停止晃动，但迪亚哥默默地将尖叫咽回了喉咙里。“我们确实没料到，是的。”迪亚哥挪到船边，心中责怪自己为什么非要急着去坐第一条小船。

他不想再对上琼斯那张肤浅、得意的脸，便朝地平线远远地望去。海岸是灰色的，巨石遍布，十分荒凉。浪花在岸上冲刷出白色的泡沫，在其他地方则闪烁着黄色或红色的微光，可能是某种水藻的颜色。研究生态学的队员应该能认出来。

“前面有烟！”第二条小船上传来了微弱的惊呼声。迪亚哥眯起眼睛，细细地打量着海岸。在那儿！沿岸低矮的小丘后面，一缕薄雾袅袅升起，又被海风搅散，几乎看不出烟的形态。万一那只是一座萎靡的活火山呢？这个令人沮丧的答案还是第一次浮现在迪亚哥的脑海里。这倒是正中地质学家的下怀，可对迪亚哥而言毫无意义……无论如何，再过几分钟就真相大白了。

戴加多船长估摸了一番形势，对桨手简短地吩咐了几句。船员们摇桨的节奏变了，将船头掉转九十度，使船身逐渐和五百米开外的海岸及浪花平行。后面的船只也纷纷效仿。

没过多久，海岸线陡然内收，露出一条狭长的海湾。昨晚“警戒号”的航向肯定恰好和这条水道的走向一致，才使得华雷斯看见了那束光。三条小船都驶入了狭窄的海湾。不久后，海面上的风停了，他们只能听见狂风肆意凌虐沿岸山丘时发出的尖啸声。海面平息下来，冰冷的海水不再拍打船身，但船员们的派克大衣上已经结了一层盐。之前的海水泛着黄色，现在则呈现出橘色，甚至红色，而且越往里颜色越浓，鲜艳的藻华和光秃秃的荒丘形成了强烈的对比。本该生长植被的地方覆盖着大小各异的灰色巨岩。周围一片雪花也没有。等到冬天，也就是五个月后，这里才会下雪。迪亚哥觉得，这里的夏景比南美最荒凉的冬景还要凄怆：猩红的海水、灰暗的山丘，唯一稍显正常的是湛蓝的天空，还有在山谷里投下阴影的太阳。太阳虽然刚刚升起，看起来却像要落下一样。

迪亚哥凝神观察着海峡，渐渐把晕船、荒地和血色的海水抛在脑后。他看见了他们：不是夜色中朦胧的灯光，而是人影！他看见了他们的小屋，显然是用石头和兽皮搭建而成的，一部分深埋进土里。他看见由小屋组成的小村庄前面摆放着两种船：一种像是革船，又像是独木舟，还有一艘是更大的白色船只（那究竟是什么？）。紧接着，他看见了人群！虽然看不清那一张张脸上的表情或他们身上服装的样式，但此刻能看见人就足够了。这可是前无古人的发现，是牛津、剑桥或加州大学洛杉矶分校早已作古的学者都不曾知晓、也无从知晓的东西。这是人类的首次发现，不是什么第二次、第三次或第四次！

他们为什么会出现在这里？迪亚哥问自己。他曾经在墨尔本大学读过几本关于极地文化的书，了解到极地的定居者通常是被竞争的族群逼迫过去的。这次迁徙背后的力量是什么？这些人又是谁？

小船在平静的海面上迅速前进，没过多久，迪亚哥便感觉到船触底了。他和戴加多船长跳进红色的海水，帮桨手把船拖上了岸。迪亚哥一边焦灼地等待另外两条载着科学家的小船，一边留意着周围的原住民，恨不得立即了解他们生活的全部细节。

原住民们都站在原地，没有一人逃跑，也没有一人发起攻击。他们就站在迪亚哥一开始看见他们的位置上。原住民们没有皱眉或挥舞武器，但迪亚哥本能地察觉到他们并不友好：一张张脸上既没有微笑，也没有迎接客人的肃穆。他们似乎是个骄傲的种族。成年人都很高，脸上沾满污垢，皮肤又黑又皱。人类学家无法准确判断他们的种族。从嘴唇来看，他们大多数人都没有牙齿。孩子们躲在母亲身后偷看，这些母亲看起来老得可以当他们的曾祖母了。如果这些原住民来自南美，迪亚哥认为他们的平均年龄应该有六七十岁；然而，他心里很清楚，这些人不过二十来岁。

根据对原住民的面部脂肪组织的观察，迪亚哥认为他们已经适应了严寒的气候。也许他们是因纽特人，但在北半球大战肆虐期间，从地球的一极奔赴另一极在技术层面上是不可行的。他们的外套和革船的材质似乎都是海豹皮，但外套的样式非常简陋，比迪亚哥在照片里见过的因纽特人的大衣笨重多了；手中的鱼叉也远不如他记忆中那般精巧。他们如果真的属于被认为已经灭绝的因纽特人，那么应当是一个非常原始的分支。此外，他们的毛发太浓密了，不可能是纯正的印第安人或因纽特人。

迪亚哥心不在焉地注意到，占星师们只是瞧了瞧小村庄，便不再施舍第二眼。他们追随康尼岛而来，自然对臭烘烘的原住民心无波澜。迪亚哥苦涩一笑，想知道如果琼斯发现康尼岛曾经是一座游乐园，又会是什么反应。北半球大战后，世间传闻四起，关于康尼岛的传说可谓是其中最离奇的一个。琼斯让自己的手下爬上附近的一座小山，显然是为了观察这片土地的全貌。戴加多船长急忙在这些神秘学家周围部署了十二名船员。这位优秀的船长已经预料到，万一占星师们有个好歹，自己将会是怎样的下场。

迪亚哥的思绪回到最初的问题上：这些人来自哪里？他们是怎么来到南极洲的？也许这是解开谜题的最佳视角，因为人可不会像庄稼一样从地里冒出来。那些独木舟——其实并不是真正的独木舟，因为船只边缘无法围住船员的下半身——在开阔的水面上根本划不出十公里。海滩那边的大白船怎么样？它看起来可比独木舟坚固多了。迪亚哥仔细瞧了瞧，认为那艘大白船甚至有可能以玻璃纤维为原材料，这是一种战前的建筑材料。也许，他应该走上前去再看一看。

一声叫喊吸引了迪亚哥的注意。他一转身，就看见载着大部分科学家的第二条登陆小船在岩石海滩上着陆了。他沿着海滩奔向下船的队员，简明扼要地分享了自己的结论。解释完毕后，迪亚哥挑选了安立奎·卡多纳和阿里·华雷斯与原住民谈判，他们俩都是生态学家。三人一齐走近人数最多的一群原住民，对方只是冷冷地看着他们。在沉默的部落成员几步开外，南美人停下了脚步。迪亚哥举起双手以示和平，率先开口道："我的朋友，我们可以看看边上那艘美丽的船吗？我们绝不会破坏它。"对方没有回应，但迪亚哥察觉到那股剑拔弩张的气氛更浓厚了。他又试了一次，先用葡萄牙语，再用英语，最后让卡多纳用祖鲁语重复了一遍，华雷斯则献上了蹩脚的法语。对方还是没有任何回应。不过，他们手中的鱼叉似乎颤抖起来，空闲的另一只手也偷偷摸向了骨刀。

"行，见鬼去吧！"卡多纳气冲冲地说，"来吧，迪亚哥，我们直接过去看看。"脾气暴躁的生态学家当即转身，走向那艘神秘的大白船。这下不会理解错对方的敌意了——原住民们纷纷举起鱼叉，将骨刀也亮了出来。

"等等，安立奎。"迪亚哥急忙制止。卡多纳停下了脚步。迪亚哥确信，这名生态学家只要再往前一步，就会立刻被穿成肉串。"等等，”迪亚哥·里贝拉–罗德里格斯继续说，“我们时间充足。而且，现在这么做太冒险了。”他指了指原住民的武器。

这时，卡多纳也注意到了那些武器。“好吧，那就迁就他们一会儿。”他似乎觉得鱼叉是一种羞辱而非威胁的方式。三个人从对峙现场退了下来，迪亚哥这才注意到戴加多船长的手下已经拔出一半的枪。他们险些酿成一场屠杀。

科学家只好在小村庄的周边进行观察，以慰藉自己蠢蠢欲动的好奇心。这种科考方式倒是比直接接触更令人愉快，因为那些小屋周围堆满了污秽。再过一个世纪左右，这里就会形成土壤。大约十分钟后，部落的男性成员重新开始修理独木舟，显然正在为捕猎海豹的远征做准备。海豹和海鸟原本栖息在海岸的大部分区域，但小村庄周围的动物已经被猎杀殆尽了。

如果能和他们交流就好了，迪亚哥心想。原住民很可能知道自己的来历，至少会以传说的形式代代流传下来。事已至此，迪亚哥不得不采取最迂回的方式进行调查。他在脑海里整理出已知的事实：原住民的种族尚不确定；他们毛发浓密，身体似乎跟已灭绝的因纽特人一致，具备耐寒性；这些原住民在所有物质层面都非常原始，他们的工具和技术远不及因纽特人的精妙发明；他们没有掌握任何当今世界广泛使用的语言。还有一件事，小村庄中央燃烧的火堆没有任何实际用途，似乎只是出于宗教目的。以上就是全部事实。所以，这些人到底是谁？答案如此扑朔迷离，以至于迪亚哥一心扑了进去，不再惦记那些噩梦般的灰色地貌和正午“落日”。

半个多小时过去了。地质学家们对这片区域稍稍提起了兴趣，迪亚哥却越来越恼火。他没有胆量靠近原住民或那艘大白船，但心中的渴望偏偏越发强烈。也许，正是这份焦灼放大了他的感官，在所有科学家中，他第一个透过尖啸的风声，听见了落石的撞击声和人的呼喊。

他转过身，看见琼斯一伙人逃命般地奔下旁边的一座小山。只要踏错一步，他们就会集体屁股着地，一路滚下来。沿途松动的石块先他们一步落入谷底。下山后，占星师们还是一股脑地往前冲，把保护他们的船员远远甩在身后。

“不知道是什么在咬他们。”迪亚哥对华雷斯打趣道。

从戴加多船长身边冲过时，琼斯大吼一声：“我们好像找到它了，船长！海里有某种人造的东西。”他胡乱地指了指自己刚刚逃离的小山。

占星师们一股脑地挤上小船。戴加多船长见他们打定主意要离开，便安排了十五名船员去帮忙划船，又安排了相同数目的一群人到另一条小船上。几分钟后，两条小船顺利下水，朝开阔的水域驶去。

“到底是怎么回事？”迪亚哥冲戴加多船长喊道。

“我知道得不比你多，教授先生。我们去看看吧。如果你愿意跟我一起散散步，”他朝小山点了点头，“也许能赶在琼斯乘船到达之前一睹‘真容’。你们其他人留在这里。”戴加多船长对剩下的船员说，“如果这些原始人敢觊觎我们的小船，就举起你们的枪——瞄准他们。”

“你们这些科学家也一样，尽可能都留下来保护船只。毕竟，返回‘警戒号’的水路可不好走。我们出发吧，迪亚哥。你也可以带上几个你的队员。”

于是，迪亚哥、华雷斯、戴加多船长和三名船员一同出发了。他们行动缓慢地爬上山坡。小山上的巨石并不牢固，一路危机四伏。他们到达山顶后，狂风扑面而来，拉扯着他们的外套。视线范围内没那么多山丘，但远处能望见构成半岛主体的山脉。

戴加多船长往前指了指：“如果他们发现的东西在海里，就只剩那个方向了。来时我们已经见过海岸的其他地方。”

一行人开始朝戴加多船长指的那个方向前进。寒风扑面，他们走得极为艰难。十五分钟后，他们翻过一座平缓的山丘，抵达了海岸边。这里的海水呈现出清澈的蓝绿色，浪花拍打着岩石海滩，看上去就像是太平洋的海水冲刷着智利某个荒凉的海岸。迪亚哥俯瞰着海波，只见两个鲜明的黑色物体刺破了柔和的银色海平面，棱角尖锐，无疑是人造物。

戴加多船长从外套里掏出一副双筒望远镜。迪亚哥惊讶地发现，上面是现存最精细的光学仪器的标志：美利坚海军战争物资。这样一副望远镜，在某些交易市场上甚至抵得上“警戒号”一整艘船。戴加多船长把望远镜举到眼前，观察着海面上的黑色物体。三十秒过去了。“总统的个妈呀！”他轻声惊叹道，然后把望远镜递给了迪亚哥，“你也看看吧，教授先生。”

人类学家的视线扫过海面，定格在那些黑色物体上。尽管它们已沉入浅水中，外壳被冬天的海面冰块凿穿了，迪亚哥还是一眼认出那些黑色物体是两艘船，以原子能或石油为动力的战前船只。在视线边缘，迪亚哥看见两个白点忽上忽下，正是“警戒号”的两条登陆小船。每隔几秒钟，小船就会消失在翻涌的海浪里。总算接近那两艘沉船后，两条小船又二话不说掉头离去。迪亚哥心下了然：琼斯发现这些残骸跟沉没在布宜诺斯艾利斯的阿根廷军舰没什么两样，便丧失了兴趣。占星师此刻肯定气疯了。

迪亚哥的目光一寸一寸地拂过沉船残骸。其中一艘已经半沉入海中，被另一艘遮住了。他凝眸看向较近的那艘船，船头的一串字母映入眼帘，冰块和海水已经磨蚀了塑料船壳上的大部分字迹。只见船头写着：S-Hen-k-V-woe-d。

“老天爷！”迪亚哥喃喃道，不用看便知道另一艘船写的是“国家号”。他一言不发地把望远镜递给华雷斯。

谜底揭开，他找到了原住民们被驱逐到这里来的原因。“如果祖鲁人知道了这件事……”迪亚哥的声音越来越小，最后沉默不语。

“是啊。”戴加多船长回答道。他也知道自己看见了什么，因此声音格外压抑。“好了，我们回去吧。这片土地不合适……不合适。”

众人转身往回走。船员们其实也轮流使用了望远镜，但他们辨认不出那些黑色物体有什么特别之处。说不定，那些占星师也没意识到这一发现有多么重大。唯有华雷斯、迪亚哥和戴加多船长三人，知晓了原住民的来历之谜。如果这件事走漏出去，一定会酿成大祸，迪亚哥暗自忖度着。

在回去的路上，风在众人身后推着他们前行，但没有加快他们的步速。他们几乎花了一刻钟才到达山顶，俯瞰着小村庄和猩红的海水。

迪亚哥低头看见部落的男性成员正紧紧围在一起，而所有科学家和船员都站在十英尺开外。在两拨人之间，还夹着一个南美人。迪亚哥定睛一看，认出那个人正是安立奎·卡多纳。生态学家正在愤怒地比画着，动作夸张。

“噢，不！”迪亚哥赶紧冲下山坡，戴加多船长和其他人则紧随其后。人类学家下山的速度比之前那群占星师还快，简直是他以为的人类极限速度的两倍，就连鞋底带起的小小落石也赶不上他的脚步。这样一番折腾下，迪亚哥抵达山脚时简直找不着北，急忙静下心来观察眼前的局势。

卡多纳正在嘶吼，好像嗓门大就能让原住民听懂似的。他身后聚集着一群生态学家和生物学家，他们急不可耐地想去考察小村庄和船只。卡多纳跟前站着一个高大瘦削的原住民，至少四十岁了。即使站在远处，迪亚哥也能看出那位原住民首领正憋着一肚子怒火。另外，他的外套是迪亚哥见过的最不实用的一件，绝对是由海豹皮制成的双排扣西装的粗糙仿制品。

卡多纳扯着嗓子喊道：“该死的，为什么不让我们看看你们的船？”迪亚哥鼓起最后一股劲儿，一边冲刺一边喝止卡多纳。可惜太迟了。人类学家刚抵达对峙现场，穿着古怪外套的原住民首领就挺直身子，指着所有南美人，然后高声疾呼道：“in dí nam niutrantsfals mos yulisterf！”（迪亚哥只能尽量用西班牙语还原这句话。）

举在半空中的鱼叉纷纷掷出。卡多纳顷刻间倒下，身体被三支鱼叉贯穿，还有几个南美人也接连倒地。随后，原住民们拔出骨刀，趁乱冲上前来。迪亚哥耳边传来一声巨响，只见戴加多船长掏出手枪，击毙了原住民首领。受到惊吓的船员们回过神来，也把枪口对准了原住民们。迪亚哥从身侧的口袋里掏出自己的手枪，一边开火一边冲向那群原住民。单发手枪的子弹很快打光了，科学家和船员们只好改用小刀。接下来的几秒钟如同炼狱：白刀子进去，红刀子出来，比海湾里的水还红。人类学家踉跄着穿过满地蠕动的躯体。四下回荡着嘶吼声和紧张的叫喊。

两队人马势均力敌，互相厮杀。仅剩的清醒意识告诉迪亚哥，占星师们乘坐小船回来了。他注意到，小船上的船员们正在调整火枪，只待进入射程后向原住民开火。

在一片混乱中，迪亚哥被挤出了战况最激烈的地方。他们必须撤退，否则再过几分钟，海滩上的人数就不足原来的十分之一了。迪亚哥对戴加多船长吼了几句，对方竟然奇迹般地听清了，并且表示赞同。撤退是唯一明智的选择。幸存的南美人衣衫褴褛地奔向登陆小船，原住民们则紧紧追在后面。海面上响起了尖锐的枪鸣，小船上的船员利用两队人马一前一后的间隔开火了。南美人终于摸到自己的小船，齐心把它推入水中。迪亚哥和另外几个人背过身，一起抵抗原住民。火枪已经吓退了他们中的大多数，可仍有少数人持刀冲向海滩。危急关头，残存的记忆派上了用场，迪亚哥唤醒在“安分”的童年时期习得的一项技能：他抓起一枚石子，抬起手臂，沿着水平的轨迹投了出去。石子狠狠击中一个原住民的眉心，只见他朝前一扑，便趴在地上不动了。

迪亚哥转过身，追寻着登陆小船蹚入海水。其他后卫队员也紧紧跟着。一只只手从船边伸出来，急切地想拉他们上去。只要再走几英尺，他们就安全了。

突然，一股冲击力撞得迪亚哥向前一栽。他倒下时，看见一支猩红的鱼叉从外套的右侧口袋下方穿了出来，脑海里不禁一片空白。

为什么？为什么人类总是重蹈覆辙？迪亚哥还来不及思索这个转瞬即逝的问题，整个人便淹没在了茫茫的红色海水中。

一缕和风穿过宽敞的窗户，吹进一栋平房，带来了远处聚会的欢声笑语。这是一个凉爽的夜晚，夏天即将结束。秋天的第一缕气息让黑夜变得愉快诱人。这栋房子所在的小山脊曾是拉普拉塔[1]的旧海岸线。窗外的草坪和树篱逐渐向城区的平原延伸。城里的油灯散发着微弱但悦目的光芒，勾勒出纵横交错的齐整街道，照亮了一栋栋只有一两层楼高的建筑。灯火延续到海滨便消失了。再往远处望去，可以看见一簇簇移动的黄色灯光，来自在拉普拉塔航行的各路船舶。在视野的最左边，熊熊烈火环绕着海军围场，政府在里面研发某种秘密武器，也许是蒸汽动力战舰。

这是一派平静的景象，一个愉快的夜晚。准备工作基本上完成了。他的桌上堆满了对计划的答复，内容都鼓舞人心。这项工作很辛苦，但也有一番乐趣。更何况，布宜诺斯艾利斯实在是最理想的大本营。阿尔弗雷多四世正在巡视西部各省。更准确地说，帝国总统和他的宫廷成员正在圣迭戈的娱乐场所游玩（好像他在布宜诺斯艾利斯还玩得不够尽兴似的）。帝国卫队和秘密警察都聚集在总统身边（阿尔弗雷多四世平生最害怕宫廷政变），因此，布宜诺斯艾利斯比往年松懈得多。

没错，整整两个月的辛劳。很多大人物都被秘密地告知了这一计划，并纷纷在回信中表达出热忱的态度。至于那些对计划不利的家伙，消息好像还没有传到他们的耳朵里。当然，知情者越多，计划暴露的风险就越大。可是，这个险他不得不冒。

是的，迪亚哥·里贝拉-罗德里格斯心想，距离血湾战役（那次海湾大战的命名自然而然就这么定下来了）已经过去了两个月。他

1. 拉普拉塔，布宜诺斯艾利斯省的省会。

暗自祈祷那些原住民没有出于惊吓而抛弃那个小村庄，或者更糟糕的是，陷入大屠杀后的饥荒。要是安立奎·卡多纳那个蠢材乖乖闭嘴，双方本可以和平告别，甚至是友好告别。同行的伙伴们也不用白白丧命。

迪亚哥若有所思地挠了挠腰间。当时只要再偏一英寸，他就没命了，一旦那支鱼叉再往上一丁点……不单单是他自己走运，还要庆幸旁边的人反应迅速，及时出手斩断了鱼叉上的粗绳。否则的话，只要鱼叉被往回一拉，上面的倒钩就会置人于死地。更不可思议的是，他竟然靠"警戒号"上恶劣的医疗条件撑了下来。现在，他全身只留下了一对匀称的圆形疤痕。整件事的经过足以让人从此成为神的信徒，或者反过来，被吓得魂不安生……

明年一月，他将再次启程，随行的是一支秘密探险队，由他本人倾力组建。九个月的等待实在漫长，但今年秋天或冬天他们肯定走不了，而且搜罗合适的设备也需要大量时间。

一阵沉闷的敲门声打断了迪亚哥的思绪，他起身走向大门。这栋房子位于城内最豪华的地段，正是大人物支持他的计划的证明。迪亚哥猜不到门外是谁，但满心期待对方手里有好消息。他拉开了门。

"堪布韦·卢纳玛！"

一个祖鲁人站在门口，黑色的脸庞几乎融入了夜色。他有两米多高，体重将近一百公斤，简直是超人的化身。祖鲁政府曾广泛安排这一超级种族来处理外交事务。毫无疑问，这种手段导致了不少优秀人才的流失。在南美，人们普遍相信一个祖鲁人的价值相当于其他任何国家的三名战士。

一声惊呼过后，迪亚哥陷入了不安和困惑。他对卢纳玛有点儿印象，对方是祖鲁驻布宜诺斯艾利斯大使馆的"真知部高等专员"，也就是一名宣传官员。卢纳玛曾多次出面讨好布宜诺斯艾利斯大学的学术界，也许是为了笼络澳大利亚的同情者，以应对将来南美政府和祖鲁政府的冲突升级。

尽管祖鲁人的出现不合时宜，但迪亚哥不住地祈祷，希望对方只是出于巧合前来拜访。他镇静下来，装出一副温和的笑脸，招呼道："进来吧，堪布韦。我有好长时间没见到你了。"

祖鲁人笑了起来，洁白的牙齿和黑色的皮肤形成了鲜明的对比。他轻快地走进房间，一身长袍由鲜艳的红色、蓝色和绿色纤维编织而成，与灰暗色调的南美人正装截然不同。一把二十毫米口径的左轮手枪挂在他的屁股后面——祖鲁人的外交理念确实独树一帜。

卢纳玛轻快地迈进房间，坐了下来。迪亚哥三步并作两步走到桌前，匆忙坐下，不动声色地挡住祖鲁人的视线。哪怕让客人看见一封信，他的计划都不得不宣告失败。

迪亚哥有意在客人面前表现得松弛一点，开口道："很抱歉，我没有茶水可以招待你，堪布韦。家里现在一滴水也没有。"一旦起身，人类学家遮挡的信件就藏不住了。他语气友善地打开话匣子，追忆起了往昔，"还记得有一次，你的孩子们把脸涂白，跑去新玫瑰宫[1]吓唬——"

卢纳玛笑着打断了他："行了，伙计，我这次来是为了说正事。"他说话带着时髦的伪卡斯蒂利亚[2]口音，而他本人无疑认为这是一种贵族的象征。

"哦。"迪亚哥回答道。

"我听说你明年一月要去帕默半岛探险？"

"是的。"迪亚哥镇定地说。也许还有机会，也许卢纳玛并不了解事情的全部真相。"这件事本来是个秘密。如果帝国总统阁下发现你们的政府知道了——"

"行了，迪亚哥，这可不是什么秘密。我知道你们找到了'亨德

---

1. 新玫瑰宫，阿根廷总统府，因整座建筑呈玫瑰色而得名。
2. 卡斯蒂利亚，伊比利亚半岛历史上的一个王国，于公元九世纪建立，与阿拉贡王国合并后形成今日的西班牙，其语言逐渐成为西班牙的首要语言。

里克·维沃尔德[1]号’和‘国家号’。”

“噢？”迪亚哥怔怔地问，“你是怎么知道的？”

“你告诉了很多人，迪亚哥。”卢纳玛轻轻一挥手，“总不能指望每个人都守口如瓶吧？更何况，这么大的事怎么可能瞒得过我们？”他的视线越过人类学家，语气发生了变化，“三百年来，我们屈居于白色恶魔的统治之下，然后发生了针对北半球的天谴——”

祖鲁人对北半球大战的称呼倒是别致，迪亚哥心想。那是一场倾尽灭世武器的战争，核武器、生物武器、化学武器纷纷上场。焚毁中国的余烬摧毁了印度尼西亚和印度，墨西哥和中美洲随着美国、加拿大一道消失了，北非和欧洲同归于尽；生化武器和核武器的地狱之火蔓延到了南半球，令它千疮百孔。只要再投下几枚核弹和几种病毒，这场战争就会无名而终，因为世间再也没有人能够为它记录。这就是卢纳玛口中的北半球天谴。

“恶魔们失去了朋友的庇护。然后，六十日自由之战开始了。”

那六十日内，既有白色恶魔，也有黑色恶魔，还有各种肤色的圣人、勇士奋起反抗种族灭绝。但奴隶制由来已久，圣人们战败了。再一次失败。

“在起义之初，我们只有步枪和匕首，对方却拥有机枪和战斗机。”卢纳玛仿佛陷入了自我催眠，继续道，“成千上万的同胞牺牲了性命，但敌人的数量也在逐日减少。到了第五十天，我们拥有了机枪，而他们只剩下步枪和匕首。我们在卡帕和德布（祖鲁语里的开普敦和德班）围剿了最后一批敌人，把他们赶进了海里。”

的确，迪亚哥心想，最后的非洲白人从码头和阳光海滩退入大海。祖鲁人成功灭绝了白人，并自以为从这片土地上抹去了阿非利卡的文化。显然，他们错了。任何中立的观察者都看得出来，阿非利

1. 亨德里克·维沃尔德（1901—1966），荷兰出生的南非政治家，于1958年到1966年间任南非总理，是南非种族隔离政策的支持者。

卡人已经留下了永久的印记，就连如今非洲人无比珍重的“祖鲁”这个名字，多多少少也是英语的变体。

“到了第六十天，我们确信这片土地上再也没有一个白人，除了一小拨漏网之鱼。他们是最高级别的阿非利卡官员，可能还包括当时的首相。他们征用了两艘豪华轮船——‘亨德里克·维沃尔德号’和‘国家号’，赶在自由解放卡帕的好几个小时前离开了。”

绝望的儿童、女人和男人，一共五千人挤在两艘豪华轮船里。他们迅速横跨南大西洋，在阿根廷寻求庇护。但阿根廷政府已经自顾不暇。

当两艘轻量的阿根廷巡逻舰重创“国家号”之后，阿非利卡人才醒悟过来：南美不会向他们伸出援手。

也许是为了绕过火地群岛[1]抵达澳大利亚，两艘船开始向南航行——这是两百年来留给世人的最后信息——直到“警戒号”闯入帕默半岛。

迪亚哥知道，同情心并不会阻止祖鲁人下令摧毁那群移民者的弹丸之地，便换了条策略说道：“你说得一点儿没错，堪布韦。可是，求求你们放过敌人的后裔吧，别去摧毁他们。帕默半岛上的部落是这个地球上仅存的极地文化了。”迪亚哥也知道这个理由多么牵强，恐怕只能打动像他这种人类学家。

祖鲁人似乎大吃一惊。他努力将故土的腥风血雨赶出脑海，反问道：“摧毁他们？我的朋友，为什么要摧毁他们？我只是过来问问，你的探险队里能不能加几名真知部的观察员？因为我想更全面地报道这件事。只要好好讲道理，我觉得那个阿尔弗雷多应该不会反对。”

“摧毁他们？”卢纳玛又一次重复这句话，“别犯傻了！他们是过去那场毁灭的活化石。他们把那个遍地冰块和岩石的地方叫作新德

1. 火地群岛，南美洲最南端的岛屿群，由主岛大火地岛及周边小岛组成。

兰士瓦[1]，是不是?”他笑了起来，“甚至还选出了一位首相，就是那个冲着南美人挥舞鱼叉、牙齿掉光的老头。”显然，卢纳玛的线人当时也在现场。“他们比因纽特人还要原始，不过是一群靠海豹脂为生的野蛮人。”

突然，贵族口吻的快活劲儿从他身上消失了。此刻，这双眼睛流露出一种古老的、悠久的仇恨——正是这种仇恨鞭策祖鲁人崛起，也是这种仇恨为一场新的半球大战埋下隐患。(除非澳大利亚的社会学家先想到维持和平的办法，这件事已经刻不容缓。)吹入房间里的微风不再凉爽、轻柔。一阵寒风凭空诞生，那是数世纪以来无数冤魂所化的虚空。

“得知那群野蛮人独享着自己的优越性，我们实在惊喜。”卢纳玛迫切地向前凑了凑，“他们终于如愿以偿与世间隔离。就让他们烂在那里吧……”

1. 德兰士瓦，南非东北部地区，是南非政治经济的核心地带。

THE PEDDLER' S APPRENTICE

小贩学徒

Loading...

[美] 弗诺·文奇　[美] 琼安·文奇　著

罗妍莉　译

作者的话：

多年以来，弗雷德里克·布朗[1]的短篇小说《致凤凰的信》一直令我着迷。假设一个人孤身存活的时间超过了他所处的文明，然后又历经了新一轮文明，乃至再下一轮，那会如何？布朗笔下的主人公近乎永生。如果借助某种假死的方式，一个普通人也可以实现类似的效果，除了疯狂的好奇心之外，这样一位时间旅行者具有怎样的动机呢？或许，我可以写一个小贩的故事，他的生意跨越了时间而非空间。不过，这位小贩只能在时间线上单向移动……因此，对他来说，预估下一个时间港口的“消费者需求”将是个大问题。

二十世纪六十年代末，我曾围绕这个想法断断续续地写出一部分内容，却没能把故事写完，于是将其束之高阁了。事实证明，这种做法再机智不过了。

从1972年到1979年，我与琼安·文奇结为夫妇。当然，我们一直在讨论各自的不同项目，与这样一位优秀的作家共同策划是件相当愉快的事。然而，虽然我们讨论过那么多情节，但只合著了一篇小说。我给琼安看了关于时间小贩的故事片段，把我对结尾的想法告诉了她。我们细聊了一番，认定需要一个故事“框架”来把松散的部分整合到一起。(我想，我们俩使用故事框架的次数都不多，这是其中一回。) 琼安撰写了《小贩学徒》的故事框架和后半部分，然后把我的草稿重写了一遍。成果见下文。请注意，在写到某一处之前，这篇小说的作者是我（后来由琼安进行了修改），在那一处之后作者变成了琼安。你能发现这个转折点在哪里吗？

1. 弗雷德里克·布朗（1906—1972），美国科幻小说、推理小说作家。

法伊夫的领主巴克利一世懒洋洋地窝在宝座里，看着他的两个小儿子在空荡荡的谒见厅里练习格斗。匕首虽是木头制成的，这番较量却不假。年纪较小的幼子落了下风。领主巴克利拽了拽沉甸甸的金耳环。棕色头发的哈纳班身材瘦削，是他心头最宠爱的孩子，因为他们在外貌和性情上都十分相似。

这位平原领主身材高大，蓬乱的棕发如今两鬓已见斑白。尽管多年的阅历让他将想法隐藏于心，但那张瘦削的狐狸脸庞上，一双蓝眼睛依旧流露出令人忐忑的锋锐之色。自从他夺得封地的控制权以来，已经过去了二十多年的时间。若没有充分的理由，他不可能在并不稳定的宝座上稳坐这么久。

哈纳班大喊一声："特雷斯，看那边！"趁哥哥分神转身之际，他在对方胸口上猛敲了一记。此时，领主眼中闪现出难得的赞许之色。

"我赢了！"哈纳班兴冲冲地尖叫起来。特雷斯厌恶地做了个鬼脸。

孩子们的父亲轻声笑了起来，当听到外面传来的一阵骚动时，他的脸色忽然一变。谒见厅的另一头，带窗的沉重大门猛地打开，领主的信使抛下守卫，从高高的天花板下穿过。谒见厅里传出了阵阵回声。信使低头鞠了一躬，步枪蹭到地板上发出咔嗒一声。"大人！"

领主巴克利打了个响指。张着嘴傻看的两个孩子默不作声地溜出了谒见厅。"起来吧。"领主不耐烦地说，"出了什么讨厌的事？"

"大人。"信使抬起布满灰尘的脸，察觉到了领主的高地人口音，暗自皱了皱眉，"有消息说，海上诸国又召集了一支军队。他们正在翻越沿海的山脉，而且——"

"不可能！不到半年前，我们刚把他们掳掠一空。"

"大人，他们在沿海地区有很多人。"信使站在原地辩白道，"而且这一回，杰利·煞克斯图斯跟南境达成了协议。"

领主巴克利身子一僵。"从我记事那会儿开始，他们就一直争斗不休。”他皱起眉头，拽了拽金耳环，“可现在，他们唯一的敌人成了我。该死！”

他心烦意乱地听着信使的禀报，然后突然站起身，不假思索地把对方打发走了。谒见厅沉重的大门重新关上时，他已经大步走向电梯，经过了通向弹道式飞行器出口的竖井。这里已有三十多年未曾使用了。他的高帮软底靴踩在冰冷锃亮的地板上，没有发出半点声响。

领主巴克利站在城堡的护墙高台上，俯瞰着广袤的领地——上百英里宽的大山谷中有着富饶而平坦的农田——这是南境和西土都觊觎的沃野。田里已经翻过土了，露出了黑黢黢的土壤，为开春的播种做好了准备。眼下不是召集军队的好时机，他确信敌人对此一清二楚。天气格外晴朗，在视线范围内的东面，可以辨认出灰紫色的山壁——那里便是高地，他出生的地方。此刻，那里对他而言还具有更重要的意义。

他回想着过往三十年的时光，干爽的风吹乱了他的头发。他那双晒黑的双手紧紧抓住护墙。墙体绿黑相间，看不见缝隙，颇为古色古香。“该死的，贾吉特先生。”他对着风说，“在我需要魔法的时候，你又在哪儿呢？”

在维姆·巴克利十七岁生日那天，一名小贩从东方来到了达克伍德角。时值初夏，被松林覆盖的山峦矗立在达克伍德角外，巴克利仍能看见山上的积雪反射着阳光。

就在短短一周前，东山口还被厚达三十多英尺的积雪所覆盖。可现在，高地上的积雪终于融化，雪水顺着常年干涸的沟壑奔腾而下，把利特比格溪变成了一条轰鸣的冰冷洪流，冲刷着道路北侧小屋下方的土地。

小贩拉着运货车沿东边的道路向达克伍德角走来时，一阵寂静笼罩了镇上的人群。那辆运货车高约十英尺，长约十五英尺，两侧是雕刻了图案的木制挡板，被漆上了鲜艳的颜色。挡板在车轮上方蓦然弯出一个弧度，在顶端合并成一个呈三角形的车篷。巴克利看到那些车轮像柳木般细长，直径却超过五英尺宽，不禁惊奇地张大了嘴。在车身的重压下，车轮在泥泞里陷进去半英尺深，但运货车仍毫无阻碍地穿过道路，没有印下车辙。

尽管如此，小贩还是用力拉着车，把腰弯成了近九十度。这家伙看起来矮墩墩的，皮肤比巴克利见过的任何人都要黑，尖尖的黑胡子微微倾斜上翘，划出一道坚定的弧度。他沿着布满车辙的道路晃晃悠悠地走着，泥浆没至脚踝，小腿上方的皮革紧身裤很干净，闪着黑亮的光。他迈着沉重的步子走在路中央，几条有瘰疬的狗在他周围警觉地嗅闻着。小贩没有理睬它们，就像没有理睬紧盯着自己的镇上居民那样。

巴克利把空杯子推到昂兹·朗普斯特面前，后者坐的位置离酒馆门口最近。"再来一杯。"他说。昂兹咒骂着从台阶上站起来，钻进酒馆不见了。

巴克利的注意力一刻也没有离开过那个小贩。皮肤黝黑的男人走到镇中心时，路面变得开阔起来，他拉着运货车迈进了泥潭。那里原先矗立着亨利寡妇的房子，直到被利特比格溪冲毁。此时，陌生人吸引了在场每一个人的注意，就连镇上的铁匠也从炉火边走开，站在门口，目光顺着街道望向小贩。

小贩转过身背对着他们，冲着彩漆运货车尾部的一个制动装置踢了一脚，让车身陷入泥泞中。他回到车前，转了转嵌在木制挡板上的一个小轮子，一面蓝色的三角窄旗从车篷顶上冒出来，轻快地随风招展。车上传来叮叮当当的清脆旋律，声音吸引了所有人。酒馆变得空无一人，街角剩下的人都跑到了街上。昂兹·朗普斯特匆忙搜寻着音乐的源头，险些从木台阶上跌落。他重重地一屁股坐下，把续满酒的杯子递给巴克利。可巴克利并没有理睬他。

当小贩转身重新面向人群时，诡异的音乐停止了。众人鸦雀无声，溪水声显得格外响亮。然后，矮个子男人用令人惊讶的低沉嗓音对大家说道："我叫贾吉特·卡切图里安茨，贩卖的是优质锻造品，有针、刀、扁斧头——你们要吗？"他拉开运货车上的一扇小窗，一块货架从侧面摇晃着伸出来，露出一排又一排亮闪闪的刀和针，精细极了。巴克利只能看见阳光照射下的一片闪光。"乡亲们，过来吧。看一看，摸一摸。告诉我，你们觉得这些能值多少钱。"这样的邀请没有重复的必要——几秒钟后，他就被团团围住了。镇上的居民在小贩身边挤来挤去，他只好爬上运货车侧面的一个小台阶，好让人群仍然可以看到自己。

巴克利手下的弟兄们站了起来，但他依旧一动不动地坐着，锐利的脸上摆出一副全神贯注的表情。"坐下。"他的声音刚好能让这几个人听见，"你们的眼珠子都快瞪出来了。我们要是在这儿动手，镇上的人会立马剥了我们的皮。人太多了。坐下！"他朝最近那人的小腿踢了一脚，是巴斯卡·亨利，然后对昂兹·朗普斯特的弟弟说，"索塞德，把你那枚大戒指给我。"

他们都坐下了。索塞德怒瞪了巴克利一眼，然后从脏兮兮的羊毛袖口伸出佩戴着珠宝的拳头。"巴克利，你怎么突然变得这么暴躁了？"他气呼呼地把戒指扔进对方手里。

巴克利一言不发地转过身，把那枚金戒指递给了巴斯卡丰满的美貌女友。"好了，艾美，你去运货车那儿看看能不能给我们买几把刀——别太长，大概这个长度吧。"他伸出手指比画了一下，"弄清楚它们是怎么固定在架子上的。"

"没问题，巴克利。"她从台阶上站起来，装腔作势地迈着小碎步，穿过泥泞的道路，向围住小贩的人群走去。巴克利做了个鬼脸，心想，巴斯卡给她买的红色针织裙可能太紧了。

小贩仍在喋喋不休地招揽生意，声音几乎盖过了利特比格溪的潺潺水声："乡亲们，拿你们的刀跟我的比比吧。我的刀上一点划痕都没有，看见了吗？现在，你们认为它值多少钱呢？我收金子、银子，或者手工艺品。我还需要一匹马走完那些该死的小道，因为我自个儿的马没了。”他朝东山口的方向挥了挥手。这时，镇上的人已经挤得水泄不通，人人都想寻个机会，验一验这些闪亮的金属，并出个吸引小贩的价码。艾美扭动着身子，熟练地钻进人群，不出片刻，巴克利便见她的红裙子出现在人群的前排。她兴冲冲地抚摸着商品，与其他人一道争先恐后地吸引小贩的注意。

哈纳班·克罗伊在硬邦邦的木台阶上动了动身子。“三只金猪说那个外地人其实是从西边来的。他故意从东侧进入这里，是想从人们嘴里打探消息。在山口以东，没人能造出这样的刀。”

巴克利略一点头。“可能吧。”他注视着小贩，手指伸进蓬乱的棕发，摸了摸被半遮半掩的粗大金耳环。

小贩开始大搞四方竞价。镇上有许多人都想用毛皮或弓弩与他交易，但贾吉特·卡切图里安茨对这些东西不感兴趣。这样一来，他的潜在客户范围就大大缩小了。即便是在跟下方的人群激烈争论时，他仍不忘用那双敏锐的黑眼睛在街上来回扫视。酒馆旁边的那伙人被他尽收眼底，他用冰冷的眼神盯着巴克利看了良久。

小贩从货架上拿起几根针，递给下方的人，很明显，买方用来交换的是金属。艾美至少拿到了两根针。然后，他抬起双臂，示意众人静一静：“乡亲们，我真的很抱歉，在你们还没做好迎接我的准备时便贸然前来。今天先散了吧，等明天你们拿出可以交换的东西，咱们再试一试。说不定，我连毛皮都可以收几张呢。如果你们愿意的话，也可以牵着马来。既然我特别需要它，那我可以出两把甚至三把扁斧头，以交换一匹好马或者骡子。好吗？”

不好。有几个失望的居民企图把商品从货架上撬下来。巴克利注意到，他们没有成功。小贩拽了拽运货车前方的绳索，货架向内一转，木制挡板又回到了车两侧。人群慢慢散去，巴克利看到艾美手拿两根针，还有一块印花布，仍然在与小贩热情地交谈。

小贩从腰间取下一条银链，从运货车的车轮间穿过，缠绕在旁边的一棵树上，然后跟着艾美穿过了马路。

昂兹·朗普斯特冷哼一声："那家伙就是个小不点儿。还用说吗，我们轻而易举就能搞定他。"

"可能吧……"巴克利点了点头，但并没有听进去，怒气让他的双眼变成了幽蓝的寒冰。

艾美领着小贩径直走到酒馆的台阶上。"哦，巴斯卡，快瞧瞧卡切图里安茨先生卖给我的针吧。"

索塞德艰难地站了起来。"你这傻不拉叽的小……小……我们叫你去买刀。刀！你居然拿我的戒指买了针！"他从艾美手里一把夺过印花布，开始撕扯。

"嘿！"艾美火冒三丈，开始对着他猛捶，试图抢回她的战利品，"巴斯卡，让他住手！"巴斯卡和昂兹把索塞德拉开，从他手里夺回了针和布。艾美噘嘴道："大笨蛋！"

巴克利皱起眉头，喝了一口酒，他的注意力始终没有离开过那个小贩。皮肤黝黑的男人站在原地，逐一打量着这伙人，双手放松地垂在身体两侧，面带微笑，那双镇静的黑眼睛将一切尽收眼底。这样一双眼睛不该长在那张胖乎乎的脸上。巴克利不自在地挪了挪身子，忽然觉得没了把握，这样的感觉啃噬着他的心。你有多少机会站在这里，在一场胜负未卜的比赛里一试身手呢？这样想着，于是，他把心中的忐忑甩到一边，站起身，猛地伸出手来："卡切图里安茨先生，我叫维姆·巴克利。对于索塞德的行为我向你道歉，他成天都醉醺醺的。这是实话。"

小贩只得略微把手抬高，好与他握手。"大伙儿一般都叫我贾吉特。很高兴认识你。这位艾美小姐告诉我，你和你的手下有时会受雇保护像我这样的人。"

小贩背后的巴斯卡·亨利听得目瞪口呆，艾美则露出了忸怩的傻笑——每隔一段时间，她就会证明一下自己并不像看上去那么蠢。巴克利慎重地点了点头，"我们确实可以保护你，而且服务绝对价有所值。这里的山上常有强盗出没，不过，面对六张好弓，他们多数都会打退堂鼓的。”他瞥了索塞德一眼，“应该说是五张好弓。”

“那好吧，我愿意给你们点生意做做。”矮胖的小个子男人温和地笑了笑。有那么一会儿，巴克利觉得奇怪，在这样一张脸上，他似乎看出了一丝阴险毒辣的迹象。

于是，他们就这样出发了。时值初夏，但高地更像是停留在了生机勃勃的春天：明媚的蓝天下遍地葱翠，积雪垒成的脏兮兮的冰丘正在融化，古老花岗岩露出了地面。奔腾的溪水一路欢歌，从高地山谷中飞流直下，汇入瀑布和急流，冲刷出白色的泡沫，在基岩上方升腾起一层闪闪发光的薄雾，高不过寸许。在他们身后，冰川环绕下参差不齐的山峰渐行渐远，但天气并没有变暖。冰冷的流水无处不在，让空气保持着凉意。

小贩与六名“护卫”同行，沿着一条蜿蜒的小路前行，穿过飒飒作响的幽深松林。这条路不时被高地草甸阻断，草甸上盛开着繁星般鲜艳的花朵。低矮的草丘累得他们脚踝发酸。当他们经过沼泽时，即便天气凉爽，也有急不可耐的蚊子成群地飞来飞去。巴克利的高帮软底靴踩在湿漉漉的软泥地上，发出咯吱咯吱的声响。

不过，在暮色降临之前，一行人还是成功走到了女巫谷小道。对于拉着运货车的马儿而言，这段路变得好走些了。昂兹·朗普斯特在队伍最前方护卫，侧翼是胖嘟嘟的哈纳班、巴斯卡、肖蒂，索塞德·朗普斯特则负责殿后，这时他差不多已经清醒过来了。在高地，人人都走得小心翼翼，尤其是强盗。

这一天的大部分时间里，巴克利一直默不作声地走着，倾听着潺潺的流水声、高地上的风声，以及松树间啁啾的鸟鸣——倾听着人类背信弃义的声音。不过，一路上似乎并无旁人。出了达克伍德角之后，他们在大约四英里外见过一个农民，从那以后就一个人也没见过了。

昨天，小贩曾向巴克利打听本地的情况，包括达克伍德角附近住了多少人，镇上的居民以什么为生。听说这里大多是零散居住的农民和猎人，而且没什么钱后，小贩似乎很失望，说他的商品更能引起城里富人的兴趣。巴克利立刻承认，在高地人当中，下山到过大山谷的人并不多，他就是其中之一。大山谷一直延伸到平原的大城市法伊夫。只要小贩肯花钱，他们非常乐意带他到平原去。巴克利试图通过流露出一点贪婪的神色，来掩盖他们“护卫”的真实意图。小贩拿出镶嵌着珠宝的奇怪银球作为报酬的一部分，让他们对他接下来的计划多了几分由衷的兴趣。

巴克利走在小贩身边，靠近拉车的那匹带有斑点的马儿，然后瞥了一眼小贩。近观之下，这个陌生人比远看更显怪异，他脖颈处的黑色直发修剪得异常精细。巴克利心想，他莫不是在脑袋上扣了只碗，然后沿着碗的边缘自己剪的？他身上还有股怪味儿——不是什么难闻的气味，更像是老松针发出的味道，而非人类。小贩的身上穿着柔软的皮革衬衫，上面缝着巴克利从未见过的精细银线。那件衬衫要是他的就好了。巴克利身上是件破旧的亚麻衬衫，他心不在焉地扯着上面挂的珠子和抛光金属环。

这个陌生人虽然身材看起来矮墩墩的，但走起路来很轻快，并不显得疲惫。实际上，跟他们一起度过整个下午之后，他的态度更友好了，也变得更健谈。可是，当他们走到女巫谷时，小贩再次陷入沉默，他先是看了看这条异常平坦的小路，然后又抬起头，望向窄路旁边突出的、光秃秃的基岩石壁。

他们走了大约半英里后，巴克利主动开口道：“这地方叫女巫谷。传说从前的人会魔法，可以用奇奇怪怪的装置在空中飞行，其中一个人在这附近失去了魔力，直到二十年前还能看到骨头和生锈的钢铁碎片。有人说，这条穿过山谷的小路不是自然形成的。”

小贩没有说话，只是低头走着，尖尖的黑胡子抵在胸前。自从这趟旅途开始以来，他似乎头一回对风景失去了兴趣。末了他才说：“你估计这个会飞的装置在这里坠毁多久了？”

巴克利耸了耸肩。“这个传说是我爷爷从他爷爷那儿听来的。”

“嗯，你还听过其他关于……魔法的故事吗？”

巴克利下定决心，不把自己听过的关于法伊夫的事告诉小贩，这说不定会叫小个子男人心生畏惧，吓得掉头就走，逼迫他们在时机尚未成熟之际动手。“呃，听说山上有女巫，比方说亨利寡妇的表姐，可她们大多是骗人的——至少我见过的都是假的。除了女巫之外，还有会伴随罪恶而来的厄运——”他咧开嘴笑了笑，“好吧，我不懂什么魔法。你指望听到什么故事呢？”

小贩摇了摇头。“肯定不是关于一个失败的没用女巫。我对这个国家见识得越多，就越明白它不是我最初向往的地方。”

接下来的一英里路，他们走得悄无声息，接着穿过了一道花岗岩山脊。

巴克利瞥见哈纳班走在他们的左边，与运货车平行。他累得满脸通红，朝其他人挥了挥手，表示自己没有问题。巴克利回应了这个信号，又继续琢磨起身边古怪的小个子男人。不知怎的，他总是想起昨天哈纳班发的牢骚：“巴克利，我觉着小矮个的气味臭死了。依我说，咱们应该中途甩掉他。”巴克利的心里又浮现出之前的那种忐忑。他大为生气，厉声说道：“小哈，你这是怕了吗？就算那个家伙长得怪模怪样，也不代表你被他看一眼就会遭殃。”他知道，其实所有人都不信这话……

或许是察觉到了自己的沉默，抑或是出于某种别的原因，小贩又开始说话了。然而，这一回，他说的不是要去哪里，而是关于他自己的事情，关于他来自何方——他的家乡叫作沙恩，那片土地上充满不可思议的奇迹。假如巴克利是从别人口中听到这个故事的话，肯定该哈哈大笑了。

沙恩由真正的魔法师统治着，在那里，会飞的钢铁装置平平无奇，根本不会引人注目。沙恩是一片辽阔的土地，也是一座城市。整座城市没有街道，是一块具有知觉的闪亮水晶，以光为矛，向天空挑畔。借助魔法的力量，沙恩人过着神明一般的生活。他们穿着薄如蝉翼的衣裳；他们在闪电中飞过天空，雷声紧随其后；他们隔着几英里的距离也能互相交谈。沙恩人定居在边境上温暖的海底，天气都乖乖听他们的指挥。活着的时候，他们永不衰老。魔法将他们变成了可怕的战士和强大的征服者，因为他们只要动动念、点点头，就能杀人于无形。假如有座山冒犯了他们，顷刻间，它便被摧毁了。巴克利想到了高地，不由得一哆嗦，用手抚摸着绑在腿上的小刀的骨头手柄。

小贩是从东边更原始的地方来到沙恩的。他在沙恩留了下来，竭尽所能学习那里的魔法。他带到沙恩的商品很受欢迎，也卖出了高昂的价格。在那片魔法土地上逗留期间，他收集了一小部分法力较弱的沙恩符咒，然后便离开了，想为这些东西寻找市场——一个既知道魔法，又不像沙恩那样对它深入了解的地方。

小贩讲完故事的时候，巴克利看见夕阳已经快要落到前方西边的山脊上了。他接着走了几分钟，眯起眼觑着落日，想要寻找失落的沙恩留下的遗迹。

小路拐了一道九十度的弯，向下穿过一座小山谷。此时，渐浓的暗影遮蔽了大地，一座摇摇欲坠的木桥横跨在小溪上，若隐若现。在桥的另一头，一棵棵松树矗立于幽暗的山坡上，一直延伸到骤然出现的阳光之下。沿着远处的山脊线望去，不到一英里远的地方，有十来棵独自生长的大树挺立于林中，映照着夕阳余晖。

“贾吉特先生，在我这辈子见过的人里头，数你最会骗人。”巴克利倔强地压下心中的惊叹，指向山谷那头，他能感觉到小贩令人不安的目光正盯着自己的脸，“今天晚上，我们打算在那道山脊背后过夜，在一个叫祖辈林的地方。就算在沙恩，你可能也从没见过这么大的树！”

小贩凝视着夕阳余晖，说道：“可能吧，不管怎么着，我肯定也愿意瞧瞧这样的树。”

他们向下走去，离开阳光照耀的范围，进入了潜滋暗长的阴影中。从山谷的另一头步出阴影时，巴克利瞥见了昂兹戴着的高高的毡帽，却没有看到手下的其他弟兄。巴克利和小贩离开女巫谷小道，拉着运货车的马儿艰难地行进着。不到半小时，他们就来到祖辈林的边缘，经过其中一棵大树，然后是两棵、三棵。细长的矮松渐渐稀疏，最后彻底消失了。他们前方只剩下大树，在逐渐暗淡的光线中，带有条纹的粗壮树干夹杂着金褐二色。无论是伴随他们穿过山谷的微风，还是身后溪水的奔流声，在这教堂般的静谧中都听不见了，唯余凉爽的空气和金黄的树木。巴克利停下脚步，瞥了一眼最底层的树枝，上面长满了气味浓烈的金绿色松针。这是他们的土地，他听过不止一个故事，关于这些大树如何守护这片土地，赶走传播瘟疫的生物，保持空气凉爽，让土壤散发芳香并保持微微湿润。

"在这儿呢。"哈纳班的声音从左手边传来。他们绕过一棵二十英尺高的大树，找到了哈纳班和巴斯卡。两人拿着带进林中的引火物，点燃了一堆小小的篝火——巴克利知道，祖辈林里的树皮是点不燃的。火焰费力地跳跃着，照亮了他们身后一个黑黢黢的树洞。那是一棵古老的祖辈树被掏空的树干，为他们夜间休息提供了一个现成的栖身之所。

等他们吃罢晚饭、开始轮流守夜时，太阳完全落山了。巴克利熄灭篝火，唯一的光亮来自形如镰刀的月亮，它正随着太阳西沉。

小贩一动不动，没有半点躺下来睡觉的意思。巴克利注意到这一点，心中越来越恼火。小贩静静地盘腿坐在运货车的阴影里，披着一件深色外套以抵御寒气，几近隐形。但巴克利觉得，小个子男人正在仰望天空。也许只有自己先装睡，小贩才会睡觉。结果，小贩突然站了起来，走到运货车后面，打开一扇小窗，取出了两件东西。

"这是什么？"巴克利好奇地问道，心中有些生疑。

"只是一点儿没什么害处的魔法罢了。"小贩把其中一个奇巧的装置搁到地上，那东西看似是根长杆，一端有个手柄。他把第二个装置抵到眼睛前，这个装置看起来要复杂得多。这时，巴克利走到了他面前。在昏暗的月光下，第二个装置反射着月华，简直可以说是闪闪发光。巴克利看到装置的侧面装有镜子和奇怪的控制器——看起来像根管子，里面沿着管壁漂浮着一个小小的气泡。小贩透过这个装置，凝望着天空中依稀散落的黯淡星辰。最后，他把装置放回车里，拿起了那根长杆。巴克利小心地看着他朝树洞走去。那根长杆看起来太像武器了。

小贩拨弄着手柄，一阵诡异的嗖嗖声传遍了树林。随后，呼啸声渐渐归于寂静，但巴克利可以确定，此时，长杆的前端正在旋转。小贩把它抵在那棵树干中空的大树上，月光给树皮镀上了一层银辉，长杆的尖端毫不费力地钻入了巨大的树干。

巴克利的声音略微有些发颤："贾吉特先生，那……那是你的沙恩魔法吗？"

小贩轻声笑起来，结束了手中的实验。"算不上。沙恩魔法比这巧妙得多，看起来也简单得多。这只是一个简单的咒语，用来解读天兆的。"

"呃。"巴克利明显在簌簌发抖，他心中的好奇与恐惧交战起来。那棵大树上出现了一个极其规整的深洞。*小哈，就算那个家伙长得怪模怪样，也不代表你被他看一眼就会遭殃*……巴克利本能地将食指和中指交叉到一起，因为小贩看样子可能不是最会骗人的家伙，这就代表着……"我该去瞧瞧伙计们安顿好了没有。"

小贩没有回答。巴克利转过身，飞快地走开了——至少他希望自己看起来是在走。他本想飞奔来着。他从昂兹身旁经过，后者的身影在一截巨大的树桩后面若隐若现。他什么也没说，只是比画了一下，示意昂兹继续监视小贩和运货车。在距离树洞近百米的地方，有一棵中等大小的祖辈树，其余几人都站在树旁等待着，那是他们昨晚在达克伍德角就商量好的会合点。巴克利默不作声地踩过松软的地面，绕开一棵倒下的大树。它曾是林中最大的一棵树，足有四百英尺高，最终被疾病和岁月压垮了，破碎的根系如同巨大的圆盘，一直延伸到三十多英尺高的空中。他在哈纳班身旁扑通一声坐下，被树根衬得像个小矮人。

巴斯卡·亨利悄声道："我把昂兹和索塞德留在外面充当守卫了。"

巴克利点了点头。"不必了。我们不碰那个小贩了。"

"什么?!"巴斯卡惊得大叫一声。他继续往下说，只是把声音略微压低了一点，"你居然害怕单枪匹马的一个人?"

巴克利比了个手势，命令众人噤声。"我说的话你都听见了。哈纳班说得对，那个贾吉特太危险了。他是个术士，看你一眼，你就会遭殃。他手里还有跟刀差不多的武器，能够利落地捅穿祖辈树！而且，他说话的方式是最不——"

其他人用嘟嘟囔囔的咒骂打断了他的话。只有哈纳班保持着沉默。

"你疯了吧，巴克利?"肖蒂说，他的影子又矮又大，"我们今天走了十五英里的路，而你却告诉我们全是白费力气！靠种地为生都比这轻松点儿呢。"

"我们还是会有收获的，不过，看来我们必须先老实一阵子了。我打算领他下山，带到树林起始的地方，然后好好跟他讨要另一半报酬。这是他在达克伍德角答应过我们的。"

"我绝不会跟任何人去大山谷那么远的地方。"巴斯卡皱起了眉头。

"好吧，那你可以转身往回走了。我才是老大，巴斯卡，你可别忘了。我们从这一票已经得了些好处，他给我们的那些银球便是第一笔——"

一阵嘶嘶声破空而来，然后是咚的一响。哈纳班伸开四肢向前一栽，瘫倒在被月光照亮的地上，喉头插着一枚弩箭。

巴克利和巴斯卡赶紧躲进腐烂的树根后藏身，肖蒂则站起来咆哮道："那个该死的小贩！"这句话葬送了他的性命。三枚弩箭射中肖蒂的身体，他栽倒在哈纳班身上。

巴克利听到袭击者信心十足地吵嚷着向他们逼近。从目前掌握的情况来看，对方全都配备了十字弩。在这样的不利条件下，他和弟兄们毫无胜算。他朝树根里钻得更深了，感觉衣服上的珠串啪的一声断开，珠子雨点般洒落在他手上。在他身后，巴斯卡解下自己的弓弩，扣好了扳机。

巴克利越过他的肩头望去，就在此时，在转瞬之间，他看到一幅月光绘成的银白色风景画，正闪耀着浓重的蓝色阴影。他晃了晃脑袋，一阵眼花缭乱，觉得有些纳闷，直到突然响起的尖叫声驱散了心中的惊奇。他开始一边咒骂，一边祈祷。

就在这时，袭击他们的人已经来到倒下的大树前。巴克利听见他们将手伸进树根，于是往更深处退去，钻到他们够不着的地方。突然，又一声尖叫在不远处回荡。

一个声音说："嘿，鲁夫，我抓住了去年秋天射死洛克的那个浑蛋。"

另一个声音回答说："除了那个小贩和维姆·巴克利，另外五个都落网了。"

巴克利屏住呼吸，汗流浃背。他认出了第二个人的声音——艾克索·博克，博克兄弟中最年长的那个。在过去的两年里，巴克利和弟兄们总是打扰博克兄弟的惯偷计划。在今天之前，他的机智使得他们一直没有遭到博克兄弟的报复。但是今晚——他怎么会犯下这么严重的错误呢？都怪那个该死的小贩！

他又听见有人把手插进树根之间，现在离得更近了。然后，他的头发忽然被几根手指薅住。他挣脱了，但另一双手也伸了进来，先揪住他的头发，然后抓起皮坎肩的领子。他被人从盘根错节的树根中粗暴地拽出来，甩在了地上。他挣扎着站起来，还没来得及逃跑，肚子就被踹了一脚。他喘着粗气摔倒在地，感觉到刀从鞘里抖了出来。三个朦胧的身影出现在他头顶上方，离得最近的那个人抬起一只脚，重重地踩在他的腰上，说道："好了，维姆·巴克利。你躺着别动，小子。哪怕我们抓不到那个小贩，今晚也不差了。你有点贪得无厌了，小子。我的堂兄弟把你的弟兄们给一锅端了。”他们的笑声揪着他的心，“短短十五分钟，我们就完成了过去两年都没办到的事。”

“卢，你把巴克利带到树洞那儿去。一旦抓到那个小贩，我们就可以拿这两人寻点乐子。”

巴克利刚被人拉起来，又被踢了一脚，倒在哈纳班和肖蒂的尸体上。他挣扎着爬起来逃跑，却被博克兄弟的另一个人绊倒了，然后又是狠狠的一脚。等他来到树洞前，他的右臂已经耷拉在身体一侧，没了力气。他的一只眼睛被黏糊糊的热血遮挡住了视线。

博克兄弟重新点燃篝火。在摇曳的火光里，有三个人把巴克利围在中间。他倾听着其他人在林间搜寻的声音，沮丧地想着，既然他们找到了他所有的手下，为什么却偏偏找不到一辆运货车呢？

博克兄弟中的一个小堂弟还不到十五岁，他心不在焉地拿着烧红的小树枝朝巴克利的脸上捅，以此取乐。巴克利想扇他一巴掌，却没打中，最后，博克兄弟当中的另一个人打落了那根燃烧的小树枝。巴克利想起来了，对于跟他们家族发生过冲突的人，艾克索·博克享有优先处理权。他扭动着身子从火堆边退开，靠在仍有弹性的干枯树干上，疼痛和绝望令他动弹不得。他的一只眼睛看见，博克兄弟的其他成员什么也没搜到，空手而归。他数了数，总共有六个人，但在微弱的火光下看不清他们的面容。他唯一能认出来的只有艾克索·博克，但对方那矮小的身影不知所终。博克兄弟的两个人从他身边走过，进入了幽暗的树洞中。他听见他们跪下来，手脚并用，从通道尽头的拐弯处爬了过去。小贩倒是有可能藏在后面，可他的运货车应该会堵住洞口才对。巴克利再一次感到疑惑，为什么所有人都找不到那辆运货车？他又一次期盼自己从未见过这一切。

那两个人从树洞里钻出来的时候，艾克索恰好一瘸一拐地走进了火光中。这个矮胖的强盗少说也有四十岁了，但在这四十年里，他曾在战斗中落败过，走路时略微弯着腰。巴克利知道，在那顶耷拉下来的帽子底下，艾克索的脑袋光溜溜的，上面布满疤痕，甚至还有一处凹陷。这位博克兄弟中年纪最大的人走近火堆，毫不在意地把灰尘和无法点燃的树皮抖进忽明忽暗的火焰里。“得了，你们这帮癞蛤蟆的眼睛究竟在往哪儿瞧？你们从四面八方围着这棵树，除了巴克利以外，把他手下那帮该死的家伙一个个都刺死了。可是，你们怎么还没找到那个小贩？”

“他不见了，艾克索，走了。”刚才拿巴克利找乐子的男孩说，似乎以为自己讲出了真相。但艾克索不为所动，反手一巴掌将男孩甩到了树上。

另一个被火光映出剪影的人吞吞吐吐地说：“艾克索，我接下来要说的话你别不相信……当你去追其他人的时候，我正直勾勾地盯着这棵大树。就像现在能看到你一样，当时我也能清楚地看到那个小贩，就站在运货车旁边。接着，突然闪过一道蓝光——我得说，艾克索，那道光可真亮啊——有那么一会儿，我啥也看不见了，等我又能看见的时候，天哪，那个小贩已经没了踪影。”

“嗯。”听完这个故事，艾克索并没有表现出明显的愤怒。他挠了挠左腋窝，绕过即将熄灭的篝火，向巴克利躺着的地方走去，“不见了，是吧？就这么不见了。听起来，他倒像个不错的战利品……”他突然伸出手，揪住巴克利的衣领朝火堆拖去。刚走到被篝火照亮的光圈内，他便停下脚步，将巴克利拽向自己面前。宽大的帽檐垂下来，将他的脸掩在一片空荡的黑暗中，不知怎的，这种黑暗比任何真实的恐怖画面都更骇人。

看到巴克利的表情，他发出了刺耳的笑声，并没有移开自己的脸。“巴克利，我早就想教训一下你了。不过眼下，我可以办正事和找乐子两不误。我们每次只会烧一英寸，直到你告诉我们，你的朋友跑到哪儿去了。”

艾克索·博克抓住巴克利那只完好的手，一寸寸地往火焰里塞。

巴克利勉强压抑着喉咙里越来越响的呜咽声，只想尖叫着说出真话，告诉他们小贩从来没有让他参与过魔法的事。但他知道，就像哭泣求饶一样，真话也不会有人相信，唯一的出路就是撒谎——要比他从前撒过的那些谎都编得更圆。小贩白天给他讲过的故事在他脑海里浮现出来，变成了口中的话语："动手好了，艾克索！找你的乐子吧。我知道自个儿死定了，可你们也都一样——"抓住他肩颈的那只手并没有松开，但另一只青筋凸起的手不再将他往火焰里塞。巴克利感觉到余烬上方炽热的空气炙烤着自己的手，他拼命把疼痛跟恐惧一起驱赶到心中一角，不去理睬，"你们想想，为什么整整一天我和弟兄们都没对那个小贩下手，难道就是为了中你们的埋伏吗？"他的笑声有点歇斯底里，"其实，我们都吓得魂不附体了！那个小贩是个术士，打他的主意太危险了。他能直接钻进你的脑子，把你搞得糊里糊涂，让你看见根本不存在的东西。他只要看你一眼，就能要了你的命。哎呀——"他突然迸发出真正的灵感，"哎呀，那个小贩说不定已经杀了你们当中的哪个人，这会儿就站在这里冒充博克兄弟的人呢。在他把你们弄死之前，你们压根就看不出来……"

艾克索咒骂了一句，将巴克利的手碾进了余烬里。巴克利虽然早就料到了这一招，但还是忍不住发出了刺耳的尖叫。这一刻漫长得犹如永恒。过了一瞬，艾克索把对方的手从灼热的火堆中抽了出来。这个动作搅动了余烬，在火苗摇曳着熄灭之前，木炭喷出最后一股邪恶的红色火焰，留下黯淡的如红宝石一般的光点，与月光争辉。过了良久，没人说话。巴克利轻咬着舌头，不让自己呻吟出声。此刻，唯一能听见的只有沙沙的风声，从祖辈林几百英尺的高处传来，拂动着枝叶茂密的树冠。附近，不知从哪里传出了马儿的鼻息声。

"嘿，我们没有马。"有人不安地说。

七个人站在大树巨大的阴影里，西沉的月亮给树影镶上了一圈淡淡的银边。博克兄弟的人站在原地，一动也不动，互相打量着。这时，巴克利才发觉一件事——他们自己肯定也注意到了这一点——

博克兄弟本来应该有八个人的。小贩不知用了什么办法，干掉了其中一个，动作悄无声息，出手如电，根本没有引起其他人的注意。巴克利打了个寒战，突然回想起那道不似真实的蓝白色亮光，以及他刚才说的关于小贩的那些话。既然小贩能轻易杀掉一个人，那杀两个又有什么不行？这样的话……

“他就在这儿，假装是你们当中的一员！”巴克利大喊起来，声音有些嘶哑。他能感觉到恐惧在博克兄弟之间扩散开来，从一个人到另一个人，越来越强烈，直到其中最矮小的一个打破僵局，拔腿跑进了月光中。他只跑出大约二十英尺，就被从背后飞来的弩箭射倒在地。这个逃亡者扭曲着身体，栽倒在反射着银白色光芒的软泥地上。此时，第二张弓弩发出砰的一声，又一个人摔在巴克利的脚边，倒地而死。

“是克莱恩，你这个……术士！”更多的人端平了弓弩，准备射击。

“等一下！”艾克索叫道，他看见博克兄弟还剩下五个人站着，两具尸体四仰八叉地躺在地上，“那个小贩给我们下了魔法。我们必须保持清醒，搞明白他假扮的是我们当中的哪一个。”

“可是艾克索，他不光是乔装打扮，否则那样很容易辨认出来……他可以诓骗我们相信他是随便哪一个人！”

巴克利被尸体压在底下，只能看见夜色中的五道黑影。他们的面孔隐藏在月光照不到的地方，松垮的衣服掩盖了彼此的差别。他咬住嘴唇，没有发出半声痛呼。现在可不是什么好时机，千万别让剩下的人想起他还活着——可是，剧痛在手臂上跃动，直至一阵可怕的眩晕向他袭来。眼前这个模糊的世界消失了，他的脑袋耷拉下来……

当他再次睁开眼睛时，林间的空地上只剩下三个人。又死了两个，最后倒下的那具尸体还在地上抽搐着。

艾克索刺耳的声音里带着怒气：“你这……怪物！你耍了所有人，

让我们自相残杀！”

“不，艾克索，我非射死他不可。我发誓，他就是那个小贩。把他翻过来吧。看！你叫我们等一等，结果他动手把简射死了——”

“术士！”第三个声音叫道，“他们都死了！”两张弓弩同时端平、射击。又倒下了两个人。

艾克索独自在死者中间站了半晌，没有出声。月亮终于落山了，头顶高处，那棵祖辈树的枝干摇曳着，枝叶间透出稀少而微弱的星光。巴克利像死人一样躺在那里，闻到了血汗和焦肉的气味，听见了逐渐接近的脚步声。他怕得要命，抬起头来，望着艾克索·博克黑黢黢的矮胖身影。

“还在这儿呢？不错。”一只穿着黑靴子的脚踢了踢，把压在巴克利身上的尸体蹬了下去，“好吧，孩子，你最好让我瞧瞧你那只手。”这是小贩的声音。

“嗯。”巴克利浑身发抖，“嗯，贾吉特先生……是……是你吗？”

来自沙恩的小贩手里亮起了一道光。

巴克利晕了过去。

清晨，祖辈林中投下了一束束阳光，光线里尘土飞扬。维姆·巴克利靠着树洞的入口坐下，用绷带包扎过的手举着一只杯子，笨拙地小口啜饮又热又苦的液体。他的另一只手塞进了腰带，以保护扭伤的右肩。他看着小贩给那匹带有斑点的马儿梳毛，没有出声。他第十次扫视阳光普照的小树林，昨晚发生的事情看不出半点痕迹，白昼的安宁丝毫没有被破坏。可怕的回忆对现在的他来说就像一场噩梦，似乎并不真实。他好奇地心想，是不是有什么魔法模糊了记忆，就像让他身体的疼痛得到缓解的那杯饮料一样。他低头一看，裤子上染了干涸的血迹。我会处理遗体的，小贩曾这样说。这是真的，没错，毕竟博克兄弟的每一个人以及巴克利的所有手下都死了。有那么一会儿，他怅惘地想着随遗体一起埋进地下的那些珠宝，借以逃避心底更深的失落感。

小贩回到篝火旁，把泥土从火苗上踢走，不费吹灰之力便生起了一堆火。巴克利抬起了脚。那双黑眼睛盯着对方阴沉的脸，眼神中带着疑问。

“贾吉特先生——”现在这个称呼里已经没有半点嘲弄的意味了，“你到底想从我这儿得到什么？”

小贩掸掉皮革衬衫上的灰尘。“嗯，巴克利——我在想，如果你还能动的话，说不定愿意继续履行我们的协议。”

巴克利举起裹着绷带的手。“残了一只手，起不了多少保护的作用。”

“我不认识穿过大山谷的路，而你却认识。”

巴克利笑了，一副不相信的样子。“我猜，你可以骑着扫帚飞过月亮，而且用不着地图。你根本不需要保护，贾吉特先生，你干吗要雇我们呢？”悲伤让他突然清醒过来，他自问自答道，“你一直都知道，对吧？知道我们打算干什么。你雇用我们一起走，这样就能盯着我们，说不定还能把我们吓跑。好吧，你现在用不着了。在出事之前，我——我们就已经改变主意了。我们准备像承诺的那样带你下山，这全是实话。”

“我知道。”小贩点了点头，“巴克利，你听过一句老话吗，‘三个臭皮匠，顶个诸葛亮。’谁说得清呢？你说不定会派上用场。”

巴克利伤感地耸了耸肩，表示不知道这句老话是从哪儿来的。“嗯……今天早上我还没听到更高的报价。”

他们离开了祖辈林，继续朝大山谷走去。整个清晨，他们周围一直环绕着松林，但随着时间的推移，巴克利注意到常青的松树被橡树和梧桐所取代，空气中的寒气和大部分湿气都消失了。临近日暮，从树木的缝隙间，他已经能瞥见辽阔的谷底，大地交织着绿色与琥珀色。他指给小贩看了看，后者点点头，似乎很高兴，然后又开始漫不经心地哼唱起来。巴克利怀疑他在用唱歌掩饰心中的恶念。他又瞄了瞄矮胖的小贩，这个全世界最让人想不到会使用魔法的人。或许正因为如此，他的魔法才令人深信不疑吧……“贾吉特先生，你是怎么做到的？我是说，怎么给博克兄弟施的魔法？”

小贩微笑着摇了摇头。“一个优秀的魔法师永远不会透露自己是怎么做到的。我或许可以说说做了什么，但怎么做到的绝对不能告诉你。你必须自己观察、自己琢磨，只有这样，你才能成为优秀的魔法师。”

巴克利叹了口气，把手放到腰带底下。“那看来我不想知道了。”

小贩轻笑起来。“挺好。”

这一天剩下的时间里，巴克利一直偷偷观察着小贩的一举一动。

晚饭后，小贩又待在运货车上度过黑暗中的时光。巴克利摊开四肢，精疲力竭地躺在篝火旁，再次看到了那根发出光芒的长杆。不过这一回，他一动也没动，根本不打算过去查看，只是将食指和中指交叉到一起，以防万一。他有太多的事情需要考虑。他目不转睛地盯着火焰，手还在隐隐作痛。

“我估计，明天我们走到谷底需要一个小时。然后，你说我们如果朝西北方向走，能一直走到法伊夫吗？”

听到小贩的声音，巴克利吓了一跳。“哦……是啊，我觉着往北走随便哪条路，都能走到法伊夫。”

“条条大路通法伊夫？”小贩出乎意料地大笑起来，在篝火边蹲下。

巴克利不知有什么事这么好笑。“贾吉特先生，从这段路开始，随便什么人都可以给你指路。我想，明天早上我就要回去了，我根本没想过会走这么远。我们高地人不太喜欢到平原去。”

“嗯。听你这么说，我很难过，巴克利。”小贩把一根树枝扔进火里，“可是不知怎的，我原先还以为你去过法伊夫呢。”

“嗯，是啊，我当时……差点儿就去了。”他惊讶地抬起头来，

“三四年前，我年纪还小，跟我爸爸和其他几个人生活在一块儿。我爷爷是达克伍德角的铁匠，他弄到了一把枪——”巴克利发现自己在跟小贩讲些尽人皆知的事，不过，还有一些事他从未告诉任何人，比如他爷爷如何发现了火药；高地人如何密谋推翻法伊夫的领主，企图将大山谷里富饶的农田据为己有；骑士们如何带着枪支和魔法，从城里出来迎战他们；琥珀色的田野如何被狠狠蹂躏、被鲜血染红；当自制的枪在他面前爆炸时，他爸爸死了，浑身鲜血的少年孤身回到达克伍德角，对一切守口如瓶，让镇上的居民对法伊夫的领主充满了恐惧……他坐在那里，痛苦地捻着金耳环，“还有，我听说法伊夫有我们从未见过的黑魔法，只为牢牢控制所有的平原人……贾吉特先生，也许你该再考虑一下要不要去那里。”

“谢谢你的提醒，巴克利。”小贩点了点头，“但我要告诉你，我的身份是个生意人，也愿意做生意。要是我的商品卖不出去，我活着就没意义了。在山里头，我的商品也卖不出去。”

“你就不怕他们会阻拦你吗？”

他微微一笑。“好吧，我可没那么说。我很确定，他们的魔法赶不上沙恩的。谁知道呢？他们说不定会成为我最好的顾客，毕竟领主们都喜欢大手大脚地花钱。”他用一种类似于尊敬的眼神看着巴克利，“就像我说过的那样，‘三个臭皮匠，顶个诸葛亮’。你不能陪我去，对此我很遗憾。也许明天早上我们可以结一下账。”

第二天早晨，小贩套上运货车，向大山谷进发。维姆·巴克利最终还是跟着去了，他自己也没明白到底是为什么。

一大早，他们离开最后一片橡树林中惬意的栖身之所，开始翻越连绵起伏的开阔山丘，山坡上长满了繁茂的野草。随后，他们踏上一条布满车辙的小路，向北而行。巴克利脱下坎肩，解开衬衫，苍白的高地人皮肤被升起的朝阳映成了红色。穿着皮革衬衫、皮肤黝黑的小贩朝他笑了笑。巴克利气恼地猜想，小贩一定很享受这种炎热的天气。中午时分，他们来到了开垦过的平原的边缘，一望无际的大地如同绿色的灯芯绒。一阵颠簸袭来，他们发现脚下变成了铺砌过的道路。小贩跪下来，戳了戳富有弹性的地面，然后继续赶路。巴克利依稀记得，这条软绵绵的道路一直延伸到法伊夫。对高地人的脚来说，踩在这种地面上有一种奇特的奢侈感。这一回，他注意到路面有些地方遭到了时间的侵蚀，缺口处被整齐地填塞了经过切割的光滑石头。

小贩几乎没跟他说话，只是自顾自哼着小曲，显然正专心寻找着平原人留下的魔法痕迹。一个优秀的魔法师要善于观察……巴克利对眼前的风景依稀保留着过去的记忆，他逼迫自己仔细查看起来。目之所及，牧场和长势正盛的田野覆盖了整座大山谷，犹如一张金绿相间的巨大百衲被铺在肥沃的黑土地上。他还看到浅淡的薄雾在远处的田野上空盘旋，不知那究竟是魔法的把戏，还是仅仅因为天气炎热。他看到平原人在路边的田地里劳作，穿着倒不讲究，也没有缺衣少食的迹象，晒得黝黑的脸庞神色平静。他们注视着小贩和巴克利经过，一脸听天由命的冷漠表情，就像拉犁的骡子一样。巴克利皱了皱眉。

“我想说，这些人没什么好奇心，这可真奇怪，你说呢？”小贩瞥了他一眼，“他们成不了好顾客。”

“瞅瞅他们那样儿！”巴克利生气地叫道，“他们凭什么生活在这里？他们种地的本事连高地人都比不上。山里的人累死累活地干农活，除了石头之外一无所获。再瞧瞧他们肥头大耳的样子。贾吉特先生，你觉得呢？”

“巴克利，你认为他们为什么能生活在这里？”

“我——”他顿了顿，“好吧，因为他们占了更好的土地。”一个优秀的魔法师可以自己琢磨……

“这是实话。”

“而且……他们还有魔法。”

“现在有吗？”

“你也看见了，那些河床平坦的溪流和这条路都不是自然形成的。可是……这些平原人看着像是一副被施了魔法的样子，跟我听到的传说一模一样。兴许只有法伊夫的领主才会这些魔法。我们要提防的是他们吗？”他的手指再次交叉到了一起。

“也许是吧。看来，如果这种情况不改变的话，我的顾客可能就只有他们了。”小贩面无表情地说，“别交叉手指祈祷了，巴克利。能救你的只有一样东西，那就是有教养的人对你的尊重。”

巴克利松开了手指。他接着往前走了几分钟，这才发觉小贩说话的口音跟平原人没什么两样，就像之前说的高地语一样无可挑剔。

临近黄昏，他们来到了一口井边，这口井位于一个村庄内。一片片农田如同一只巨轮环绕着村庄，而村庄便是中间的轮毂。小贩拿出一只杯子，从滴着水的桶里舀了一杯。巴克利直接就着桶喝了一大口，嘴里顿时充斥着一股苦涩的金属味。他失望地吐掉水，回头看了看小贩，后者正把手伸进去——不对，他把什么东西倒进了杯子里。巴克利看着杯子里的水开始冒泡，突然变成了鲜红色。小贩饶有兴趣地挑了挑眉，慢慢把水倒在地上。巴克利的脸唰地变白了，用袖子使劲擦了擦嘴。“这里的水尝起来像毒药！”

小贩摇了摇头。“不是毒药，照我说，只是农业活动污染了部分地下水。但桶里的水被人下过药。”他看着村民们站在运货车周围，七嘴八舌地小声嘀咕着。

“这群坏家伙。”巴克利的脸有些扭曲，面露厌恶。

小贩耸了耸肩。“但他们个个都健康、富足、聪明……呃，反正至少健康又聪明……健康吗？”他走过去，把商品拿了出来，但没人肯买。巴克利回到车上，从后面的桶里喝了一口已经不新鲜的山泉水。这时，他听见小贩念咒似的嘀嘀咕咕道：“法伊夫……法伊夫……这儿的人管它叫戴斯顿-法伊夫……难道是第五区镇[1]？

1. 戴斯顿-法伊夫（Dyston-Fyffe）与第五区镇（District Town Five）发音相似。

不可能。”他浑然不觉地皱起了眉头，“不过话说回来，为什么不可能呢？”

那一日剩下的时间里，小贩一直在想些什么，神情异常严肃，只是偶尔会用一种令人费解的语言咒骂几声。那天夜里，二人扎营的时候，巴克利身心疲惫，不情愿地重温着失去弟兄们的痛苦。火堆对面，皮肤黝黑的小贩默不作声，不知道他是否也在体会同样的孤独。哪怕他是魔法师，也永远是个异乡人。“贾吉特先生，你想过回家吗？”

“回家？”小贩抬头瞟了他一眼，“有时候吧。今晚有点想回家，但我已经走了这么远的路，估计回家是不可能的了。等我回去的时候，一切都不见了。”透过火光，他的脸突然显得异常苍老，“在我离开之前，能够让我回家的东西就已经不见了……不过，在旅途中，在另外的某个地方，我说不定会找到我的家。”

“是啊……”巴克利点了点头，或多或少地听懂了小贩的话，觉得自己和他同病相怜，但又无法完全感同身受。他蜷缩在毯子里，感到出奇地慰藉，然后陷入了沉睡。

在旅途中，一些小小的魔法奇观以及那个问题“为什么？”不断困扰着巴克利，直到在小贩的敦促之下，他心中迷信的敬畏逐渐变成了自以为是的好奇。有时，小贩会对这种好奇心直皱眉，但没有做出任何评论。

直到第三天早晨，巴克利终于宣布道：“只要你能看得穿，一切就都只是戏法，跟山上那些女巫的花招差不多。万事都有其……原因。我认为，根本没有所谓的魔法！”

小贩用温和的目光注视了他良久，祖辈林里夜晚的幽灵似乎就在那双黑眼睛里闪烁着。“你认为没有魔法吗？”

巴克利紧张地垂下了眼帘。

“魔法是存在的，千真万确，巴克利。在你周围，魔法无处不在。

只不过现在，你是用魔法师的眼睛去看的。每件事发生的背后都有其原因，可能你不知道是什么，但原因是存在的。知道了这一点，事情中神奇、怪异和可怕的成分并不会减少，只会让情况变得更好应付。不管你在哪儿，都要记住这一点……还要记住，一知半解是件危险的事。”

巴克利点了点头，有些后悔，觉得自己的耳朵都红了。

小贩喃喃自语道：“无知也同样危险……”

第三天下午，他们望见了法伊夫，它仍是地平线上摇摆不定的一个模糊墨点。巴克利回过头去，隔着一望无际的绿色田野望向群山，此时，山脉已经被平原上的黄色烟雾所遮蔽。他再次扭头，凝望着前方的城市，这才发觉，沿着这条既熟悉又陌生的道路走向法伊夫，对于大山谷的恐惧非但没有加重，反而减轻了。炎热的空气中尘土飞扬，周围一片寂静，那匹带有斑点的马儿大声打了个响鼻。巴克利意识到，是这位车上满载魔法的小贩赋予了他新的勇气。

他微微一笑，活动了一下烧伤的手。小贩始终不曾为自己的所作所为道歉，但巴克利并不是伪君子，在这种情况下不会真的指望对方道歉。小贩用魔药替他疗伤，在他眼睁睁看着的时候，那些瘀伤便开始消退，皮肤也渐渐愈合。这简直是……

巴克利被路面上一块凹凸不平的石头补丁绊了一下，中断了脑中的思绪。现在，那座城市又近了许多。在炎热的午后，法伊夫不动声色地坐落在田野中，影子拉得越来越长。他暗自心想，不知当时他的父亲是在哪一片田野里？他的注意力突兀地转向前方，留意到那座城市既没有城墙，也看不见其他明显的城防建筑。为什么呢？或许是因为那些领主无所畏惧吧——巴克利感觉到自己的身体由于昔日的恐惧而绷紧了。随着逐渐接近目标，小贩先前阴郁的情绪似乎也在一点点散去，他仿佛已经下定了某种决心。只要小贩有信心，那巴克利也会有信心。他用魔法师的眼睛注视着那座城市，心里突然闪过一个念头：法伊夫的领主可能从未遇到过比这更古怪的挑战吧。

他们走进城中，小贩的表情简直可以称得上是失望，但巴克利却看得目瞪口呆。他企图掩饰自己惊讶的表情，却收效甚微。沉重的石头和木质建筑挤满了鹅卵石铺就的街道，两三层高的楼房挡住了背后的田野。街道两边是一溜排的店面，透过装饰性小圆窗和剥落油漆的招牌宣传着各自的买卖。巴克利猜想，店面上方的楼房是住人的地方。路缘上的石头饱经风霜，被无数只脚踩得坑坑洼洼。一想到这么多人——据小贩猜测有五千人——挤在这么小的一片地方，他便不寒而栗。

两人从衣着单调、吃饱喝足的城镇居民和农民身旁经过，凉爽的午后，这些人即将结束一天的营生。巴克利偶尔会看到有人在激烈地讨价还价，但与旅途中遇到的行人相比，他注意到这里的人对自己和小贩的怪模怪样并没有表现出多少兴趣。至少，孩子们应该跟在这辆鲜艳的运货车后面才对。他隐约感到不安，突然意识到在这里或者平原上别的地方都没怎么见过孩子，至少见到的孩子都被父母看得牢牢的。看来，在这个地方，小贩的生意不会比山上好到哪儿去。他回头顺着街道望去。“所有的猪都去哪儿了？”

“什么？”小贩看着他。

“这里很干净。这么多人住在这里，却没有产生半点垃圾。这怎么可能呢？除非他们养了猪，把垃圾吃掉了。但我一头猪都没看见，也没看见年纪小的孩子。”

“嗯。”小贩笑着耸了耸肩，“问得好。我们兴许应该去问问法伊夫的领主。”

巴克利摇了摇头。然而，他不得不承认，到目前为止，尽管这座城市很古怪，但比起田野里的那些奇观，他并没有看到更厉害或更可怕的魔法。法伊夫的领主或许并不像传说中形容的那么可怕，法伊夫的战士身上也没被施过魔法，他们说不定只是拥有更好的装备罢了。

街道拐了个急弯，密密匝匝的楼房不见了，眼前出现了一座露天广场，广场上挤满了装有顶棚的摊位，像是一个公共市场。巴克利停下脚步，凝视着前方。他知道，在广场背后，耸立着法伊夫领主的宅邸，比他见过的任何建筑都要庞大得多，绿黑相间的墙壁装饰着柱子，像一面不怀好意的深色镜子，反射着广场上的景象。这座建筑坚不可摧，仿佛是从地里长出来似的，有一种恒久不变的感觉，反倒将城市本身衬托得像是转瞬即逝的过客。现在，巴克利知道了，他注视着这座宅邸，寻找能与小贩和沙恩相匹敌的魔法。

在他身旁，小贩露出了真诚的微笑，令人难以捉摸。“打扰了，夫人。”小贩叫住一个带着孩子路过的妇人，“我们是新来的。那栋楼叫什么？”

“哎呀，那儿是政府大楼。”妇人的神色只是略显惊讶。巴克利欣赏着她裹着长筒袜的脚踝。

“我明白了。政府大楼是干什么的？”

妇人心不在焉地把朝运货车扑去的小女儿拽了回来。“那儿是官员们待的地方。人们会带着请愿书找上门去。我估计，他们是在那儿办公吧。莉茜，离那匹脏兮兮的畜生远点。”

“谢谢您，夫人。我能否请您看看——”

“今天可不行。走吧，孩子，咱们要迟到了。”说完，妇人继续往前走去。

巴克利叹了口气，摇了摇头。小贩气恼地点头致意，接着道：“我开始觉得沙恩的魔法在这儿也没什么市场了。这一回，我可能是钻进了为自己设下的圈套。看来，我唯一的选择就是过去拜见一下法伊夫的领主。我还有一两件东西说不定能勾起他们的兴趣。”他望向广场对面，眯起眼睛打量起来。

巴克利不以为然地哼了一声。听见他的声音，小贩回头瞟了一眼，指了指地面上逐渐拉长的影子：“反正现在卖东西已经来不及了。我们就去瞧一眼，你说怎么——”他突然住了口。

巴克利转过身，看见六七个脸色阴沉的人正向他们走来，便没有继续发问。领头那名卫兵的硬檐帽上佩有徽章，巴克利对此还有些印象。他们将肩上的步枪解下来，默不作声地将运货车团团围住，把巴克利和小贩隔开。领头的语气里带着些许轻蔑，对小贩说："领主——"

巴克利抓住离自己最近的一支步枪，用力一甩，把持枪的那名卫兵甩到了同伴身上。他夺过步枪，朝着另一名目瞪口呆的卫兵的脑袋砸去。"巴克利！"听到小贩的声音，他动作一僵，转过身来。

小贩站在运货车旁，没有半点反抗之意："把枪放下。"剩下的三支步枪都指着维姆·巴克利，后者扔下了步枪，满脸都是遭人出卖的愤怒。

"把这个乡巴佬捆起来……小贩，我刚才说了，领主要跟你们说几句话。跟我们走吧。"领头卫兵镇定地往后退开，摔倒的手下则从地上爬了起来，乌青的脸上看不出半点伺机报复的迹象。

巴克利的双手被粗暴地绑在身前，疼得他龇牙咧嘴。他被人往前一推，与小贩并肩而行，气恼地嘟囔道："你为什么不用魔法?!"

小贩摇了摇头。"对生意不好。毕竟，是法伊夫的领主找上了我。"

当他们爬上政府大楼绿黑相间的台阶时，巴克利刻意将食指和中指交叉到了一起。他们在没有窗户、毫无特色的房间里等待，时间漫无止境地流逝着。巴克利盯着平坦的墙壁和不会产生烟雾的灯，很快便厌倦了。小贩坐在原地摆弄着兜里的小物件，但巴克利已经不由自主地打起了瞌睡。耽搁了许久之后，卫兵们终于带他们去谒见法伊夫的领主。

卫兵们留下小贩、巴克利与领主单独相处。当他们走进绿壁环绕的厅堂时，领主面带微笑，从一张宽阔的茶色办公桌后面站了起来："好啊，总算见面了！"此人年近六旬，衣着和城市居民一样朴素，个子跟巴克利差不多高，却要略胖一些，头发已见花白。不同于抓捕他们的卫兵，这张微笑的面庞上没有看到丝毫呆滞的表情。"我叫查尔·艾德里克斯，是世界政府的代表。抱歉让你们久等了，我之前……没在城里。我一直饶有兴趣地关注着你们的行程。"

巴克利觉得奇怪，这个可怜的领主究竟把自己当成什么人了？他竟然声称平原就是全世界。他的目光越过领主，瞥了一眼这间不起眼的厅堂。灯光照耀下，他注意到唯一能显示领主财富的标志放在办公桌上——那是个镶有金属的球，固定在金色支架上，看起来怪模怪样，球体大部分呈蓝色，还带有棕绿二色的斑点。他更感兴趣的是法伊夫的其他领主会在哪里，毕竟，艾德里克斯孤身一人，甚至连个卫兵都没有……巴克利忽然想起来，不管此人有何欠缺，他都是个魔法师，法力应该不亚于小贩。

小贩礼貌地鞠了一躬。"我是贾吉特·卡切图里安茨，听候您的差遣。我是个商人，以贸易为生，您的兴趣令我受宠若惊。这是我的学徒——"

"维姆·巴克利。"领主抢答道，审视的目光出乎意料地转向了巴克利，"没错，我记得你，巴克利。我得说，在这里又一次见到你，很让人惊讶。不过，我也很高兴——我们的人一直想跟你取得联系。"领主的脸上掠过一丝饶有兴味的神情。

巴克利期盼地盯着厅堂那扇紧闭的门。

"请坐。"领主回到办公桌旁，"我很少遇到这样……有意思的访客。"

小贩平静地坐下来，巴克利一屁股坐到另一把椅子上，膝盖突然一阵发软。他陷进了一团绵软，感觉有股找不到源头的压力压在自己身上，他像一匹受惊的小马驹一样猛地向上一挣，却又被压回椅子里。他喘着粗气，在放弃抵抗的同时，感觉压力随之减轻了。

小贩怜悯地看了他一眼，然后回头重新瞄着领主。巴克利看见小贩的手指在椅子的扶手上无力地抽动着。"你一定没有把我们视作威胁吧？"小贩的声音略带嘲讽。

领主和蔼可亲的神情消失了。"我知道你在祖辈林里动用了什么力量。"

"是吗？！我巴不得呢。"小贩迎上领主的目光，与他对视，"看来很明显，我终于遇见了某种复杂的技术。我有一些用来交易的商品，你说不定会感兴趣……”

“你放心，我当然感兴趣。不过，我们还是打开天窗说亮话吧，好吗？你跟我一样，拥有隐藏的身份。我见过你的所作所为，所以你不是小贩。假如你真的是从东边来的——不管是东边的任何一个地方——我都会知道的，因为我们的通信网络相当出色。然而，你就这么凭空出现在了高地保护区。所以，你其实不属于这个世界，对吧？”

小贩一言不发，似乎满怀期待。巴克利死死盯着带有纹理的绿色墙壁，企图忘掉自己正在目睹一场术士之间的辩论。

领主不耐烦地动了动身子，“你不属于这个世界上的任何一个地方。我们的月球移民地早就不复存在了，也就是说，你不属于这个星系。剩下的就只有遗落的移民地了——贾吉特，你来自帝国的某颗移民星球，属于另一个星系。你要是以为过了这么久，我们还会吃惊的话，那可就想错了。”

小贩试着耸了耸肩：“不——坦率地说，我没这么想。不过，我也没料到其余这些事，情况根本没有按照我的计划发展……”

巴克利不由自主地听着，心中暗自惊叹，却没有出声。在浩瀚的漆黑夜空中，那些星星点点的亮光，难道是在这个世界之外的其他世界？那么，沙恩的奇景在天空之外吗？据说是天堂的地方？

“显然，”领主说，“你对世界政府构成了史无前例的威胁。这个管理全世界的政府，千百年来一直维持着和平与稳定。我们的太空防御系统确保外来的人不会破坏这种和平。至少，到目前为止，一直都是这样。你是第一个侵入我们系统的人，贾吉特，这就是我想弄明白的事——不管你代表谁、从哪里来，以及为什么要来——你是怎么办到的。我绝不允许任何事物干扰稳定的秩序。”领主从办公桌对面探身向前，他的手在那个金属怪球的支架上方紧紧握住，仿佛是要保护它，脸上和蔼的表情消失得一干二净。巴克利觉得自己的希望破灭了，他意识到，不知怎么回事，领主竟然洞悉小贩的每一个秘密。小贩也并非从不出错，这一回，他让自己陷入了困境。

但小贩似乎并没有泄气。“既然你那么看重稳定的秩序，我想说，是该有人来干扰一下了。”

“这倒是意料之中的事。”领主靠回椅背上，脸上的表情放松下来，变成了轻蔑，“但还轮不到你。我们用了一万年的时间来完善世界秩序，在那段时间里，没有人成功地破坏过它。我们终于让这个世界千百年来的毁灭性消耗告一段落了……”

一万年？在领主说话的时候，巴克利在心中琢磨着，企图理解第二个真相。他认知的根基被这个真相震裂了：

原来，人类的历史竟能向前追溯成千上万年，如此久远的历史简直无法想象。在此期间，一个又一个的奇迹不断上演，人类经历了漫长的大周期，大周期里又布满了小周期。人类文明曾达到相当的高度，每一个梦想都变成了现实。人类把自己的分支送上群星，但当他们忘记了人性，现实变成了噩梦。由于自身的愚蠢，登天的人类又堕回了失落的深渊。然后，周期再次缓慢地发生改变，随着时间的推移，人类终将发展到新的高度。但矛盾的是，这样的高度永远无法维持下去。在创造的过程中，人类似乎总是无法抑制毁灭的冲动，并且总是会找到办法把一切破坏殆尽。直到最后一个伟大的帝国走向终结，统治阶级当中有一群人看出新的衰落迫在眉睫，于是便采取行动来加以阻止。他们迫使世界进入一种新的秩序，一种在低水平上保持稳定的秩序，然后让世界止步于此。

“因为我们的存在，这种没有冲突和痛苦的状态延续了一万年，从未改变。各个方面都没有任何变化。我们就是世界政府的初创者。”

巴克利怀疑地盯着那张笑眯眯的平凡面孔，看见那双眼睛里的光属于一个不可思议的狂热时代。

“你保养得真好。”小贩说。

领主毫不掩饰地爆发出一阵大笑：“这并不是我的原身。借助计算机网络，我们可以把记忆完好无损地转移到一位‘继承者’的体内，一个普通、年轻、充满潜力的人。只要他的个性能够相容，他就成了我们当中的一份子，被吸纳到庞大的整体中焕发青春。正因为如此，我才一直关注着巴克利。他具备成为一名优秀领主的特质。”他的脸上再次浮现出极富兴味的笑容。

巴克利被捆住的双手攥成了拳头，他露出一脸悲愤的表情。那股无形的压力迫使他重新坐回椅子里。

领主盯着他，似乎觉得好笑：“技术的发展进步和人性的争强好胜是导致社会不稳定的关键因素。既然要保持稳定的秩序，我们就必须抑制这些因素。为此，我们保持对照组——比如山里的人和高地人——不受干扰，从中获取可靠的信息，创造出了平原人所需的个性类型。

“整个系统确实设计得相当出色。计算机网络为我们持续不断地提供维稳所需的技术、通信和……能量来源。反过来，我们也确保了计算机网络的连续性，因为我们会保存需要的知识，让计算机维持正常运行。这个系统并没有不能永远运行下去的理由。”

巴克利朝小贩的方向看去，希望能发现让自己安心的迹象，但看见的却是一脸严肃的表情。

小贩说：“你们以为这是一种我应该表示欣赏的壮举吗？你们为了一己私利，操纵着这颗星球上所有生物的命运。这件事已经持续了一万年，你们还打算无限期地继续干下去吗？”

“这可是为了大家好，难道你不明白吗？我们并没有提出任何要求，没有为自己谋取任何利益，也没有索取任何回报，我们只知道人类再也不会沦为野蛮人，与此同时，毁灭性消耗和兴衰更替终于在地球上停止了。人民获得了安全，他们的世界很稳定，对于他们的子孙后代而言也是如此。你的那个世界能做到这一点吗？想想你在旅途中度过的那些岁月吧……事到如今，你想回去的那个文明世界还存在吗？”

巴克利看到小贩迫使自己放松了下来，并再次露出充满嘲讽的笑容。“不过，实际情况仍然没有改变，兴衰更替是万物的自然规律——如果你愿意的话，也可以称之为生死轮回。它让人类有机会达到新的高度，也让旧秩序得以彻底消亡。静止不动相当于昏迷状态——固然没有低谷，但也失去了高峰，没有了选择。我反正觉得沙恩宁愿彻底消亡，也不愿意这样——”小贩说。

“沙恩？你对这个古老的帝国了解多少？”领主身体前倾，不复刚才彬彬有礼的模样。

“沙恩？”巴克利不解的疑问在空中留下袅袅余音。

“他们对于我的家乡沙恩了如指掌，知道水晶之城堕落的中心和统治者之间的博弈，甚至知道导致帝国消亡的趋势是怎样的。只是他们不知道，毁灭竟会如此彻底。”小贩向巴克利解释道。

“好吧，既然外人不可能知道那个帝国最后几年是什么样子，”领主的语气变得强硬起来，“这就越来越有意思了。我怀疑，这么掰扯下去只会不断引出更多的问题。依我看，是时候找到答案了。”

巴克利瘫倒在椅子里，脑海中浮现出刑讯的场景。然而，领主只是离开了办公桌，从巴克利身旁走过，用如饥似渴的眼神瞥了他一眼，然后把一只闪闪发光的金属箍套到了小贩头上。

“我脑子里的信息可能会让你大吃一惊。”小贩的表情依旧镇静，但巴克利觉得他的声音绷紧了。

领主走回自己的座位旁。“哦，我看不会。我刚刚把你的大脑连上了我们的计算机网络。”

小贩听完大吃一惊，身子变得僵直。接着，他往后一靠，迅速恢复了似笑非笑的神情。但在此之前，领主已经看到了他的表情变化。“一旦连上你的大脑，你还想隐瞒什么可就难如登天了。这个办法速度很快，而且次次有效。只是很可惜，我不能保证你不会被逼疯。”

小贩的笑容消失了。“真是文明人啊。”他平静地说，迎上了巴克利疑问的目光，“好了，巴克利，你还记得我跟你说过的话吧，交叉手指祈祷是没用的，是不是？”

巴克利摇了摇头。“不管你怎么说，贾吉特先生……”他怀疑自己再也没机会回想起任何事了。

小贩突然倒吸一口气，闭上双眼，身体瘫软在椅子里。“贾吉特先生？”巴克利喊道，但小贩没有回应。巴克利独自一人呆呆地坐着，想知道金属箍使了什么可怕的魔法。还有，等到计算机——不管那究竟是什么玩意儿——将他本人的灵魂吞噬时，他会感觉到疼痛吗？

“你们在监控吗？所有地区都在吗？对，直连。”领主似乎是在对着办公桌说话。他迟疑了一下，似乎是在倾听什么，然后凝视着空中。

巴克利听天由命地瘫坐在椅子里，此时已经不再感到恐惧，也不再理睬那两个入神的人——他们同样也没有理会他。绿壁厅堂里一片寂静，室内的灯光闪烁着，黯淡了片刻。巴克利睁大眼睛，感觉到原本压迫自己的那股无形的压力稍微减弱，然后，随着灯光重新亮起，压力也再次恢复。领主依旧凝视着空中，还皱起了眉头。巴克利开始徒劳地扭动被绑住的双手。无论魔法在这间厅堂里怎样发挥作用，方才都中断了一瞬，如果它再次中断的话，他已经做好了准备，到时候就可以……他瞥了小贩一眼，那脸上莫非是……笑容？

“这里是第十八区。艾德里克斯，这是怎么回事？”突然，墙壁上闪现出一道亮光，一个红发青年鲜活的头颅出现在亮光中，但看不到躯干。领主转过身，朝“鬼魂”眨了眨眼睛。巴克利见状打了个寒战。

“我们的接收信号被篡改了。这个数据肯定不对，计算机说他是……”红发青年的脸晃动了一下，话语被一阵急流般的声音所掩盖，“是它。信号出什么问题了？他是直连的吗？我们现在什么也收不到——”

又有两张脸出现在墙壁上表示抗议，其中一张是老人的脸，肤色比小贩还黑，另一张则是中年女人的脸。巴克利这才意识到，他看见了法伊夫的其他领主，也就是世界政府的初创者。他们既在这里，又不在这里——他们的头颅被魔法从天涯海角传送了过来。

红发青年凝视着巴克利，后者避开了那双蕴藏怒气、既年轻又苍老的眼睛。接着，他又望向小贩，眉头紧锁，然后流露出困惑的表情，最后变成了怀疑："不，那不可能！"

"怎么了？"艾德里克斯疲惫不堪地问道。

"那个人我认识。"

中年女人听闻转过身，仿佛能看见红发青年似的。"你这话什么意思？"

"我也认识那个人！"又有一张黝黑的脸凭空出现，"他来自沙恩，是那个帝国的人。可是，都过了一万年，他怎么还跟以前一模一样？艾德里克斯，你还记得那个售卖原始艺术品的人吗？他挺有名的，花费了……"声音变得含混不清，"我们得把他从通信系统里赶出去！一旦知道通信密码，他就可以——"那张鬼魂般的脸彻底不见了。

艾德里克斯激动地看了看一动不动的小贩，又重新望向仍然亮着光的几位领主。

巴克利在墙壁上看到了更多的脸，刚才那个人的脸再次出现，随即晃动着消失……

"拦住他，艾德里克斯！"中年女人拔高了嗓门，"他会毁了我们的。他在篡改通信密码，他在破坏连接！"

"我没法儿切断他的连接！"

"他现在钻进了我的连接，我就快失联……"红发青年消失了。

"拦住他，艾德里克斯，不然我们就一把火烧光法伊夫！"

艾德里克斯一脸严肃，似乎下定了决心。巴克利看到他伸手去拿桌上那个金属怪球，立马挣扎起来，想要挣脱那股无形压力的束缚："贾吉特！当心！"

巴克利知道艾德里克斯打算把小贩的脑袋砸开花，而自己无能为力的身体阻止不了对方。"贾吉特先生，醒醒！"当艾德里克斯从他身旁走过时，巴克利不顾一切地伸脚一钩，绊倒了领主。又有一张脸从墙壁上消失，室内的灯光也熄灭了。巴克利趁机从椅子里滑下来，重获自由，笨手笨脚地摸索着随身携带的那把刀。可是，刀已经被卫兵收走了。在墙上一众"鬼魂"明灭不定的目光中，艾德里克斯摸索着向小贩走去。

就在灯光重新亮起的那一刻，巴克利抓住艾德里克斯的一只脚踝，后者痛骂着转过身，想踢他一脚，但巴克利已经爬了起来，跳到一旁，躲开了金属怪球沉重的一击。

"艾德里克斯，拦住那个小贩！"

巴克利忽然火冒三丈，喘着粗气说："浑蛋，这回你可阻止不了了！"趁着领主转身之际，巴克利猛地扑到对方的背上，把他撞得一个趔趄，然后用被绑住的双手圈住了领主的脖子。

领主挣扎着想把巴克利甩开，身体朝后重重地摔在桌上，结果失手掉落了金属怪球。巴克利的脊梁猛地撞在桌沿上，他痛得呻吟起来，失去了平衡，抬起的膝盖撞向了领主。

随着刺耳的噼啪一响，领主栽倒在巴克利身边，一动也不动了。巴克利跪在地上，看见那双苍老的眼睛里充满谴责和恐惧。"不，哦不。"那双眼睛随后变得呆滞无神。

在维姆·巴克利十七岁生日刚过完一周这天，他杀死了一位万岁老人，并在不知不觉间帮忙摧毁了一个帝国。厅堂里悄无声息，墙壁上最后一位领主的脸也不见了踪影。巴克利缓缓站起来，抽了抽嘴角，露出厌恶的笑容。世上的一切魔法都没有给这个术士帮上半点忙。他走到仍然入神的小贩身边，抬起双手，想把那只金属箍取下来，打破魔咒。他突然犹豫了一下，没了把握——这么做是唤醒小贩，还是要了他的命？他们必须离开这里，但小贩正在用某种方法对抗魔法。这一点他还是明白的。假如现在阻止小贩……巴克利垂下双手，迟疑地站在原地等待着，等啊等。

他又一次伸向那只金属箍，双手因犹豫不决而颤动着。就在此时，小贩突然对他一笑，睁开眼睛，向前坐直了身子。小贩叹了口气，轻轻取下头上的金属箍。“你刚才在等我，我很高兴。你可能永远也不会知道我有多高兴。”巴克利听完，露出了真挚的笑容，似乎如释重负。

小贩摇摇晃晃地站起来，瞥了一眼艾德里克斯的尸体，摇了摇头。他神情憔悴地对巴克利说：“我说过，你说不定会帮上忙，对吧？”巴克利只是平静地站着。与沙恩一样古老的小贩解开了捆绑巴克利双手的绳索，他的手腕仍感觉刺痛。“我们的生意结束了。你做好离开这儿的准备了吗？我们的时间不多了。”

听见这话，巴克利赶紧向门口走去，一开门，便与站在走廊等待传召的卫兵打了个照面。那名卫兵张大了嘴，下巴被打了一拳，随后膝盖一弯栽倒在地，不省人事了。巴克利捡起卫兵的步枪，小贩出现在他身旁，示意他顺着昏暗的走廊前行。

“卫兵一个个都去哪儿了？”

“但愿他们已经回家躺在床上了。现在是凌晨四点半，应该不会有警报。”

巴克利乐呵呵地笑起来：“这可比从博克兄弟手里逃走要轻松多了！”

“我们还没开始逃呢，说不定已经来不及了。刚才墙上出现的那些领主想往法伊夫扔一枚……太阳的碎片。我应该已经阻止了他们，不过并没有十足的把握。假如没有彻底赢得胜利，我也不想为此大吃苦头。”他领着巴克利原路返回，走下宽阔的楼梯，进入空荡荡的大厅。白天曾有请愿者聚集在这里。巴克利正打算踏上会传出回声的地板，却被小贩叫住了，后者正盯着墙上的什么东西在看。在小贩的魔法灯光的指引下，他们下了一层楼梯，进入了深井般的黑暗之中。

楼梯下方有扇紧闭的门挡住了他们的去路。小贩露出失望的表情，然后将魔法灯光变成蓝色。他用灯光照了照门上的一块金属板，门滑动着向后打开，他走了进去。

巴克利跟在他身后，走进了一个逼仄的小隔间，里面闪烁着柔和的光辉。三把装有厚厚填充物的座椅围绕着一张奇形怪状的桌子，几乎将整个空间塞得满满当当。巴克利注意到，这些东西似乎是固定在地板上的，他突然感到一阵被幽闭的恐惧。

“找个座位坐下吧，巴克利。感谢上帝，我没猜错，这座塔楼果然是弹道式飞行器的出口。系好安全带，因为我们要起飞了。”小贩按下桌子上的发光按钮。

小隔间内侧一扇沉重的门关上了，把室内与外界隔绝开来。巴克利笨手笨脚地摸索着座椅上的束带，不敢去猜测小贩是怎么想的。他们这是在干什么？为什么没有往外面跑？不知是什么东西像一只手一样，把他牢牢按在了座椅的软垫里，动作柔和。他最先想到的是自己又掉进了陷阱，然而，那股压力并没有消失，于是他明白这回跟刚才不一样。然后，他抬起头，目光掠过小贩专注的脸，看到周围不再是空白的墙壁，而是繁星点点的夜空。他向前探着身子，发现脚下竟是法伊夫。随着每一记心跳，整座城市消失在浩瀚的黑暗中。他看到的是鹰隼眼中的景象……他正在飞翔。巴克利又靠回座椅上，用脚去踩那块隐形的坚实地板，想借此安心，却突然发现下面什么也踩不到了。现在，再也没有把他按在座椅里的压力。他的躯干虽然被束带勒住，四肢却飘浮在空中，整个人比鸟儿还要轻盈。他凝视着意外出现在眼前的群星，不禁轻轻发出一声难以置信的惊叹。

巴克利看见晦暗的地平线上开始显露一线光明，并一秒接一秒地不断向上扩散和蔓延，黎明微淡的色彩遮蔽了群星。太阳火红的面庞冲出世界的边缘，晃得他眯起了眼睛。旭日带着不可思议的光辉向上升，速度神秘莫测，而夜空依然是漆黑一片。最后，太阳显现为一个完整的圆盘，在午夜时分的天空中继续上升。此时，巴克利看见一条蓝色细纹沿着地平线延伸出去，被他们抛在身后，细纹的正中央被色如香橼的曙光所照亮。在这条蓝色细纹的上方，太阳仿佛戴着一顶尖尖的星冠，衬得其余所有星星黯然失色；在这条细纹的下方，他可以看见靠近地平线边缘的世界正转入白昼。地平线并非绝对水平的，而是两端略微往下弯……在他脚下，仍是吞噬了法伊夫的那片漆黑的夜色。他叹了口气。

“真是壮观啊！”小贩从发光的桌子旁往后退了退，在略高于座椅的空中飘浮着，脸上露出疲惫的微笑。

“你也看见了？”巴克利的声音有些沙哑。

小贩点了点头。“我第一次上天时也有同样的感觉。我猜，每个人都是这样吧。每一次人类文明进步到太空飞行的阶段，作为奖赏，我们就会见识到这样壮观的景象。”

巴克利一言不发，他已经词穷了。方才，他眼中那道弯如弓弦的地平线变化尚不明显，现在，就在他再次眺望的时候，地平线又发生了新的改变——太阳沿着升起的轨迹，开始缓慢却明显地后退，再次沉入孕育它的黎明。或者说，他突然发现，是他们正在滑落——离开了灿烂的高空，重新回到他所在的那个世界的黑暗中。巴克利等待着，看见太阳从陌生的黑色夜空中坠落，沉入它刚才升起的地方，霞光重新被黑夜吸尽，世界的边缘再次遮住他的视线。他落回座椅里，仿佛被世界再度拥入怀抱。群星再次显现。一阵沉重的颠簸如同一记重击，令整个小隔间随之震动，然后，所有动静都停了下来。

巴克利一动不动地坐在那里，没明白是怎么回事。在黑暗中，门滑动着向后打开，一股刺骨的寒气弥漫在狭小的空间里。门外又是一片漆黑，但他知道，那绝非大楼走廊里的黑暗。

小贩疲惫地摸索着座椅上的束带：“当天返家……”

巴克利没有等待，而是在本能的驱使下挣脱束带，起身向门口走去，又猛地停住了脚步，因为他发现他们已经不在地面上了。他的脚踩在梯级上，迈过最底层的台阶时，他听到了碎石滚动的声音，脚下也传来同样的感觉。除此之外，便只有寒风的呼啸以及拍岸的水声。他的眼睛还在适应黑暗，但其余感官已经了解到一些信息：他回家了。这里不是达克伍德角，而是他自己的家乡，高地上某个美轮美奂的地方。两边耸立着尖牙般的黑影，遮蔽了群星，但在平静的湖面上，却有更多的星星在闪耀。星光微微摇曳着，与此同时，他也在寒风中瑟瑟发抖，薄衬衫底下冷汗涔涔。他站在林木线上方一座山口的碎石堆上，随着白昼的回归，东面群峰之间的缝隙里呈现出暗淡的浅粉色。

他听到小贩的声音从背后传来，转身一看，只见小贩正缓步走下寥寥几道梯级，来到地面上。从外面望去，魔法师的这个小隔间形如截去了尖端的步枪子弹。小贩手拿从卫兵那里偷来的步枪，此时正倚在枪上，就像拄着根拐杖似的。"嗯，我的领航技术还从来没让我失望过呢。"他揉了揉眼睛，伸了个懒腰。

巴克利回想起来，自己曾对小贩说过"你可以骑着扫帚飞过月亮"之类的话，感觉那已经是很久以前的事了。他再次望向曙光，这一回，朝晖正安详地沿着逐渐亮起的天空向上蔓延。"我们是飞过来的。是吧，贾吉特先生？"他的牙齿格格打战，"就像一只鸟。只是……我们飞……飞出了这个世界。"他住了口，这一出乎意料的发现令他感到敬畏。有那么一瞬，有生以来对于迷信的恐惧在心中叫嚣：先前见过的一切他都无权知晓，也无权相信。"肯定是这样。我们飞出了这个世界，而且……这全是真的，我听说世界是圆的，就像石头一样。这肯定是真的。还有别的世界——你刚才也这么说过——上面有跟我们一模一样的人。我看见太阳跟其他星星差不多，只是要大一些……"他皱眉道，"是不是因为它……离得更近？我——"

小贩咧嘴笑起来，胡须间露出了一口白牙："一流的魔法师啊。"

巴克利抬起头，重新望向天空。"如果这还不能击败所有的……"他轻声说，然后又想起了更实际的事情，问道，"那些鬼魂呢？他们会来追我们吗？”

小贩摇了摇头。“不会。依我看，我让那些鬼魂永远安息了。我篡改了他们通信系统的密码，有很大一部分现在完全没法儿用了。他们的计算机网络被我破坏了，太空防御系统肯定永远失灵了，因为他们并没有毁掉法伊夫。照我说，世界政府已经完蛋了。他们现在还不知道这个真相，可能还可以勉强维持几百年，但最终会完蛋的。他们那台宏伟的‘稳定’机器终于出了毛病……我料想他们不会再在这一带使用魔法了。”

巴克利思索着，然后露出了满怀希望的神情：“贾吉特先生，你要接管这里吗？在平原人的身上施展你的魔法？我们可以……”

小贩却摇了摇头。“不，巴克利，恐怕我对这个不感兴趣。我真正想做的事，只是打破别的魔法师对这个世界的控制。我已经做到了。”

“那么……你的意思是，你要做的事都已经做完了？你拿我们的性命冒险，却什么也不图？就像你说的，就因为世界政府不该对无力抵抗的人使用魔法？难道你这么做全是为了人民，而你自己什么都不想要？你肯定是疯了吧。”

小贩哈哈大笑：“好吧，我不认为自己疯了。我之前就告诉过你，我的愿望不过是看一看新的风景，卖一卖我的商品。世界政府对我的生意没好处。”

巴克利与小贩对视了一眼，又犹豫地移开了视线。“你现在要去哪儿？”他有点期待听到的答案是“回天上去”。

“回床上去。”小贩离开弹道式飞行器，顺着满地碎石的山坡，开始从湖边往上爬。他示意巴克利跟上自己。

巴克利紧随其后，在稀薄的空气中艰难地呼吸着，直至他们来到一堵陡峭的花岗岩石壁前。这里有一大块巨石。他走到巨石正前方，才发觉岩石间隐藏着一个洞穴。他们来到了洞穴的入口。巴克利注意到，洞口的形状对称得出奇，似乎有道彩虹在黑暗中闪烁着，如同一层薄雾。他不解地盯着它，一边搓着冻僵的双手。

“我就是从这里来的，巴克利。既不像你以为的那样来自东方，也不像领主以为的那样来自太空。”小贩朝着黑黢黢的入口点了点头，“你瞧，世界政府完全搞错了我的来路——他们以为我来的那个地方肯定不在他们的控制范围内。我其实一直都在地球上，五万七千年以来，这个洞穴一直是我的家。这里有种魔力，可以让我睡个‘魔法’觉，一觉就能睡上五千年，或者一万年。与此同时，外面的世界发生着变化。等到世界发生了相当的变化，我就会再次醒来，出去瞧一瞧。一万年前，我在沙恩就是这么做的：我带来的艺术品属于之前更原始的年代，商品大受欢迎，我也成了名人。这样一来，我就换到了新的交易品——也就是沙恩魔法——等世界再次发生变化后，我把魔法带到了别的地方去。

“世界政府带来的问题就在于此——他们扰乱了历史的自然周期，而这正是我赖以生存的基础，这种干扰让我无法与时代同步。他们把稳定变成了一门科学，让世界维持五万年或者十万年。假如是一万年或一万五千年的话，那我还可以回到这里，因为我耗得过他们。可是，五万年实在太长了。我必须让一切重新运转起来，否则我的生意就没法儿做了。”

面对长达上万年的历史，巴克利的想象力有些难以为继，这样漫长的岁月横亘在他与小贩之间，也横亘在小贩与曾经拥有或可能拥有的一切之间。一个怎样的人，得具备怎样的信念，才能独自面对这样的鸿沟？又是怎样的损失或回报，才会促使他这般行事？一定有什么东西让这一切值得一试吧……

“巴克利，已经发生过的事情有多少，沙恩人的后代连做梦也想不到。我参与过的每一次新的文明高峰都让我感到惊讶……现在，我要离开你了。作为一名向导，你比我想象得更出色，我对此表示感谢。我想，从这儿往西北方向走个两三天，你就能走到达克伍德角。”

巴克利犹豫不决，心中交织着恐惧与渴望，开口说："请让我跟你一起吧……"

小贩摇了摇头。"从现在开始，这里就只能容下一个人了。你见识过的奇迹已经比大部分人都多，我看，你也学到了一些东西。依我说，在这个世界上，你有的是机会把学到的东西派上用场。巴克利，你帮忙改变了你的世界——既然一切能再来一次，你打算怎么做？"

巴克利迟疑地站在原地，一言不发。小贩举起步枪，把枪扔给了他。

巴克利接住枪，脸上缓缓绽开一个笑容，这个表情似乎充满了各种可能性。

"再见了，巴克利。"

"再见了，贾吉特先生。"巴克利目送小贩向洞穴走去。

走到洞口时，小贩踌躇了一下，回过头来："还有啊，巴克利——你做梦都想不到这个洞穴里有多少奇迹。我没逗留这么久，是因为我很容易上当。你可别被盗墓的念头蛊惑了。"说完，他走进了黑暗中，在短暂的一瞬间，五彩斑斓的光影勾勒出他的轮廓。

巴克利在洞口徘徊着，直到寒气终于迫使他离开。他沿着山坡往下走，在寸草不生的灰色碎石间择路而行。来到波平如镜的湖畔后，他再次停下脚步，回头望去，目光越过魔法师那形如子弹的飞行器，看向后方的花岗岩石壁。巨石沐浴在旭日的金辉中，可是现在，不知怎么回事，他甚至不确定那个洞穴的位置了。

他叹了口气，把步枪扛到肩上，踏上了漫长的归途。

回忆逐渐消退，领主巴克利回过神来，叹了口气。随着记忆一同消散的，还有心中那个一直噬咬着他、折磨了三十年的愿望：再去搜寻一下小贩所在的洞穴。巴克利曾遇到的每一个问题都有解决之道，但他从未亲身验证过小贩的警告。盗墓的风险很大，而且可能会有性命之忧，但除了风险以外，他还有着这样的认识：对于寿命相当于半截人类史的小贩来说，无论巴克利这一生取得了怎样的功绩，都是转瞬即逝的，他跟一无所有没什么两样。小贩的洞穴里藏着不可能存在的事物，正因为如此，巴克利永远也不会将其据为己有。

相反，他把目光投向了可能存在的事物，并依靠自己的努力——以及小贩馈赠的异常清晰的认知——把可能变成了事实。他独自解决了每一个问题，因为他非如此不可，眼下，他也必须独自解决海上诸国的麻烦。

他俯视着广场上的市民，心中涌起一股突如其来的强烈自豪感，现在，有一座坚固的城墙包围着他的城市法伊夫……这么说，南境和西土狼狈为奸了，其背后只有一个原因：双方的勾结与昔日深重的宿怨达到了某种平衡，但并不稳固。一旦出点儿什么事，比如恰到好处地散播一些谣言，平衡就会被打破，他们又会开始互相掐架。或许，他根本不必召集军队，南境和西土就会帮他解决这个麻烦。

接下来……

领主巴克利露出了微笑。他一直向往去海边看看。

作者的话：

我得承认，小贩贾吉特的真实动机我也不知道。我可以想象这个角色的一言一行，但至于动机嘛……小贩对摧毁现有文明的解释当然是合理的，无论他用什么理由穿越时空，世界政府都构成了阻碍。

或许他只是个生意人，希望见识一下新鲜事物，但我认为他还另有目的：或许他想弄明白，奇点为什么始终没有出现，他在寻找一个能最终摆脱命运轮回的文明。或许，此前所有文明都已经在奇点中消亡了，只剩下小贩来确保这种情况可以再次发生。重读这个故事的时候，我的感觉很像结尾处的巴克利，心怀敬畏……又有点害怕知道真相。

你们猜猜，我写到哪里就停笔了，琼安又是从哪里开始写的？

事实上，我写的最后一段是从博克兄弟手里解救巴克利。我的部分写了一个夏天的时间，每天写一页（对我来说，这种写作方式有点奇怪，不过很有意思）。在救援的场景结束后，我就只有一些大概的想法，故事也因此陷入停滞。我和琼安一起把这个故事写完，是一次幸运而有趣的合作。

THE SCIENCE FAIR

科学博览会

Loading...

吴 垠 译

作者的话：

《科学博览会》是我写过的篇幅较短的故事之一：全文上下只有一个点子，好在有点儿意思。初稿和下面这篇差得不多。当时，我投给了达蒙·奈特的《轨道》选集，但达蒙没有接受。他觉得这个故事的背景别出心裁，只不过收尾太平庸了，于是问我能不能修改一下。

要满足他的要求，难度可不小。我转换角度，直接从结局改起——这一点完全体现在故事的最后两行。达蒙买下了修改后的版本，也就是你即将读到的这一篇。

我的办公室位于防波堤下方。不瞒您说，在牛顿城，这地方不太安全，也不怎么受人待见。有一回，一场特别大的地震把防汐墙震塌了，出入办公室的楼道被埋在了好几吨废墟之下。我在里面困了整整三汐。可话又说回来，潜在客户乍一看见我的地址，八成要胡思乱想，以为自己在和黑社会打交道。等他们亲眼见识到我的超豪华办公室时，便会觉得我不仅“阴险”，还是个成功人士呢。

来访者敲门时，我正躺在办公桌后面的地铺上呼呼大睡——办公室这几间屋子太费钱了，现在的我压根睡不起其他地方。我东倒西歪地起身应门，懊恼自己怎么提前三汐就给前台放了假。您应该明白，作为工业密探，我们这行在科学博览会期间没什么生意。

在这段时间，就连城警都放假了，谁还会挑这种日子上门呢？于是，我拉开门。

我的眼前瞬间一亮！一双柔情似水的美目正朝我望过来，往下看是挺翘的鼻子、丰润的双唇。她肌肤细腻，散发出深沉、均匀的红外光，身材更是凹凸有致。而且，她全身上下只有一条紧身裤，实在叫我大饱眼福。

她很年轻，开口时有些紧张："你是林杜·贾西斯吗？"

我微笑道："正是本人，但叫我杜斯加就好。"

她走进办公室，问道："你这儿怎么这么暗？"

自然是因为本工业密探上一秒还在酣睡。不过，我无意透露这桩秘事，便色眯眯地盯着她，"因为你光彩照人的少女肌肤已经点亮了这个房间。"

一听这话，她肩膀以上的皮肤都变红了。女孩竭力用冰冷的口吻说："听着，贾西斯，我本来就和你们这种人不太对付，所以请你不要一张嘴就性骚扰。"

"听你的，女士。"我打开灯，在办公桌后坐下，"现在，你……需要我做什么？"

女孩优雅地坐到访客席上，开口道："我是科学博览会委员会的兰斯卡·德拉诺。"她说着，取出自己的身份徽章。

"你和格劳恩家族的首席科学家有亲属关系吗？"

她点了点头。"首席科学家贝奥林·德拉诺是我的父亲。"

"今天见到你，我深感荣幸，女士。听说在下一汐时，你的父亲要在博览会上发表科普演讲。你一定非常自豪吧？"

她忽然跪倒在地，那副脆弱的教养面具四分五裂。"我非常自豪，但也害怕极了。我们——也就是科学博览会委员会的人——发现格劳恩家族为了阻止我父亲发言，打算派人谋……谋杀他！"

我头一回听说有政权甘愿冒着解体的风险，计划对一名科学家下手。我压下心头的疑惑，不动声色地问："你父亲手上有什么消息犯了格劳恩家族的忌讳？"

"不知道，我、我真的不知道。父亲不愿意告诉委员会。当然，他这么做是对的，毕竟在博览会正式开幕前，他的研究专属格劳恩家族。他们派来的人已经下过一次手了，可他仍连一丁点消息也不愿透露。委员会必须雇人保护他的安危。"

"所以你们找上了我。"

"是的。委员会听说过你的大名，而且给出的报酬很丰厚——一共二百五十六英亩的优质农田。我们对你唯一的要求是，在下一汐来临前保护我的父亲。等他在博览会上发表演讲时，委员会可以自己来保护他……你接受吗？"

派了这么一位性感尤物来当说客，委员会对我的了解可真不少。我俯下身，轻轻拭去她颈上的泪珠，安慰道："别担心，兰斯卡，我会尽力而为的。实际上，想要智胜格劳恩家族也不是一件难事。"更何况，我并不相信他们会蠢到在博览会前夕暗杀一名科学家。

听了我的答复，她明显振作起来，开始告知我这项任务的必要信息。离开时，她整个人都快活多了。起初，她只当我是个大恶棍密探，现在发现我块头虽大，人却不坏。

她在防波堤的坡道顶端停下脚步，垂头望着我。只见在天空的映衬下，她的脸庞泛出淡淡的红晕。我答应她在半小时内赶到她父亲的公寓。

于是，她风姿绰约地离开了。

我曾辗转住过好几座城市，但海滨的牛顿城永远是我的最爱。我明白，贝诺贝尔和伊斯哈芬各有千秋——生活富足，历史悠久；地基比较稳定，建筑物能建到六七层，有些甚至高达八层。不过，贝诺贝尔的积雪足足有三层楼那么深，城里冻得要命，街灯一关就伸手不见五指。伊斯哈芬倒是有几家好玩的娱乐城，但从现在的冰港到老城区要乘坐两个小时的蒸汽雪橇。说实话，我宁愿待在不冻手冻脚的地方。

相比之下，牛顿城就没那么冷。在城市的北面，一条炽热的红色熔岩流从赫夫提山泻入大海。熔岩流最宽时可达六十四英尺。涨潮时，海水与熔岩流在北面的防波堤交汇，产生的蒸汽缭绕在城市上空，并在地表洒下一层红外光。在熔岩流的南部，海岸线附近的海水温暖宜人，沙滩细腻柔软。

可惜现在是低潮期，什么也看不见。熔岩流和海水在我所处位置的几英里外交汇，产生的蒸汽在我左肩上方闪着微光，但要照亮四周还远远不够。除了街灯，只剩零星的红外光从半掩的窗户里漏出来，还有稀稀拉拉的行人身上散发出深沉的红外光。我藏在一棵观赏型大树后面，观察着周围的环境。这个地段很豪华，距离博览会的场馆不远。通电的街灯在街道两旁的公寓上投下了阴影。有些公寓高达三四层，采用金字塔结构建造，顶层的面积只占最底层的四分之一。闪烁着黑色光泽的藤蔓攀附在浮雕墙面上，花瓣是丝质的，花粉在空气中散发出甜美的气味，香气浓郁。

远处传来海水遇到熔岩流而蒸发的滋滋声，此外再也听不见其他声音。对面公寓里的聚会一个小时前就结束了，狂欢的人群早已散去。八分钟过去了，没有一个人影经过我的藏身之处。这是牛顿城的另一个优点：在低潮期，天色总是极为昏暗，居民们早早就沉入了梦乡。对我这类人而言，这真是天赐良机。

我感觉腿抽筋了，只好站起来缓一缓。就算在我最爱的牛顿城，监视工作也是一份苦差事。我一连蹲守了四个小时，感觉随身携带的手电筒和自动手枪越来越沉。我和往常一样穿着护体服，把全身上下裹得严严实实，只露出眼睛和鼻子。这件护体服又热又厚，但能有效盖住我皮肤发出的红外光。

我已经无数次地扫视这条街道，却一无所获。四楼的窗户——也就是贝奥林·德拉诺所在的公寓房间——仍然一片漆黑。真是无事生非，我暗自嘀咕，委员会那帮家伙竟然听信了一名老科学家的胡言乱语。我曾经接手过不利于格劳恩家族的任务，所以知道他们的手段确实残酷，但绝非丧心病狂或者自取灭亡。每一代——也就是每十六个新生期——只举办一届科学博览会，而在两届博览会之间的时间里，格劳恩家族的科研人员实际上是格劳恩家族的私有财产，而其研究成果也属于机密，受到格劳恩反间谍组织的保护。所以，哪个家族成员会为了阻止一名科学家在博览会上发言，而放弃这些唾手可得的利益？

突然，街灯暗了下来，直到彻底熄灭。

我刚才的推测也化为泡影。

就连公寓里仅存的几盏灯也熄灭了。格劳恩家族派出的杀手至少袭击了一所变电站。

牛顿城里有个俗语："黑得像低潮期的天色。"相信我，这世上能黑过它的也没几样。眼下街灯一灭，浓浓的墨色便铺天盖地袭来。我连手中的手枪都看不清了。

我竖起耳朵，一动也不敢动。假设格劳恩家族安排得当，杀手应该已经开始行动了。我似乎捕捉到了一丝轻微的嘎吱声，好像是从德拉诺所在的公寓那边传过来的，但我无法确定。即便在低潮期，海水沸腾的滋滋声也足以干扰我敏锐的听觉。

我望向天空，却一无所获。看在Ge星的分儿上，到底发生了什么事？唯一的可能是杀手乘坐了热气球，因为只有它能无声无息地盘旋在空中，但热气球的空气加热器总是亮得显眼。就算他们设法遮盖了加热器，也挡不住气囊发光，否则，整个装置一定会重得飞不起来。然而，我连一缕微光也没发现。

我悄悄把手伸进背包，摸出了手电筒。一打开它，我就会成为全场最亮眼的活靶子。所以，不到万不得已，我断不会出此下策。

几分钟过去了，嘎吱声越来越清晰，我还听到了人类行动时发出的响动。如果格劳恩家族想给德拉诺制造一场"意外事故"，眼下显然是最好的时机。一旦他们开始行动，我的救援动作连半秒也不能耽搁。我的Ge星啊！看来还是得打开手电筒。

这时候，来自贾西斯家族的好运再次降临，就像过去每次帮助我化险为夷一样。云层忽然散开，牛顿城的上空群星璀璨！如果你是贝诺贝尔人，可能不会大惊小怪。但对沿海居民来说，一个新生期内能有一次无云的天气就很幸运了。

满天星斗射出夺目的光芒，刺眼的光束让人难以躲避，有红外光以及赤色和橘色的光芒。哪怕是涨潮期的牛顿城，也很少像现在这几秒一样明亮。

杀手确实选择了热气球。船体飘浮在两百五十六英尺的上空，有三个人挂在底部的吊索上。他们距离地面不到六十四英尺，正渐渐逼近德拉诺的房间窗户。真是一记险招！

我瞄准头顶上方，透过枝干的间隙朝热气球打了一枪。子弹射偏了。看来是我自己动了恻隐之心，毕竟，从六十四英尺高的位置掉下来可不是儿戏。

然而，杀手却不愿领我的人情。他们一时被“星光偷袭”搞得措手不及，但很快冷静下来，用密集的火力招呼我和藏身的大树。火箭弹炸得树枝的木屑四下飞溅。对方竟然占据了上风。

是时候拿出真本事了。我的第二枪再次瞄准热气球。可是，目标太高了，我的火箭弹至少偏了八英尺。可话说回来，杀手既然选择了氢气球，就必须承担相应的风险。火箭弹从船体底部擦过，气囊瞬间爆炸。一眨眼的工夫，火焰和浓烟就吞没了整个热气球。

其中两个杀手的吊索当即撑不住了。他们摔落在大街上，血肉模糊。第三个家伙顺着吊索拼命往下滑，差一点儿就成功了。可惜在只剩十六英尺的时候，他的吊索也烧断了。

燃烧的热气球碎片不断从半空中坠落。我从饱经枪林弹雨的大树底下跑出来，简单察看了一番第三个杀手的尸体——的确是格劳恩家族派来的人，尽管他们的护体服上没有任何标志，但我还是辨认出了这种独特的服装样式。

德拉诺这家伙到底怎么触了格劳恩家族的霉头？

科学博览会的会场位于牛顿城的最西边，面朝大海，坐落在一片缓坡上。每十六个新生期内，会场有整整十五个新生期都是闲置的，只有商业演出或巡演剧组偶尔和市政府签订土地使用协议。然而，每一代都会迎来一场盛会：帐篷铺满整个会场，甚至蔓延到相邻的土地上。坡顶西侧燃起了一堆篝火。在火光的映照下，这些帐篷反射出缤纷的色彩，无比鲜明——无论处于涨潮期还是低潮期。科学博览会就此开幕，在某个帐篷里，你能看见最新改良的蒸汽涡轮机，而另一个帐篷里则在展示最先进的足病技术，或是一场关于抗体反应的讲座。主题之多，令人眼花缭乱。

想要拥进主演讲帐篷的人流异常庞大，我费了好大劲才挤到入口处。兰斯卡之前交给我的博览会官员徽章这会儿派上了用场。经过一轮搜身检查，我终于进去了。

帐篷里面已经人满为患。我知道，在博览会上最受欢迎的演讲绝非浪得虚名，但这个场面也太夸张了吧。光凭贝奥林·德拉诺这个名字应该吸引不了这么多观众，看来，牛顿城的居民已经听到风声，知道这位科学家将发表一通惊世骇俗的演讲。那到底会是什么呢？不需要电线的电报，还是地震预警技术？德拉诺的研究范围很广，所以不太好猜，更何况，知情者恨不得让他闭嘴。

我凭借手中的徽章，一路挤进了讲台前方的预留席位。兰斯卡·德拉诺已经到了。我凑过去，伸手揽住了她的肩膀。“惊喜吗，亲爱的兰斯卡？我已经克服千难万险，把你的父亲毫发无损地带到演讲者小组里了。”

她一时间喜形于色，但转念想起自己是首席科学家的女儿，而我只是可怜的自由人，便立刻矜持地说：“我们对你感激不尽，贾西斯先生。”她眼波流转，无声地向我倾诉了很多信息。

帐篷内灯火通明。我顺着这排席位看过去，各色人物已在专区落座，他们身上的服装闪耀出八种不同的颜色。最边上坐着格劳恩家族的三名正式代表,下半身都穿着带褶边的裤子，身披亮橙色的棋格纹斗篷，上面闪烁着中等红外光——这是格劳恩家族的代表色。位于三名代表正中的是索克·格劳恩。据传，他就是格劳恩家族的掌权者。此刻，他的神情就像一个沮丧的债主。那双浅色的眼睛时不时地扫视讲台，视线偶尔落在我的身上。我可不想得到此人的关注。

除了一侧摆放着小型控制台，讲台上竟然空空如也。这一布置让接下来的讲座更显神秘，毕竟连仪器都没有，还算什么科学？我来不及细想，就听见一声“肃静”。随后，演讲者走上了讲台。

贝奥林·德拉诺是一个老人。他头发稀疏，皮肤斑驳，可见血液循环不畅。他走到讲台的正中间，然后转身，低头看着我们。有很长一段时间，我耳边最大的声音来自三英里外的海浪。

“潮安。”他的声音很沧桑，但既不虚弱，也不胆怯，“我是科学博览会委员会的贝奥林·德拉诺。在本届博览会之前，我服务于贝诺贝尔的格劳恩家族。”说到这里，他朝台下坐第一排的三名格劳恩代表僵硬地点了点头，“至少从一个方面来说，贝诺贝尔是一座非凡的城市，它的非凡之处在于，那里的天空比我知道的其他任何地方都要明亮。平均每六十四个小时中，有一个小时可以看见群星。在过去的一代时间里，我一直在观察和研究星星。”

一股失落的情绪在观众间蔓延开来，因为天文学除了发现卫星及其与潮汐的联系以外，似乎是一个极其无用的学科领域。

德拉诺继续慢条斯理地说：“我们对群星的了解很少。很多代以前，索里昂米尼·奥纳休曾提出，天上的星星与我们的星球相似，但温度要高很多，以至于其地表覆盖着炽热的岩浆。直到今天，奥纳休的理论仍然是最有说服力的，但现代物理学还无法为我们论证所有细节。

“过去的几代里，有不少人在贝诺贝尔展开星体研究。我借助他们的研究成果，布置了这个帐篷内的灯光。如果你的座位在正中央，你就会发现灯光的相对位置和亮度，与六十四代之前天空八区的第五分区中最闪亮的十六颗星星差不多。”

德拉诺对坐在小型控制台旁边的技术人员点了点头，然后继续说：“群星可能是我们宇宙中最恒久不变的物体。所以，只要稍微调一下灯泡的变阻器，就能再现三十二代之前的星星的景象。”

技术人员拨弄了一下控制台，帐篷顶部其中一盏灯的亮度便提升了数倍。我仰头斜视着灯光，发现其他“星星”都是普通的热灯，只有这颗“可变星”是电弧灯，并被维持在了低功率水平。

“最终，如今的天空是这般模样。”那盏电弧灯变得更亮了，周围的其他“星星”都隐没在它的光芒中。观众躁动起来，传出不安的低语声。

德拉诺好像没什么反应，毕竟没有人比他更了解接下来的内容。“你们应该也注意到了，有一颗特别的星体越来越圆，即将完全被恒星直射。我会在随后的一场科技讲座上为大家解释这一现象，证明那颗星体并没有变亮，而是完全受到了恒星运动的影响。”他停下来，任由观众猜测讲座接下来的走向。

然而，接下来的内容似乎变得风马牛不相及。“贝诺贝尔依靠蒸汽雪橇和世界上的其他地方往来。当天气没那么冷的时候，我喜欢待在贝诺贝尔城郊的换乘站，观察雪橇进城。一开始，你只能远远地看见前灯发出微弱的光芒；然后，灯光越来越亮，但不会左右移动，也不会上下移动；直到最后一刻，灯光达到最亮时，雪橇驶过侧线，驶向市中心。

“大约在十五个新生期以前，那颗星体还没有被测量出运动轨迹。直到上届博览会结束后不久，我终于成功地计算出它的轨迹。该星体的运动幅度很小——我观测了这么长时间，它只移动了不到六十分之一度——但足以让我们预估它将来的位置。”

台下的观众更加躁动不安了。索克·格劳恩握紧拳头，然后又松开，愤怒的目光一直没有从德拉诺身上移开过。

这位科学家继续说：“我会将相关计算细节留到科技讲座上再公布。现在，我将向大家展示几代之后的天空。”

技术人员一定是把电弧灯拉到了最大亮度。哪怕闭上双眼，我仍能感觉到强光直直地穿透眼睑，每一寸裸露在外的皮肤仿佛都被生生剥离。德拉诺的声音仍然沉着冷静：“这颗星体将会在八代之后到达最接近Ge星的位置。届时，它的亮度会是我们头顶这盏灯的数倍。这种情况将持续两百五十六汐，直到星体慢慢从我们的星球边经过。”

电弧灯渐渐暗下来，直到恢复普通亮度。我睁开双眼，环顾四周。兰斯卡·德拉诺正伏在我身边，双手掩面；观众神情怔忪，仿佛陷入了集体催眠。在我们这一排席位的尽头，索克·格劳恩似乎随时准备冲上讲台。

“各位，你们知道这场‘亲密接触’将给我们的世界带来什么吗？我不知道。我们蒙昧无知，拥有的设备也粗糙不堪。在我的计算误差范围内，这颗星体将烧干我们的大海；哪怕没有，它也能轻而易举地融化冰川。所有人都将被淹死。

“我们生存的唯一希望就寄托在科技进步上。为了活命，我们必须放弃所有科学发明和发现的知识产权。与此同时，科学博览会必须永不停办！”

观众茫然地坐在原位，但眨眼间便回过神来。现场顿时一片混乱。帐篷内的半数贵族和企业董事都愤然起身，大吼大叫。闹成这个场面也情有可原，毕竟他们对科学研究投入了海量资源，现在却有人提议让他们主动放弃累累硕果。说到这里，在德拉诺的倡议下，我又该何去何从？如果所有研究都成为公开知识，世界上哪儿还有工业密探的用武之地呢？

索克·格劳恩爬上讲台，将德拉诺推到一旁。我见状不得不将兰斯卡按回她的座位。这位老人公开了秘密却仍不安全，看来，他将永远生活在格劳恩家族的威胁之中。格劳恩代表沿着讲台边缘来回踱步，不住地嘶吼。但我一个字也听不清。

我们身后的居民和科学家互相推搡，各派人士都拼命挤上前来。比起永不停办博览会，他们更在意德拉诺的这一发现。人们高声发问，提出猜想，说话声盖过了其他所有声音。

我不禁怀疑，也许没有一个人意识到，比起这颗即将到来的星体，它旁边的东西才是最重要的。

作者的话：

《科学博览会》的灵感源自我的一个疑惑：宇宙中质量或频率分布的末位，在星系中看起来是什么样的？小型天体似乎更常见，可如果它的体积过小，我们就压根观测不到了。宇宙中是否存在游荡的气态巨行星？类地行星会不会游荡？或者球状星团呢？现在（2001年），我们已经证实游荡的气态巨行星的存在，尽管对其形成原因并无定论。就我所知，现代理论并不支持游荡的小型类地行星，除非它们从恒星系脱离出来。但是，一个没有恒星的恒星系，或是一个以褐矮星为中心的恒星系，仍然在我脑海中流连。

谢谢达蒙，你的修改建议让《科学博览会》得以重见天日！

THE WHIRLIGIG OF TIME

斗转星移

Loading...

罗妍莉　译

作者的话：

随着历史进程的推移，大战带来的恐惧或已远去，然而，人们仍会为逝去的“黄金时代”和曾经犯下的错误而感到悲伤。我认为，这一主题在《隔离》和《无心的征服》中已经有了清晰的呈现，以上两篇文章中几乎没有关于大战起因或侵略者性质的评论，而且这些问题也与我的主人公不相干。不过，我确实写过一篇小说，讲述了战争的其中一方借助核攻击赢得胜利的故事。

在1970年左右，我留意到《航空周刊》上的一段说明，据说，（当时）计划中的斯普林特反弹道导弹在四秒内便可从发射状态直达六万英尺的高空。如果将规模再稍微放大一点，就会产生一个有趣的、未曾预料的结果。这个想法被我记在一张三英寸乘五英寸的卡片上，塞进我存放创作灵感的小木盒，最终酝酿成了这篇《斗转星移》。本文出版于1974年，比战略防御计划[1]要早得多。

从黎明时分开始，位于拉古纳山脉高处的防御站就一直处于警戒状态。晴朗的秋日平安无事地过去了，此时，黑暗正逐渐笼罩漫山的松树。一阵干爽的凉风吹过松树林，轻拂着掩藏在深处的层层松针，悄然掠过防御站的装甲穹顶。天空中，群星在松树幽暗的剪影间显现出来，比城市上空的星星似乎更亮、更多。

向西望去，白昼的余晖只剩下一道狭窄的黄绿色光带，勾勒出幽暗的太平洋。城市犹如一层从海洋向内陆扩散的纤细光尘。从距离海岸线八十公里的拉古纳山脉远眺，城市又像是一张超现实主义的魔毯，由亮闪闪的细小宝石连缀而成——当初之所以要建这座防御站，

1. 战略防御计划，冷战时期里根政府于1983年3月提出的针对苏联的战略防御计划。

就是为了护卫这些世间最珍贵的珍宝。

在随后的无数个世纪里，这便是这片土地上最后一刻的舒适宁静了。

森林里的生灵什么也听不到，什么也感觉不到，比如在树上沉睡的鸟儿，还有洞里的松鼠；但在防御站的深处，士兵们却以微波为眼，望向太空，看到了从极地的地平线上方升起的小点，绘出了它们的轨迹。他们预测，在这一晚，天上和人间都将燃起地狱之火。

在地表，由混凝土和钢铁制成的防御罩呼啸着打开，露出激光装置和反弹道导弹，这些武器正在追踪从天而降的敌人。此时，鸟儿被下方的嘈杂声惊扰，不安地绕树拍打着翅膀。地面的孔洞内透出了一缕微弱的红光。然而，如果从下一条山脊线望去，夜色似乎依旧宁寂，沐浴在星辉下的松树林也依旧安静。

北方的天空中，三颗新升起的星星在半空中亮起，蓝白色的亮光照耀着松树林，林中仍然寂静无声。很快，三颗星星的光芒由橙转红，然后渐渐熄灭，只留下一片浅绿金辉，在天空中铺陈开来。在地面雷达和即将飞抵的导弹之间，爆炸形成了无边无际的带电粒子雾，柔和的光芒是唯一可见的迹象。防御站按兵不动，刚才的爆炸并未彻底遮住他们的视线——借助同步卫星，他们仍然可以看到部分战况——但与目标的距离实在太远了。

在北方和东方的天空中，可以看到更多的微型星星——大部分都是防御之焰。反常的极光弥漫在地平线上。然而在西边，城市里的灯光却像末日来临前一般静静地闪烁着美丽的光芒。

现在，守军的雷达已经可以探测到从电离层雾气中落下的敌军弹头。然而，没有哪一枚导弹瞄准了西边那座城市，其目标都是防御站以及东边沙漠中的洲际弹道导弹基地。守军注意到了这一点，却没有时间去冥思苦想原因。若不采取行动，自身的灭亡就在顷刻之间。防御站的主激光装置启动了，反射出的红光照亮了松树林和山脊。十厘米粗的光束形成一条高达十万米长的火线，一直延伸至可感知大气层的顶端，方才消失不见——那里已经没有空气可以被电离了。随后，一阵噼啪声响起，回荡在远山间和大地上。那是成吨的空气化作等离子体的声音，这样的声响连骨头都会为之碎裂。

此时，森林里的万物都苏醒过来。

光束消失后，天空中高悬着一条淡蓝色的细线，一端有个小点闪烁着微弱的金黄色光芒——至少第一个目标已被摧毁。光束的能量极强，以至于在穿过电离层时自行产生了缩小版极光，末端的小点标志着一个目标已然汽化。

接下来，其他激光装置也开始启动，奇异的红色闪电在天空中纵横交错。反弹道导弹从山脊上飞驰而来，为这场局部大决战献上了特有的轰鸣声。小小的火箭如同熔化的金属碎片，喷射出一缕缕火焰和烟雾。火箭的成败取决于短短五秒钟的动力飞行，在这短暂的时间里，它们冲上了三万米之外的高空。山脉上方的空中布满耀眼的新星，闪光越发频繁——但已不如之前那般令人惊叹——标志着激光拦截战赢得了胜利。

防御站上空的战斗持续了七十五秒。在这段时间里，士兵们基本无能为力，只能坐着看向他们的机器。防御行动需要微秒级的反应速度，而只有机器才能实现这一点。在七千五百万微秒的时间里，防御站摧毁了数十枚敌军导弹。不过，有十枚突破防线，毁灭了洲际弹道导弹基地，东边的地平线上闪烁着明亮的蓝光。假如防御站没有保留实力，假如一部分激光装置没有为西边城市无法预料的攻击做准备，那十枚导弹本可以拦截成功的。

七十五秒后，防御站等待保护的那座城市仍在黄绿色的天空下亮着光。

就在此时，在城市那张闪亮的“魔毯”中央，诞生了一颗新星。从天文学角度来看，这颗新星微不足道。然而，对其本身以及附近的万物而言，这是一个不断膨胀的等离子地狱，包含了裂变-聚变产物、中子和X射线。

转瞬间，那座城市已不复存在。防御站的守军这才明白为何敌人的所有导弹只瞄准了军事设施，也意识到各地规模较大的城市将面临怎样的局面。敌人把炸弹偷运进各个城市，比沿着弹道轨迹投下去要容易得多。

飞船飘浮在黄道上方百万公里的高处，其运行轨道距离地球背面六百万公里。从飞船所在的位置远眺，地球母星像是一颗微微泛蓝的球体，带有大理石的纹路，几乎明如满月，体积却仅为满月的四分之一。月球本身距离太阳要更远一些，亮度相当于金星的两倍。天穹的其余地方似乎无限遥远，群星朦胧掠过，如同在一望无际的井底里。

在蓝白色阳光的映照下，飞船犹如一弯三百米长的银色新月，看不到尾翼、天线和舱口。事实上，唯一可见的标识只有帝国的盾形纹章——猩红的饰环，外加一颗五角星——就位于船首旁边。

然而，从飞船内部观之，很大一部分船体却是透明的。主舱板上方的拱形船壳清透澄澈，让人联想到沙漠夜间的空气。出席王子寿宴的贵族男女可以看到，地月系统悬在由舱板与船体交会而成的人造地平线上。多数人对这样的景象都视若无睹，只有寥寥几人会特意抬起头，仰望一下这片奇异的天空。身为第十五代贵族，他们将整个宇宙都视为自己应得的。无论是在月球上，还是在地球的海边度假胜地，他们的心境都毫无差异，或无聊，或愉快。

在这艘两百万吨的飞船上，或许只有四五个人能真正意识到，环绕周围的是一片虚空。

瓦尼亚·比拉泽飘浮在狭小的控制舱内，这里离飞船中心位置不远。他用一只手漫不经心地扶着墙上的拉手吊环，借此稳住身体——他喜欢让控制舱保持零重力状态。他手下的三名船员系着安全带，坐在控制座椅里，面前是电脑的输入端和全息屏幕。有个灰白色的圆锥体从正中央的屏幕上缓慢滚过，比拉泽指了指圆锥体：“博布兰森，你知道那是什么东西吗？”他问向控制舱里新进来的人。

名叫博布兰森的小个子男人刚刚离开逼仄的舱板底层，两腮还有点发青。佝偻病使得他双手弯曲变形，此时他正死死攥住墙上的吊环。他摆动着已见秃顶的脑袋，企图将视线聚焦于那面屏幕。三名船员对这个肢体变形的侏儒似乎很感兴趣，就像关注远程望远镜投射在屏幕上的东西一样。这几名船员是帝国飞船上的新人，比拉泽猜想，他们以前应该从未亲眼见过非公民。在保护区之外，大概就只有在皇帝的动物园里才能看到这种生物。

博布兰森眯起近视眼，朝屏幕觑了半天。飞船电脑在圆锥体的图像上叠加了一道十字线，表明它大约有一米宽、三米长。十字线下方的测距数字显示，飞船与该目标相距超过两百公里。即使隔着这么远的距离，合成孔径望远镜也能分辨出大量的细节：那个灰色圆锥体并非一片光滑均匀，而是带有数百条看似平行于圆锥体轴线的细线。圆锥体上没有凸起的天线或太阳能电池板。每隔十五秒，它的底部就会旋转着进入视线，那是个黑乎乎的洞口，看不出半点信息。

小个子紧张地舔了舔嘴唇。比拉泽相信，如果在零重力环境下能跪拜的话，博布兰森肯定会跪下来的。“太不寻常了，大人。那肯定是件文物。”

一名船员翻了个白眼。“这一点我们都知道，你这个蠢材。问题是，王子会对它感兴趣吗？我们听说你是他手下的专家，专门研究前帝国时代的太空探测器。”

博布兰森猛地点着头，身体的其他部分也随之晃动起来。“会的，大人。我出生在王子管辖的卡利福尼亚保护区[1]。千百年来，关于大敌的传说一直在我们的部落里代代相传。王子曾多次派我去探索保护区内那些发光的废墟。对于前帝国时代，凡是能够了解的我都研究过。”

1.“卡利福尼亚保护区”在原文中为“Kalifornija Preserver”。

这个野蛮人大字不识一个，那名船员心想，却要装出一副考古学家的派头。他张开嘴，正打算说几句尖酸刻薄的话，却被比拉泽抢先一步打断了。那名船员固然是帝国飞船上的新人，但在侮辱了王子的决断之后绝不可能侥幸脱身。比拉泽知道，在控制舱里说出的每一句话都处于监听之下。安全委员会的特工隐匿在飞船某处，正监控着他们，船员的一举一动都会被安全委员会的电脑加以分析。帝国的公民固然已经习惯被监视，但在加入帝国的服务机构之前，几乎没人发觉窃听有多普遍。

“科尔加刚才提出的问题，让我换一种说法来问你。”比拉泽说，“你也知道，我们正沿着地球轨道进行追踪。最终——如果我们没有因为那个圆锥体而逗留的话——再过十五个小时，我们将抵达足够远的地方，跟特洛伊轨道上的物体相遇。现在，我们有理由相信，至少有几颗发射到类地轨道的探测器停在了地球的特洛伊点附近——”

“不错，大人，这个主意是我提出来的。”博布兰森说。

比拉泽惊奇地想着，*这么说，你竟然还是有脑子的*。也许小个子知道，有些时候，王子的宠物比帝国的公民更有价值。显然，这个伙计所受的教育远远不只部落里代代相传的民间故事。在特洛伊点附近寻找文物的办法很聪明，但比拉泽猜测，假如经过认真分析就会发现，出于至少两个不同的原因，这个办法是不切实际的。但王子很少费心去认真分析什么。

“无论如何，”瓦尼亚·比拉泽接着又说，“我们虽然有所发现，但离最终的目的地还差得很远。王子兴许不会对那个东西感兴趣。毕竟，这次旅行的主要目的是庆祝他的生日。假如拿这件事去扰了皇帝和王子的雅兴，打搅了所有在场的先生女士，那我们可拿不准大家是不是真的会喜出望外。但我们知道，一旦涉及前帝国时代的太空探测器，王子就特别信赖你。我们希望……”

希望你能让我们摆脱困境，伙计，比拉泽心想。他这个岗位的

前任是被王子下令处决的，罪名是打扰了当时还是青少年的王子用膳。比拉泽无数次希望自己能重返昔日的海军——那里的军中研究会伪装成演习——或者回到地球，进入格鲁齐亚[1]的某一间实验室。公民越是接近权力的中心，宇宙就会变得越像疯人院。

“我明白，大人。”博布兰森说，似乎当真听明白似的。他又瞥了一眼屏幕，然后望向比拉泽，“我向你保证，王子可不愿错过那个东西。你也知道，他的藏品浩如烟海，其中当然包括所有已发射的登月器。有了你们海军的地图，这些东西找起来挺容易的。他甚至还有两架火星探测器——一架是共和国的，一架是由大敌发射的。残存下来的近地卫星一般也很好找，但太阳及外行星的探测器就很难寻回了，因为它们不再与任何天体有关联，而是在无边无际的太空中游荡。在王子的所有藏品中，只有两架太阳探测器，而且都是共和国的。我还从未见过这样的东西……”博布兰森伸出痉挛的手，指了指屏幕上那个翻滚的圆锥体，“哪怕是你们祖先在共和国时代发射的，仍算得上是一大发现。但如果它属于大敌的话，毫无疑问，就会成为王子最珍爱的战利品之一。”博布兰森压低了声音，“坦率地说，我认为它既不属于共和国，也不属于大敌。”

“什么?!”其他四人异口同声地从喉间发出一声惊叫。

小个子显得很紧张，似乎有点作呕的样子，但比拉泽第一次在他身上看到了一种近乎催眠的气质。这家伙身患疾病，半带伤残。毕竟，他是在一片遭受过荼毒的荒芜土地上长大的。自从加入帝国服务机构之后，他一直以来的工作是探索大敌的城市遗留的放射性废墟。尽管肉体遭受了种种摧残，但他内在的心智仍然强大，能够使人信服。比拉泽心想，不知皇帝有没有发觉，王子的宠物比王子要强上数倍。

“没错，那个圆锥体可太了不起了。”博布兰森说，“在宇宙的其

1.“格鲁齐亚”在原文中为“Gruzijan”。

余任何一个地方，人类都没有发现生命存在的证据，更不用说智慧生命了。但我知道……海军曾经监听过来自星际空间的信号。所以，这种可能性依然存在。它太奇怪了，外壳上没有安装任何通信设备。我知道，帝国飞船不使用外部天线，可在共和国时代，所有航天器都会装上的。那个圆锥体兴许配备了同位素电源，但也没有安装任何太阳能电池板。不过，它外壳上的细线才是最奇怪的。如果是陨石探测器或者太空探测器，在穿过行星的大气层之后，说不定会出现那样的沟槽。但在星际空间中，那个圆锥体有着经过烧蚀的外壳根本没法儿解释。"

这一发现当然决定了问题的走向，比拉泽心想。这位非公民说出的每一句话都被记录在某个地方。假设瓦尼亚·比拉泽放弃了为王子收集地外文物的机会，一旦此事传出去，帝国飞船就需要另觅新的驾驶员了。"科尔加，开启通信设备，把博布兰森在飞船上的发现禀报给宫务大臣。"如果王子对那个旋转的圆锥体不感兴趣，像刚才那样的表述或许可以保护他和船员。

科尔加在通信设备上录入信息。从理论上来讲，公民可以与宫务大臣直接通话，因为后者是帝国宫廷与其仆从之间的某种桥梁。然而实际上，与任何一位贵族对话都有一套繁文缛节需要遵循，因此，最保险的做法就是通过书面形式与对方交流。偶尔在必要的情况下，书面记录还可以帮你解除后顾之忧——如果交涉的那位贵族情绪正常的话。比拉泽仔细阅读了一遍通信设备屏幕上的内容，然后示意科尔加把信发送出去。随后，屏幕上闪现出"收悉"字样。现在，这封信已经储存在宫务大臣的信箱里了。当这封信的优先级号码被提取时，它就会在那一端的屏幕上显现出来。只要宫务大臣没有因为督导宴客活动而忙得不可开交，就可能会阅读这封信并发来一条回复。

瓦尼亚·比拉泽设法让自己放松下来。即便没有博布兰森的长篇大论，他也愿意付出巨大的代价去靠近那个圆锥体。但他有着太过丰富的经验，为人又极其谨慎，因此不会让任何情绪流露出来。比拉泽在海军中待了三十年，一度在远离地月系统的深空中待了好几个年头，也远离了安全委员会无处不在的监视。对他来说，母星仿佛根本不存在一样。后来，皇帝开始对海军进行镇压，把军队撤回近地空间，并让他们经受与其他公民一样的审查，又将从前尚能不受管束的研究工作称为非法活动。有了新的太空飞船推进器后，安全委员会从地球到太阳系中的任何一处也不过短短数小时，如此一来，近距离监视就具备了可行性。对于许多军官而言，这种变化简直要命。他们在远离帝国的太空中长大，早已忘记——或者从未学过——如何掩饰自己的感情，并表现出恰如其分的谦恭。但比拉泽记得很清楚。他出生在格鲁齐亚的苏乎米[1]，这是贵族们最喜爱的度假胜地。尽管苏乎米堪称完美，拥有炫目的白沙滩和棕榈树点缀的公园，但表现失礼的公民在时刻面临死亡的威胁。当比拉泽搬到东部的第比利斯，进入技术学校后，他的生活并没有变得更为安全。第比利斯偶尔会出现有组织的不忠之念，这些思想让安全委员会感到不安，远甚于偶然的失礼之举。

假如比拉泽在地球上的全部经历仅限于此，那么，他可能会像其他战友一样，早已忘记如何在安全委员会的监视下生活。但在第比利斯的流体力学研究所里，他在学校最后一年的春天，遇到了克拉萨，才华横溢的美人克拉萨。她主修的是英雄主义建筑，在地球上，这是皇帝还能容忍的少数几项工程研究之一。（毕竟，倘若没有克拉萨的先辈发明那些技术，横跨直布罗陀海峡的雕像就不可能问世。）所以，当他的战友们在太空中一待就是几十年时，瓦尼亚・比拉泽却一次又一次地重返第比利斯，回到克拉萨身边。

他从未忘记如何在帝国体制内生存。

突然间，比拉泽的注意力又回到了白壁环绕的控制舱。博布兰森用精明的目光打量着他，似乎要做出什么谨慎的判断。比拉泽也回

---

1. “苏乎米”在原文中为“Suhumi”。

望了对方半晌。他驾驶帝国飞船已经一年有余，在这段时间内只亲眼见过四五个非公民。这些生物总是发育不良，往往没什么头脑，就是些傻呵呵的怪胎。为了供有权进入广袤的美立坚保护区[1]的贵族消遣，他们才被一直豢养着。在比拉泽见过的几个非公民中，唯有博布兰森还算聪明。尽管如此，比拉泽依然很难相信，这个孱弱的生物居然是大敌的后裔。为了控制地球，他的祖先曾与共和国展开争斗。人们对那个年代知之甚少，也从未有人鼓励比拉泽去研究那个年代，但他仍然知道，大敌足智多谋，在向共和国发动最后偷袭之前，始终没有被彻底击败过。共和国大发雷霆，击退了大敌的进攻，然后夷平了大敌的城市，烧毁了大敌的森林，将整座大陆变成带有放射性的废土。即便过了五百年，也只有可怜的非公民生活在那片废墟里，因为自己的祖先背信弃义，他们成了最终的受害者。

与此同时，获胜的共和国发展成为世界帝国。

反正，故事就是这样流传开的。对于其中的部分内容，比拉泽表示怀疑，甚至并不相信，但他知道博布兰森是反对帝国建立的那个民族的最后子孙。有那么一瞬，比拉泽心中有些好奇，这些年来流传到博布兰森耳中的故事又是怎样的呢？

通信设备屏幕上还是没有回信。显然，宫务大臣过于繁忙，暂且无暇顾及这件事。

比拉泽问博布兰森："你来自卡利福尼亚保护区？"

那人点了点头。"是的，大人。"

"我没去过那里，但曾经从低轨道上俯瞰过保护区的大部分地方。卡利福尼亚是其中最可怕的一片废土，对吧？"比拉泽打破了帝国生存的首要原则之一：他表现出了好奇心。这一直是他最危险的弱点，不过，他已经找好了借口，表示自己知道如何提出不会带来危险的问题。关于非公民，其实并没有什么真正的秘密——他们只是

1. "美立坚保护区"在原文中为"Amerikan Preserves"。

一个小小的少数民族，住在那些荒凉得无法落脚的地区。皇帝喜欢把这些可怜的家伙摆在全息图上示众，仿佛在对公民们说："看看我的对头是什么下场吧。"无疑，只要比拉泽说话掌握分寸，对敌人的失败和比败局更惨痛的背叛表现出恰当的态度，那跟非公民聊一聊应该也无妨。

博布兰森又拼命点头。"没错，大人。让我遗憾的是，我族最壮观、最声名狼藉的堡垒都在卡利福尼亚的南部。更可惜的是，我所在的部落里正是向共和国发动进攻的类人后裔。在很多个夜晚——只要能找到足够生火的木柴——我们围坐在篝火边，耆老们会把那些传说讲给我们听。我现在明白了，他们描述的是反作用驱动导弹和泵浦激光装置。以帝国目前的标准来判断，这些属于原始武器，但在那个年代很可能是战斗双方拥有的最强武器了。我只能感谢你们祖先的勇气，让共和国与正义得以获胜。但我仍然感到羞愧，我这身衣裳就是为了替祖先赎罪——这是复制品，跟引发末次战役那些该死的家伙的制服一模一样。"

博布兰森焦躁地拉扯着蓝色的布料，比拉泽这才第一次真正注意到对方的衣着。并不是说这件蓝色制服不惹眼，实际上，制服双肩各有两道银条，样式滑稽可笑。在零重力的控制舱里，博布兰森的裤腿不断地向上飘起，露出了弯曲变形的细腿。从前，比拉泽以为这只是帝国皇室为动物园里的家伙定制的一套古怪服装，可现在，他却意识到这种虐待行为有着更深层的一面：带走这个怪模怪样的人，把他打扮成大敌的样子，然后让他卑躬屈膝、四处逃窜。这么做必定让王子乐不可支吧。无论对手在时间或空间上相隔多么遥远，皇室永远都不会忘记他们。

然后，比拉泽重新望向小个子男人的眼睛，心中忽然不寒而栗。他发觉自己刚才只看见了事情的其中一面。毫无疑问，博布兰森是在王子的命令下穿上这身制服的，可实际上，乐不可支的竟是这个非公民——如果那双淡蓝色眼睛还有多余的空间来容纳幽默的话。比拉泽猜想，甚至有可能是此人耍了什么花招，才让王子命令他穿成这样的。于是眼下，在皇帝的宫廷里，大敌的后裔博布兰森竟公然穿着自己民族的全套制服。比拉泽在心里打了个寒战，第一次真正相信了那些传说：敌人诡计多端，善于欺骗和背叛。无论远古时代究竟发生过什么，博布兰森仍然全部记得，而且心中的情感比皇室任何一位成员都更激烈。

“收悉”一词从通信设备屏幕上消失了，取而代之的是宫务大臣长着双下巴的大脸。船员们略一低头，尽量表现得镇定自若。对于用通信设备进行交流，宫务大臣显得异常满意。所以很明显，当这封信最终引人注意时，他对此是感兴趣的。

“驾驶员比拉泽，你偏离飞行路线的行为获得了宽恕，同样获得宽恕的还有你僭用王子宠物的行为。”他的语气呆板沉闷，下巴的赘肉摇晃着。老罗斯托夫的话里暗含批评，但比拉泽暗自希望他只是意思一下罢了。宫务大臣没有条件像多数贵族那样表现得喜怒无常，但他是个严肃认真的人，愿意将皇室最微不足道的突发奇想付诸实施。“你让博布兰森到这儿上面来，并保持当前位置相对于不明物体不变。我会让这条飞行路线处于畅通状态，这样一来，你就可以直接对皇帝陛下的旨意作出响应。”话音刚落，他便突兀地结束了这次谈话，仿佛刚才是对着自己的电脑说话似的。至少，比拉泽和船员们可以松一口气，不必费心想出得体恭敬的回应。

比拉泽在“打开舱门”的按钮上用力一敲，舱门打开后，博布兰森的看守走进了舱室。“他被命令到主舱板去。”比拉泽说。博布兰森飞快地瞥了一眼主屏幕，瞟了瞟屏幕上仍在缓缓转动的那个神秘物体，然后任凭看守用一根装饰性腿链将他绑住，进入了上方的走廊。舱门在他们身后滑动着关上，船员们转过身，重新望向通信设备上方的全息图像。

传送那幅图像的合成孔径望远镜并未移位，宫务大臣臃肿的身躯也没有再挡住他们的视线，因此屏幕上可以看见不少东西。这艘飞船是皇帝在王子十岁生日时送的礼物，如同皇家的任何一件赠礼那样，飞船体型硕大无朋。主舱板可以容纳近两千人，水晶天花板向整片天穹敞开。此时，主舱板上至少得有将近两千人前来参加这场盛会——这是一场总计二十个小时的短途旅行——以庆贺王子的十八岁生日。

许多贵族男女都身穿猩红色礼服，也有些人的服装是半透明或透明的淡雅色彩。主舱板上的灯光已经调暗，星云被地月系统发出的光芒镶上了一层冠冕，耀眼地悬挂在狂欢人群的头顶上方——这个背景与这场欢宴显得很不协调。*这些人竟然统治着那些星球……*

屏幕上，比拉泽瞥见一团灰色和棕色的身影散落在人群中——那是穿着制服端盘子的服务员。凡是理智尚存的文明，都会把这类工作交给机器来干。仆人们迈着小碎步四下穿梭，始终留意着贵族们想要什么，始终低声下气。当然，这样的恭敬主要是看在安全委员会的分儿上，因为参加聚会的人多数都服下了曼陀罗，甚至更具异国风情的药物，正处于极度兴奋中。即使被人朝眼睛里吐口水，他们也不会知道。肆意尽兴的狂欢活动已经进行到四分之三。比拉泽悄悄耸了耸肩。没什么新鲜的，这场狂欢只不过是比以往的规模更盛大罢了。

然后，博布兰森和看守的小小身影从全息屏幕的右侧出现在画面中。两名看守走得小心翼翼，肩膀耷拉着，眼睛盯着地板。博布兰森的举止似乎与先前相差无几，但片刻之后，比拉泽便注意到小个子男人正在左顾右盼，注视着周围发生的一切。这实在令人惊异。倘若身为公民，一旦表现出这般肆无忌惮的嚣张气焰，是绝不可能逃脱惩罚的。然而，博布兰森不是公民，而是动物，是受宠的宠物。假如动物触怒了你，你会直接杀了它，而不会像对待人类那样施加社会约束。毫无疑问，即便是安全委员会，对这个家伙也只是草草地检查一下就算了。

当那几个身影向左走去时，比拉泽往右边侧了侧身，在全息图像中跟随着他们，看见了皇帝和王子。帕萨三世坐在移动宝座上，身上的衣服如同缀满珠宝的猩红色瀑布。帕萨的窄脸摆出一副禁欲的严厉模样。换作另一个时代，这样的人或许会成为某个帝国的开创者，而非继承者。其实，帕萨巩固了独裁统治，控制了所有的国家职能，甚至包括研究功能。他尤其注重研究功能，但只是让手下不切实际地去寻找什么转世者。

只有在一件事上才能看见帕萨柔软的一面。他的儿子今天刚满十八岁，却已经挥霍掉上千名青少年所能享有的资源和乐趣。萨萨五世站在父皇的宝座边，穿着紧身红马裤，腰带上镶满钻石。一个黑发女郎依偎在他身旁，身体曲线极为流畅，身材丰腴得不可思议。然而，王子的手却只是从她的玉体上漫不经心地滑过，仿佛抚摸的是一根栏杆。

看守拜倒在宝座前，被皇帝认了出来。一句咒骂的话到了比拉泽的嘴边，他又强行忍住了。该死的麦克风没有传输对话内容！既然听不见他们说的话，那他怎么知道皇帝或者王子想要怎样处理那个圆锥体？他听到的只有音乐声和笑声，外加从麦克风附近传来的下流对话。正是由于这类拙劣的失误，无论行事再怎么小心谨慎，飞船首席驾驶员的任期也长不了。

比拉泽手下的一名船员紧张地摆弄着屏幕控制装置，但根本无能为力。事实上，他们所能看到和听到的内容，是宫务大臣大发慈悲让他们看到和听到的。比拉泽探身凑向屏幕，想从聚会的一片嘈杂声中分辨出博布兰森和王子的对话。

两名看守没有得到平身的许可，仍然匍匐在皇帝脚下。博布兰森站在原地，只是姿势里带着畏缩和怯懦。仆人们正在更多的人群中间迂回穿行，在帝国的聚会上分发饮料和糖果。

这些奉承讨好的身影在周围忙来忙去，皇帝和王子却似乎浑然不觉。看到这两个人在草民中高高在上的样子，比拉泽感觉真是怪异。这一切勾起了他的一段十分久远的记忆。那是在第比利斯最后一年的春天，他遇到了克拉萨，又在海军中找到了自由。随后的那个夏天，他和克拉萨曾经多次飞往高加索，在高山草甸上单独度过下午的时光。在那个地方，他们哪怕是怯生生地聊天，也总算可以畅谈心中所想，而不用担心被人偷听。（或者说，他们以为如此。在后来的日子里，比拉泽才发觉当年的想法错得有多离谱，他们没被发现纯属运气好。）在那些私密的野餐期间，克拉萨告诉过他一些事，这些事情原本绝不可能流传到课堂之外。建筑系的学生要学习古老的建筑形式，以及刻在上面的铭文的含义。因此，在整个帝国当中，对历史和古代语言有所了解的人寥寥无几，但克拉萨便是其中之一，尽管这种了解无比间接、零碎。这些知识固然危险，在许多方面却又令人着迷。克拉萨断言，在共和国时代，“皇帝”一词的含义类似于“首席秘书”，是由人民选举出的官员——就像在某些与世隔绝的海军岗位上，人们会选出一位秘书来处理班组的资金那样。从选举产生的平等之人，变成了接近于神的存在——这样的演化令人诧异。比拉泽经常在心中揣测，除此之外，随着时间的推移，还有哪些含义和真理被他在全息屏幕上看到的那些人给歪曲了。

“父皇，我看，这可能跟我那只宠物所说的一模一样。”当画面转向正中央，落在王子和他父亲身上时，对话的声音突兀地响亮起来。显然，宫务大臣已经认识到了自己的错误。假如皇帝的旨意没有立即得到贯彻，那么，宫务大臣面临的惩罚几乎与比拉泽不相上下。

比拉泽跟上了他们的对话思路，如释重负地舒了口气。王子尖厉的声音兴奋起来了：“父皇，我不是跟你说过了吗？这次旅行会物有所值的。我们在这儿已经偶遇了某种全新的东西，说不定来自太阳系之外。在我的藏品当中，这将是最了不起的发现。哦，父皇，我们必须把它带走。”他的嗓门略微变大了一点。

皇帝皱起脸来，嘟哝了句什么，大意是萨萨的爱好毫无价值。最后，他在儿子的愿望面前让步了——差不多回回都是如此。“哦，好了，把那该死的玩意儿带走吧。我只希望它有你这只宠物形容的一半那么有趣。”他朝着博布兰森挥了挥缀满宝石的手臂。

那个身穿蓝色制服的非公民簌簌发抖，他的声音变成了哀求的悲鸣："噢，亲爱的伟大陛下，我这只哆哆嗦嗦的动物真心实意地向您保证，这件神器完全配得上您伟大的帝国。"

博布兰森还没来得及把这句拗口的承诺说完，比拉泽便已从全息图像前转过身，对他的手下说道："好吧。靠近那个东西。"当一名船员轻敲控制面板时，比拉泽转向科尔加，又道："我们要用第三停泊港的遥控操纵器来捞它。一旦把它弄进来以后，我想先好好检查一下那玩意儿。我记得在什么地方读到过，古人用反作用喷射机来控制飞行姿态和驱动力——他们从来就没搞懂惯性驱动。这么多年过去了，那个东西的燃料箱里可能还剩下一些推进燃料。我可不希望那玩意儿在任何人面前炸开。"

"没错。"科尔加说着，转回自己的控制面板。

比拉泽分神倾听着主舱板传来的对话，以防上面的人改变主意。但是，他们早已转移话题，没有再谈论这一发现的具体细节，而是泛泛地聊起了王子收藏的卫星。博布兰森身穿蓝衣的身影仍然站在宝座前，他不时插上几句话，为王子的描述提供佐证。

比拉泽伸手在舱壁上一推，借力移动起来，去检查船员写的接近程序。这艘飞船配备了新的推进器，轻而易举便可获得一千个G的客观加速度。但是，他们与目标相距仅两三百公里，可以顺理成章地使用另一种更巧妙的接近方式。比拉泽按下"程序启动"按钮，飞船屏幕显示，他们正悠闲地以两个G的加速度朝目标的方向移动，需要将近两百秒才能抵达。不过，这大概还没有超出王子所能维持的注意力时长。

倒计时一百二十秒。

自从十分钟前把博布兰森叫进控制舱以来，比拉泽终于头一回腾出了片刻时间，可以自个儿琢磨一下那个圆锥体。它应该是件人工制品，因为它的形状太规则了，不可能是天然形成的。然而，无论博布兰森怎么说，比拉泽都不相信它来自地球之外。它的运行轨道具有与地球相同的周期和离心率，此时此刻，它与地月系统的距离不过七百多万公里。这样的轨道是不会在长时间内保持稳定的。最终，它必定会被地月系统捕获，否则就会受到扰乱，进入偏心轨道。与人类探索太空的历史相比，那个圆锥体的年代也久远不了多少。有那么一瞬，比拉泽不禁好奇，如果通过某种动力分析来对轨道进行回溯，可以获取多少信息呢？大概不多吧。

目前，那个圆锥体的轨道和地球轨道唯一的差异就在于倾角，大约相差三度。这或许意味着，当初它从地球上发射时，速度仅仅勉强高于逃逸速度，沿着一条指向正北的偏离渐近线运行。那么，这样的轨道能有什么可以想到的用途呢？

倒计时九十秒。

现在，那个缓慢翻滚的圆锥体的图像清晰了许多。除了外壳上隐约可见的划痕之外，比拉泽还看出其暗淡的白色表面是上过釉的。从外观来看，它确实像是曾经穿过了一颗行星的大气层。这样的情形他以前只见过一两次，因为在惯性驱动下，进入大气层之前减速是件很简单的事。不过，比拉泽可以想象，由于远古飞船必须依赖火箭推进，所以古人可能会采用空气动力学制动，以便节省燃料。也许，这架太空探测器曾以过于平缓的角度进入过地球大气层，然后又溜回太空，彻底不见了踪影。但这一点仍然无法解释它的形状为何又窄又尖。在形态上，一架良好的空气动力学制动装置应该并不锐利才对，而那个物体看似是专门为了将阻力降到最低限度而设计的。

倒计时六十秒。

比拉泽现在可以看出，圆锥体底部黑乎乎的洞口其实是反作用喷射机缩拢的喷嘴——这也可以进一步证明，它是从地球上发射的。比拉泽瞥了一眼通信设备上方的全息屏幕。皇帝和王子似乎真的被眼前的东西吸引住了。博布兰森站在他们身后，眯起那双可怜的近视眼，斜觑着屏幕。他似乎比先前更奇怪了，不仅咬紧牙关，而且脸上还不时地抽搐一下。比拉泽回头望向主屏幕的那个神秘圆锥体，猜测小个子男人并没有完全吐露他了解的所有信息。若不是因为他不值得理睬，安全委员会也应该早就注意到这一点了。

倒计时三十秒。

博布兰森的秘密是什么呢？比拉泽尝试把所有线索联系起来：一边是他在博布兰森身上看见的积攒了千百年的深仇大恨，一边是他所知道的关于那个滚动的圆锥体的信息。圆锥体的发射时间可能是在末次战役前后，发射轨迹或许是指向北方。然而，它原本的用途应该不是太空探测器，因为它的大部分速度显然是在地球大气层内获得的。凡是合乎常理的太空探测器，应该都不会在大气层内移动得如此之快……

除非，那是件武器。

一想到这里，比拉泽突然感觉胃部一阵恶心发麻。末次战役期间，火箭弹在北极上空来回发射。针对这类武器，有一种可能采取的防御手段，即发射高加速度反导弹。如果其中一枚偏离目标，那它很可能就会逃离地月系统，绕着太阳轨道运行，永远全副武装，永远等待着。

那样的话，比拉泽的仪器为何没有检测出里面有枚空弹呢？这个问题险些让他否定了刚才一整套观点，直到他回想起核裂变和核聚变可以造成相当猛烈的爆炸。这些古怪的事实只有物理学家才知道，因为一旦掌握诀窍，制造空弹就容易多了。可是，古人也知道这个诀窍吗？

比拉泽漫不经心地交叉双臂，一只脚插在舱壁上的吊环里，借此维持同一个姿势。在他的内心深处，有个声音尖叫道："取消接近，取消接近！"然而，如果他没有猜错，如果那个圆锥体里的炸弹仍然可用，那么皇帝和地位最高的三级贵族就会从宇宙中被抹去。

自从末次战役以来，还没有哪一个人或者哪一群人取得过这样的良机。

"但不值得为此牺牲自己的性命！"比拉泽内心深处那个小小的

声音恐惧地尖叫起来。

比拉泽望向全息屏幕，凝视着尽情享乐的帝国皇室，他们唯一的职责就是管理安全机构，长期对人类及其思想进行钳制。一旦皇帝和安全委员会的高层离世，政权就会落入技术人员——第比利斯、月城、东卫的普通公民——的手中。比拉泽并未抱有任何幻想，因为普通人里也有恶人，未来可能会爆发冲突，甚至发生内战。可是最终，人们将自由地前往各个星球，在那里，任何世俗的暴政都无法将他们召回。

在皇帝和贵族身后，博布兰森不再畏畏缩缩，他的脸上浮现出胜利者的复仇表情。比拉泽想起来了，博布兰森曾经说过这是一件配得上帝国的礼物。

千百年过去了，你的民族终于报仇雪恨，比拉泽心想。这样的复仇当然是恰如其分的，可是，瓦尼亚·比拉泽之所以一动不动地飘浮在控制舱里，而没有努力阻止飞船接近那个翻滚的圆锥体，却与博布兰森毫无关系。他心中恐惧万分。如果是单纯的复仇，其实并不值得为之付出如此代价，但为了未来，或许是值得的。

此刻，飞船距离那个物体仅有几公里了。它的图像填满整个屏幕，仿佛就在飞船外面旋转着。在它所在的方向，比拉泽的仪器检测出了轻微的放射性。

别了，克拉萨。

在距离地球六百万公里的地方，诞生了一颗新星。从天文学角度来看，这颗新星微不足道，然而，对其本身以及附近的万物而言，这却是一个不断膨胀的等离子地狱，包含了裂变–聚变产物、中子和伽马射线。

图书在版编目（CIP）数据

费尔蒙特中学的流星岁月 ： 弗诺•文奇科幻杰作选. Ⅱ / (美) 弗诺•文奇著 ； 无机客等译. -- 上海 ： 上海文艺出版社, 2025. -- ISBN 978-7-5321-9268-7

Ⅰ. I712.45

中国国家版本馆CIP数据核字第20253X4Q18号

著作权合同登记字号：09-2025-0056

责任编辑：张诗扬　吴　旦

封面绘制：时雨濛

装帧设计：JeeGoo design

内文设计：张广学

书　　名：费尔蒙特中学的流星岁月 ： 弗诺•文奇科幻杰作选. II

作　　者：[美] 弗诺•文奇

译　　者：无机客 等

出　　版：上海世纪出版集团　上海文艺出版社

地　　址：上海市闵行区号景路159弄A座2楼 201101

发　　行：上海文艺出版社发行中心

上海市闵行区号景路159弄A座2楼206室 201101 www.ewen.co

印　　刷：启东市人民印刷有限公司

开　　本：1240×890 1/32

印　　张：11.125

字　　数：302,000

印　　次：2025年6月第1版 2025年6月第1次印刷

I S B N：978-7-5321-9268-7/I.7270

定　　价：78.00元

告 读 者：如发现本书有质量问题请与印刷厂质量科联系　T: 0513-83349365